Con gratitud
para
Murf, Timmy Mac y Mary

Un agradecimiento especial
para David Allen
por su experta asesoría técnica

Cuarenta y dos meses en la tribulación; veinticinco días en la gran tribulación

Los creyentes

Raimundo Steele, cuarenta y cinco años aproximadamente; miembro fundador del Comando Tribulación; ex capitán de aviones 747 de Pan-Continental; perdió a su esposa e hijo en el arrebatamiento. Fue piloto de Nicolás Carpatia, el Soberano de la Comunidad Global y sospechoso del asesinato del mismo. Fugitivo internacional exiliado; en comisión en Mizpe Ramon en el desierto del Neguev, centro del Operativo Águila.

Camilo "Macho" Williams, un poco más de treinta años; trabajó para Carpatia como escritor principal del Semanario Global y editor del *Semanario de la Comunidad Global.* Es miembro fundador del Comando Tribulación; editor de la revista cibernética *La Verdad* y también fugitivo. Se aloja de incógnito en el hotel Rey David de Jerusalén.

Cloé Steele Williams, veinte años aproximadamente; fue alumna de la Universidad Stanford; perdió a su madre y su hermano en el arrebatamiento; hija de Raimundo; esposa de "Macho" y madre de Keni Bruce, un bebé de quince meses. Es presidenta de la Cooperativa Internacional de Bienes, una red clandestina de creyentes; también miembro fundador del Comando Tribulación; fugitiva exiliada, se refugia en la "Torre Fuerte", Chicago.

Zión Ben Judá, a finales de los cuarenta años; anteriormente erudito rabínico y estadista israelí. Reveló a través de la televisión internacional su creencia en Jesús como el Mesías. Posterior a ello, asesinaron a su esposa y dos hijos adolescentes. Escapó a los Estaos Unidos. Es profesor y líder espiritual del Comando Tribulación. Cuenta con una ciberaudiencia diaria de más de mil millones de personas. Es también fugitivo exiliado en la "Torre Fuerte", Chicago.

Doctor Jaime Rosenzweig, casi setenta años; botánico y estadista israelí; ganador del Premio Nobel. Ostentó el título del Hombre del Año del *Semanario Global.* Confesó ser el asesino de Carpatia. Reside en la "Torre Fuerte", Chicago.

Lea Rosas, casi cuarenta años; fue enfermera jefe de administración del Hospital Arturo Young Memorial, situado en Palatine, Illinois. Reside en la "Torre Fuerte", Chicago.

Patty Durán, poco más de treinta años. Fue auxiliar de vuelo de Pan-Continental y asistente personal de Carpatia; en comisión del Comando Tribulación en Israel.

Al B. (Albie), casi cincuenta años; oriundo de Al Basrah, al norte de Kuwait. Fue comerciante del mercado negro internacional; asistente de Raimundo en Mizpe Ramon.

David Hassid, veinticinco años aproximadamente; director de alto rango de la C.G.; dado por muerto en un accidente aéreo; realmente va camino a Mizpe Ramon.

Mac McCullum, casi sesenta años; piloto de Nicolás Carpatia; dado por muerto en un accidente aéreo; realmente va camino a Mizpe Ramon.

Abdula Smith, poco más de treinta años. Ex piloto jordano de combate y primer oficial del Fénix 216; dado por muerto en un accidente aéreo; realmente va camino a Mizpe Ramon.

Hana Palemoon, casi treinta años; fue enfermera de la C.G.; dada por muerta en un accidente aéreo; realmente va camino a Mizpe Ramon.

Ming Toy, poco más de veinte años; viuda. Fue guardia en el Correccional Belga de Rehabilitación Femenina (el Tapón); se ausentó sin permiso de la C.G.; reside en la "Torre Fuerte", Chicago.

Chang Wong, diecisiete años; hermano de Ming Toy. Nuevo empleado de la C.G., en los cuarteles centrales de Nueva Babilonia.

Lucas (Laslo) Miclos; unos cincuenta y cinco años aproximadamente. Magnate de la explotación minera del lignito. Perdió a su esposa, a su pastor y la esposa de este último en la guillotina de Nicolás Carpatia; vive oculto en Grecia, Estados Unidos Carpatianos.

Gustaf Zuckermandel, hijo (alias Zeke o Z); poco más de veinte años; falsificador de documentos y especialista en disfraces; perdió a su padre en la guillotina; fugitivo exiliado, en la "Torre Fuerte", Chicago.

Esteban Plank, (alias Pinkerton Esteban), unos cincuenta y cinco años aproximadamente. Fue editor jefe del *Semanario Global* y trabajó para Carpatia como director de relaciones públicas. Se le supuso muerto en el terremoto de la ira del Cordero; actualmente clandestino con las fuerzas pacificadoras de la C.G.

Muchacho desconocido, de unos quince años; escapó del centro de marcas de la lealtad instalado en Ptolemais, Grecia, con la ayuda de Albie y Camilo; paradero desconocido.

Muchacha desconocida, de unos dieciséis años; escapó del centro de marcas de la lealtad instalado en Ptolemais, Grecia, con la ayuda de Albie y Camilo; paradero desconocido.

Los enemigos

Nicolás Jetty Carpatia: treinta y seis años; antiguo preside-
ne de Rumania; ex secretario general de las Naciones Unidas;
autodesignado Soberano de la Comunidad Global. Fue asesinado en Jerusalén; resucitó en el complejo palaciego de la CG
en Nueva Babilonia.

León Fortunato: poco más de cincuenta años; anteriormente
mano derecha de Carpatia y Comandante en jefe. Actualmente, es Altísimo Reverendo Padre del Carpatianismo que proclama al Soberano como el dios resucitado; y Jerusalén con
Carpatia.

Prólogo

De La Marca

—Todos podemos mantener los dedos cruzados —dijo Mac—. He visto a esos Quasi realizando cosas asombrosas basados solamente en lo que les manda hacer la computadora de a bordo que tiene el sistema de manejo del vuelo. Pero este es un vuelo largo, y le he pedido que haga algunas cosas interesantes.

—¿Cruzamos nuestros dedos? —dijo Hana—. Solo Dios puede hacer que esto funcione. Capitán McCullum, usted es el experto, pero si esta cosa se desploma en cualquier otra parte que no sea bien hondo en el Mediterráneo, no pasará mucho tiempo sin que alguien descubra que no había nadie a bordo.

Este avión no iba en caída libre hacia el Mediterráneo. No, esta maravilla de la tecnología moderna, valorada en muchos millones de nicks, iba acelerando, con sus turbinas traseras al rojo vivo, dejando una larga estela de vapor fulgurante. La extraña posición y el ángulo, conllevaron a que el aparato carenara en la playa, aproximadamente a mil doscientos metros al sur de la multitud.

El Quasi y, por supuesto, su tripulación de dos hombres y dos pasajeros, cayó estrepitosamente a la playa en forma perpendicular a cientos de kilómetros por hora. La primera impresión de la multitud, enmudecida por el impacto, tuvo que ser la misma de Camilo. Los motores rugientes del avión seguían resonando aún después de su desintegración, ocultos en un ascendente globo de furiosas llamas negras y anaranjadas. Un silencio fantasmagórico se apoderó del lugar que, a menos de medio segundo, fue seguido por el sonido nauseabundo del choque, una explosión atronadora acompañada por el rugido y el silbido del voraz incendio.

Camilo se apresuró a llegar a su automóvil y telefoneó a Raimundo.

—La nave cayó en la playa. Nadie hubiera sobrevivido. Voy de regreso a la voz que clama en el desierto.

Camilo estaba impactado por una emoción desacostumbrada, mientras se introducía en el tráfico que parecía arrastrarse hacia la antigua ciudad. Era como si hubiera visto a sus camaradas estrellarse con el avión. Él sabía que estaba vacío pero sin duda, esa estratagema había tenido un final muy dramático. Él deseaba saber si era el final o el comienzo de algo. ¿Podía abrigar la esperanza de que la CG estuviera tan ocupada como para investigar el sitio del desastre en forma cabal? Ni en sueños.

Todo lo que Camilo sabía, era que lo que había soportado en tres años y medio era un paseo por el parque, comparado con lo que venía. Todo el camino de vuelta oró silenciosamente por cada ser querido y los miembros del Comando Tribulación. Camilo tenía pocas dudas de que el poseído Anticristo no vacilaría en usar todos sus recursos para aplastar la rebelión que se levantaría contra él al día siguiente.

Camilo nunca había sido temeroso, ni uno que retrocediera frente a un peligro mortal, pero Nicolás Carpatia era el mal personificado, y al día siguiente, Macho estaría en la línea de fuego, cuando la batalla de siglos entre el bien y el mal por las almas de hombres y mujeres, estallara desde los cielos y todo el infierno se desencadenara en la tierra.

Y oí una gran voz que desde el templo decía a los siete ángeles: Id y derramad en la tierra las siete copas del furor de Dios. El primer ángel fue y derramó su copa en la tierra; y se produjo una llaga repugnante y maligna en los hombres que tenían la marca de la bestia y que adoraban su imagen.

Apocalipsis 16:1-2

UNO

R aimundo Steele durmió muy bien, se despertó envuelto en una frazada de lana que picaba, con las rodillas en el pecho y los puños apretados debajo de la barbilla. Se paró de un salto de su catre y atisbó el exterior de su diminuta habitación improvisada cerca de Mizpe Ramon en el desierto del Neguev.

El sol despedía un fantasmagórico resplandor anaranjado que pronto se pondría fuerte y amarillo, abrillantando rocas y arena. El termómetro iba a superar los 37,7 grados centígrados hacia el mediodía: otro día característico de los Estados Unidos Carpatianos.

Comprometido en la empresa más peligrosa de su vida, Raimundo había confiado su suerte a Dios y al milagro de la tecnología. No había forma de esconder una pista de aterrizaje improvisada en el suelo del desierto, no de las cámaras que la Comunidad Global tenía en la estratosfera. Ridículamente vulnerables, Raimundo y su equipo de rebeldes del aire, que habían llegado por docenas desde todo el planeta, estaban a merced de la estratagema más audaz que se pudiera imaginar.

Su camarada en la guarida del enemigo había plantado pruebas en la base de datos de la Comunidad Global que indicaban que el gran despliegue en Mizpe Ramon era un ejercicio de la CG. En la medida que el personal de Seguridad e

13

Inteligencia de la CG se creyera la gran "mentira del firmamento", Raimundo y su ampliado Comando Tribulación continuarían con lo que él llamaba Operativo Águila. El nombre había sido inspirado por la profecía de Apocalipsis 12:14: "Y se le dieron a la mujer las dos alas de la gran águila a fin de que volara de la presencia de la serpiente al desierto, a su lugar, donde fue sustentada por un tiempo, tiempos y medio tiempo".

El doctor Zión Ben Judá, el mentor espiritual del Comando Tribulación, enseñaba que la "mujer" representaba al pueblo escogido de Dios; las "dos alas", la tierra y el aire; "su lugar" era Petra, la ciudad de piedra; "un tiempo", un año, por consiguiente, "un tiempo, tiempos y medio tiempo" eran tres años y medio y la "serpiente" era el Anticristo.

El Comando Tribulación creía que el Anticristo y sus sicarios estaban por atacar a los israelitas seguidores de Cristo y que cuando ellos huyeran, Raimundo y los camaradas creyentes reclutados iban a servir como agentes del rescate.

Él se vistió con una camisa de color caqui y unos pantalones cortos y se fue a buscar a Albie, su segundo comandante. Los ayudantes que Cloé, la hija de Raimundo, había reunido a través de la Internet desde la casa de refugio de Chicago, habían terminado la pista de aterrizaje. Tenían turnos alternos; el mismo personal que los había inscrito a su llegada y verificado la marca del creyente en sus frentes, daba instrucción a unos sobre los planes de vuelo, mientras que otros se encargaban del equipo pesado o trabajaban como obreros.

—Jefe, aquí —dijo Albie mientras Raimundo abarcaba con la vista fila tras fila de helicópteros, aviones de reacción y hasta los ocasionales aviones de hélice que estaban alineados en la parte más lejana de la pista—. Primera misión cumplida.

El pequeño y moreno ex traficante del mercado negro, apodado por su ciudad natal de Al Basrah, vestía su falso uniforme de delegado comandante de la CG y lo seguía un hombre joven de gran tamaño, que era de California, cosa que no sorprendió a Raimundo cuando lo supo.

—George Sebastian —dijo el larguirucho rubio de espesa cabellera, extendiendo una tremenda mano.

—Raim...

—Señor, yo sé quién es usted —dijo George—. Tengo la plena seguridad de que aquí todos lo saben.

—Esperemos que nadie de afuera lo sepa —dijo Raimundo—. Así que tú eres el elegido de Albie para dirigir los helicópteros.

—Bueno, él, eh, me pidió que lo tratara de comandante Elbaz, pero sí, señor.

—¿Qué cualidades apreciamos en él? —preguntó Raimundo a Albie.

—Experto. Inteligente. Sabe cómo manejar estos pájaros.

—Me parece estupendo. George, quisiera tener tiempo para conversar pero...

—Capitán Steele, si tuviera un minuto más...

Raimundo miró su reloj y dijo:

—Acompáñanos, George.

Se dirigieron a la punta sur de la nueva pista aérea. Los ojos y oídos de Raimundo estaban atentos a los cielos enemigos.

—Señor, seré breve. Solo que me gusta contar cómo me pasó.

—¿Qué te pasó?

—Señor, usted lo sabe.

Esas historias le gustaban mucho a Raimundo pero había tiempo y lugar para todo y éste no lo era.

—Capitán, nada espectacular. Tuve un instructor de vuelo en helicópteros, Jeremías Murphy, que siempre me decía que Jesús vendría a llevarse a los cristianos al cielo. Naturalmente, yo pensaba que estaba loco de remate y hasta le involucré en problemas por hacer proselitismo en el trabajo pero él no se daba por vencido. Era un buen instructor pero yo no quería saber nada del otro tema. Yo amaba la vida: recién casado, bueno, usted sabe.

—Claro que sí.

—Él me invitó a la iglesia y todo eso. Nunca fui. Entonces llega el gran día. Millones desaparecen de todas partes. Inteligente como se suponía que yo era, traté de llamarlo para ver si mi clase se suspendía ese día debido al caos y todo lo demás. Más tarde, esa noche, alguien halló su ropa en una silla frente a su televisor.

Raimundo se detuvo y contempló a George. Él se hubiera regocijado escuchando más pero el reloj seguía caminando.

—¿No te llevó mucho tiempo después de eso, verdad?

George meneó la cabeza.

—Me quedé frío. Me sentí muy afortunado de que no me hubieran matado. Oré, en ese mismo momento, que me acordara del nombre de su iglesia. Y me acordé pero no quedaba casi nadie allí. Sin embargo, encontré a unos pocos que sabían lo que estaba pasando, ellos me recordaron lo que Murphy me decía y oraron conmigo. Desde entonces he sido creyente. También mi esposa.

—Mi historia es casi la misma —dijo Raimundo—, y quizá uno de estos días tenga tiempo para contártela pero...

—Señor —dijo el joven— necesito un segundo más.

—Hijo, no quiero ser descortés pero...

—Capi, usted tiene que oírlo —insistió Albie.

Raimundo suspiró.

George señaló al otro extremo de la pista aérea.

—Traje muestras de la carga que viene detrás de mí, en cuanto la pista esté lista para acomodar un transporte.

—¿Carga?

—Armas.

—No del mercado.

—Señor, éstas son gratis.

—Aun así...

—Nuestra base entrenaba para combate —dijo George—. Cuando Carpatia mandó que las naciones destruyeran el noventa por ciento de sus armas y le enviaran el otro diez por ciento, usted se puede imaginar cómo se efectuó eso.

—Los Estados Unidos fueron el mayor contribuyente —dijo Raimundo.

—Pero yo apostaría que también retuvimos más.

—¿Qué tienes?

—Probablemente más de lo que usted necesita. ¿Quiere ver las muestras?

David Hassid iba sentado en el asiento de pasajero delantero de la furgoneta alquilada, con su computadora portátil de energía solar. Lea Rosas iba manejando. Detrás de ella, Hana Palemoon iba sentada al lado de Mac McCullum, mientras que Abdula Smith iba acostado en el tercer asiento. Ellos se habían pasado la noche ocultos detrás de un promontorio rocoso a poco menos de dos kilómetros y medio del camino principal, a medio camino del aeropuerto Resurrección de Amán, Jordania y Mizpe Ramon. Lo último que deseaban era dirigir el Operativo Águila.

David halló en la red que aún se suponía que él, Hana, Mac y Abdula habían muerto el día anterior cuando se estrelló el avión en Tel Aviv, pero que había personal de Seguridad e Inteligencia inspeccionando minuciosamente los restos del desastre.

—¿Cuánto tiempo pasará antes que se den cuenta que nos fugamos? —dijo Hana.

Mac meneó la cabeza.

—Espero que supongan que nos evaporamos en una cosa como aquella. Roguemos que encuentren trocitos de zapatos o de algo que consideren que es material de ropa.

—No logro comunicarme con Chang —dijo David, más enojado de lo que aparentaba.

—Me imagino que el muchacho está ocupado —dijo Mac.

—No por tanto tiempo. Él sabe que yo debo tener la seguridad de que él está bien.

—Preocuparnos no nos conduce a nada —dijo Mac—. Mira a Smitty.

David se dio vuelta en su asiento. Abdula dormía profundamente. Hana y Lea se habían despabilado bien y estaban planeando un centro móvil de primeros auxilios en la pista aérea.

—Todos volaremos de regreso a los Estados Unidos cuando termine este operativo —dijo Lea.

—Yo, no —dijo David y sintió que los demás lo miraban—. Yo me voy a Petra antes que los demás lleguen ahí. Ese lugar va a necesitar un centro tecnológico y Chang y yo ya colocamos un satélite en órbita geosincrónica sobre el sitio.

Su teléfono sonó y él lo sacó de su cinturón.

—Hola —escuchó David—, sabes donde estoy porque soy puntual.

—Macho, no tienes que hablar en código. Nada es más seguro que estos teléfonos.

—La fuerza de la costumbre. Oye, alguien faltó a la cita.

—Limítate a decir quién, Camilo. Si vamos a vernos comprometidos, eso ya pasó.

—Patty.

—Ella estaba con Lea en Tel Aviv. Entonces se suponía que ella...

—Yo sé, David —dijo Camilo—. Ella tenía que encontrarse conmigo hoy al amanecer, en Jerusalén.

—¿El viejo está allá, y se encuentra bien?

—Muerto de miedo, pero sí, bien.

—Dile que estamos con él.

—David, no te ofendas, pero él sabe eso, Patty es un problema mucho mayor.

—Ella está bajo su alias, ¿no?

—¡David! ¿Podemos sospechar lo evidente y enfrentar el problema? Se supone que estuviera aquí, pero no he sabido de ella. No puedo ir a buscarla. Solo ocúpate de que todos sepan que si saben de ella, pues que me llame.

—¿Ella es crucial para tu cometido?

—No —dijo Macho—, pero si no sabemos dónde está, podemos ser descubiertos.

—La CG la tiene en su lista de fallecidos, igual que a nosotros.

—Eso pudiera ser lo que quieren que nosotros pensemos que ellos creen.

—Espera —dijo David volviéndose a Lea—. ¿Qué se suponía que hiciera Patty después que ustedes se separaron?

—Disfrazarse de israelita, perderse con el gentío en Tel Aviv, ir a Jerusalén, encontrarse con Camilo y esperar señales de que la gente de Carpatia hubiera reconocido al Macho o al doctor Rosenzweig.

—¿Luego?

—Quedarse en Jerusalén disimuladamente hasta que todo reventara allí, luego regresar a Tel Aviv. Alguien del operativo iba a recogerla y llevarla en avión de vuelta a Chicago, mientras toda la atención estuviera puesta en Jerusalén y la fuga.

David regresó al teléfono

—Quizá ella se asustó mucho en Tel Aviv y nunca llegó a Jerusalén.

—Ella tiene que hacerme saber eso, David. Yo tengo que apoyar a Jaime por un tiempo más aquí, así que infórmalo a todos, ¿quieres?

———————

Pocos minutos después de la medianoche, a la hora de Chicago, el doctor Zión Ben Judá se arrodilló delante de su enorme escritorio curvo en la Torre Fuerte y oró por Jaime. La confianza del ex rabino en la habilidad de su antiguo mentor para desempeñarse como un Moisés contemporáneo, era tan fuerte como la del propio Jaime. Y aunque Rosenzweig resultó ser un estudioso rápido y cabal, se había ido de los Estados Unidos Norteamericanos aún resistiéndose claramente a la encomienda.

La meditación de Zión fue interrumpida por el bajo tono de su computadora que podía ser activada solamente por un puñado de personas del planeta que conocían el código para llamarlo. Le costó ponerse de pie y mirar la pantalla. "Doctor Ben Judá, espero que usted esté ahí" llegó el mensaje de Chang Wong, el adolescente que David había dejado en su puesto en los cuarteles generales de la Comunidad Global en Nueva Babilonia. "No tengo esperanzas de vivir".

Zión gimió y puso su silla en el lugar correspondiente. Se sentó y comenzó a escribir. "Mi joven hermano, aquí estoy. Sé que debes sentirse muy solo pero no te desesperes. El Señor está contigo. Él encargará a sus ángeles que te cuiden. Tienes mucho trabajo como el hombre que hace el nexo de todas las diversas actividades del Comando Tribulación en el mundo. Sí, probablemente sea mucho pedir de alguien tan joven, de edad como en la fe, pero todos debemos cumplir con lo que se nos ha encomendado. Dime cómo te puedo animar y ayudarte para que puedas regresar a tu tarea".

"Quiero matarme".

"¡Chang! A menos que arriesgues intencionalmente nuestra misión, no tienes que sentir ese remordimiento. Si cometiste un error, dínoslo para que todos podamos adaptarnos, pero tienes satélites para manipular y monitorear. Tienes archivos que mantener en orden en caso de que el enemigo compruebe los diversos alias y operativos. Estamos casi en la hora cero así que no te desalientes. Tú puedes hacer eso".

La respuesta de Chang entró así: "Estoy en mi habitación del palacio con todo instalado en la manera que diseñamos el señor Hassid y yo. Mis maniobras son filtradas por un codificador tan complicado que no sería capaz de descifrarse a sí mismo. Yo pudiera terminar mi vida en este mismo momento sin afectar al Comando Tribulación".

"¡Chang, deja de hablar así! Nosotros te necesitamos. Debes permanecer en tu puesto y ajustar las bases de datos según lo que nosotros vayamos enfrentando. Ahora, por favor, rápidamente, ¿me dices cuál es el problema?"

"¡Doctor Ben Judá, el problema es el espejo! ¡Yo pensé que podría hacerlo! Creí que la marca que me pusieron por la fuerza iba a ser una ventaja pero se burla de mí, y ¡yo la odio! Me dan ganas de tomar una hoja de afeitar y cortármela, luego cortarme las venas y dejar que Dios decida mi destino".

"Amigo mío, Dios ya decidió. Tienes el sello de Dios en ti, según dicen nuestros fidedignos hermanos. Tú *no aceptaste* la marca del Anticristo ni lo adorarás".

"¡Pero yo he estudiado sus escritos, doctor, la marca de la bestia acarrea condenación y la Biblia dice que no podemos tener ambas marcas!"

"Dice que no podemos *aceptar* ambas".

"¡Pero los héroes, los mártires, los valientes aceptaron la muerte en aras de la verdad! Usted dijo que el creyente verdadero recibiría la gracia y el valor para defender su fe frente a la hoja filosa".

"¿Tú no te opusiste? Dios no miente. Yo he dicho a la gente que no pueden perder la marca del sello de Dios y que no tienen que preocuparse por desanimarse debido a su debilidad humana, pero Dios les dará la paz y el valor para aceptar su destino".

"¡Eso comprueba que yo estoy perdido! ¡Yo no tuve esa paz ni ese valor! Yo resistí, sí, pero no defendí a Dios. Lloré como un bebé. Mi padre dice que yo le tenía miedo a la aguja. ¡Quise morir por mi fe cuando quedó claro que, en realidad, ellos iban a hacer esto! Planeé oponerme hasta el final, aunque sabía que mi padre se enteraría entonces que mi hermana también es creyente y la expondría. Hasta el momento en que me inyectaron, yo estaba preparado para negarme, para decir que era creyente en Cristo".

Zión se desplomó en la silla, ¿podía ser verdad? ¿Era posible que Dios no le hubiera dado a Chang el poder para resistir hasta la muerte? Y si no era así, entonces ¿él no era verdaderamente un creyente? "Hazme este favor", escribió lentamente, "no hagas nada apresurado durante veinticuatro horas. Te necesitamos y tiene que haber una respuesta. No quiero ir a la ligera pues confieso que esto también me deja perplejo. ¿Seguirás realizando la tarea y luchando contra la tentación hasta que yo vuelva a comunicarme contigo?"

Zión contempló la pantalla durante varios minutos, afligido por si ya se había demorado demasiado.

A Raimundo se le cortó la respiración cuando vio lo que, evidentemente, George Sebastian le había mostrado a Albie.

—No somos soldados —dijo—. Somos aviadores.

—Con éstas también pueden ser soldados —replicó George—, pero usted decide.

—Quisiera que fuera *mi* decisión —dijo Albie—. Si las tropas de Carpatia no son nuestros enemigos mortales...

George le pasó a Raimundo un arma de más de un metro veinte de largo, que por lo menos pesaba unos quince kilos y tenía un bípode insertado. Raimundo apenas pudo sostenerla horizontalmente.

—Llévela con el cañón hacia arriba —dijo George.

—De ninguna manera la voy a llevar —dijo Raimundo—. ¿Pero qué clase de munición usa esta cosa?

—Calibre cincuenta, Capitán —contestó George, sacando un cargador de cuatro balas de quince centímetros—. Cada una pesa más de ciento cuarenta y dos gramos, pero preste atención, tienen un alcance de casi seis kilómetros y medio.

—¡Vamos!

—Yo no le mentiría a usted. Una bala deja la cámara a noventa y un metros por segundo pero tarda siete segundos completos en dar en un blanco que esté a tres kilómetros de distancia, tomando en cuenta la desaceleración, el viento y todo eso.

—No se puede esperar ninguna exactitud...

—Existe el dato registrado que un hombre situó cinco balas, a poco más de siete centímetros y medio de distancia entre sí, disparando desde novecientos catorce metros. Se puede perforar un rollo de acero de dos centímetros y medio de espesor con una de estas balas desde ciento ochenta y tres metros.

—El retroceso debe ser...

—Enorme. ¿Y el ruido? Sin tapones en los oídos se puede lesionar la audición. ¿Quiere probar una?

—Ni lo pienses. No me imagino el uso de estas monstruosidades, y con toda seguridad que no quiero hacer un ruido que alerte a la CG antes que empiece el espectáculo.

George apretó los labios y meneó la cabeza.

—Debiera haberle preguntado primero. Tengo cien de éstas en camino, con toda la munición que se pudiera necesitar, algunas con puntas incendiarias.

—Ni me atrevo a preguntar.

—Un detonador interno hace que el cartucho se desprenda si da en material blando.

—¿Como carne humana?

George asintió.

Raimundo meneó la cabeza.

—Mis aviadores nunca serían capaces de manejar estas cosas desde el aire, y eso es prioridad principal.

—Las almacenaremos. Nunca se sabe —dijo Albie.

—¿Quiere ver las otras? —preguntó George.

—No si son como éstas —dijo Raimundo.

—No lo son —George volvió a poner el rifle de calibre cincuenta en su lugar con sumo cuidado—. Éstas están diseñadas para usarlas desde aviones o vehículos terrestres —dijo, sacando un rifle liviano y tirándoselo a Raimundo—. Sin balas.

—Entonces, ¿qué...?

—Es una AED, un 'arma de energía dirigida'. Desde un poco menos de ochocientos metros se puede disparar un rayo concentrado de ondas que penetran la ropa y, en un par de segundos, calientan a 54,4 grados centígrados toda humedad de la piel.

—¿Qué produce en el interior de un ser humano?

—Absolutamente nada. No es letal.

Raimundo le devolvió el rifle y le dijo:

—Impresionante, y lo apreciamos pero mi problema es que no tengo tropas de combate y, aunque las tuviera, no seríamos rival para la CG.

George se encogió de hombros.

—Aquí estarán si las necesita.

Si la perspectiva del día no fuese tan terrible y él no estuviera tan preocupado por el paradero de Patty, Macho se hubiera reído al ver al doctor Rosenzweig. El anciano abrió la puerta del cuarto del hotel Rey David cuando Camilo tocó, vestía pantaloncitos cortos muy amplios, camiseta sin mangas y las sandalias que iba a usar con la túnica marrón.

—Camilo, amigo mío, perdóname; pasa, entra.

Camilo estaba acostumbrado al aspecto habitual de Rosenzweig: dinámico, bien afeitado, delgado, luciendo su edad que lindaba en los setenta, pálido para un israelita, ojos color avellana y mechones de canas rebeldes, que recordaban fotografías de Albert Einstein. El condecorado estadista y ganador del Premio Nobel, usualmente usaba anteojos de marco metálico, suéteres voluminosos, pantalones amplios y zapatos cómodos.

A Macho le costaba acostumbrarse a ver a su viejo amigo con la piel de color ámbar oscuro, pelo oscuro muy corto, abundante barba y bigote, lentes de contacto color café oscuro y una barbilla sobresaliente producida por un aparatito puesto en los dientes de atrás.

—Por cierto, Zeke hizo un magnífico trabajo contigo —dijo Camilo, consciente de que haber sobrevivido al horrendo accidente aéreo también había dejado sus huellas en Jaime.

El doctor Rosenzweig retrocedió para sentarse en una silla cerca de donde había puesto su Biblia y dos comentarios, que había ocultado en el equipaje que trajo para el vuelo desde los Estados Unidos Norteamericanos. Un vaso con agua estaba cerca de él, sobre una mesa de noche. Su amplia túnica con capucha como de monje, estaba sobre el lecho.

—¿Por qué no te vistes, hermano?

El anciano suspiró.

—Camilo, todavía no estoy listo para el uniforme. No estoy preparado para la tarea —dijo Jaime, con su habla alterada no solamente por el aparatito, sino también por la lesión de su mandíbula.

Camilo buscó en el armario y encontró una bata del hotel.

—Por ahora, ponte esto —dijo—. Tenemos un par de horas aún.

El doctor Rosenzweig se mostró agradecido por la ayuda para ponerse la bata, ésta era blanca y de talla única. El contraste con el nuevo color de su piel y la bata que se desparramó por el piso cuando volvió a sentarse no lo hacía lucir menos cómico.

Jaime bajó la cabeza y miró el nombre del hotel en el bolsillo superior de la bata.

—Rey David —dijo—, ¿no crees que debiéramos coser en la túnica marrón un rótulo que diga "Patriarca Moisés"?

Macho sonrió. No podía imaginarse la presión que sufría su amigo.

—Dios estará contigo, doctor —dijo.

Súbitamente Rosenzweig tembló y se deslizó al piso. Se dio vuelta, se arrodilló con los codos apoyados en la silla.

"Oh Dios, oh Dios", oró Jaime, luego se dio vuelta con rapidez y se sacó las sandalias, tirándolas a un lado.

Camilo también se puso de rodillas, con una emoción tan honda que creyó que no podía hablar. Justo antes de cerrar los ojos se dio cuenta de que el sol naciente entraba por entre las cortinas y bañaba la habitación. También se sacó los zapatos, enterró su cara en las manos, de bruces en el piso.

La voz de Jaime era débil. "¿Quién soy yo que debo ir y sacar a los hijos de Israel?"

A pesar del calor del día, Macho se sintió helado y temblando. Estaba sobrecogido por la convicción de que debía responderle a Jaime, pero ¿quién era él para hablar por Dios? Él había asimilado las enseñanzas del doctor Ben Judá y había oído cuando aconsejó a Jaime sobre el llamamiento a Moisés, pero no se había dado cuenta de que el diálogo había sido grabado a fuego en su cerebro.

El silencio pendía en el cuarto. Camilo miró por un instante antes de cerrar nuevamente los ojos, muy apretados. El asoleado cuarto brillaba tanto que el anaranjado persistió en su vista en la misma forma que la pregunta de Jaime flotaba en el aire. El hombre lloraba muy fuerte.

—Ciertamente Dios estará contigo —susurró Camilo y Jaime cesó de llorar. Camilo agregó—, y esta será la señal para ti de que Dios te ha enviado: Cuando hayas sacado al pueblo, tú le servirás a Él.

El anciano dijo:

—Sin duda, cuando vaya al remanente de Israel y les diga: "El Dios de sus antepasados me ha enviado a ustedes" y ellos me digan: "¿cuál es Su nombre?" ¿Qué les diré entonces?

Camilo apretó sus dedos contra las sienes y dijo:

—Como Dios dijo a Moisés "Yo Soy el que Soy" así le dirás a los hijos de Israel: "Yo Soy me ha enviado a ustedes. El Señor Dios de sus padres, el Dios de Abraham, el Dios de Isaac, y el Dios de Jacob, me ha enviado a ustedes". Este es el nombre de Dios para siempre y con éste se hará memoria de Él en todas las generaciones. "El Señor Dios de sus antepasados ha visto lo que se les ha hecho a ustedes y los sacará de la aflicción a una tierra de seguridad y refugio". Ellos obedecerán tu voz; y tú irás al rey de este mundo y le dirás: "El Señor Dios ha venido a mí y, ahora, por favor, déjanos realizar nuestra jornada al desierto para que podamos sacrificar ante el Señor nuestro Dios. Pero el rey no los dejará ir, así que Dios extenderá su mano y golpeará a los que se opongan a ustedes".

—Pero ¿supongamos que ellos no me crean o no escuchen mi voz? —dijo Jaime tan débilmente que Camilo apenas lo oyó—. Supongamos que ellos digan: "¿El Señor no se te ha aparecido?"

Camilo se incorporó y se sentó, súbitamente frustrado e impaciente con Jaime. Miró fijamente al anciano arrodillado, la cabeza de Camilo zumbaba, con sus ojos plenos del color que penetraba en la habitación. Camilo no se había sentido tan cerca de Dios desde que presenció la conversación del doctor Ben Judá con Elías y Moisés en el Muro de los Lamentos.

—Estira tu mano y toma el agua —dijo sintiéndose con autoridad de repente.

Jaime se dio vuelta para mirarlo fijamente.

—Camilo, yo ignoraba que tú sabías hebreo.

Camilo tuvo el buen sentido de no discutir aunque él no sabía nada de hebreo y estaba pensando y formando sus palabras en inglés.

—El agua —dijo.

Jaime sostuvo la mirada fija, luego se dio vuelta y agarró el vaso. El agua se convirtió en sangre, Jaime puso el vaso sobre la mesa con tanta rapidez que la sangre roció el dorso de su mano.

—Esto es para que ellos crean que el Señor Dios se te ha aparecido. Ahora, vuelve a coger el vaso con agua —dijo Camilo.

Tímidamente Jaime tomó el vaso y, cuando lo tocó, la sangre se volvió agua, hasta la que tenía en la mano.

—Ahora, vuelve tu mano hacia el siervo de Dios —dijo Camilo. Jaime volvió a poner el vaso con agua sobre la mesa e hizo gestos de preguntas a Camilo. Y éste quedó paralizado, incapaz hasta de mover los labios.

—Camilo, ¿estás bien?

Camilo no podía contestar, sentía la cabeza ligera por haber dejado de respirar. Trató de hacer señas con los ojos a Jaime pero el hombre lucía aterrorizado. Volvió a poner su mano sobre el pecho como si estuviera asustado de su poder y Camilo se desplomó, jadeando, apoyando las palmas de las manos en el suelo. Cuando recuperó el aliento dijo:

—Si no te creen, ni obedecen el mensaje de la primera señal, esto será para que crean el mensaje de la última señal.

—¡Camilo, lo siento! Yo...

—Y si ellos no creen estas dos señales ni oyen tu voz, entonces tomarás agua del río y la verterás sobre la tierra seca. Y el agua que saques del río se convertirá en sangre sobre la tierra seca —continuó Macho.

Camilo se volvió a poner de cuclillas, con las manos sobre los muslos, exhausto.

—Yo no soy elocuente ni siquiera ahora que Dios me ha hablado. Soy tardo en el habla y torpe de lengua —dijo Jaime.

—¿Quién hizo la boca del hombre? —dijo Camilo—. O ¿quién hace al mudo, al sordo, al vidente o al ciego? ¿No es el Señor? Por tanto, ahora ve y Él estará con tu boca y te enseñará lo que dirás.

Jaime se volvió a dar vuelta y se arrodilló apoyado en la silla. "Oh, mi Señor", clamó, "¿no hay otro que tú puedas enviar?"

Camilo conocía la historia. Pero no había un Aarón. Zión estaba en la casa de refugio y no se sentía dirigido a ayudar personalmente. David Hassid era el único otro miembro del Comando Tribulación que tenía sangre judía, aunque se había criado en Polonia, y éste tenía sus habilidades y cometidos especiales. En todo caso, no había tiempo para disfrazarlo. Si aparecía súbitamente en público, iba a poner en peligro a los que se suponía muertos en aquel accidente aéreo, al menos por ahora.

Camilo esperó que Dios le diera una respuesta para Jaime pero no hubo ninguna.

DOS

J usto antes de las nueve de la mañana y, como a una
hora al este de Mizpe Ramon, David le pidió a Lea que
estacionara a la vera del camino.

—Lo lamento —dijo—, pero acabo de recibir algo de
Zión que ustedes tienen que oír y tengo que mandarle un mensaje a Chang. Cuesta mucho hacerlo con esta cosa que rebota
en mi regazo.

—Mejor que escondas la furgoneta —dijo Mac—, estamos demasiado a la vista.

Lea miró por los espejos retrovisores, puso el cambio de
tracción a las cuatro ruedas, y se dirigió hacia la arena. Abdula
se sentó, se puso el cinturón de seguridad del asiento y dijo:

—Uno pensaría que era el fin del mundo.

—Muy chistoso —dijo Mac.

Lea se detuvo a unos tres kilómetros del camino, a la sombra de un peñasco pequeño y de dos árboles resecos. David
instaló su computadora en el asiento y se paró afuera, inclinándose sobre ésta. Los demás se estiraron, luego se reunie-
ron en torno a él para escucharlo leer la copia de Zión referen-
te a su intercambio con Chang.

—Eso no suena nada bueno —dijo Abdula—. ¿Qué
hacemos?

—Yo le hablaría muy claramente a ese chico —dijo Mac.

—Precisamente lo que estaba pensando —dijo David—. Que alguien ponga al día a Raimundo mientras yo trabajo aquí.

—Yo lo hago —dijo Mac, abriendo su teléfono.

David escribía:

¿Tienes tiempo para interrumpir al doctor Ben Judá pero no para reportarte con tu superior inmediato? Chang, ¿crees que esto es un juego? ¿Qué le pasó al inteligente sabelotodo que iba a manejar todo mientras dormía? Nadie desdeña tus reflexiones ni tu angustia espiritual, pero mejor es que te controles y aceptes el hecho que tú aceptaste este cometido.

Chang, la realidad es que ahora no tienes tiempo para estas cosas. Son demasiadas las personas que cuentan contigo y el éxito mismo de un operativo de vida o muerte está en tus manos. Infligirte daño porque no puedes entender por qué Dios pudiera permitir que algo suceda, es el mayor acto de egoísmo que puedas hacer.

Ahora, en cuanto yo transmita esto, quiero tu respuesta diciendo que aún estás en el puesto de trabajo. Si el mensaje no llega de inmediato, me veré obligado a iniciar los códigos que destruyen todas las cosas que yo puse ahí y que te expliqué. Sabes que no podemos arriesgarnos a que te quiebres y dejes pruebas de que había algo erróneo. Tenemos que saber cuáles son los planes de Suhail Akbar para investigar el sitio del accidente. Tú tienes que meterte en los archivos de Sandra y asegurarte de que tengamos al día el itinerario de Carpatia. Y si él tiene reuniones en cualquier parte donde puedas espiar, tienes que dirigir esa transmisión a Chicago, a Mizpe Ramon y a mí. ¿Dónde está el 216, quién lo pilotea, Carpatia lo está usando para reuniones?

Chang, óyeme. Algo que le escribiste al doctor Ben Judá me hizo recordar lo que me dijiste acerca de toda esta cosa de la marca doble. Yo sé que tú no la aceptaste intencionalmente, aunque pretendías que pensara que te acostumbraste de inmediato y que yo captara "lo bueno", como tú lo dijiste. ¿Cierto que no es tan fácil cuando todos somos tan novatos en esto y algo no concuerda con lo que Dios dice al respecto en forma evidente? El doctor Ben Judá es el perito y tú lo tienes perplejo, así que yo no intentaré siquiera tener una respuesta para ti, pero evidentemente, hay algo que no marcha bien y no te culpo por querer saber cómo te considera Dios ahora.

No me cabe duda alguna de que nada puede separarte de Dios y de su amor pero no vas a tener paz hasta que sepas con toda certeza qué pasó realmente aquella mañana. Bueno, repito, permite que sea muy claro: Esta no es tu prioridad principal. Lo más importante para ti es completar las tareas que mencioné antes y cerciorarte de que todos estemos a salvo y no nos pueden descubrir. Lo último que supimos era que Carpatia iba a aparecer en público en Jerusalén a las once de la mañana, hora carpatiana.

Pero en cuanto te asegures de que todo está bajo control y que todos estamos a igual ritmo, prueba las coordenadas que te enumero más abajo. Es una oportunidad en un millón, pero programé una cadena que pudiera dar acceso a equipo de vigilancia que yo no instalé. Es posible que haya una grabación, de audio o vídeo o ambas, de lo que pasó ese día. El problema es que el Edificio D era una instalación de mantenimiento que muy rara vez visitan los jerarcas, si es que van. No me tomé la molestia de plantar aparatos de espionaje allí, pero por lo que sé, algo ya estaba puesto.

Me dijiste en persona, y no hace mucho al doctor Ben Judá, que estabas tratando de zafarte de recibir la marca y que hasta estabas listo para decir la verdad justo en el momento en que "te pincharon". Yo entendí que eso significaba el momento en que te pusieron la marca. Quizá eso *sea* lo que quieres decir, pero esa no es la manera en que la mayoría de la gente se refiere a la aplicación del tatuaje y la inserción del chip. No sé. Puede ser que esté especulando pero quizá hubiera otra cosa aconteciendo. Nunca me dijiste qué pasó desde el momento en que llegaste al subterráneo del Edificio D hasta que llegaste a mi oficina. ¿Te acuerdas? Y si no te acuerdas, ¿por qué?

Así, pues, primero dime que estás ahí y haciendo tu traba-jo. Danos todo lo que necesitamos. Luego, ve que puedes hallar del Edificio D. Contesta tan pronto como leas esto.

David transmitió el mensaje, luego dejó que Mac lo leye-ra antes que partieran para Mizpe Ramon. Mac asintió.

—¿Cuánto tiempo le das?

David se encogió de hombros.

—No mucho, pero no quiero destruir el sistema porque él haya ido al baño en el preciso momento.

David recibió una respuesta de Chang a los pocos minutos de regresar al camino.

"Obedeciendo las órdenes. Señor Hassid, yo creía que la marca se administraba en el subterráneo del palacio. Los planos muestran al Edificio D a varios cientos de metros de aquí. No recuerdo haber estado ahí. Y por 'ser pinchado' me refiero al anestésico que me dieron antes del procedi-miento. Creía que eso también fue hecho en el palacio".

Raimundo cobró ánimos al oír cuán próximos a Mizpe Ra-mon estaba el cuarteto del Quasi Dos y Lea. Le comentó a Mac de las armas que George Sebastian traía por avión.

—Smitty querrá verlas —dijo Mac—. Él fue hombre de combate antes de pilotar aviones de guerra, tú ya lo sabes.

Raimundo no lo sabía y pudo oír, en el fondo, que Abdula exigía saber de qué estaban hablando.

—Niño del desierto, ocúpate solamente de sujetar las riendas de aquel camello —dijo Mac.

—Cuidado, vaquerito de Texas. Ya me enteraré de algu-nos estigmas tuyos y atormentaré a tus antepasados.

—Un momento, Ray —dijo Mac—. Smitty, tú quieres decir mis descendientes. Mis antepasados están muertos.

—Tanto mejor. Los haré darse vueltas en sus tumbas.

—También Albie es hombre de armas de fuego —dijo Raimundo—. Pero yo me he hartado. De todos modos, los necesito a los dos en el aire, él y Abdula.

Se alegró de saber cuáles eran los planes de Lea y Hana, pero se quedó callado ante la noticia de que David quería adelantarse a todos llegando a Petra. En el trasfondo oyó que Hassid decía:

—Mac, yo quería decírselo.

Pero cuando Raimundo pensó bien el asunto, era lógico que David estuviera ya en Petra para Jaime y los creyentes israelíes. Le preguntó a Mac qué sabían de los más recientes planes de Carpatia. Mac lo puso al día tocante a los problemas con Chang.

—Yo tengo que saber tan pronto como sea posible —dijo Raimundo—. La procesión o como quieran llamarlo, el sacrilegio y el ataque pudieran ocurrir, todos a la vez, en esta semana.

———

Camilo portaba su credencial de identidad de Cabo Jack Jensen de los pacificadores de la CG pero iba vestido de civil, contando con que su nuevo pelo y color de ojos, para no mencionar siquiera su cara llena de cicatrices, despistaran a cualquiera que, de otra manera, pudiera reconocerlo. Él y Jaime se fueron del Rey David a las nueve y media de la mañana en automóvil, y se abrieron paso a través del denso tráfico hasta llegar a una distancia de la Ciudad Vieja que se pudiera caminar. La túnica de Jaime estaba amarrada por la cintura con un cordón pero el dobladillo raspaba el suelo ocultando sus pies, cosa que hacía parecer que él iba deslizándose en el aire.

Pronto ambos quedaron rodeados por las multitudes que se alineaban a lo largo de la Vía Dolorosa, donde se esperaba a Carpatia una hora antes del mediodía. A Camilo le impresionó la cantidad de gente, a pesar de que la población mundial disminuía. La ciudad aún mostraba huellas del terremoto que había allanado una décima parte de ella pero nada detenía a los oportunistas. En cada esquina había aprovechados que ofrecían recuerdos de Carpatia, hasta ramas reales y de plástico para tirar delante de él mientras éste iba realizando lo que llegaría a conocerse como su entrada triunfal.

Evidentemente, Nicolás Carpatia, el pacifista, ya no existía. Convoyes de tanques, camiones militares, aviones de combate y bombarderos cargados en camiones de plataforma plana, hasta misiles, rodaban lentamente por las calles. Camilo sabía que no cabrían dentro de la Ciudad Vieja sin obstruir las callejuelas estrechas, pero abundaban por todas las demás partes.

Camilo estaba pendiente de Patty y una mano en su teléfono, pero ya hacía largo rato que había perdido la esperanza de obtener una explicación razonable de su desaparición. Trataba de no pensar lo peor, pero hubiera sido fácil para ella comunicarse con él o cualquier otro del Comando Tribulación.

Jaime caminaba lentamente detrás de él, encorvado, con las manos metidas en los pliegues de su túnica marrón, la cabeza casi calva oculta por la capucha. No había dicho palabra desde la experiencia que tuvieron en el cuarto del hotel. Había cambiado la bata del hotel por la túnica de suave franela que lucía como arpillera y se había puesto sus sandalias.

Era evidente que la ciudad no tenía muchos pacificadores, locales o internacionales. Muchas vidrieras de tiendas estaban tapadas con madera y absolutamente todo servía de taxi, hasta los desbaratados vehículos de propiedad privada. La televisión atronaba desde las vidrieras de las escasas tiendas de artefactos domésticos que estaban abiertas, y los espectadores se juntaban y se quedaban boquiabiertos. Camilo puso su mano sobre el hombro de Jaime e hizo señas con la cabeza hacia uno de esos lugares. Se juntaron con la muchedumbre para mirar una repetición del accidente del Quasi Dos, viendo que la zona estaba llena de técnicos con guantes de goma que escarbaban y recogían los restos, junto con las sombrías declaraciones del Soberano Carpatia, del Altísimo Reverendo

Padre León Fortunato, del Supremo Comandante Walter Moon y, por último, del Director de Seguridad e Inteligencia Suhail Akbar. Este último decía:

"Desdichadamente, hemos sido incapaces de confirmar la evidencia de restos humanos aunque la investigación continúa. Por supuesto que es posible que cuatro patriotas leales de la Comunidad Global fueran pulverizados en esta tragedia debido al choque. El personal médico nos dice que habrían muerto sin dolor. En cuanto confirmemos las muertes, se elevarán oraciones al soberano resucitado por sus almas eternas y presentaremos nuestras condolencias a sus familias y demás seres queridos".

El presentador del noticiero informaba que había investigaciones ulteriores que revelaban un error de pilotaje de parte del Capitán McCullum y que un jefe de carga de Nueva Babilonia había precavido a la tripulación acerca de un problema con el peso y el equilibrio de la carga y que les había rogado que no despegaran.

Camilo sabía que él debía sentir mucho temor por lo que venía, pero estaba lleno de valor porque sintió la presencia de Dios en el hotel Rey David. No sabía cómo él y Jaime evitarían ser descubiertos o qué sucedería cuando Carpatia hubiera iniciado su espantosa obra. Solamente deseaba detectar una prueba de que Jaime había obtenido la misma confianza de lo que había ocurrido cuando ambos estaban arrodillados.

David y los demás de la furgoneta escucharon las conclusiones de Suhail Akbar por la radio mientras Lea seguía instrucciones minuciosas y se acercaba a corta distancia de la pista de aterrizaje en las afueras de Mizpe Ramon. David se conmovió por la conmoción y la tristeza en la voz de Jennifer, su ayudante, cuando la entrevistaron tocante a él. Deseaba poder decirle que él estaba bien pero temía que algunos ya estuvieran sospechándolo.

Abrazó a Raimundo, le dio la mano a Albie e hizo la presentación general de Hana. Mientras se informaba al resto de los planes que dependían totalmente del imprevisible Carpatia, David fue conducido a la oficina de Raimundo donde desocupó una mesa para instalar su computadora, a fin de monitorear el éxito de Chang Wong para mantenerse al día con el soberano.

El joven había logrado conseguir la más reciente copia del itinerario de Carpatia. Indicaba una reunión que comprendía a NC, LF, WM, SA y LH en el FX a las 1000 horas.

"Yo sé que es ahora", informaba Chang, "pero me perdí después de las iniciales de los cuatro que conocemos. ¿Socorro?"

"Yo tampoco sé quién es LH", contestó David, "pero, vamos, niño inteligente. Vuélvete fonético y supones que FX es el Fénix y conéctame ahí".

"Tengo archivada la conferencia de prensa de Akbar, ¿la quiere primero?"

"¡Hombre, prioridades! La conferencia de prensa fue transmitida internacionalmente".

David revisó apurado la bolsa de sus audífonos para sacarlos y estaba poniéndoselos justo cuando Chang efectuó la conexión con el Fénix. David captó el ambiente en el avión y Chang transmitió una pantalla que tenía la lista de los reemplazos de la CG para David, Mac y Abdula. "A. Figueroa por usted", escribía Chang. "¿Lo conoce? Evidentemente no van reemplazar a la enfermera Palemoon. Aún no tengo idea de quién sea LH".

—No es necesario prolongar esta reunión con Hut —ese era Carpatia, claramente—. Adelante con eso.

—Inmediatamente, Excelencia —dijo Moon—. León, eeh, Reverendo Fortunato quisiera ponerlo al día tocante a la imagen y al animal.

—Acabo de verlo. ¿Dónde está?

—La cabeza, señor. Se siente un poco mal.

—¿Cuál es el problema?

—No sé.

—Walter, hace un instante él estaba aquí.

—Meneándose.

—¿Por qué?

—Señor, lo siento, yo…

—Bueno, averígualo, ¿quieres? Y deja pasar a Akbar y Hut ahora.

David escuchó que Moon hablaba por un intercomunicador mandando a alguien.

—Deje que Akbar y Hut suban a bordo. Y que el auxiliar vea qué pasa con el Reverendo Fortunato.

—¿Repite?

—Fortunato. Trasero de primera clase.

Carpatia rugía riéndose en el trasfondo.

—¡Señor Moon, una descripción muy apropiada!

—Señor, no quise decir es, solamente estaba…

—Walter, ¿podemos seguir adelante con esto? Si Fortunato no puede volver para acá, ¿qué me va decir de la imagen y del animal?

—Su Señoría, él no me lo dijo pero parecía muy entusiasmado.

—Hasta que se fue al baño, enfermo.

—Exactamente.

Luego de unos pocos segundos de silencio Carpatia gritó:

—Walter, dile a Suhail que si en treinta segundos no tiene a bordo a su nuevo hombre…

—Supremo Soberano Carpatia, señor, el Director de Seguridad e Inteligencia Suhail Akbar, de Paquistán, y el jefe de la Fuerza Monitora de la Moral de la Comunidad Global, Loren Hut, de Canadá.

—Perdone la demora, Soberano, pero…—dijoAkbar.

—Siéntense, los dos. Director Akbar, ¿dónde halló a este largo ejemplar y por qué no sigue como vaquero de rodeo en Calgary?

David notó que Carpatia había pronunciado el nombre de la ciudad acentuando la segunda sílaba, igual que los nativos.

—Disfruto más enlazando disidentes —dijo el joven.

Carpatia se rió.

—Jefe Hut, yo no le estaba hablando a usted pero...

—Lo siento.

—... usted se salvó con esa respuesta. ¿Tiene todo lo que necesita?

—Sí, señor.

—Sí, *Soberano* —corrigió Carpatia—. *Señor* no sirve cuando se dirige a su resucitado...

—Absolutamente, Excelencia, Señoría, Soberano. Me advirtieron. Solo que aquí me equivoqué.

—¿Usted *se burla* de mí?

—¡No, señor! ¡Soberano!

—Le hice una pregunta.

—Yo no me burlaría...

—¡Si tienes todo lo que necesitas, imbécil!, director Akbar, con toda honestidad, ¿éste es lo mejor que pudimos conseguir?

—Él es muy competente y condecorado, Excelencia y, sencillamente está demasiado intimidado en su presencia para demostrar la lealtad por la cual es famoso.

—¿Seguro?

—Sí, señor, Soberano. Yo soy leal a usted y siempre lo he sido.

—¿Y tú me adoras?

—Cada vez que puedo.

Carpatia se rió entre dientes.

—Hut, ¿cada monitor moral está armado?

—Sí, aquí en Israel, lo están. Y en todas las demás partes estarán armados a fines de la próxima semana.

—¿Por qué el retraso?

—Tenemos las armas, solo es cosa de dárselas a cada uno.

—Hut, tu prioridad principal está aquí. Entiendes eso.

—Absolutamente.

—Luego, es armar a cada uno de tus soldados.

—Sí.

—¿Cuál es la proporción de mujeres y hombres en los monitores?

—Excelencia, casi sesenta hombres por cuarenta.

—¿Casi?

—Casi exactamente cincuenta ocho a cuarenta y dos.

—¡León, excelente! ¡Volviste!

—Señoría, perdóneme!

—Por favor, siéntate. Este es…

—Excelencia, prefiero quedarme de pie si no le importa. Y ya me presentaron al señor Hut. Un muchacho impresionante.

—Sí, bueno, me alegra que lo consideres así. Yo decidiré a fines de la semana próxima cuando sepa si él cumplió su tarea. Y me interesará saber cómo maneja a los incorregibles de aquí.

—¿En Israel, señor, Soberano? —dijo Hut.

—Eso es lo que "aquí" significa sí.

—Solo que no puedo imaginar que alguien le vaya a causar problemas aquí, pero si lo hacen…

David oyó que Carpatia respiraba más profundo.

—¡Sí! —dijo entre dientes—. Hut, dime, ¿qué tienes preparado para la gente que sea tan insolente como para ofrecerme resistencia aquí, en la Ciudad Santa?

—¡Serán aprehendidos y encarcelados de inmediato!

—¡No! —gritó Carpatia—. ¡Esa es una mala respuesta! Akbar, juro que si tú no…

David pudo escuchar que Akbar susurraba apremiante, y luego un ferviente Loren Hut decía:

—Haré que los maten, Soberano. En el acto. O los mataré yo mismo.

—¿Y cómo harás esto?

—Probablemente les dispare.

—¿Dónde?

—En la calle. En público. Frente a todos.

—Quiero decir, ¿dónde, en el cuerpo?

—¿El cuerpo de ellos?

—¿Dónde les dispararás? —Carpatia hablaba ahora con rapidez, pronunciaba como si estuviera saboreándose de solo pensarlo.

—Soberano, en el corazón o en la cabeza para matarlos con seguridad.

—¡Sí! ¡No! ¿Cuántas balas tienes en tu arma personal?

—¿Yo? Ando con una pistola semiautomática con un cargador de nueve.

—¡Úsalas todas!

—¿Todas?

—Empieza por las manos. Primero una y, cuando se la agarre, entonces la otra. Mientras gritan y danzan y se revuelcan y tratan de huir, dispara primero a un pie, luego al otro.

—Entiendo.

—¿Realmente es así? Mientras yacen tirados, dando alaridos de dolor y los demás huyen temerosos, abandonándolos, aún te quedan cinco balas, ¿no?

—Sí —Hut sonaba aterrorizado.

—Ambas rodillas, cada hombro. Particularmente doloroso. Hazlos cambiar de idea, Hut. Haz que digan que me aman y que lamentan haberse opuesto a mí. Y ya sabes qué hacer con la última bala.

—¿Corazón?

—¡Eso es una frase gastada! ¡Nada creativa!

David oyó que el asiento de cuero crujía y se imaginó que Carpatia estaba actuando todo lo que decía.

—Pones la boca del cañón caliente en la frente de ellos, justo donde debiera estar la marca. Y les preguntas si están preparados para jurar lealtad. Y aunque clamen al cielo con alaridos de que han visto la luz, tú les das su propia marca. Será la única bala que no oirán ni sentirán. Y, luego, ¿qué?

—¿Y luego?

—Hut, ¿qué haces? Con una víctima muerta a tus pies, con nueve balas en el cuerpo o atravesándolo, por cierto que no dejas el cadáver tirado en la calle.

—No, haré que lo saquen.

—¡A la guillotina!

—¿Señor, Soberano?

—Hut, ¡el precio de la deslealtad es la cabeza!

—Pero ellos están…

—Ya están muertos, por supuesto, pero mi amigo, el mundo tiene que tener muy claro la opción y la consecuencia. Muerto o no el ciudadano desleal sacrifica su cabeza.

—Muy bien.

—Hut, ¿sabías que cuando se decapita a una víctima viva, el corazón puede seguir latiendo por más de media hora?

Evidentemente, Hut estaba silencioso por pura estupefacción.

—Es verdad. Ese es un hecho médico. Bueno, no podremos comprobarlo con una víctima que tú cosas a balazos, ¿no?

—No.

—Pero un día tendremos la oportunidad. Yo la espero, y ¿tú?

—No.

—¿Tú no? Hijo, yo espero que no seas demasiado timorato para tu trabajo.

—No lo soy. Yo balearé a los malos y les cortaré la cabeza pero no tengo que revisar a las otras víctimas para ver si sus…

—¿Tú no? ¡Yo sí! Hut, ¡esto es cosa de vida o muerte! ¡Nada es más puro! ¡Yo he venido a dar vida! Pero ¿el que opta por depositar su lealtad en otra parte? Bueno, ése ha escogido la muerte. ¿Qué pudiera ser más definido, más claro, tan blanco y negro?

—Soberano, entiendo.

—¿Entiendes?

—Creo que sí.

—Lo entenderás.

—Sí.

—Ahora, vete. Tenemos una gran semana por delante. Prepárate.

David, helado y disgustado, garabateó una nota para sí mismo. Sería muy propio de Carpatia aprovechar esto durante días.

Oyó que Carpatia le decía a Moon que acompañara a Akbar y Hut a la salida y que lo dejara solo con Fortunato.

—Excúsennos por un momento, ¿sí? —dijo a otros que evidentemente lo esperaban en la cabina. Luego de un instante—, León, ¿no estás de acuerdo con que el temor es una forma de adoración?

—Excelencia, en su caso por cierto que sí. El temor de nuestro dios es el comienzo de la sabiduría.

—Me gusta eso. Bíblico, ¿no?

—Sí, Señoría.

—¡León, siéntate por favor!

—Me gustaría pero… bueno, está bien.

León dejó escapar un gritito al sentarse.

—Amigo mío, ¿qué pasa? ¿La comida no está de acuerdo contigo?

—No, discúlpeme pero…

Carpatia se rió burlonamente.

—Un amigo verdadero se siente libre para rascarse delante de su resucitado soberano.

—Excelencia, lo siento tanto.

—No te preocupes por eso. ¿Estás tan incómodo debido a que te pica la cadera?

—Señor, me temo que sea más que eso, pero prefiero no…

—Entonces, ponme al día respecto a tus cometidos.

—El animal está en su lugar.

—León, tienes permiso para llamarlo por lo que es.

—El cerdo.

—Sé que es mucho más que un cerdo. ¡Un puerco! ¡Un marrano! Una bestia enorme, fea, que resuella, fétida.

—Sí, señor.

—Se me hace larga la espera para verlo.

—Cuando quiera.

—Bueno, tengo que montarla dentro de poco a partir de ahora, ¿no?

—Sí, señor, pero usted se hubiera podido resbalar.

—¿Me hubiera qué?

—Excelencia, le mandé hacer una silla.

—¡León, no me digas! ¿Una silla de montar para un cerdo?

—El cerdo más enorme que yo haya visto.

—¡Así lo espero! ¿Cómo lo hiciste?

—Soberano, la gente se regocija sirviéndolo.

—Debe ser ancha.

—Me preocupa que usted se sienta como si estuviera abriéndose de piernas.

—León, parece como si *tú* estuvieras haciéndolo. Párate si te acomoda. ¡Así mismo! Y, ¡sí! ¡Ráscate si te pica!

—Excelencia, lo lamento.

—¡Vaya, te meneas como un estudiante en su primer baile!

—Perdóneme pero es mejor que yo vuelva al…

—Ve entonces, de todos modos. ¿Qué es? ¿Una picada? La picazón puede ser terriblemente molesta.

—Excelencia, quisiera que eso fuera todo. También es muy doloroso. Cuando me rasco, duele más. Me siento pésimo.

—Debes tener alguna picada.

—Quizá. Discúlpeme.

—¡Ve!

—¡Quería hablarle de la imagen!

—Y yo quiero oír eso, pero no soporto verte en tal agonía.

—Regresaré antes que usted se vaya y se lo contaré.

———————

David estaba sentado y movía la cabeza. Cuánto deseaba poder mirar lo que estaba pasando pero, de todos modos, el teatro de su mente era mucho mejor. Carpatia llamó a alguien para que fuera a buscar a Walter Moon, y luego le dijo a Moon:

—Tráeme ese disfraz.

Moon le dijo que la caravana a la corte de Pilato se iría en diez minutos.

—¿El Reverendo Fortunato le mostró el recorrido de los sitios?

—No. Se muestra muy incómodo.

—¿Todavía? Bueno, salimos desde la corte de Pilato a la calle. Un poco más adelante en la calle tenemos a Viv Ivins colocada para salirle al encuentro como una sustituta de su madre.

David oyó el crujido de papel... supuso que era un mapa.

—Aquí tenemos a una joven que sale y le enjuga el rostro; luego, dos paradas más adelante usted exhorta a las mujeres de Jerusalén. Después del Gólgota, ve otra vez a Viv, desempeñándose como su madre. Luego, sigue al Sepulcro del Jardín.

Alguien estaba haciendo un sonido a través de los dientes y David no podía imaginar que fuera Moon haciéndolo frente a Carpatia. Finalmente, Nicolás dijo:

—Muy bien, saca la mitad de esas cosas. Esta parte y aquella con Viv, y esta, y esa con la joven y el discurso a las mujeres, esta otra y la última con Viv.

—Puedo preguntar...

—Walter, la idea es rehacer. La mitad de esas cosas nunca ocurrieron.

—No sabemos eso. Son tradi...

—Nunca ocurrieron. Créeme, yo sé.

—¿Querrá cambiarse ahora de ropa?

—Tan pronto como León haya terminado en el... ¡ah, León! ¿Te sientes mejor?

—Desdichadamente no.

—Entonces, ¿qué es?

—Prefiero no hablar de esto con usted, señor.

—¡Tonterías! ¿Entonces es una picada?

—Señor, no lo creo así, pero es grande, doloroso y está infectado.

—¿Y está justo ahí?

—Sí —León sonaba abatido.

—¡Pobre hombre! Una herida en el lado izquierdo de tu…

—Sí, en mi, eh..., en mi trasero.

Carpatia dio señales de ahogar una risita.

—Tienes que hablarme de la imagen.

—En el camino, señor. Yo esperaba que usted la notara.

—¿Notara?

—Mi marca.

—¡Déjame verla! ¡En tu mano! ¡Impactante! ¡Dos-uno-seis! Excelente. Gracias, amigo mío. ¿Duele?

—No sabría por el, eeh…

—Sí, bien…

—De todos modos le mostraré la imagen escogida. Es de tamaño natural, de oro y bella. Cuando acepté la marca de la lealtad, me postré delante de ella y adoré.

—Bendito seas, León, y que sanes rápidamente.

TRES

P atty estaba arrodillada en su habitación de un hotel en Tel Aviv, dando gracias a Dios por todo lo que había aprendido de Zión Ben Judá en tan corto tiempo. Le agradeció por Lea y Jaime, y especialmente por Macho, al que había conocido antes que él llegara a ser creyente. Agradeció a Dios por Raimundo, que fue el primero en hablarle de Cristo; por Albie que, por alguna razón, se preocupaba tanto por ella.

Mientras oraba se dio cuenta de que había alguien de pie en el cuarto. Ahí estaba ella, la que siempre revisaba todo antes de encerrarse con llave. Nadie más podía haber estado allí. Pero el sonido de las palabras que él decía, la hicieron bajar el rostro al piso como en un sueño profundo. Súbitamente una mano la tocó haciéndola temblar. Y una voz dijo:

"Oh, hija, eres muy amada por Dios. Entiende las palabras que yo te digo, y ponte de pie pues he sido enviado a ti".

Patty había leído el relato del doctor Ben Judá acerca de que le hablaron en sueños, y se paró temblando. La voz dijo: "No temas pues desde el primer día que te humillaste ante tu Dios, tus palabras fueron oídas. Yo he venido debido a tus palabras".

"¿Puedo saber quién me habla", logró decir Patty.

"Yo soy Miguel".

Patty estaba demasiado aterrorizada para expresar algo con elocuencia y dijo: "¿Qué se supone que me digas?"

Él dijo: "He venido para hacerte entender lo que pasará en estos últimos días". Patty se sintió tan privilegiada que no pudo hablar. Y Miguel agregó: "Oh, hija, grandemente amada, ¡no temas! Paz sea contigo; sé fuerte, sí, ¡sé fuerte! No aceptes la blasfemia del malo y su falso profeta. Si eres sabia, brillarás como el resplandor del firmamento. Aquellos que conviertan a muchos a la rectitud brillarán como las estrellas por siempre jamás. Muchos serán purificados, emblanquecidos y refinados pero el malo hará el mal y ninguno de los malos entenderá pero el sabio entenderá".

Patty se sentó jadeando. Entendió que el mensaje significaba que ella tenía que hablar contra las mentiras del Anticristo. Oró a Dios rogándole que le diera el valor porque se estaba imaginando lo que podía pasar. No pudo dormir y le preguntó a Dios si fue engañada. "¿Por qué yo?", decía. "Hay tantos más maduros en la fe y preparados para hacer una cosa así".

Patty fue a su computadora y le envió una carta electrónica al doctor Zión Ben Judá, relatando todo el incidente. Programó el mensaje en forma tal que le fuera entregado después que ella tuviera la oportunidad de confrontar a Carpatia al día siguiente, suponía que en la Vía Dolorosa. Concluyó escribiendo:

Quizá debí consultar con usted en lugar de programar que reciba este mensaje después de los hechos, pero me siento dirigida a ejercer la fe y creer a Dios. Miro lo que escribí y ni siquiera parece que fuera yo. Sé que no merezco nada de esto, más de lo que merecí el amor y el perdón de Dios. Quizá todo esto es una tontería y no pasará. Si me acobardo, no habrá sido de Dios y yo interceptaré este mensaje antes que le llegue, pero si usted lo recibe, supongo que no lo veré hasta que usted esté en el cielo. Lo amo como a todos los demás, en Cristo.

Su hermana,
Patty Durán

Raimundo reunió las tropas en la pista de aterrizaje. Presentó a los "Cuatro Mortales" y explicó sus papeles.

—El Delegado Comandante Elbaz —dijo refiriéndose a Albie—, trasladará al señor Hassid a Petra donde este último empezará a instalar el centro de comunicaciones. El señor Hassid, judío por nacimiento, piensa quedarse con los creyentes desplazados.

Una mano se levantó, la de un africano:

—¿Es a Hassid a quien debemos agradecer por poder estar aquí hoy?

—Entre muchos más —dijo Raimundo—, pero conviene comentar que si la CG no pensara que este es su propio operativo, en este momento nos estarían disparando.

—¿Cuán real es que esto pueda durar? —preguntó otro.

—Estamos en tierra de nadie —dijo Raimundo—. En cuanto sigan hasta aquí a los israelíes que huyen, quedará claro lo que estamos haciendo. Como ustedes saben, los sanos caminarán pero es una jornada larga y la CG los apresaría rápidamente. Creemos que Dios los protegerá. Los ancianos, los bebés y los enfermos necesitarán transportes. Ustedes los reconocerán por la marca del creyente y, probablemente, también por el miedo reflejado en sus semblantes. Todo aquel que llegue aquí, de alguna manera debe ser transportado de inmediato a Petra por helicóptero. Algunos de estos pájaros son de enorme capacidad así que llénenlos bien. Petra está a poco más de ochenta kilómetros al sudeste de aquí. Todos ustedes tienen los planes de vuelo.

—Eso suena como el vuelo de la muerte —exclamó uno.

—Conforme a las normas humanas, así es —dijo Raimundo—, pero nosotros somos las alas del águila.

—La cooperativa no pidió comida ni ropas —dijo alguien—, ¿cómo van a sobrevivir estas personas?

—¿Quién quiere contestar eso? —dijo Raimundo y varias personas hablaron al mismo tiempo explicando que Dios abastecería con maná y agua y que la ropa no se iba a gastar. Finalmente Raimundo levantó la mano—. Una cosa que no sabemos es el horario. Carpatia tiene programado empezar a recorrer la Vía Dolorosa a las 1100 horas. Eso terminará en el Sepulcro del Huerto. Sea que hable desde ahí o se dirija al templo, eso no lo sabemos. Hemos oído que la cautivante imagen del soberano será trasladada al Templo del Monte, donde la gente ya se está juntando para adorarla y aceptar la marca de la lealtad.

—¡De la bestia querrá decir!

—Por supuesto. Y muchos quieren hacerlo en la presencia de Carpatia. Cuando él sepa que la multitud lo está esperando, querrá estar ahí.

—Capitán Steele, ¿su gente está en su puesto?

—Por lo que sabemos, sí. La única persona con quien no nos hemos comunicado no es crucial para el operativo, a menos que ella haya transado.

—¿Cuándo será confrontado Carpatia?

—Nuestro hombre puede enfrentarlo antes que entre al templo. ¿Quién sabe? La muchedumbre puede confrontarlo, bajo su propio riesgo, naturalmente. Ustedes deben recordar que no solo en Jerusalén hay creyentes e incrédulos judíos y gentiles. También hay judíos ortodoxos que no aceptan que Jesús sea el Mesías de ellos, pero que tampoco nunca han aceptado como deidad a Carpatia. Ellos muy bien pudieran resistirse a él y negarse a aceptar la marca. Entonces, por supuesto, hay muchos indecisos.

—Ellos decidirán pronto, ¿no?

—Probablemente —dijo Raimundo—. Y muchos decidirán mal. Sin Cristo sucumbirán al miedo, especialmente cuando vean las consecuencias de oponerse a Carpatia. Bueno, ya es hora de que las tropas de transporte se dirijan a Israel. Cuando llegue el momento, ayuden a todo el que lo necesite.

—¿Y si nos paran?

—Ustedes quedan por cuenta propia —dijo Raimundo.

—Yo les diré que voy en camino a que me pongan la marca de la lealtad.

—Eso es mentir —gritó otra persona.

—Yo no tengo problemas con mentirle a la gente de Carpatia!

—¡Yo sí!

Raimundo volvió a levantar la mano.

—Hagan lo que Dios les diga —dijo—. Dependemos de Él para la protección de su pueblo escogido y de aquellos que están aquí para ayudarles.

"Macho" encontró un sitio elevado que daba a la corte de Pilato, situado detrás de varios miles de peregrinos que vitoreaban. El anciano Rosenzweig parecía jadear al respirar sin hacer ruido. El sudor perlaba su frente y Camilo pensó que era mérito de Zeke que no afectara el falso color del anciano. Esto era más que un simple maquillaje.

Jaime no había hablado desde que salieron del hotel, incluso cuando Camilo le preguntaba simplemente cómo estaba. Solo se encogía de hombros o asentía con la cabeza.

—¿Me dirías si tuvieras problemas, no?

Jaime asintió tristemente, mirando a lo lejos.

—Dios *estará* contigo.

Él asintió levemente de nuevo pero Camilo notó que temblaba. ¿Sería posible que hubieran escogido al Moisés equivocado? ¿Podía Zión haber calculado mal? El mismo Zión hubiera sido mucho mejor, teniendo tantos años de hablar en público como rabino y erudito. Jaime era brillante y dominaba su propio campo, pero esperar que este hombre viejo, pequeño, tembloroso, de voz débil —quizá ahora inexistente— confrontara al Anticristo, que reuniera al remanente de Israel, que resistiera contra las fuerzas de Satanás. Camilo se preguntaba si él no hubiera sido una opción mejor. A pesar del aspecto casi cómico de Jaime, parecía que la muchedumbre ni siquiera lo notaba. ¿Cómo podría comandar a un auditorio?

Camilo se había preocupado por lo que diría o haría si las fuerzas Pacificadoras o los Monitores Morales de la CG revisaban su marca de la lealtad, pero ya había camiones con altoparlantes que recorrían las calles anunciando: "se espera que todos los ciudadanos muestren la marca de la lealtad al soberano resucitado. ¿Por qué no cumplir esta obligación indolora y emocionante mientras Su Excelencia está aquí?"

Muchos de los integrantes de la muchedumbre, por supuesto, ya tenían la marca pero otros conversaban entre sí acerca de dónde estaba el centro de administración de la marca de la lealtad más cercano. "Yo voy a aceptar la mía hoy en el Templo", dijo una mujer y varios asintieron.

A Macho le asombraba la cantidad de hombres y mujeres que tenían niños en brazos, los cuales mecían ramas de palma, reales o artificiales. Alguien repartía hojas con la letra de 'Salve Carpatia', cuando la gente rompió espontáneamente a cantar, otros supusieron que Carpatia se había presentado y comenzaron una ovación atronadora.

Finalmente, Camilo divisó una columna de motoristas, dirigida y seguida por tanques de la CG con sus torretas adornadas con luces giratorias azules, rojas y anaranjadas. Entre los tanques había tres vehículos de enorme tamaño. Vítores ensordecedores se elevaron cuando el convoy se detuvo. Del primer vehículo se bajaron dignatarios locales y regionales, y luego el Altísimo Reverendo Padre León Fortunato con todo su atuendo clerical. Camilo miró que el hombre estiraba su túnica, por delante y por detrás, y continuaba alisándola en la espalda. Por último, mantuvo su mano izquierda justo debajo de la cadera mientras caminaba tratando de ocultar esa postura, pero incapaz de dejar de masajear la parte evidentemente dolorida.

El segundo vehículo dejó salir jerarcas de la CG, incluyendo a Akbar y Moon, luego, a Viv Ivins, con un estallido renovado de aplausos y palmas mecidas. A más de noventa metros de distancia, ella sobresalía entre los hombres vestidos de oscuro. Su traje azul cielo, de dos piezas, hecho a la medida de su cuerpo de matrona de baja estatura parecía una columna que sostenía su pelo canoso y su rostro pálido. Ella llevaba la cabeza erguida y se movía directamente a un pequeño atril con un micrófono donde elevó ambas manos separándolas para pedir silencio.

Todos los ojos habían estado fijos en el tercer vehículo, que aún tenía cerradas sus puertas aunque el chofer estaba firme al lado trasero izquierdo y Akbar estaba al derecho, con la mano en la manija de la puerta. Camilo se fijó que mientras la atención se volvía a enfocar en Viv Ivins, León volvía a tocarse atrás, golpeteando con sus dedos sobre la parte afectada. No pudo detenerse ni siquiera cuando la señorita Ivins lo presentó como "nuestro líder espiritual del carpatianismo internacional, ¡el Reverendo Fortunato!"

Él acalló el aplauso con su mano libre, luego pidió que todos cantaran junto con él. Empezó a dirigir con ambas manos, pero Camilo se preguntó si alguno de la muchedumbre pasó por alto cuando siguió dirigiendo con la derecha y rascándose con la izquierda.

Salve Carpatia, nuestro señor y resucitado rey;
Salve Carpatia, vos reináis sobre todo.
Le adoraremos hasta que muramos;
Él es nuestro Nicolás amado.
Salve Carpatia, nuestro señor y resucitado rey.

Macho sintió que lo miraban por no cantar, pero Jaime no se mostró preocupado por lo que alguien pensara. Simplemente dobló la cabeza y contempló el suelo. Cuando León instó a la gente "canten una vez más mientras damos la bienvenida al objeto de nuestra adoración" la muchedumbre aplaudió y movían las manos mientras cantaban. Camilo, siempre el escritor, cambió la letra al momento y cantó:

Cae Carpatia, ser estúpido y falso;
Cae Carpatia, necio absoluto.
Yo te molestaré hasta que te mueras;
Vas derecho al lago de fuego.
Cae Carpatia, ser estúpido y falso.

Finalmente, Suhail Akbar abrió la puerta del vehículo e hizo una profunda reverencia; Carpatia salió solo. A la gente se le cortó la respiración, luego gritaron y aplaudieron al juvenil hombre que calzaba sandalias de oro y vestía una túnica blanca iridiscente, ajustada a la cintura con un cinturón de plata que parecía resplandecer con luz propia. Mientras los guardias personales, con anteojos oscuros y trajes negros, sus manos tomadas por delante, se disponían formando un semicírculo detrás de él, Nicolás se quedó de pie con los ojos cerrados, su cara beatíficamente dirigida hacia las nubes y las palmas de las manos extendidas como si ansiara abrazar a cada persona a la misma vez.

Camilo le dio una ojeada a Jaime que entrecerró los ojos ante el Anticristo a la distancia, con una mezcla de tristeza y disgusto reflejados en el rostro.

Mientras los vehículos se alejaban discretamente, se acercó un camión militar, cerrado con lona de camuflaje, deteniéndose a unos seis metros de Carpatia. Macho vio que Fortunato se arrodillaba y metía la mano bajo su túnica para rascarse con vigor su tobillo.

Dos pacificadores de la CG uniformados bajaron una rampa desde el camión; luego, uno saltó al remolque y el otro agarró una soga que colgaba. Uno tironeaba y el otro empujaba para dejar a la vista un monstruoso cerdo rosado, que a pesar de su enorme volumen, bajó delicadamente la rampa y se dio vuelta con lentitud para mirar a Carpatia. El animal, claramente drogado, reaccionaba con letargo al alboroto paralizante.

Le amarraron por la mitad del cuerpo una correa de cuero negro con un cojín redondo y chato de cuero negro y estribos forrados. Carpatia se acercó y tomó la carnosa cara del cerdo en sus manos, mirando por encima del hombro a la multitud que ahora se reía y alborotaba con frenesí. Uno de los pacificadores le pasó una soga con nudo corredizo que Carpatia pasó por el cuello del cerdo.

Entonces, agarrando con una mano la soga y el borde de su túnica —que se subió hasta la rodilla— y la otra era sostenida por un pacificador, Nicolás metió el pie izquierdo en el estribo y pasó la pierna derecha por encima del lomo del cerdo. Soltó la mano del pacificador y alisó su túnica bajándola a las piernas, sostuvo la cuerda con ambas manos y miró de nuevo a la muchedumbre en busca de una reacción. El cerdo no se había movido ni un centímetro bajo el peso de Nicolás y cuando éste tironeó la soga, apretando el nudo en torno al cuello del animal, las patas temblorosas tantearon el pavimento y el animal giró lentamente para moverse en la otra dirección. Nicolás saludó mientras la muchedumbre se regocijaba.

—¡Yo no entiendo! —dijo con acento alemán un hombre frente a Camilo—, ¿qué hace?

—¡Federico! Pone en su lugar a todas las religiones anteriores —dijo la esposa de éste, sin apartar los ojos de la escena—. Hasta el cristianismo. *Especialmente* el cristianismo.

—Pero, ¿qué tiene que ver el cerdo?

—El cristianismo tiene raíces judías —dijo la mujer, todavía sin dirigirle la mirada—. ¿Qué más ofensivo para un judío que un animal que no le está permitido comer?

El hombre se encogió de hombros y, finalmente, ella se volvió para mirarlo.

—No es nada sutil.

—¡Eso es lo que *yo* pienso! Uno diría que él debiera tener más distinción.

—Oye —dijo ella—, tú regresa desde los muertos y puedes definir la distinción en cualquier forma que quieras.

El espectáculo fue transmitido internacionalmente por radio y televisión y vía Internet. David siguió en su computadora mientras Albie lo llevaba en helicóptero hacia Petra. La insolencia de Carpatia no debiera haberlo sorprendido, pero todo el espectáculo hizo que le doliera la cabeza, pues tenía parientes en Israel y recuerdos del lugar de cuando era niño. El cuero cabelludo de David le picaba pero no se animaba a rascarse. Apretó la palma de la mano sobre la herida en cicatrización, cosa que le hizo acordarse de Hana que lo curó. Eso, por supuesto, le evocó lo que hacía cuando se desmayó, buscaba a su perdida novia en la secuela de la resucitación de Carpatia, y sintió el dolor ya familiar por Anita. Él la volvería a ver en menos de tres años y medio, pero eso hacía que la segunda mitad de la tribulación pareciera aun más larga. Si se quedaba en Petra, pasaría mucho tiempo antes que también volviera a ver a Hana.

David envidiaba a Camilo Williams y su matrimonio. Estaba ansioso por conocer personalmente a Cloé, el cerebro detrás de la Cooperativa Internacional de Bienes de Consumo. Además de organizar la clandestinidad donde los creyentes pudieran comprar y vender mutuamente cuando les impidieron el acceso a los mercados mundiales, ella había manejado casi a solas la reunión y había traído al personal para el Operativo Águila sin haberlos conocido en persona. Detrás de Albie había una neverita con suficiente comida para David, que le duraría hasta que se juntara con los israelíes escapados. Quizá Dios alimentaría a David con maná antes que los demás llegaran. Él esperaba que haber traído comida no fuera prueba de incredulidad.

Cloé Williams había arreglado el despacho del equipo computacional de las más reciente alta tecnología desde varias partes del planeta y eso también iba en la bodega de carga. David solamente podía estimar cuánto tiempo tardarían él y Albie en descargar. Estudió un esbozo aéreo de la zona y se preguntó dónde se instalaría y dónde iba a vivir.

—Este lugar no parece como si pudiera albergar a todos los creyentes de Israel.

—No será así —dijo Albie—. Nosotros estimamos que un millón de personas necesitan refugio. Petra puede albergar como una cuarta parte.

—¿Qué tienen planeado hacer con los demás?

—Ampliar las fronteras, eso es todo. La cooperativa tiene tiendas para los demás.

—¿Estarán a salvo? Quiero decir, fuera de Petra.

Albie meneó la cabeza.

—Hermano, solamente sabemos un poco. Esto es una misión de fe.

Un poco después de la tres de la mañana, en Chicago, Zión colocó las manos detrás de su cabeza, en el lecho que tenía en su estudio. Luchó contra el sueño mientras miraba la transmisión en la pantalla de su computadora. Al oír voces en el lugar común, salió y vio a Cloé, que con Keni en su falda, miraba televisión.

—¿Crees esto? —dijo él.

—¡Eto! —repitió Keni y Cloé lo hizo callar.

Ella apretó los labios.

—Quisiera estar ahí.

—Debes estar contenta con lo que Dios te ha permitido realizar, Cloé. Cada informe dice que las cosas marchan con precisión.

—Lo sé. Y he aprendido lo que puede hacer la gente que no se conoce cuando tiene un lazo que los une.

Zión se sentó en el suelo.

—A esta hora los vehículos deben estar avanzando.

—Así es —dijo ella—. Y es uno de los aspectos más peligrosos. No tuvimos tiempo para poner insignias de la CG en los vehículos.

—Dios sabe —dijo Zión.

—¡Tíos! —dijo Keni.

—Eso es *Dios* en su lenguaje, ya sabes —dijo Zión.

—Dudo que así sea —dijo Cloé—, pero lo evidente es que Camilo que nunca estudió otro idioma, ahora está hablando hebreo sin siquiera saberlo.

Para Camilo estaba muy claro que Carpatia había decidido no hablar a la multitud hasta llegar al Sepulcro del Huerto o al Templo del Monte. A lo largo de toda la Vía Dolorosa, él confundió a muchos al pasar por alto sitios tradicionales, la gente cantaba, entonaba y vitoreaba. Jaime parecía moverse con creciente lentitud y Camilo se inquietó por su salud.

El drogado cerdo estaba aun más debilitado y las turbas que se aglomeraban encontraron divertido cuando las patas delanteras se doblaron y el animal cayó de rodillas, casi lanzando a Carpatia por encima de su cabeza. La gente reía mientras unos asistentes se precipitaban para ayudar a Carpatia a bajarse del animal. Éste formó una pistola con el pulgar y el dedo índice fingiendo balear al cerdo donde este descansaba. Luego pasó un dedo a través de su propio cuello, como si recordara el plan real para el cerdo.

Nicolás se paseó mientras el camión militar se acercaba y media docena de pacificadores se esforzaban por parar al animal y meterlo al remolque. El soberano trotó desde la estación central de ómnibus hasta el sitio tradicional del Calvario; Macho hizo un gran esfuerzo para seguir mirando. Agradecía que no hubiera una parodia de la crucifixión, pero aún le revolvía el estómago ver a Carpatia parado al borde del Monte abriendo de nuevo los brazos como si abrazara al mundo.

Súbitamente, Fortunato se paró al lado de su jefe y trató de copiar su postura. Solo pudo sostenerla un poco antes de tener que rascarse la espalda o el tobillo.

Algunos de la muchedumbre pareció que desarrollaron picaduras por simpatía.

—¡Contemplen al cordero que quita los pecados del mundo! —rugió Fortunato. Camilo hizo rechinar los dientes y desvió la mirada, notando que Jaime respiraba ahora con jadeos cortos.

El cielo se oscureció y la gente se subió el cuello de su ropa y buscó con la mirada dónde refugiarse.

—¡No tienen que moverse si son leales a su rey resucitado!— dijo Fortunato—. Yo fui imbuido con poder de lo alto para hacer que baje fuego del cielo sobre los enemigos del rey de este mundo. ¡Dejen que los leales se manifiesten!

Camilo se heló. Mientras miles de personas saltaban, gritaban a todo pulmón y movían las manos, él se quedó inmóvil, temiendo que cualquiera pudiera saber que él se oponía a Carpatia. Jaime cruzó los brazos y miró fija y directamente a Fortunato, como desafiando al hombre a que lo matara.

—¡Hoy tendrán la oportunidad de adorar la imagen de su dios! —gritó Fortunato, pero solo se le podía divisar cuando los relámpagos alumbraban. Camilo vio el éxtasis en las caras del gentío—. Pero ahora ¡tienen la oportunidad de alabarlo en persona! ¡Toda la gloria para el amante de sus almas!

Miles se arrodillaron y levantaron sus brazos a Nicolás, que permanecía con las manos extendidas, deleitándose en la adoración.

—¿Cuántos van a recibir la marca de la lealtad en este día en el Templo del Monte? —imploraba Fortunato, que ahora se rascaba en tres lugares, incluso el estómago. Camilo miró fijo la imagen estroboscópica del despreciable sicario de Carpatia, preguntándose si él sería descubierto y el hombre, cuyo poder era del fondo del infierno, lo mataría.

Miles se pusieron de pie y levantaron las manos al líder del carpatianismo, como una señal de que ellos estarían allí, recibiendo la marca a la sombra de la imagen. Eso, al menos, hacía que Camilo y Jaime fueran menos notorios.

—¡Mi señor, el mismo dios de este mundo, me ha dado el poder para conocer sus corazones! —dijo Fortunato. La gente saltaba y agitaban más las manos.

—No es verdad —susurró Jaime. Macho se inclinó acercándose—. Carpatia, el Anticristo, Satanás no es omnisciente. Él no puede decir a su falso profeta lo que él mismo no puede saber.

Camilo entrecerró los ojos y miró a Jaime. ¿Así que esto era todo? ¿Esta era la confrontación? ¿Este era Moisés frente al faraón? Camilo hizo gestos indicando que si Jaime debía gritarlo, que lo hiciera claramente pero Jaime desvió la mirada.

"¡Yo sé si el corazón de ustedes engaña!", decía Fortunato entre el ruido de los truenos, sobándose el cuerpo a la luz de los relámpagos. "Ustedes no podrán resistirse contra el ojo que todo lo ve de su dios o el de su siervo!"

El himno a Nicolás volvió a estallar espontáneamente, pero Camilo no tuvo ánimo ni siquiera para cantar su propia letra.

Súbitamente la muchedumbre cayó en un silencio mortal y los truenos disminuyeron a bajos zumbidos que parecían llegar desde muy lejos. Fortunato se pusó de pie y examinó la enorme turba, aún rascándose pero horadando con los ojos. De algún modo, Carpatia había mantenido su postura durante varios minutos. Las cabezas y los ojos se volvieron a una aguda voz muy alta procedente de la base del Gólgota. La multitud se evaporó alrededor de una mujer que apuntaba a Carpatia y Fortunato.

"¡Mentirosos!", gritaba ella. "¡Blasfemos! Anticristo! ¡Falso profeta! ¡Ay de ustedes que usurpan el lugar de Jesucristo de Nazaret, el Cordero de Dios que quita el pecado del mundo! ¡Ustedes no prevalecerán contra el Dios del cielo!"

Camilo estaba impactado. ¡Era Patty! Jaime cayó de rodillas, apretó las manos frente a su cara y oró: "¡Dios, protégela!"

"¡He hablado!", gritó Fortunato.

"¡Tu lengua es la vana y vacía lengua de los condenados!", clamaba Patty. Movió su dedo índice, con el que apuntaba a los dos de la colina, y lo levantó por encima de su cabeza. "Él es mi testigo de que hay un solo Dios y un solo mediador entre Dios y los hombres, Jesucristo hombre".

Fortunato la señaló con el dedo y una bola de fuego rugió cayendo desde el cielo negro, iluminando toda la zona. Patty estalló en llamas. La gente se caía, gritando de terror mientras ella, de pie, ardía y poderosas lenguas de fuego devoraban su ropa, su pelo, envolviendo todo su cuerpo. Mientras parecía derretirse en el fuego consumidor, las nubes desaparecieron, los relámpagos y los truenos cesaron y el sol reapareció.

Una brisa suave hizo que Patty se derrumbara como una estatua y a la gente se le cortó el aliento cuando ella fue rápidamente incinerada y su silueta quedó estampada en el suelo. Los restos de Patty danzaron flotando con el viento al extinguirse el fuego y disiparse la humareda.

Fortunato volvió a fijar la atención en él:

"¡No se asombren cuando les digo que todo poder me ha sido dado en el cielo y en la tierra!"

Carpatia siguió caminando cuidadosamente hasta el Lugar de la Calavera, y la multitud silenciosa se movió tras él. Al pasar la gente por el lado de las cenizas aún calientes, unos las escupían y otros pateaban la sustancia pulverulenta.

Camilo quedó abrumado con los recuerdos de haber conocido a Patty, de que fue él quien se la presentó a Carpatia. Se dio vuelta, tomó por el hombro a Rosenzweig que oraba, y lo tironeó para ponerlo de pie.

—Debieras haber sido tú —silbó entre dientes—, ¡o yo! ¡No debimos dejarla con la responsabilidad!

Soltó la túnica del hombre y se marchó hacia el Sepulcro del Huerto, sin importarle si Jaime mantenía o no su paso. Si Rosenzweig no aceptaba el oficio a pesar de haber sido creyente por más tiempo que Patty, quizá Camilo estaba siendo llamado a pararse en la brecha. No sabía qué tenían reservado Carpatia y Fortunato para el sepulcro, pero esta vez, si era necesario, él sería el que se opondría al Anticristo.

Raimundo nunca se había sentido tan motivado ni tan útil desde que se había convertido en creyente. No se había mantenido atento todo el tiempo a lo que Carpatia hacía por dedicarse a supervisar el progreso de sus tropas del Operativo Águila. Las intenciones de Carpatia serían evidentes cuando Jaime se revelara y enviara el remanente hacia el refugio. Esa sería su señal para empezar a cuidar el retorno a Mizpe Ramon y el vuelo a la seguridad.

Pero ahora su teléfono estaba lleno de mensajes. Tomó primero la llamada de Cloé.

—¿Qué fue eso? —preguntó ella—. Evidentemente, Fortunato fulminó a alguien pero no mostraron quién era. ¿Fue Jaime?

—No sé —dijo Raimundo—, te llamaré de nuevo.

David informó lo mismo justo antes que Raimundo lo escuchara de Mac y luego de Abdula. "Llamaré a Macho", les dijo.

Pero Macho no contestaba.

———————

David se pasó la hora siguiente preparando el equipo, cerca de lo que sabía era un "lugar alto", sitio que los paganos usaban siglos antes, por creer que ofrendaban sacrificios a sus dioses estando lo más cerca posible del cielo. Ya se sentía solo pues Albie regresó tan pronto como descargaron. David no sabía cuánto tiempo pasaría antes que se juntara con algo así como un millón de personas. Hasta ahora, solamente había visto desde el aire la impactante obra maestra de una ciudad de piedra excavada en roca roja. No podía imaginarse cómo se veía de cerca, cuando tuviera tiempo de explorar.

Nadie parecía saber qué había pasado con Fortunato y la muchedumbre en el Calvario y las ocasionales miradas que David lanzaba a la pantalla mostraban simplemente a las multitudes encaminándose al Sepulcro del Huerto. Entonces oyó un zumbido y se quedó quieto en el silencio del lugar alto.

Alguien trataba de comunicarse con él a través de la computadora. David salió de la cueva que había decidido pudiera ser su primera habitación; llegó a su computadora y se sentó delante de la máquina con las piernas cruzadas. El espectáculo de Jerusalén era interminable, los comentaristas rellenaban tiempo antes del próximo acontecimiento, sin que ninguno especificara lo recién ocurrido en el último lugar. Revisó el sitio codificado del Operativo Àguila pero no halló nada nuevo.

El zumbido volvió a sonar y él cambió la pantalla para recibir una notificación de Chang Wong desde su departamento del palacio de Nueva Babilonia.

"¡Hallé la grabación principal!", había escrito Chang. "Estoy mandándosela para que pueda celebrar conmigo".

Era claro que el Comandante Supremo Walter Moon no se sentía cómodo frente a una muchedumbre, en particular una del tamaño de la que se apretujaba alrededor del Sepulcro del Huerto. Le habían instalado apresuradamente un micrófono con un sistema de sonido para él, que leía con nerviosismo unas notas. Camilo había sido el primero en llegar, y había perdido a Jaime.

La actitud de la multitud había cambiado. El ambiente festivo y ferviente dio paso al miedo aunque nadie parecía sentirse con libertad para irse. Habían visto el poder delegado a León Fortunato y, con toda seguridad, nadie quería dar la impresión de que no estaba cumpliendo su compromiso de aceptar la marca de la lealtad.

—Gracias por estar aquí con nosotros hoy —empezó Moon—. Como saben, yo soy Walter Moon, el Comandante Supremo de la Comunidad Global, y estoy sustituyendo temporalmente al Altísimo Reverendo Padre Fortunato, que se adelantó debido a los preparativos para el discurso del Soberano Nicolás Carpatia en el Templo del Monte, que será dentro de una hora.

—¿Él se encuentra bien? —preguntó alguien.

—Oh, más que bien —dijo Moon—, a juzgar por su desempeño en el Gólgota.

Evidentemente pensaba que eso produciría risas y al no ser así, recurrió a sus notas de nuevo para verificar qué seguía.

Camilo llamó a Chang.

—¿Señor Wong, estamos en teléfonos seguros? —preguntó—. Cerciórese.

—Sí, señor Williams, y acabo de comunicarme con el señor Hassid por la computadora que…

—Chico, lo lamento pero no hay tiempo. Averigua en Departamento de Medicina qué le está pasando a Fortunato.

—¿Cómo dice?

—¿Qué fue lo que no oíste?

—Lo oí bien, señor, pero yo tenía la impresión de que usted estaba con la procesión, allá en Jerusalén. Ahí es donde están Carpatia y Fortunato junto con…

—Fortunato ha desaparecido y aquí dicen que se adelantó debido a los preparativos.

—Estoy viendo —y Macho lo oyó escribiendo en el teclado.

"Señor Williams, buena idea", dijo y leyó. "Clasificado, secreto máximo, solamente para nivel de directores y más… el Altísimo Reverendo bla bla bla está bajo la atención del Cirujano Jefe de Palacio, unidad móvil, Jerusalén, bla, bla... Ah, aquí está. 'Diagnóstico preliminar salpullido grave, varias erupciones epidérmicas como furúnculos, se hacen análisis para diagnosticar furunculosis'. Eso es todo aquí, por ahora".

CUATRO

Zión estaba preocupado por Cloé. Cierto que ella tenía muchas cosas en qué pensar y la presión tenía que ser enorme, pero parecía tan distraída. Indudablemente que la angustiaba que Camilo estuviera en otra situación peligrosa, pero si Zión tuviera que hacerse suposiciones, estar tan alejada de la acción la enojaba. Todos los del Comando Tribulación habían tratado de hacerla entender, en una u otra ocasión, que ella era uno de los miembros cruciales y que poca gente podía hacer lo que ella hacía. Sin embargo, ella era una joven mujer de acción que deseaba estar en la línea de fuego. Zión deseaba poder disuadirla.

Él disfrutaba el alivio de salir de su incómodo lecho; Keni se había quedado dormido mientras él y Cloé miraban el aburrido programa de la televisión desde Jerusalén, esperando que el fiasco llegara al Sepulcro del Huerto. Cloé miró a Zión como disculpándose mientras trataba de incorporarse con el niñito en brazos. Estiró una mano libre y él la ayudó a pararse del sillón. Zión creyó que oía algo en su habitación mientras Cloé iba hasta la cuna de Keni. ¿Chang otra vez?

Se fue al estudio y encontró un mensaje programado para ser enviado automáticamente en la fecha determinada por quien lo enviara; éste había sido escrito dos días antes y decía:

Doctor Ben Judá:

Por favor distribuya este mensaje a mis hermanos y hermanas en Cristo, a mis antiguas amistades y a las nuevas. No sé cómo enfocar esto, salvo que creo que Dios me ha llamado a que arriesgue mi vida por la causa. Por cierto, esto no es nada que yo estuviera buscando y espero que todos ustedes sepan que no me considero grandiosa para nada... Me arrodillé para orar estando en el cuarto del hotel en Tel Aviv....

Zión se puso de pie y su espíritu admitió que esto no eran imaginaciones frívolas de un creyente neófito. Se inclinó sobre la pantalla y leyó, gemía mientras regresaba a donde Cloé estaba mirando a Walter Moon que terminaba una corta alocución.

—Te mandé un mensaje a tu computadora que debes leer inmediatamente —dijo, sabía que su voz temblorosa la asustaría.

—¿Se trata de Camilo? —inquirió ella. Él negó con la cabeza—. ¿Jaime?

—No —contestó él—. Por favor, despierta a los demás. Tenemos que orar, y tú, tienes que llamar a Camilo.

———————

David pasó por alto la señal que le indicaba que había llegado un mensaje de Zión. Eso podía esperar mientras él revisaba lo que le había mandado Chang. No era solo que el muchacho había recopilado grabaciones de diversos aparatos instalados en el palacio, empezando en aquella mañana por las habitaciones para huéspedes que ocupaban los Wong, sino que también, se había tomado el tiempo para traducir del chino al inglés donde era necesario. Más tarde, David iba a repasar la grabación con Ming para cerciorarse de que la traducción era exacta. Chang empezaba comentando que de eso él se acordaba "solo pedazos, antes del 'famoso' anestésico. Usted debe saber que ellos no usan esa clase de cosas".

David lo sabía, pero no sabía más que Chang acerca de lo que realmente había acontecido. La producción realizada por Chang comenzaba con el audio de una ruidosa discusión entre él y su padre. La señora Wong intentaba calmar a su esposo e hijo pero sin lograrlo.

—¡Estarás entre los primeros que aceptan la marca de la lealtad! —decían los subtítulos de la traducción mientras David oía que el señor Wong susurraba en chino, con ferocidad, al muchacho.

—¡No la aceptaré! ¡Tú eres leal a Carpatia. Yo no!

—¡Jovencito, no me hables con tal herejía! Mi familia es leal al gobierno internacional como yo siempre lo he sido con mis superiores. ¡Ahora, sabemos que el soberano es el hijo de dios!

—¡No, no lo es! ¡Yo no sé esas cosas! ¡Por lo que a mí respecta, él pudiera ser el hijo del diablo!

David oyó una bofetada y alguien que se estrellaba en el piso. "Ese fui yo", escribió Chang.

—¡Tú viste al hombre resucitado! ¡Tú lo adorarás como yo!

—¡Nunca!

Una puerta se cerró con fuerza. Luego un teléfono sonó.

—¡Señool Moon! Hijo habla loco. Dice no quiele malca pues mucho miedo de aguja. ¿Usted consiguió tlanquilizadol?

—Señor Wong, yo puedo conseguir un calmante pero inyectable.

—¿Inyección?

—Pinchazo. ¿Aguja hipodérmica?

—¡Sí! ¡Sí! Puede hacel.

—¿Usted puede ponerle la inyección? —preguntó Moon.

—¿Peldón?

—¿Darle la inyección?

—¡Sí! ¡Usted tlae!

Cortaron la comunicación y, evidentemente, el señor Wong volvió al cuarto donde Chang se había encerrado.

¡Prepárate para ir en diez minutos!

—¡Yo no voy!

—Irás o tendrás que responder ante mí!

—Ahora te estoy respondiendo. Te digo que no iré. No quiero trabajar aquí. Quiero irme a la casa.

—¡No!

—Quiero hablar con mi mamá.

—¡Muy bien! Tu mamá te hará entrar en razón.

Pocos minutos después se oyó un suave golpe.

—¿Madre?

—Sí —la puerta se abrió—. Hijo, debes hacer lo que dice tu padre. No podemos sobrevivir en este mundo nuevo sin demostrar lealtad al líder.

—Madre, pero yo no creo en él. Tampoco Ming.

Un silencio largo.

—Madre, ella no.

—Me lo dijo. Temo por su vida. Yo no puedo decírselo a tu padre.

—Madre, yo estoy de acuerdo con ella.

—¿Tú también eres un judaíta?

—Lo soy y lo diré si él trata de hacerme aceptar la marca.

—¡Oh Chang, no hagas eso! ¡Perderé a mis dos hijos!

—¡Madre, también tú debes leer lo que escribe el rabino Ben Judá! Por lo menos dale una mirada, ¡por favor!

—Quizá, pero hoy tú no puedes enojar a tu padre. Tú aceptas la marca. Sí, tienes razón, tu Dios te perdonará.

—No es así. Yo ya decidí.

El señor Wong regresó.

—Vamos. El señor Moon espera.

—Hoy no —rogó la señora Wong—. Deja que Chang lo piense un poco más.

—No más tiempo para pensar. Él avergonzará a la familia.

—¡No, no quiero! No puedes obligarme.

Silencio. La señora Wong dice: —Esposo, por favor.

—Muy bien entonces. Le diré al señor Moon que hoy no.

—Gracias, padre.

—Pero un día, pronto.

—Esposo, gracias por tu paciencia.

Hubo un sonido como si ambos padres se hubieran ido. Después, el ruido de la puerta que se abría.

—¿Padre?

—*¿Tú lo pensarás?*

—He estado pensando mucho en eso.

La cama crujió.

—Papá, yo… ¡aay!, ¡no! ¿Qué haces?, ¿qué es eso?

—Te ayuda a relajarte. Ahora tienes que descansar un poco.

—¡No necesito nada de descanso! ¿qué hiciste?

—¿Ves? ¡No tienes tanto miedo a las agujas! Esa no te dolió.

—Pero ¿qué era?

—Te ayudará a calmarte.

—Yo estoy tranquilo.

—Ahora tú descansas.

Se cerró la puerta.

—¿Cuánto tiempo talda, señol Moon?

—No mucho. No esperes demasiado o él no podrá caminar.

—Bueno, usted ayuda.

Ellos regresaron.

—¿Chang?

—¿Mmmm?

—¿Vienes con nosotlos ahora?

—*¿Quiénes?*

—El señol Moon y yo.

—*¿Quiénes?*

—Tú conoces señol Moon.

—No, yo…

—Vamos, ahola.

—Yo no quiero… aceptar… la... mmmm...

—Sí, la aceptarás.

—No, yo soy…

Los sonidos continuaron con ambos hombres instando a Chang a que fuera con ellos y su murmullo en chino e inglés de que no quería, negándose.

"Ahora, mire esto", escribió Chang. "La cámara de vigilancia del pasillo registra que ellos me iban cargando por el pasillo y ¡mire lo que yo hago! ¡Me hago la señal de la cruz! ¡Ni siquiera sé de dónde saqué eso! Y ¡mire! Aquí ¡apunto hacia el cielo! Yo sé que es imposible probar lo que estaba haciendo, puesto que lo que me inyectaron me hizo olvidar hasta la conversación con mamá. ¡Y no sé qué estoy tratando de decir ahí, pero debe ser que trataba de decir que yo era un creyente!"

David vio que Walter Moon y el señor Wong iban empujando y arrastrando a Chang por el corredor que lleva al Edificio D, pues éste había juntado los ángulos de varias cámaras del pasillo. En determinado lugar, un tercer individuo que llevaba una cámara se les reunió. El muchacho lloraba, hacía señas y trataba de formar palabras. Moon le aseguró al fotógrafo y a los espectadores que el chico estaba "muy bien. Está bien. Solo que tiene un poco de reacción al medicamento".

Lo más chocante era que, sin duda, había una cámara de vigilancia en el Edificio D, cuando llegaron ahí con Chang, el chico estaba inconsciente, con los ojos cerrados, corriéndole la saliva, gimiendo.

—Saque gola —dijo su padre—. Arregle pelo.

Una técnica que parecía filipina, echó a andar el aparato.

—Este chico, ¿está bien? —preguntó la mujer.

—Estupendo —contestó Moon—. ¿Cuál es el código regional de los Estados Unidos Asiáticos?

—Treinta —dijo la técnica, instalando el aparato para implantes—. Me preocupa que yo me busque un problema por…

—¿Usted sabe quién soy yo?

—Por supuesto.

—Yo le estoy ordenando que haga su trabajo.

—Sí, señor.

La mujer enjugó la frente flácida de Chang con un trapito y apretó contra su piel el mecanismo que hizo un fuerte clic y un *guosh*.

—Gracias —dijo Moon—. Ahora, cerciórese de que este lugar esté listo para la multitud que hará fila en una hora más.

La técnica se fue y los señores Wong y Moon se turnaron para mantener sentado a Chang.

—La cosa se elimina casi tan rápido como funciona —dijo Moon.

—Arregle más el pelo —dijo el señor Wong, golpeteando las mejillas de Chang—. Tomamos foto.

El fotógrafo retrató a Chang con una cámara digital. El muchacho se repuso y su padre sostuvo la cámara delante de la cara de éste.

—¡Así! —dijo el señor Wong—. ¡Milal empleado nuevo, uno de los plimelos en aceptal la malca!

Chang vaciló y se echó para atrás, tratando de tomar la cámara y enfocar la foto. Sus hombros se abatieron, fulminó a su padre con la mirada, su cara era como de piedra. Cuando los señores Wong y Moon lo pusieron de pie, preguntó:

—¿Dónde está mi gorra?

Se la caló bien y se quedó ahí hasta que recuperó el equilibrio. Dijo algo en chino a su padre y escribió: "Yo dije '¿qué hiciste?'".

—Un día me lo agradecerás —dijo el señor Wong—. Ahora vamos a una parte, para que te relajes hasta la entrevista.

"Recuerdo solo fragmentos de la discusión en el departamento y que mi padre me puso la inyección", escribió Chang, "tengo un vago recuerdo del fogonazo de la cámara y haberme enojado con mi padre. Después de eso, solamente recuerdo haber estado sentado un rato con Moon y mi padre, dándome cuenta lentamente, de que me habían puesto la marca de la lealtad. Quería matarlos pero también me sentía avergonzado. Me preocupaba lo que pensaría usted. Yo seguía sin recordar la primera parte de nuestra reunión, entonces, decidí hacerme el duro, tratar de que usted viera las ventajas. Usted ya sabe, aunque yo no, que la reunión en su oficina también fue grabada. Puedo mandarla si necesita acordarse, pero aquí se termina este despacho".

David se echó para atrás y se dio cuenta de que se le habían dormido las piernas. Hizo girar la cabeza para distender el cuello. Ahora Chang debía estar muy atareado con el monitoreo del Sepulcro del Huerto. David abrió el mensaje que Zión le había enviado.

El teléfono de Macho vibraba en su bolsillo, pero no miró para ver quién era. Estaba preparado si Dios lo llamaba a tomar el lugar de Jaime, pero eso era una necedad. Con toda seguridad que el elegido sería un creyente israelí. Quizá Jaime estaba llamando, perdido en la multitud. Camilo metió la mano en su bolsillo y apagó el teléfono. Que él se las arreglara para encontrar su camino. Ya había pasado bastante tiempo para que el hombre aceptara su papel. Nadie dijo que sería fácil. Ya nada era fácil pero no era difícil reconocer el llamado de Dios que, claramente, era para Jaime. Si Patty había tenido el valor de hacer lo que había hecho, sabiendo con toda seguridad que no podría sobrevivir, ¿cómo podrían ellos volver a esquivar sus deberes?

Carpatia salió desde atrás de un cortinaje drapeado, colocado cerca del Sepulcro, sonrió y abrió los brazos a la multitud que aplaudió ahora con menos ánimo. No hubo vítores, arrodillamiento ni manos que se movían en el aire, todo eso había acabado. Parecía que la mayoría solamente quería llegar al Templo del Monte y ponerse en fila para la marca. Eso los aseguraría contra el ígneo destino de la loca del Monte Calvario.

"¡Yo nunca fui sepultado!", explicaba Carpatia. "Yo estuve expuesto por tres días para que el mundo viera. Se dice que uno se levantó de este lugar pero ¿dónde está? ¿Lo vieron alguna vez? Si él era Dios, ¿por qué no está aquí todavía? Algunos quisieran que ustedes creyeran que él estuvo detrás de las desapariciones que paralizaron tanto a nuestro mundo. ¿Qué clase de Dios haría algo así? Y la misma gente quiere que ustedes crean que yo soy la antítesis de este Grandioso, pero ¡ustedes *vieron* que yo *me* resucité! y heme aquí con ustedes, dios en la tierra, habiendo asumido mi legítimo lugar. Yo acepto vuestra lealtad".

Nicolás hizo una reverencia y la gente volvió a aplaudir.

Moon volvió al micrófono y leyó sus apuntes:

"¡Él resucitó!"

La gente murmuró: "Indudablemente Él resucitó!"

"Vamos, vamos", dijo Moon, sonriendo nerviosamente. "Ustedes pueden hacerlo mejor. ¡Él resucitó!"

"Indudablemente Él resucitó!", respondió la multitud y unos aplaudieron. La ovación creció lentamente hasta que Moon levantó una mano para acallarla. "Les brindamos la oportunidad para que adoren a su soberano y su imagen del Templo del Monte y, ahí, ustedes pueden expresar su devoción eterna aceptando la marca de la lealtad. No se demoren. No dejen esto para el último momento. Que puedan contar a sus descendientes que Su Excelencia estuvo ahí, en persona, el día en que ustedes concretaron su lealtad".

Moon agregó con voz suave ahora y haciendo que pareciera como una reflexión pero aún leyendo: "Y, por favor, recuerden que la marca de la lealtad y la adoración de la imagen no son opcionales".

Un helicóptero enfiló al lugar y aterrizó para llevar a Carpatia y a los demás dignatarios al Templo del Monte. Camilo aún no había visto a Jaime desde que lo dejó cerca del Gólgota. La multitud se dispersó rápidamente y muchos corrieron hacia el sitio de aplicación de la marca de la lealtad.

———

Raimundo llamó a Zión al no poder comunicarse con Macho.

—Entonces, ¿Patty fue la víctima en lo que haya ocurrido en el Calvario?

—Raimundo, eso es lo que nosotros hemos deducido. Estamos apenados y orando, pero también asombrados por la manera en que Dios le habló.

Raimundo conocía a Patty, por supuesto, de muchos años atrás y una vez había puesto su matrimonio en peligro por ella. Pidió hablar con Cloé, pero inicialmente, ni él ni ella pudieron articular palabra. Por fin, Raimundo dijo:

—Parece una eternidad desde que la conociste por primera vez.

—¿Papá, piensas que ella logró algo?

—No soy yo el indicado para decirlo aunque ella obedeció a Dios. Eso es claro.

—¿Qué hizo él allá?

—No sé. Si algunos de la muchedumbre dudaban, ¿quién sabe?

—Ellos verían lo que ocurre cuando se oponen a Carpatia —dijo Cloé—, no entiendo de qué se trató eso. Aquí nos quedamos mudos.

Raimundo trató de desechar un pensamiento intruso pero no pudo:

—Cloé, ¿sientes envidia?

—¿De Patty?

—Sí.

—Por supuesto que sí. Más de lo que tú pudieras imaginar.

Él hizo una pausa.

—¿Keni está bien?

—Durmiendo —ella hizo una pausa—. Papá, ¿soy una pérfida?

—No. Yo sé cómo te sientes. Por lo menos, creo que lo sé. Pero la mayoría te considera una heroína, amor.

—No se trata de eso. No es por eso que tengo envidia.

—Entonces, ¿qué?

—Papá, ¡ella estaba allá! En el frente. Haciendo lo debido.

—Tú estás...

—Ya lo sé. Solo que la próxima vez, colócame ahí, ¿quieres?

—Veremos. ¿Supiste de Camilo?

—No logro comunicarme —contestó ella.

—Yo tampoco. Me imagino que él y Jaime andan con mucho cuidado.

—Papá, solamente quisiera que él llamara.

———

Camilo esperó en el Sepulcro del Huerto hasta que el gentío se disipó. Ya no le importaba cuán sospechoso pudiera parecer. Escrutó el horizonte y se preocupó pensando en qué explicación daría si se perdía de Jaime. Macho se olvidó de lo que había intentado demostrar o suscitar al alejarse de él. Por supuesto que aún estaba enojado con Jaime pero, ¿qué debía esperar de un viejo que había tolerado tanto? Jaime no había pedido esta responsabilidad.

Camilo marchaba muy lentamente entre los olivos, atrayendo las miradas de los guardias. Recordaba su primer encuentro con el doctor Rosenzweig. Lo había conocido años antes. No era común trabar amistad con los sujetos de las crónicas periodísticas, especialmente no con el creador de la Noticia del Año, pero era justo decir que ambos se habían sentido cercanos.

El sol de la tarde era fuerte. El huerto seguía siendo bello y el terremoto no lo había tocado. Un guardia armado, tan quieto que pudiera haber sido un maniquí, estaba a la entrada del Sepulcro.

—¿Puedo? —dijo Camilo, pero el guardia ni lo miró—. ¿Si entro solo un minuto? —intentó Macho de nuevo. Cero respuesta.

Camilo meneó la cabeza y se metió dentro como diciendo: "Si me vas a detener, detenme".

Aún así el guardia ni se movía. Camilo estaba en el frescor sorprendente del Sepulcro. La luz de la entrada, que entraba en diagonal, arrojaba un rayo fino al sitio donde la mortaja de Cristo pudo haber sido dejada. Camilo se preguntó por qué Carpatia y su gente habían dejado intacto este lugar.

Miró rápidamente hacia arriba cuando Jaime entró arrastrando los pies. Macho quiso decir algo, disculparse, cualquier cosa pero el hombre lloraba quedamente y Camilo no quiso inmiscuirse. Jaime se arrodilló ante el pedazo de piedra donde brillaba la luz, enterró su rostro en las manos y sollozó. Camilo se apoyó contra la pared más distante. Inclinó la cabeza y un nudo invadió su garganta. ¿Podía ser que Jaime clamara aquí por el último vestigio de valor para cumplir su cometido? Se veía tan pequeño y frágil en su túnica enorme. Parecía tan abrumado que apenas podía sostenerse bajo su pena.

Camilo oyó un suspiro de afuera, luego el crujido del cuero, el ruido de pasos. La entrada se llenó con la silueta del guardia que obstruía la luz.

—Por favor, denos otro minuto —dijo Camilo.

Pero el guardia siguió ahí.

—Si no le importa, nos iremos en un momento. ¿Señor? ¿Habla inglés? Discúlpeme….

El guardia susurró:

—¿Por qué buscan entre los muertos al que vive? No teman pues yo sé que ustedes buscan a Jesús, el que fue crucificado. Él no está aquí pues ha resucitado, como él mismo dijo.

Jaime se enderezó y se dio vuelta para mirar de soslayo a Camilo en la poca luz.

—Usted —dijo Camilo al guardia—. Usted es… tú eres un…

Pero el guardia habló de nuevo.

—Y el Señor habló a Moisés diciendo: "Así bendeciréis a los hijos de Israel. Les diréis: 'El Señor te bendiga y te guarde; el Señor haga resplandecer su rostro sobre ti, y tenga de ti misericordia; el Señor alce sobre ti su rostro, y te dé paz. Así invocarán mi nombre sobre los hijos de Israel, y yo los bendeciré'".

—¡Gracias, Señor! —dijo Jaime con voz ronca.

Camilo miró fijamente.

—¿Señor, usted es un…?

—Yo soy Anis.

—¡Anis!

El guardia salió afuera de nuevo. Camilo lo siguió pero el guardia había desaparecido. Jaime salió, escudándose los ojos de la luz. Tomó el brazo de Camilo y lo llevó a una tienda de recuerdos, donde había una muchacha que parecía que estaba por cerrar. A Camilo le costó mucho creer que un lugar así siguiera abierto en la Comunidad Global.

Jaime parecía saber exactamente qué estaba buscando. Tomó una réplica pequeña y barata del recipiente donde se hallaron los Rollos del Mar Muerto en las cuevas de Qumrán. Se lo pasó a la joven y miró a Camilo, que buscó dinero en sus bolsillos.

—Dos nicks —dijo la chica.

Macho sacó los billetes y se los dio. Jaime abrió el paquete cuando iban saliendo, tiró la caja y el rollito impreso que había dentro y se puso en el bolsillo de la túnica la jarrita de barro, del tamaño de su palma, con su tapa en miniatura. Súbitamente su paso se hizo seguro y veloz conduciendo a Camilo de regreso al lugar de donde había venido la muchedumbre. El Gólgota estaba desierto ahora pero Jaime fue hasta donde Patty había sido inmolada. Se arrodilló al lado de lo quedaba de sus cenizas y, con sumo cuidado, puso un puñado en la jarrita, tapándola bien.

Jaime metió en su bolsillo la urna con las cenizas, se puso de pie y dijo:

—Vamos, Camilo, debemos llegar al Templo del Monte.

CINCO

David Hassid estaba sentado atónito en la soledad de un "lugar alto" de Petra. Todo lo que él quería era expresar a Dios su gratitud por la gracia, aunque las religiones paganas de los tiempos antiguos emplearon esos lugares para ofrendar sacrificios a sus dioses en un inútil intento desesperado de ganarse el favor de ellos. Nada que David pudiera hacer, decir, dar o sacrificar podría obtener lo que Dios le había ofrecido gratuitamente.

Todo lo que podía ver era cielo, nubes, valles y la ocasional ave de rapiña. Era claro que esta sería la cuna ideal para el refugio del remanente de Israel, aquellos que reconocieron que Jesús *era* el tan esperado y profetizado Mesías. Él fue quien dio las pinceladas finales a la aventura amorosa de Dios con su pueblo elegido.

El campo de la pericia de David, los aparatos y las maravillas de la tecnología, no le permitirían darse un respiro para regocijarse en la santidad del plan de Dios. Él había necesitado desesperadamente saber cuál era la verdad de Chang, ahora, la noticia de Patty Durán lo había estremecido fuerte. Y aquí había un breve mensaje, tomado con trabajo del celular de Macho, que decía que David debía monitorear las actividades en el Templo del Monte. Sin embargo, había otro mensaje, este de Zión, en que anunciaba una clase final sobre el próximo acontecimiento del calendario profético: el sacrilegio del Lugar Santísimo que perpetraría el Anticristo.

Bueno, eso no era novedad; Zión ya había enseñado antes sobre eso, pero si al rabino le parecía necesario aclarar y cristalizar el tema con su público que alcanza mil millones, ¿quién era David para discutir? La enseñanza sería puesta en la red esa noche conforme al anuncio de la red mundial. La misma gente que pudiera beneficiarse más de la enseñanza de Zión estaría huyendo para salvar sus vidas al día siguiente.

David interceptó la señal de la RNCG que transmitía la cobertura de los actos en el Templo y conectó la otra mitad de su pantalla a un antiguo monitor de vídeo que mantenía el control visual del Muro de los Lamentos durante las veinticuatro horas. Estaba convencido de que la cámara instalada ahí había pasado al olvido hacía mucho tiempo, y que era sorprendente que aún funcionara, aunque la fidelidad de la fotografía había sido comprometida por el paso del tiempo.

David quería instalar sus transceptores en puntos estratégicos para acrecentar al máximo la red inalámbrica que tenía concebida para Petra, pero aquí entraba otro mensaje urgente de Chang.

He sido fortalecido, alentado, motivado. El doctor Ben Judá concuerda en que la grabación me reivindica aunque teme que Carpatia y sus matones son lo bastante infames como para que se les ocurra la idea de dopar a los creyentes *conocidos* e imponerles a la fuerza la marca, cosa que sería catastrófica.

Yo sé que usted está ocupado, pero pensé que querría saber: intercepté una transmisión privada de Moon y el jefe de ambas fuerzas, las de los Pacificadores y los Monitores de la Moral en Jerusalén. Evidentemente, Walter se espantó con el cambio de actitud de la muchedumbre ante el martirio de la disidente y el súbito misterio acerca de la salud de Fortunato. Sin informar a Carpatia, Moon ha mandado que personal armado sea el primero en aceptar la marca de la lealtad. Si usted todavía no se ha conectado, enlácese con el Templo del Monte y mire el caos.

Así que eso era lo que presionaba tanto a Macho que usó su teléfono para transmitir un mensaje a la computadora de David. La transmisión oficial de la CG mostraba locutores de los noticieros casi descontrolados por la alegría.

"Miren a los cientos y cientos de vehículos militares alineados por kilómetros que hay fuera de la Ciudad Vieja. Taponan los estrechos pasajes que conducen al Templo del Monte pero la gran mayoría carece de conductor. Solamente hay un mínimo de tropa, que calcularíamos digamos en quizá un pacificador uniformado que custodia cuatro o cinco vehículos. Hemos sabido que los que quedaron para vigilar el material rodante, es personal que ya había recibido la marca de la lealtad. El resto está dando el ejemplo hoy, convirtiéndose en ejemplos patrióticos para los ciudadanos civiles. Indudablemente, el sitio de aplicación de la marca de la lealtad estaría abarrotado con pacificadores y monitores de la moral cuando llegara ahí la tremenda multitud que seguía la procesión del soberano Carpatia por la Vía Dolorosa y la mitad de lo que conoce como las Estaciones de la Cruz de la ahora difunta religión cristiana.

"Muchos ciudadanos están descontentos por la demora, pero la respuesta de la jerarquía de la Comunidad Global, incluyendo a Su Excelencia, aparenta ser aceptada. Aquí la escena en el Templo del Monte, donde decenas de miles de personal de la CG avanzan ruidosamente a la posición para recibir la marca, y los civiles, en su mayoría pacientes, están formando filas hasta el camino exterior a los muros de la ciudad, esperando su turno.

"Aquí está nuestra reportera, Anika Janssen, con varios civiles de las largas filas".

La alta y rubia reportera mostraba tener, por lo menos, los conocimientos básicos de varios idiomas, mientras iba adivinando las nacionalidades y comenzaba las entrevistas en los idiomas nativos de los ciudadanos. Principalmente ella preguntaba en el idioma de ellos si entendían inglés para que los traductores no se vieran obligados a usar los subtítulos en pantalla.

—¿Qué opina de esto? —le preguntó a una pareja de los Estados Unidos Africanos.

—Emocionante —dijo el hombre—, confieso que esperábamos estar entre los primeros de la fila en lugar de estar en lo último.

Su esposa asentía con la cabeza, evidentemente reacia a hablar, pero cuando la señorita Janssen colocó el micrófono frente a su cara, la mujer resultó tener muchas opiniones.

—Francamente creo que alguien con autoridad debiera instar a que los soldados dejen pasar. Esos hombres y mujeres están asignados a este lugar. Muchos venimos en peregrinaciones. No quiero criticar al resucitado soberano y no pudiera culpar a los que tienen el privilegio del transporte y pudieron llegar primero aquí, pero eso no me parece justo.

Otras entrevistas sacaron a la luz las mismas actitudes aunque la mayoría de las personas parecía entretenida, quizá temerosa de quejarse en público.

—Oh, mire este privilegio especial —dijo Anika Janssen—. Aquí está la señora Viv Ivins, del círculo íntimo del soberano, trabajando con la gente de las filas, por así decirlo. Ella saluda a la gente agradeciéndoles su paciencia. Veamos si podemos hablar un poco con ella.

A David le pereció que la señora Ivins había sido dirigida a un punto donde un camarógrafo la notara. Ella estaba lista con el libreto partidista.

—Estoy muy impresionada con los ciudadanos leales y su paciencia —dijo—. Su Excelencia se sobrecogió con el fervor de su propio personal para convertirse en ejemplos y modelos de lealtad.

—Aunque, por supuesto, hay una visible y destacada guillot...

—Que preferimos llamar el facilitador de la vigencia de la lealtad —dijo la señora Ivins con una sonrisa gélida—. Por supuesto que representa la gravedad de una decisión así. Anika, con todo candor, nuestros informes de inteligencia indican que pudiéramos enfrentarnos con más oposición aquí, en la patria tradicional de varias religiones obsoletas. Sin embargo, me atrevo a decir que, salvo la minoría lunática como el solitario representante de los judaítas que incansablemente retaron el poder y la autoridad de nuestro Altísimo Reverendo Padre del Carpatianismo, todos los opositores porfiados han aprendido a guardar silencio.

—Hablando del Reverendo Fortunato, señora, ¿qué nos puede decir? Esperábamos verlo aquí.

—Oh, él está bien y gracias por preguntar. Se encuentra un poco indispuesto pero les transmite sus saludos y sus mejores deseos con la esperanza de regresar mañana con toda su fuerza para la bendición del templo a manos del soberano.

—¿La bendición?

—Oh, sí. Creemos que el hermoso templo fue construido con las mejores intenciones de honrar a dios, aunque los antiguos no se daban cuenta de que habían depositado sus devociones en forma errónea. Ellos querían servir al dios verdadero, pero fueron mal dirigidos por su propia ignorancia inocente y erraron solamente al dirigir su adoración a la deidad que eligieron. Ahora sabemos que nuestro resucitado soberano es, con toda claridad, el dios por encima de todos los simuladores y que su lugar legítimo por derecho está en una casa edificada para aquel que se sienta muy alto por encima de los cielos. Al hacer de ésta su propia casa de adoración, él le confiere credibilidad y autenticidad y ésta se convierte en la casa verdadera de dios.

—A pesar de los judaítas y su aparente enorme público que los sigue por la Internet…

—Cifras claramente infladas y exageradas, naturalmente.

—Naturalmente. Además de ese grupo, ¿se pudiera esperar oposición de los judíos resistentes que no son seguidores de Cristo ni carpatianistas?

—Anika, excelente pregunta. Usted se prepara bien. Esto debiera dejar por mentirosos a los que dicen que la Red de Noticias de la Comunidad Global es una falsedad más del soberano.

—Gracias. Entonces, ¿oposición?

—Bien, eso es lo que nos hicieron creer y para lo cual nos preparamos. Naturalmente que aún es posible, pero yo confío que el despliegue de poder divino exhibido hace unas pocas horas, junto con el abrumador entusiasmo de parte del personal de la CG y de esos miles de peregrinos civiles, superará con mucho a los grupos de resistencia que hubiera.

—Pero si los judaítas o…

—Anika, ¿ya vio la imagen del soberano? El Reverendo Fortunato en persona juzgó las presentaciones y la que ganó produce estupefacción por su belleza.

—Todavía no la he visto pero espero… oh, me están diciendo que nuestras cámaras tienen una toma de la imagen, así que ahora vayamos allá.

Camilo había hallado tan congestionada la zona alrededor del Templo del Monte —ahora dominada por el resplandeciente templo nuevo— que él y Jaime solo pudieron deambular alrededor y observar, sin llamar mucho la atención a pesar del aspecto de Jaime. Camilo buscaba otros disidentes y se sorprendió al ver que se permitía acudir al Muro de los Lamentos a muchos judíos ortodoxos. No pudo acercarse lo bastante para ver si alguno de ellos tenía la marca del creyente, pero sospechaba que estos devotos hombres de oración estaban preparados para oponerse al sacrilegio en formas más explícitas que simplemente vestir sus atuendos religiosos y reunirse para orar en el Muro.

El resto del Monte había sido convertido en una virtual fábrica de eficiencia. Docenas y docenas de filas llevaban a los fieles de Carpatia, o por lo menos a los temerosos, a sitios donde eran registrados, procesados, motivados y, finalmente, marcados. La mayoría aceptaba la marca en la frente pero muchos se la hacían poner en el dorso de la mano derecha.

Al contrario de lo que Camilo había visto en Grecia, aquí no se suponía que alguno de las filas fuera a decidirse en contra de la marca. En el medio de todos los sitios de procesamientos se erguía una fulgurante guillotina con dos operadores pacientemente sentados al lado. A unos tres metros por detrás del aparato estaba instalado un marco del cual colgaba una cortina, evidentemente, para esconder al decapitado con discreción en cuanto el horroroso sonido y corte hubieran servido su propósito disuasivo. Indudablemente no tenía sentido hacerlo más en la cara de la gente.

Cuando los peregrinos terminaban el proceso, se mostraban sus marcas unos a otros y se ponían en pose para la foto; luego eran conducidos a los escalones orientados al este del nuevo templo, donde estaba la cautivadora imagen de Carpatia, que había ganado el concurso, en la segunda grada contando de arriba para abajo. El templo mismo, una réplica resplandeciente de la casa original para Dios que levantó Salomón, era prístino aunque sencillo por fuera, como si tuviera modestia por la extravagancia interior de maderas finas de cedro y olivo, recamadas con oro, plata y bronce.

La imagen de Carpatia era más grande que el tamaño natural, todo lo que Camilo había oído de ella confirmaba que era una copia del mismo Carpatia, tan exacta como era posible. Detrás de la imagen había dos columnas de adorno en la entrada al templo; Camilo pudo ver que en la zona de la terraza había una plataforma, recién construida, de madera pero pintada con oro.

—Carpatia no descuida los detalles —le comentó Jaime—. Es evidente que eso aparenta ser una réplica de donde

Salomón y el malvado Antíoco —un precursor del anticristo— se paraban para hablarle a la gente en los siglos pasados.

A muchos se les cortaba el aliento y caían de rodillas cuando daban el primer vistazo a la estatua dorada, de cuyos contornos rebotaba el sol. Al contrario de las filas para aplicarse la marca, esta fila avanzaba con mayor rapidez pues docenas de personas a la vez corrían a los escalones y se arrodillaban, llorando, haciendo reverencias, orando, cantando, adorando la imagen misma de su dios.

La repugnancia de Jaime reflejaba como espejo el asco de Camilo. El anciano parecía más resuelto que antes, pero su manera de moverse no demostraba ni prometía más autoridad. Y aún cojeaba. Macho no tenía la seguridad de cómo se sentiría Jaime o cómo sabría cuándo había llegado el momento de revelarse como el enemigo de Carpatia, mientras más miraba, más le costaba a Macho contenerse. Se daba cuenta de que estas personas, todas, elegían a Satanás y el infierno ante sus ojos, que él era impotente para disuadirlos y que la opción de ellos era absolutamente definitiva.

Macho calculó que pasarían horas antes que el personal de la CG abriera el paso para los ciudadanos corrientes. Halló un borde donde Jaime podía descansar y le preguntó si quería algo para comer.

—Aunque parece raro, no —contestó Rosenzweig—. Come tú. Yo no podría.

Camilo sacó una barrita para comer de su bolsillo, se la mostró a Jaime y le dijo:

—¿Estás seguro?

Jaime asintió y Macho se la comió, pero no pudo disfrutar nada mientras miles formaban fila con fervor para sellar su propia condenación. Se tragó el último bocado y estaba mirando alrededor para ver si había un vendedor de agua, cuando una nube tapó el sol y la temperatura bajó. La conversación cesó como si la colosal multitud hubiera recibido alguna señal y todos miraron fijamente la imagen, que parecía mecerse de delante atrás pero Camilo estaba convencido de que eso era una ilusión óptica.

Sin embargo, la voz que salió de la imagen no era ilusoria. Hasta los rabinos del Muro de los Lamento dejaron de orar y se movieron, aunque Camilo pudo darse cuenta de que no estaban en el ángulo de visión de la estatua.

"¡Esta asamblea no está unánimemente consagrada a mí!", dijo con voz resonante la imagen, y hombres adultos se postraron de bruces llorando. "Yo soy el hacedor de cielo y tierra, el dios de toda la creación. ¡Yo era y no fui y soy de nuevo! ¡Inclínense ante su señor!"

Hasta los trabajadores que aplicaban la marca se helaron.

Camilo se asustó de que él y Jaime quedaran al descubierto. Aunque el anciano tenía que estar tan temeroso como él, ninguno de los dos se arrodilló ante la vil aparición. Camilo miró a otras partes para ver si podía divisar a otros creyentes y se asombró al ver lo que parecían filas y filas de ellos en los bordes lejanos de la muchedumbre. Algunos estaban vestidos con uniformes de campaña; muchos hubieran podido ser fácilmente confundidos con la CG. ¡Tenían que ser parte del Operativo Águila! Ellos debían haber entrado a Jerusalén, darse cuenta de la demora del programa y se fueron al Templo del Monte, preparados para colaborar con la evacuación.

Camilo quiso hacerles señas, mover las manos, acercarse, abrazar a sus hermanos y hermanas, pero ¿quién sabía cuánto se extendía la protección que Dios brindaría? El Comando Tribulación creía que Jaime estaría aislado sobrenaturalmente de alguna forma, pero otros valientes creyentes habían sido martirizados por su fe y valor.

"La opción que ustedes tomen en este día", rugió la imagen dorada, "¡es opción de vida o muerte! ¡Cuidado, ustedes que rechazan la revelación de su dios verdadero y vivo, el que resucitó de entre los muertos! Ustedes que son tan necios que se aferran a sus mitologías obsoletas e impotentes, ¡rompan las cadenas del pasado o con toda seguridad morirán! ¡Ha hablado su rey y amo resucitado!"

El sol reapareció, la gente se levantó lentamente y hubo más turistas y peregrinos poniéndose en fila. Camilo ansiaba con fervor que los indecisos pudieran oír a ambos bandos pero, cuando miró a Jaime, vio pasividad.

Rosenzweig le dijo, como si el hombre pudiera leer su mente:

—Ellos conocen sus opciones. Nadie vivo pudiera dudar de que hay un abismo inmenso entre el bien y el mal, la vida y la muerte, la verdad y la falsedad. Esta es la batalla de todos los tiempos entre el cielo y el infierno. No hay otra opción y nadie honesto, hombre o mujer, puede alegar lo contrario.

Bien, el anciano sabía cómo resumir, su voz seguía siendo la voz débil y quejumbrosa, con fuerte acento hebreo que le recordaba a Macho a esos judíos comediantes o narradores de cuentos o académicos tímidos —y el doctor Rosenzweig era de los últimos—. Macho quería la fe para creer que, de alguna manera, este modesto ejemplar de varón, tan amoroso, tan atrayente, pudiera captar la imaginación, el corazón y la mente de la gente que estaba en el borde.

No obstante, este no es el llamado de Jaime. Él debía pararse contra el Anticristo, el malo, la serpiente, aquel viejo dragón, el diablo. Él tenía que enfrentarse cara a cara con el mismo Carpatia mientras instruía al remanente de Israel que había llegado la hora de huir a las montañas. Por diferente que Jaime luciera ahora, ¿a quién engañaría? Él había sido un íntimo amigo de Carpatia mucho antes que Nicolás llegara a ser la cabeza de la Comunidad Global. ¡Jaime había asesinado al hombre! ¿No sería Jaime reconocido inmediatamente, solo por su voz?

Camilo se preguntó si él tenía la fe para creer que esto podía ser todo menos una locura. Si realmente había un millón de creyentes mesiánicos en Israel, con toda seguridad que estaban desarmados. ¡Carpatia no tenía la menor intención de dejar que se fueran! Contaba con más de cien mil monitores de la moral vestidos de civil y pacificadores uniformados. Su arsenal de transportes de personal, tanques, misiles, lanzadores de cohetes, cañones, rifles y armas portátiles estaba públicamente exhibido. Camilo se encogió de hombros. Solamente Dios podía hacer esto, así que eso simplificaba el proceso de pensamiento: uno lo creía o no.

Camilo había optado hacía mucho tiempo por creerlo y tuvo que contenerse para no sonreír. Descansando a su lado, por lo visto, no muy cómodo, estaba el más improbable líder de un millón de personas. Se le hacía larga la espera para ver cómo Dios manejaría esto.

Por ahora había miles del personal de la CG que habían recibido la marca de la lealtad y que obstruían la zona celebrando. Sus oficiales comandantes les instaban a volver a sus puestos y vehículos; súbitamente la zona del Templo del Monte cobró vida y se reanimó. Hombres y mujeres, claramente gerentes de rango medio, formaron un círculo cerca del frente de los centros de aplicación de la marca, y usando altoparlantes recordaron a los novicios recién tatuados y que se les había implantado el chip, que su obligación espiritual del día estaba solamente a medio terminar.

"¡La adoración de la imagen no es opcional!", gritaban. "Usted no termina aquí hasta que vaya a arrodillarse ante la imagen de su amo, que vive, respira y habla".

Camilo pensó que no se trataba de que ellos querían esquivar eso, pero muchos eran jóvenes eufóricos, inflamados con el entusiasmo renovado por su trabajo. Ellos observaron las manifestaciones del poder. Habían visto al soberano mismo. Sabían que la acción de Nicolás para adueñarse del templo de Jerusalén equivalía a establecer residencia en la mezquita del Domo de la Roca o mudarse a vivir en lo que fue la Basílica de San Pedro en Roma. Este acto lo establecería, de una vez por todas, como el dios verdadero de todo. Y si aún le quedaba aliento a la patética resistencia debilitada, si éstos creían verdaderamente que había un ser superior a Su Excelencia el soberano, ¿dónde se encontraban? ¿Se atreverían a revelar su verdadera lealtad frente a unas pruebas tan abrumadoras?

Y ahora los bulliciosos celebrantes se volvieron a tranquilizar. Los que tenían los altoparlantes, los apagaron. Cesaron las actividades de las filas. Carpatia en persona apareció vestido con su túnica blanca, sandalias de oro y brillante cinturón, sonriendo, parado en una grada más arriba de su propia imagen, con los brazos abiertos. El silencio dio paso a un rugido ensordecedor. ¿Hablaría? ¿Tocaría a los adoradores? Algunos debían haberse preguntado lo mismo pues se irguieron lentamente de su postura arrodillada en la escalinata y se movieron como si fueran a avanzar sobre él que los detuvo con un gesto, haciendo señas con la cabeza hacia la fila central para la aplicación de la marca.

Ahí estaban sus militares de jerarquía superior, vestidos con todas sus galas, uniformes de guantes blancos, hombreras anchas, botones de superficie tan brillante como su calzado de marca que captaban todos los rayos del sol, reflejándolos en zigzag. Dos docenas de hombres y mujeres, con la cabeza erguida, de porte majestuoso, marchaban al frente de la fila, y se detuvieron cuando dieron la orden quitándose las gorras del uniforme.

Uno por uno se sometieron orgullosamente a la aplicación de la marca de la lealtad, cada uno la recibió en la frente, varios pedían el tatuaje más grande y oscuro de modo que sus patrias de origen fueran claramente visibles desde lejos.

Al ser procesados los últimos, la efusiva muchedumbre rebosaba de alegría nuevamente cuando la docena de miembros del Gabinete Supremo se dirigió a la zona del escenario. Los últimos tres de este contingente eran Suhail Akbar, Walter Moon y Viv Ivins. Mientras la jerarquía militar se arrodillaba en las gradas del templo, adorando a Carpatia y a su imagen, el gabinete esperó hasta que todos estuvieran procesados, entonces se movió todo junto a la zona de adoración.

Mientras tanto, Carpatia seguía de pie, benevolente, por encima y al lado de la estatua dorada, señalando esos humildes despliegues de lealtad. Las masas reunidas vitorearon cuando el señor Akbar se dio vuelta para mostrar el gigantesco *42* negro que dominaba en su frente color oliva. Luego, el señor Moon exhibió su *-6*. Finalmente, Viv Ivins optó por arrodillarse en el pavimento cuando recibía la aplicación, luego, lentamente se puso de pie y se dio vuelta. Camilo no pudo ver su número pero sabía que su nativa Rumania era parte de los Estados Unidos Carpatianos y que su discreto tatuaje mostraría *216*.

El gabinete se dirigió en solemne fila a las gradas del templo mientras la jerarquía militar se alejaba de ahí. Uno por uno subieron de rodillas los escalones, terminando por rodear con sus brazos los pies de la estatua, con sus hombros sacudidos por la emoción. Carpatia observaba a cada uno y los despedía poniendo la palma de su mano abierta sobre sus cabezas.

Finalmente solo quedó Viv Ivins al pie de la escalinata. La turba pareció esperar, conteniendo el aliento, mientras ella se descalzaba con delicadeza, alzaba el borde de su falda y emprendía de rodillas la lenta y dificultosa ascensión. Sus medias se rompieron con el primer roce del mármol y la gente gimió con simpatía y reverencia por su voluntad para humillarse públicamente.

Cuando por fin, le faltaban tres escalones para llegar arriba, solo abrazó por un instante la estatua, luego se desvió levemente y subió un escalón más, donde se postró y besó los pies de Nicolás. Éste elevó el rostro al cielo como si no pudiera imaginar un tributo mayor. Luego de varios minutos, se inclinó y la alcanzó, pero en lugar de permitir que él la levantara, ella le rodeó las manos y se las besó. Luego, metió su mano en un bolsillo y sacó un frasco, Macho supuso que era perfume, y lo vertió sobre los zapatos de Nicolás.

Carpatia volvió a fingir una mirada de humilde honra y se encogió de hombros ante la multitud. Finalmente, al poner de pie a la señora Ivins, ubicada un escalón por debajo de él, la dio vuelta, de frente a la multitud y puso sus manos sobre los hombros de ella.

Cuando se acallaron los vítores, Nicolás anunció:

—Yo estaré mirando en persona desde un observatorio seguro, toda la noche si es necesario, hasta que el último ciudadano devoto de Jerusalén reciba la marca de la lealtad y adore mi imagen. Mañana al mediodía, ascenderé a *mi* trono en *mi* nueva casa. Iniciaré ceremonias nuevas y ustedes volverán a ver al "amigo" que me acompañó todo lo que pudo en la jornada de hoy. Y serán dirigidos en la adoración por el Altísimo Reverendo Padre del Carpatianismo.

Nicolás se despidió haciendo señas con la mano hacia ambos lados y las filas de aplicación de la marca volvieron a moverse.

—Estoy cansado —dijo Camilo—. ¿Volvemos al hotel para descansar, orar y prepararnos para mañana?

Jaime meneó la cabeza.

—Amigo mío, ve tú. Yo siento que el Señor quiere que me quede.

—¿Aquí?

Jaime asintió.

—Yo me quedaré contigo —dijo Camilo.

—No, tú necesitas descansar.

—¿Cuánto tiempo te quedarás?

—Estaré aquí hasta la confrontación.

Camilo se inclinó acercándose más.

—¿Eso será antes o después del sacrilegio?

—Dios no me lo ha dicho todavía.

—Jaime, no puedo dejarte solo, ¿y si pasa algo?

El anciano le hizo señas de despedida.

—¡Jaime, no puedo! ¿Dejarte aquí solo toda la noche? Nunca me lo perdonaría.

—¿Si qué?

—¡Si pasa cualquier cosa! Te quedas aquí hasta que se haya aplicado la última marca y quedará la evidencia de que tú no la recibiste. Tengo razones para pensar que Carpatia está mirando, como dijo. Él ya no duerme más, Jaime. Él lo sabrá.

—Camilo, de todos modos, lo sabrá pronto. Ahora, insisto en que te vayas.

—Tengo que consultar con los demás. Esto es una locura.

—¿Cómo dices? Camilo, ¿crees que Dios me ha elegido para esto?

—Por supuesto, pero…

—Él me manda que me quede y me prepare. A solas.

Camilo sacó su teléfono.

—Solo permíteme…

—Yo asumiré la plena responsabilidad de las consecuencias. Tengo mi inspiración en el bolsillo. La joven que brindó el modelo de la obediencia total, me dio ánimo personalmente en una ocasión, aunque ella era más nueva que yo en las cosas de Dios. Tú tienes que volver al hotel a descansar y orar por mí.

—¿Dios te dijo eso?

Jaime sonrió tristemente.

—No con tantas palabras pero yo te lo estoy diciendo.

Camilo estaba desorientado. ¿Debía fingir que se iba y quedarse a vigilar desde alguna parte? Ya había hecho eso antes, cerca de este mismo lugar, donde había visto la resurrección de los dos testigos y su elevación al cielo.

—Veo que te da vueltas la cabeza —dijo Jaime—. Haz lo que te digo. Si es cierto que se me asignó esta tarea, debe tener cierta responsabilidad de mando.

—Solamente para un millón de personas.

—Pero ¿no para ti?

—Mire, señor, yo no soy judío mesiánico; no soy parte del remanente de Israel.

—Pero, con toda seguridad, debes obedecer a uno que tiene que responder por tantos.

—No entiendo tu lógica.

—¡Camilo!, si esto tuviera algo que ver con la lógica, ¿qué estaría haciendo yo aquí? ¡Mírame! Un viejo, un científico. Debiera estar en una mecedora en cualquier parte pero heme aquí, extraño para mí mismo, tratando de decirle a Dios que se equivocó, pero Él no escucha. Es más porfiado que yo. Usa al simple para confundir al sabio. Sus caminos no son los nuestros. Lo ilógico de que Él me eligiera, me obliga a aceptar, con renuencia, que esto debe ser verdadero. ¿Estoy listo? No. ¿Estoy dispuesto? Quizá. Después que pase esta noche debo dar el paso adelante, lo quiera o no. ¿Creo que Él irá delante de mí? Debo creerlo.

Parecía como si él y Jaime estuvieran a solas en medio de un mar de gente. Macho dio golpes con su pie en el pavimento.

—Jaime, yo…

—Camilo, te ruego que me digas Miqueas.

—¿Miqueas?

Jaime asintió.

—No entiendo.

—No soy tan necio para llamarme Moisés y no revelaré mi nombre real a Nicolás a menos que Dios lo quiera.

—¿Así que le dirás que eres Miqueas? ¿Por qué no Tobías Rogoff? Zeke dio la identificación para ese y…

—Piénsalo y entenderás.

—¿Debo traer *mi* identificación falsa? Tú no tienes un nombre nuevo para mí, ¿no?

—Tú no necesitarás un nombre.

—Estás seguro de saber eso.

—Por supuesto que sí.

—Entonces no traigo la credencial de identidad.

—Tus documentos te identifican como Jack Jensen. Si revisan esta identificación, te encontrarán en las filas de las Fuerzas Pacificadoras. ¿Cómo explicarías que un cabo de la CG ayuda al líder de la oposición?

—Entonces, vendré sin documentos y si exigen saber quién soy, seré considerado como vagabundo.

—Yo te identificaré como mi ayudante, y eso les bastará.

Camilo miró a lo lejos.

—Me gustabas más cuando estabas *menos* seguro de ti.

—Camilo —agregó Jaime—, tú *eres* un vagabundo. Todos lo somos. Somos extranjeros en este mundo, sin hogar como el que más.

Camilo metió las manos en los bolsillos. No podía creerlo. El anciano lo había convencido. Él iba a dejar solo con el enemigo a su viejo amigo por toda la noche. ¿Qué le estaba pasando?

—¿Miqueas? —fue todo lo que pudo decir.

—Vete —dijo Jaime—. Consulta con nuestros camaradas y tu familia. Piensa en mi nuevo nombre y te darás cuenta.

SEIS

El sol de la tarde avanzada arrojaba sombras bellamente interesantes a la hermosa arquitectura de Petra. David buscó un suéter y se lo puso encima de los hombros mientras bajaba del pagano lugar alto a una de las ciudades más notables que se hayan construido.

Los diversos edificios, las tumbas, los santuarios y los lugares de reunión habían sido literalmente esculpidos de la impactante piedra caliza color rojo hacía muchos miles de años, y aunque su historia primitiva era muy especulativa, el lugar se había convertido en una atracción turística en el siglo diecinueve. David se preguntaba cómo podrían los nuevos habitantes de un lugar tan surrealista convertir la roca sólida en habitaciones cómodas. Zión enseñaba que Dios había prometido alimento del cielo y que la ropa no se desgastaría pero, ¿qué reemplazaría al aislamiento, las paredes interiores y todo lo que se pareciera a las comodidades modernas?

El lugar era amplio, muchos de sus famosos edificios —el tesoro del faraón, el anfiteatro de cinco mil asientos, las diversas tumbas— estaban conectados por un sistema de desfiladeros y canales represados y vueltos a canalizar por las civilizaciones que habían vivido en la zona.

Como David había llegado en helicóptero tuvo que bajar al nivel principal a fin de hallar el único pasadizo de entrada. No era de asombrarse que la mayoría de los visitantes entraran montando camellos, burros o caballos por una senda que en ciertos puntos tenía menos de dos metros de ancho y, en otras partes, unos muros de roca que se erguían a más de cien metros. El Operativo Águila iba a traer volando a la mayoría de los nuevos habitantes, porque un millón de israelíes en fuga podrían ser ejecutados si tuvieran que atravesar a pie el angosto pasaje de como mil seiscientos metros de largo.

David pudo entender por qué la ciudad había sido una localidad perfecta para la defensa hacía miles de años. Zión enseñaba que los edomitas, que la habitaron en la época de Moisés, se habían negado a permitir que los israelitas la atravesaran. Sin embargo, en este mundo de viajes de alta tecnología, solamente un milagro podría proteger de un ataque aéreo a inocentes desarmados. David llegó a la conclusión de que sin la mano de Dios, este lugar podía ser ideal para una emboscada más que un refugio.

La vida de David no comprendía comodidades de criaturas, y ya se había olvidado de lo que era el tiempo libre. Hasta la Manifestación Gloriosa este lugar sería el centro de la acción, donde los milagros estarían a la orden del día. El pueblo de David habitaría esta ciudad y serían resguardados de enfermedades y muerte, protegidos contra sus enemigos hasta que el Mesías los libertara. Si dar testimonio significaba dormir sobre un pedazo de piedra, bueno, era un precio bajo que pagar.

David se cercioró de que su computadora portátil hubiera almacenado suficiente energía solar para seguir cargada durante su noche en la cueva. En la soledad de la cima del único mundo que conocía ahora, leer el mensaje de Zión acerca de lo que él creía que el Anticristo estaba haciendo, monitorear las noticias fabricadas de Carpatia y comunicarse con sus camaradas serían los únicos lazos de David con la humanidad.

Él esperaba dentro de veinticuatro horas a los primeros de muchos que le harían compañía y él no sabía qué iba hacer con ellos . Cómo iba a caber un millón de personas en la vasta zona que rodeaba a la gran ciudad de roca, era un problema que solamente Dios podía resolver. David había aprendido a no preocuparse ni hacerse preguntas sino a observar y ver.

Luego de hablar con todos y tratar de explicar lo mejor que podía cómo pudo dejar solo al doctor Rosenzweig, Camilo pasó esa noche en el hotel Rey David, mirando televisión con la Biblia de Jaime delante de él. Leyó completamente a Miqueas, captó los paralelos de la Jerusalén de entonces y la actual, y notó la referencia a Moisés. Era claro que el libro era una tremenda promesa del juicio de Dios, pero Camilo no sabía suficiente teología como para descifrar qué significaba para Jaime. Las profecías parecían tratar más de la primera venida de Cristo que del arrebatamiento o de la Manifestación Gloriosa, quizá Jaime planeara usar algunas de las palabras y frases cuando se las viera con Carpatia.

El noticiero de la televisión repetía principalmente los sucesos del día, pero por lo menos, la muerte de Patty no fue pasada por alto como en la cobertura en vivo. Aunque no la identificaron, de todos modos, la muerte de una mujer que ellos creían que había muerto antes, hubiera sido un rompecabezas intrigante para la CG; era claro que ella había muerto por su valor para hablar contra el rey de esta tierra. La CG no lo trató de esa manera naturalmente pero se jactaron del hecho, usándolo como ejemplo de la veracidad de las proclamas de deidad que hacía Carpatia y la confirmación del papel de Fortunato como su apoderado con poderes y prodigios espirituales.

Camilo estaba agotado, casi demasiado para dormir, pero mientras contemplaba fijamente el cielo raso en la oscuridad, ansioso de regresar al Templo del Monte con las primeras luces del alba, repasó la insistencia del doctor Rosenzweig en que lo llamara Miqueas en lugar de Jaime. Los nombres flotaban en su mente, y se quedó dormido.

A media tarde en Chicago, el doctor Zión Ben Judá imprimió el mensaje que pensaba poner en el sitio más popular de la red en toda la historia. Le pidió a Ming y Cloé que lo revisaran. Ellas se sentaron juntas y leyeron:

A mis amados santos de la tribulación, creyentes en Jesús el Cristo, el Mesías y nuestro Señor y Salvador, y a los curiosos, los indecisos y los enemigos de nuestra fe:

Ahora ha quedado claro que Nicolás Carpatia, ese que se dice rey de este mundo y al cual he identificado (con la autoridad de las Sagradas Escrituras) como el Anticristo, junto con León Fortunato, su falso profeta (al cual ha conferido el audaz título de Altísimo Reverendo Padre del Carpatianismo) ha programado lo que la Biblia llama el sacrilegio del templo.

Como con toda otra maldad y treta que el Anticristo cree son producto de su propia mente creadora, este suceso también fue profetizado en la infalible Palabra de Dios. Daniel, el profeta del Antiguo Testamento, escribió que durante esta época de la historia: "El rey hará lo que le plazca, se enaltecerá y se engrandecerá sobre todo dios, y contra el Dios de los dioses dirá cosas horrendas…"

El profeta también predijo que "…muchas naciones serán derrotadas" pero una de esas "escapará de su mano" y esa es Edom. Amigos, ahí es donde está Petra. Desdichadamente, Egipto no escapará de su mano. Él "se apoderará de los tesoros ocultos de oro y plata, y de todas las cosas preciosas de Egipto. Libios y etíopes seguirán sus pasos".

El Anticristo ya comenzó a cumplir la profecía que dice que "él saldrá con gran furia para destruir y aniquilar a muchos". Felizmente, un día, "llegará a su fin y nadie le ayudará".

También está profetizado que el gran arcángel Miguel se levantará "en aquel tiempo". Él es aludido como "el gran príncipe que vela sobre los hijos de tu pueblo" refiriéndose esto al remanente de Israel, aquellos judíos que como yo, han llegado a creer que Jesús es el Mesías. Alabado sea Dios, pues Daniel también predice que "en ese tiempo tu pueblo será librado, todos los que se encuentran inscritos en el libro".

Por mis enseñanzas anteriores ustedes saben que el libro mencionado es el Libro de la Vida del Cordero en el cual están inscritos los que han confiado en Cristo para salvación de ellos. Aunque ahora no puedo ser más específico, debido a la experiencia divina de una querida colega justamente en los últimos días, creo que el arcángel Miguel está velando y que la liberación está cerca.

El mismo Jesús se refirió a las profecías de Daniel cuando advirtió sobre "la abominación de la desolación... colocada en el lugar santo"; yo creo que se refería al sacrilegio planeado por el Anticristo.

Muchos estaban confundidos antes del arrebatamiento de la iglesia y creyeron que la segunda carta del apóstol Pablo a los tesalonicenses se refería a ese acontecimiento cuando habla de "la venida de nuestro Señor Jesucristo y a nuestra reunión con él". Podemos regocijarnos porque ahora está claro que Pablo hablaba de la Manifestación Gloriosa.

Pablo escribe: "Que nadie os engañe en ninguna manera, porque no vendrá sin que primero venga la apostasía y sea revelado el hombre de pecado, el hijo de perdición, el cual se opone y se exalta sobre todo lo que se llama dios o es objeto de culto, de manera que se sienta en el templo de Dios, presentándose como si fuera Dios".

Nuestra esperanza radica en la promesa de que "y entonces será revelado ese inicuo, a quien el Señor matará con el espíritu de su boca y destruirá con el resplandor de su venida; inicuo cuya venida es conforme a la actividad de Satanás, con todo poder y señales y prodigios mentirosos, y con todo engaño de iniquidad para los que se pierden, porque no recibieron el amor de la verdad para ser salvos". A menudo nos preguntamos, cuando la verdad está ahora tan clara, por qué no todos van a Cristo. ¡Se debe a ese mismo engaño! La gente no "recibió el amor de la verdad". Pablo dice que "Por esto Dios les enviará un poder engañoso, para que crean en la mentira, a fin de que sean juzgados todos los que no creyeron en la verdad sino que se complacieron en la iniquidad". ¿Se lo pueden imaginar? Hay personas que conocen la verdad, que saben que su futuro está condenado, y aun así ¡se siguen complaciendo en el pecado! Una advertencia si usted es uno de esos: debido a su rebelión, Dios puede haberle endurecido ya el corazón de modo que usted no pueda cambiar de idea si así lo quisiera.

Ahora bien, si lo que sigue no es una descripción de los dos que roban las almas de todos, hombre y mujer, ignoro lo que es: "adoraron al dragón, porque había dado autoridad a la bestia; y adoraron a la bestia, diciendo: ¿Quién es semejante a la bestia y quién puede luchar contra ella? Se le dio una boca que hablaba palabras arrogantes y blasfemias, y se le dio autoridad para actuar durante cuarenta y dos meses. Y abrió su boca en blasfemias contra Dios, para blasfemar su nombre y su tabernáculo, es decir, contra los que moran en el cielo. Se le concedió hacer guerra contra los santos y vencerlos; y se le dio autoridad sobre toda tribu, pueblo, lengua y nación.

"Y la adorarán todos los que moran en la tierra, cuyos nombres no han sido escritos, desde la fundación del mundo, en el Libro de la Vida del Cordero que fue inmolado".

¿Qué pudiera ser más claro? Si usted está en Cristo, está seguro y a salvo por la eternidad a pesar de todo lo que tendremos que soportar en estos tres años y medio próximos. Si está indeciso, le ruego que se decida mientras aún puede. Que muchos ya tengan su corazón endurecido por Dios, verdad que pudiera contrariar lo que una vez creímos de Él, no obstante, claramente es el peligro que se corre postergando recibir a Cristo.

Ruego en oración que Dios me conceda un día el privilegio de hablar en persona a los creyentes israelíes que pronto serán llevados a la seguridad y fuera del daño que hace el Anticristo. Hermanos y hermanas en el Señor, oren a medida que se desarrollen los hechos finales de esta mitad del período de la tribulación y se anuncie el tiempo que queda antes de la Manifestación Gloriosa.

Su amigo en Cristo
Zión Ben Judá

A Zión le intrigaba que las jóvenes hubieran terminado de leer pero más que presentarle su evaluación, susurraban entre ellas. Se aclaró la garganta y miró la hora.

—Ming tiene una idea maravillosa, Zión —dijo Cloé—. Ella cree que su hermano pudiera piratear la entrada a la Red de Noticias de la Comunidad Global y contrarrestar el próximo mensaje de Nicolás con tu enseñanza.

—¿Qué, poner el texto de mi mensaje en pantalla?

—No —dijo Ming—. A usted. En vivo. En esencia usted debatiría cada punto de él.

—¿Cómo?

—Comprobaré con Chang, la camarita que está encima de su monitor, esa que ahora usted usa solamente para proyectar su imagen al Comando Tribulación cuando ellos están lejos de Chicago, pudiera emplearse para transmitir así mismo por televisión.

—¿No pudiéramos arriesgarnos a mostrar indicios que delaten dónde estamos?

—Por supuesto que tendríamos que ocuparnos de impedir eso.

—Pero ¿no es este el cometido del doctor Rosenzweig? —dijo Zión—. ¿No debiera ser él quien refute al Anticristo?

—Probablemente lo será —dijo Cloé—. De todos modos, cualquier enfrentamiento de esos dos, posiblemente estará en la televisión internacional.

—Entonces, ¿para qué me necesitarían?

—Una vez que haya comenzado la fuga a Petra, Nicolás hablará contra usted y nosotros, los así llamados judaítas.

Sería como un espectáculo de lucha libre. Cuando Jaime no esté más ahí para enfrentarlo personalmente, usted debatirá contra él por medio de su propia red de televisión —dijo Ming.

Zión aceptó calladamente el manuscrito que le devolvieron y dio la orden de transmisión.

—Me gusta su manera de pensar, señora Toy.

—A mí también —dijo Cloé—. Solo desearía que hubieras nombrado a Patty o dicho que ella era miembro del Comando Tribulación.

—No quise delatar que tenemos gente hasta en esa zona, aunque tengo la certeza de que la CG supone que la tenemos.

—No obstante, Zión —dijo Cloé—, nombraste a Petra.

El rabino se tapó la boca con la mano.

—Lo hice, ¿no?

—Quise decir algo antes de la transmisión —dijo Cloé.

—Por eso quería que ustedes lo revisaran.

—Zión, lo lamento. Supuse que tenías un motivo.

—No es culpa de ustedes —dijo él, desplomándose en una silla—, ¿qué estaba pensando?

Raimundo se despertó al amanecer y ya estaba hecha la decisión que consideró en la noche. Lea y Hana tenían empacada y lista su unidad médica móvil, así que Lea podía desempeñar doble labor monitoreando también a los israelíes que llegaban y se iban. Eso significaba que Raimundo no tenía que quedarse en Mizpe Ramon. Por cierto que él sería más útil piloteando un helicóptero.

Se vistió con rapidez y salió a la pista aérea que zumbaba. El sol brillaba sobre el horizonte y Raimundo se dio cuenta de que no pasaría mucho tiempo antes que él y sus camaradas empezaran a contar los días que restaban para el final, el final *de verdad* —la Manifestación Gloriosa y el Reino Milenial. Naturalmente que había muchas cosas que debían ocurrir primero, el ritmo vertiginoso de las últimas semanas daría paso a calmas preciosas entre los juicios finales de Dios, previos a la batalla del Armagedón. Entonces, las cosas volverían a cobrar velocidad. Cuánto esperaba tener, al menos, un poco de descanso entre las crisis. Raimundo se echó el pelo para atrás y se puso su gorra de aviador. Los próximos días determinarían si él o sus seres queridos sobrevivirían siquiera hasta el final.

———————

Camilo se quedó bajo el agua de una ducha tan caliente como él podía soportar, pero el hotel Rey David debía haber instalado alguna clase de regulador. A los pocos minutos el agua se entibió y luego se enfrió. Con el personal y la energía diezmadas, había solamente algunas cosas a qué recurrir.

Camilo guardó en el bolsillo el dinero suficiente, solo para cerciorarse de llenar el tanque de combustible del automóvil. Siguiendo el consejo de Jaime dejó en el cuarto del hotel su billetera y su credencial de identidad. Hallar estacionamiento fue más difícil que el día anterior y tuvo que caminar ochocientos metros más para llegar finalmente a las calles donde a cada lado había transportes vacíos de personal militar.

Aunque era temprano, el Templo del Monte ya se estaba llenando. Se divisaban colosales monitores de televisión desde todas partes; la gente que esperaba los festejos del mediodía, se ocupaba en mirar lo que mostraba la red de la CG y hacían señas cuando se veían en pantalla.

Camilo se sentía más tranquilo, Jaime se hallaba a simple vista, no lejos de donde los dos testigos cambiaban el turno de sentarse uno mientras el otro predicaba. Camilo se precipitó donde se encontraba el doctor Rosenzweig que estaba sentado en el suelo, con las rodillas dobladas, contemplando fijamente el cielo.

—Buenos días, Jaime —dijo, pero el hombre no reaccionó—. Lo siento —agregó rápidamente Macho—, "*Miqueas*".

Jaime sonrió débilmente y se volvió a él.

—Camilo, amigo mío.

—¿Comiste?

—Permanezco saciado —contestó Jaime.

—Se nota.

—Dios es bueno.

—¿Y él te ha alentado, te ha fortalecido, te ha dado poder? —apremió Camilo.

—Estoy listo.

Él no parecía listo. En realidad, sonaba y parecía aun más débil que el día anterior.

—¿Dormiste? —preguntó Camilo.

—No, pero descansé.

—¿Cómo es eso?

—No hay nada como descansar en el Señor —dijo Jaime, como si hubiera estado haciéndolo toda su vida.

—Entonces, ahora ¿qué pasa? —dijo Camilo—, ¿cuál es el plan?

—Dios lo revelará. Él me muestra solamente lo que tengo que saber, cuando tengo que saberlo.

—Magnífico.

—Camilo, detecto sarcasmo.

—Culpable. Yo soy el tipo de planificar el trabajo y concretar el plan.

Jaime tomó la mano de Camilo y se puso de pie tambaleante. Gimió cuando sus articulaciones crujieron.

—Pero esto no es mi plan ni mi trabajo, tú entiendes eso.

—Me imagino. ¿Así que nos quedamos por aquí a la espera?

—Oh, no, Camilo. Ni siquiera tengo la paciencia de esperar hasta el mediodía.

—¿Y si Carpatia no aparece hasta entonces?

—Una pelea lo sacará para afuera.

Camilo encontró que eso era intrigante, pero nuevamente, este viejito frágil parecía incapaz de causar algo. ¿Esperaba que Camilo hiciera algo? ¿Sin documentación? ¿Sin la marca? Camilo estaba dispuesto, pero no sabía todavía qué pensaba del juicio de Jaime.

—¿Cuándo cesaron de administrar la marca? —dijo Camilo.

—No se han detenido. Mira, allá quedan dos filas abiertas, parece que una está por cerrar a pesar de la cantidad de los que esperan. Tú no has notado nada esta mañana, ¿cierto Camilo?

—¿Notado?

—La diferencia entre hoy y ayer.

Camilo miró alrededor.

—Es más temprano y la multitud es mayor. Los vehículos militares siguen en todas partes fuera de la Ciudad Vieja, pero ¿por qué están cerrando una fila que aún tiene gente? ¿Por qué no terminaron anoche? ¿Vino más gente?

—¡Y tú eres periodista!

—Estoy que muerdo, ¿qué me perdí?

—Tú mismo lo dijiste. Los vehículos aún están ahí.

—¿Y? Una demostración de fuerza. Probablemente Carpatia espera que hoy haya oposición.

—Pero ellos no se fueron para regresar —dijo Jaime—. ¿Tú piensas que esos soldados durmieron en los camiones? No tendrían que hacerlo. Tienen instalaciones, centros, lugares donde ir.

—Bueno...

—¿Cuántos soldados viste hoy en los camiones?

—Con toda honestidad, Jaime, eeh, Miqueas, yo estaba concentrado en asegurarme de que tú aún estabas aquí y bien. Estaba apurado y no me fijé.

—Ciertamente no. Ahora, mira, están llevando lo que queda de esa fila a la única que aún sigue abierta.

—Y yo supongo que tú sabes por qué.

—Por supuesto —dijo Jaime.

—Y tú no eres periodista pero aún así, dime.

—Ellos cerraron esta fila por la misma razón que hoy el Templo del Monte está lleno de civiles más que de personal de la CG.

Camilo giró y miró toda la zona.

—Con toda seguridad, pero ¿dónde están?

—Sufriendo. Pronto estarán tan mal como el pobre señor Fortunato que debe sentirse pésimo, casi muriéndose en estos momentos. Cuán supremo es el ingenio de nuestro Señor para plantar en la mente de alguien la brillante idea de hacer que el personal de la CG fuera el primero ayer. Ellos recibieron la marca de la bestia, luego adoraron su imagen, y ahora son las víctimas de Apocalipsis 16:1-2.

—¡La plaga de las llagas! —susurró Camilo.

Jaime lo miró y sonrió con la boca cerrada, luego se alejó de Camilo a un espacio abierto. Camilo tropezó y casi se cayó, asombrado por los sonidos profundos e inmensos que emitía la garganta del hombrecito. La voz de Jaime era tan fuerte que todos se detuvieron, miraron fijamente y Camilo tuvo que taparse los oídos.

"Y oí una gran voz desde el templo", vociferaba Jaime, "que decía a los siete ángeles: 'Id y derramad en la tierra las copas del furor de Dios'. El primer ángel fue y derramó su copa en la tierra; y se produjo una llaga repugnante y maligna en los hombres que tenían la marca de la bestia y que adoraban su imagen".

Los miles que habían estado dando vueltas retrocedieron al oír la potente voz, y Camilo se quedó estupefacto al ver el porte de Jaime. Este estaba de pie, erguido, lucía más alto, su pecho inflado cuando respiraba entre las frases. Sus ojos despedían llamas, su mandíbula firme y hacía gestos con los puños cerrados.

Ahora los curiosos comenzaron a juntarse en torno al anciano de la túnica marrón.

—¿Qué? —decían unos—. ¿Qué dice usted?

—¡Que oiga el que tiene oídos para oír! Ciertamente, ¡el Dios del cielo ha juzgado al hombre de pecado y han sido abatidos los que aceptaron su marca y adoraron su imagen!

—¡Viejo loco! —gritó uno—. ¡Vas a lograr que te maten!

—¡Viejo, veremos rodar tu cabeza antes que te des cuenta!

Macho pensó que Jaime habló con más potencia, si eso era posible. No necesitaba amplificador de sonido porque era evidente que lo oían todos los que estaban a la vista.

—¡Nadie se atreverá a atacar al elegido de Dios!

La gente comenzó a reír.

—¿Tú, un elegido? ¿Dónde está tu Dios? ¿Puede hacer lo que hace nuestro soberano resucitado? ¿Quieres que el fuego del cielo te convierta en un montón de cenizas?

—¡Yo exijo audiencia con el malo! Él debe responder al único Dios verdadero, el Dios de Abraham, Isacc y Jacob! ¡Que él no ose tocar al remanente de Israel, creyentes en el Altísimo Dios y Su Hijo, el Mesías, Jesús de Nazaret!

—Mejor que tú…

—¡Silencio! —rugió Jaime y el eco reverberó en los muros enmudeciendo a la turba.

Tres guardias jóvenes, armados y uniformados, incluyendo una mujer, llegaron corriendo.

—Señor, sus documentos —dijo la mujer.

—No tengo ni necesito documentos. Estoy aquí bajo la autoridad del Creador del cielo y la tierra.

—Su frente está clara, déjeme ver su mano.

Jaime mostró el dorso de su diestra.

—Contempla la mano del siervo de Dios.

La mujer alzó su rifle empujando el brazo de Jaime, tratando de llevarlo a la fila para aplicación de la marca. Él no cedía.

—Vamos, señor, usted está borracho o desnutrido. Ahórrese la pena y a mí el papeleo. Póngase la marca.

—¿Y adorar la imagen de Carpatia?

Ella lo fulminó con la mirada y apretó el mecanismo de fuego de su rifle.

—Usted lo tratará de Su Excelencia o Su Adoración o como el soberano resucitado.

—¡Yo me referiré a él como Satanás encarnado!

Ella apretó el cañón de su arma contra el pecho de Jaime y puso el dedo en el gatillo. Camilo dio un paso adelante temiendo el fogonazo y ver a su querido amigo desplomarse en el pavimento. Pero la joven no se movió, ni siquiera pestañeó. Jaime miró a sus colegas varones.

—¿Cuándo recibieron la marca?

Ambos prepararon sus armas.

—Fuimos de los últimos —dijo uno.

—¿Y adoraron la imagen?

—Por supuesto.

—Ustedes también sufrirán. Las llagas han empezado a formarse en sus cuerpos.

Uno miró al otro.

—Yo tengo algo en la parte interna de mi antebrazo, mira.

El otro dijo: —¿Quieres callarte? Tenemos razones para dispararle a este hombre y puede que yo lo haga.

—¡Dispárale! —gritó una de la multitud—. ¿Qué le pasa a tu jefa?

Ambos la miraron incrédulos y luego dijeron a Jaime:

—Señor, vamos a tener que solicitarle que forme fila para recibir la marca o sufrir las consecuencias.

—Joven, yo no he sido llamado todavía al martirio. Cuando llegue mi hora, me inclinaré orgullosamente a la hoja, adorando al Dios del cielo, pero ahora, a menos que ustedes también quieran quedar inmovilizados, le dirán al que adoran que yo exijo audiencia.

Uno se dio vuelta y habló en su intercomunicador. Entonces dijo:

—*Lo sé*, señor pero la Cabo Riehl está incapacitada y….

—¿Qué?

—Él la paralizó, señor, y…

—¿Cómo?

—¡No sabemos! Él exige…

—¡Disparen a matar!

El joven se encogió de hombros y ambos apuntaron sus rifles a Jaime.

—¡Dame eso! —dijo Jaime tomando el intercomunicador. Apretó el botón—. Quien seas, dile a tu así llamado soberano que Miqueas exige una audiencia con él.

—¿Cómo obtuvo este radio? —dijo la voz.

—Él me hallará con mi ayudante en el centro del Templo del Monte, con tres guardias catatónicos.

—Le advierto…

Jaime apagó el intercomunicador. A los pocos segundos llegaron media docena más de guardias, dos vestidos de civil, con las armas listas.

—Usted no exige reunirse con el soberano Carpatia —se mofó uno.

—¡Sí, yo sí! —gritó Jaime y los seis contemplaron a sus paralizados compatriotas.

—Bien, señor, ¿puede decirme su nombre?

—Puede llamarme Miqueas.

—Bien, don Miqueas, señor, el soberano está en el edificio de la Knesset (el Parlamento israelita) donde se han instalado sus oficinas centrales de Jerusalén. Si usted quisiera acompañarnos allá y solicitar…

—Yo exijo reunirme con él aquí. Ustedes pueden decirle que si rehúsa, enfrentará más que un personal sufriente y disminuido. ¡Yo estoy preparado para volver a bajar del cielo las plagas que clamaron los dos testigos! Pregúntele si le gustaría que su personal médico intentara tratar sus llagas y furúnculos con agua que se convierte en sangre.

SIETE

David no estaba seguro de la hora en que el ruido de equipo pesado lo despertó, pero supo inmediatamente lo que significaba. Le había molestado mucho que el doctor Ben Judá mencionara a Petra en su sitio de la red mundial pues era indudable que el enemigo monitoreaba ese sitio.

David trepó nuevamente al lugar alto, arrastrándose en la negrura nocturna de esa hora, en que las estrellas no iluminaban lo suficiente como para impedir que él se raspara las piernas, se golpeara los dedos de los pies y se cayera varias veces, rasguñándose las manos y los brazos en las rocas. Como sus ojos se habían adaptado a la oscuridad vio mucho más abajo el semicírculo de tanques y artillería de la CG formados en el perímetro. Aunque eran pocas las luces que tenían encendidas, David pudo divisar que habían cerrado la entrada peatonal principal y que, así mismo, había muchos colocados alrededor de las zonas más probables que se utilizarían para bajar desde el aire.

David creía que Dios había prometido proteger a los hijos de Israel que huyeran de la ira del Anticristo, pero ¿qué pasaría con los voluntarios que les ayudaban? ¿Cómo iban a escapar de un enemigo que ya les había ganado la delantera?

¿Cómo pudo Zión haber perpetrado ese error craso? David telefoneó a Raimundo pero no tuvo respuesta. Probó con Albie.

Zión estaba inconsolable. Se paseaba con la mano sobre la boca, orando en silencio. Ming y Cloé habían intentado hacerlo entrar en razón, recordándole que Dios era soberano, pero Zión no lograba entender la lógica de lo que había hecho. Mantenía encendido el televisor temiendo la noticia de una masacre cuando comenzara la salida desde Jerusalén.

Finalmente, Zión se sentó en el brazo del sillón frente al televisor. El joven alto y gordo que ellos le decían, en forma inadecuada, el chico Zeke —su padre, recién martirizado, había sido el gran Zeke— entró con un cuaderno de dibujos en la mano.

—¿Quiere ver lo que estoy pensando hacer con Ming? Me parece que es muy difícil disfrazar a una, este, mujer asiática, pero voy a tratar de que tenga la apariencia de un muchacho, eso creo. Tengo una foto de su hermano, y con el corte de pelo correcto y ropa y, bueno, usted sabe, relleno y cosas…

—Perdóname, Zeke, pero…

—Oh, yo ya le dije que no quiero insultarla ni nada, quiero decir, ella es delgada y bajita, pero no digo que ahora parezca un hombre. No, en realidad, es muy bonita, atractiva y femenina.

—Zeke, estoy preocupado. Lo lamento. Cometí un terrible error y estoy orando que…

—Yo sé —dijo Zeke—. En realidad, por eso vine para acá. Quiero decir que estaba trabajando en la identidad de Ming, en serio, pero pensé que quizá conversar de eso le distraería…

—¿Distraerme, después de haber dado al otro bando el dato de hacia dónde se dirigen nuestros hermanos y hermanas? Gracias, pero no veo cómo la CG pueda hacer otra cosa que no sea adelantarse a ellos y esperar al acecho.

Zeke puso su cuaderno en el sofá y acomodó su pesado cuerpo en el suelo.

—Usted es el hombre que sabe de la Biblia —dijo—, pero algo de esto me parece precisamente lógico.

—¿Lógico? Difícilmente.

—Quiero decir, tiene que haber una razón, eso es todo.

—Quizá para humillarme pero esto es tremendo precio. Nunca dije que soy perfecto pero oro tanto por mis mensajes y Dios sabe que nunca, adrede…

—Doc, eso es lo que yo quiero decir. Dios debe haber querido que esto pasara, por algún motivo.

—Oh, yo no…

—Usted mismo dijo que ora por estas cuestiones. Eso no hace que sus mensajes sean como la Biblia, me lo imagino, pero Dios no va a dejar que un ser humano común y corriente como usted le eche a perder Su plan con un error, ¿no es así?

Zión no sabía qué pensar. Este joven sin educación tenía a menudo una fresca comprensión.

—Quizá yo me haya sobrestimado.

—Quizá. Usted no lo parecía cuando no era más que el tipo que enseña a mil millones de personas. ¿Por qué no dejó que eso se le subiera a la cabeza?

—No lo veo así, Zeke. Es humillante, un privilegio.

—¿Ve? Usted pudo presumir por tener esta gran iglesia en la Internet, pero no lo hizo. Así que, quizá, usted no debiera empezar a pensar que es tan importante como para interponerse en el camino de Dios.

—Indudablemente, no estoy exento de cometer errores —dijo Zión.

—Sí, pero vamos, ¿usted cree que Dios va a decir: 'yo tenía todo esto bien arreglado hasta que este Ben Judá vino y lo echó todo a perder'?

Zión tuvo que reírse ahogadamente.

—Supongo que Él puede superar mis errores.

—Así lo espero. Usted siempre nos habló de Él como alguien bien grande.

—Bueno, gracias, Zeke. Eso me da algo que…

—Pero todavía va más lejos que eso —dijo Zeke—. Yo sigo pensando que Dios pudiera tener una razón para dejar que usted hiciera eso.

—Por ahora, solo estoy tratando de entender que Dios puede descartar mi error.

—Espere y verá, Doc. Le apuesto que verá que o la CG no se lo traga porque parece una pista tan claramente falsa o piensan que hallaron algo jugoso y tratan de aprovecharse de eso solo para ver que se les revienta en sus propias caras.

Al amanecer, Raimundo se alarmó al ver que Albie, con el grandote George, desempacaban varias unidades de las dos clases de armas que éste último había traído.

—¿Albie, que están haciendo?

—Su teléfono no funciona.

Raimundo se tocó el bolsillo y lo sacó.

—¡Qué tontería! —dijo—. Ayer lo usé mucho.

Sacó la batería solar del teléfono y la prendió por fuera del bolsillo de la camisa, donde el sol podía recargarla y puso una nueva en el teléfono. Vio que se había perdido varias llamadas.

—Permítame ahorrarle la comprobación de todas las llamadas diciéndole que se trataban de las llamadas de Hassid y las mías —dijo Albie.

—¡Todos para atrás! —el recién llegado al Monte del Templo era un civil alto, de pelo oscuro y aspecto atlético, que dejaba ver por debajo de su chaqueta el bulto de una pistola—. ¿Quién es usted? —le preguntó a Camilo, mientras los demás monitores de la moral y los pacificadores daban un paso atrás, incluso los tres que habían sido paralizados.

Camilo pensó que estaba preparado para todo, tocó sus bolsillos como si estuviera por sacar su credencial de identidad, luego señaló a Jaime diciendo:

—Yo estoy con él. ¿Quién es usted?

—Me llamo Loren Hut, y soy el jefe de los Monitores de la Moral de la Comunidad Global. Tengo al soberano en línea para este alborotador —dijo mirando a Jaime, haciendo que se riera la multitud que apretujaba—. Por algún motivo parece que mi gente no puede lograr que un viejo demente entienda. Tiene que ser usted.

—Dile a tu jefe que no me interesa hablar con él salvo en persona —dijo Jaime.

—No es posible señor…

—Miqueas.

—Señor Miqueas, esta llamada es lo mejor que conseguirá. Bueno, yo no me siento bien esta mañana y usted está tentando a su suerte.

—Señor Hut, ¿cómo que no se siente bien?

—¿Quiere hablar con Su Excelencia o…

Jaime desvió la mirada, meneando la cabeza.

Hut hizo una mueca siniestra y se puso el teléfono en el oído.

—Falsa alarma. Pida disculpas al soberano por mí…. Bueno, seguro, le hablaré pero no quiero desperdiciar su… buenos días, señor. Sí… no sé…. Me cercioraré de obtener informes completos de tod… bueno, sí, puedo hacerlo… ¿quiere que haga eso? Yo… sí, lo sé, pero no se trata de que él represente una amenaza real… sí, señor. Nueve en el cargador… si eso es lo que usted quiere… no difiero, solo que él es un frágil… yo pudiera hacer eso… afirmativo, puede contar conmigo.

Hut cerró de un golpe su teléfono y maldijo.

—Usted —dijo a Camilo—. Manténgase lejos. Alégrese de que yo lo mantenga fuera de esto. Y ustedes —dijo gesticulando hacia la multitud—, ¡quédense atrás! —unos se movieron, la mayoría no—. ¡No digan después que no les advirtieron!

—¿Las llagas están empezando a brotarle, joven? —dijo Jaime.

—¡Cállese! Usted está a punto de morir.

—Hijo, eso no es cosa tuya.

—En realidad, sí será. ¡Ahora, quédese callado! Cabo Riehl, ¿se encuentra bien?

—Un poco confusa —dijo ella con voz apagada—. ¿Qué necesita?

—Busque cámaras de la CG y tráigalas para acá. El soberano quiere que le dispare nueve balas a este tipo pero quiere verlo.

—Yo también —dijo la mujer, alejándose al trote.

—Señor Hut —dijo Jaime—, ¿será capaz de cumplir su deber? Usted empeora con cada segundo que pasa.

Hut se inclinó rascándose con fuerza el abdomen y el bajo vientre.

—No tengo que estar ciento por ciento bien para matar a un hombre de cerca.

—Eso no ocurrirá.

—¿Usted cree que puede paralizarme?

—Nunca sé qué hará Dios.

—Bueno, yo sé *qué* hará usted. Se retorcerá, gritará y suplicará por su vida.

—Mi vida no me pertenece. Si Dios la desea, puede tenerla. Pero Dios me resguardará pues tengo responsabilidades ulteriores, incluso hablar en persona con el cobarde que no me hace caso.

La cabo Riehl volvió con un hombre de turbante que tenía una cámara al hombro. Con él venía una señora de color, bajita, que traía un micrófono.

—¿Qué hacemos? —preguntó con acento británico.

—Solamente dígame cuando estén filmando —dijo Hut—. Esto es para Su Excelencia.

—¿En vivo o grabado?

—¡No me importa! ¡Solamente dame le señal!

—¡Bueno! ¡Espere! —ella habló a una radio pequeña—. ¡Sí! —dijo ella—. Carpatia en persona. Un minuto —se volvió a Hut—. La central quiere saber quién le autoriza.

Hut volvió a maldecir y se rascó del abdomen a los hombros.

—¡Hut! —dijo él—. ¡MMCG! ¡Ahora, procedamos!

—Bueno —contestó la señora, poniéndose frente a la cámara—. Aquí Bernadette Rice, en vivo desde el Monte del Templo, Jerusalén, donde estamos por presenciar una ejecución ordenada personalmente por Su Excelencia Nicolás Carpatia. Detrás de mí se halla Loren Hut, el nuevo jefe de los Monitores de la Moral de la Comunidad Global, que administrará la sentencia a un hombre conocido solamente como "Miqueas", el cual rechazó la marca de la lealtad y ha resistido el arresto.

Cuando la gente ubicada en otras partes del Monte del Templo vio en los gigantescos monitores de televisión lo que estaba pasando, inundaron la zona alrededor de Jaime, Camilo y Hut.

—¡No dejes que Keni vea esto! —gritó Zeke—. ¡Ustedes dos, vengan rápido!

Era pasada la medianoche en Chicago, y Zión se había deslizado del brazo del sofá a un cojín, donde se sentó inclinado hacia delante, mirando la pantalla por entre sus dedos.

—Dios, por favor…

—¡Ahí está Camilo! —exclamó Cloé, señalando.

Zión pensó que Camilo se veía raro, parado como indiferente, con las manos en los bolsillos.

El jefe de los MMCG desenfundó su arma, se detuvo para rascarse con la mano izquierda y el codo derecho, luego preparó el arma. Abrió las piernas y sostuvo el arma con ambas manos, apuntando a las manos de Jaime que las tenía tomadas por delante. El ángulo de Hut haría que la bala las perforara sin tocar el cuerpo.

La explosión del primer tiro hizo que Camilo se quitara del camino y que la multitud retrocediera, pero Jaime no se movió excepto para encogerse por el ruido. Hut contempló con incredulidad las manos intactas de Jaime y se movió al lado opuesto, apuntando el segundo balazo a las mismas otra vez. La multitud se refugió. *¡PUM!* Otro yerro evidente solo a centímetros.

Hut, que ahora se rascaba todo hasta las rodillas, apuntó a los pies de Jaime y disparó. Nada. Ni siquiera un agujero en la túnica. Hut levantó el ruedo con su mano izquierda y disparó al otro pie. Gimiendo de dolor y claramente aterrorizado, Hut se rascó con su mano libre, disparó a una de las rodillas de Jaime, luego a la otra. Los disparos solamente hicieron ruido.

La multitud se reía.

—¡Esto es un chiste! —dijo uno—. ¡Una farsa! ¡Él dispara cartuchos vacíos!

—¿Vacíos? —gritó Hut, girando para enfrentar al que se mofaba—. ¿Apostarías tu vida a eso? —disparó el séptimo tiro al esternón del hombre. La cabeza del hombre golpeó el suelo primero, el nauseabundo crujido de su cráneo fue transmitido claramente por el micrófono del reportero de la televisión.

Con la multitud que corría a refugiarse y Bernadette Rice desapareciendo del cuadro, Loren Hut le disparó al hombro izquierdo de Jaime desde quince centímetros, luego apretó el arma contra la frente del anciano desarmado. Jaime miró con compasión cómo el tembloroso Hut se retorcía y como al descuido se tapó los oídos. El cañón del arma dejó una pequeña marca en la piel de Jaime. La bala no hizo daño alguno.

Hut retiró el arma y abrazó un árbol, frotando su cuerpo contra éste para aliviarse. Gritaba de dolor, luego se dio vuelta y llamó a la cabo Riehl. Tomó su rifle y lo puso debajo de su barbilla. Jaime se acercó tranquilamente.

—Señor Hut, eso es innecesario —dijo—. La muerte que usted escogió lo tronchará a su debido momento. Baje el arma y hágame una cita con Carpatia.

———————

Hut arrojó al suelo el rifle y se alejó tambaleante, pero Camilo ya había oído el sonido de las aspas de la hélice. Dos helicópteros aterrizaron y la multitud, que se había retirado en gran medida, volvió con cautela, evitando el cadáver que yacía en un charco de sangre.

Carpatia fue el único civil de los que llegaron en los helicópteros, vestido con su traje negro a rayas, camisa blanca y corbata de un rojo brillante. Se dirigió directamente a Jaime y Camilo mientras siete pacificadores uniformados formaban un semicírculo detrás de él, con las armas apuntadas a Jaime.

Nicolás sonrió a la gente y se volvió para localizar al camarógrafo de la CG. Bernadette seguía en el suelo temblando.

—Sigue filmando, hijo —dijo— ¿Cómo te llamas?

—R... R... Rashid.

—Bueno, R... R... Rashid, quédate justo ahí, para que el mundo pueda ver al que se atreve a burlar mi soberanía.

Carpatia se acercó a Jaime y lo enfrentó a un metro de distancia, con los brazos cruzados.

—Eres demasiado viejo para ser Zión Ben Judá —dijo—. Y te llamas Miqueas —inclinó la cabeza y miró de soslayo a Camilo, que temió que Nicolás lo reconociera—. ¿Y éste es?

—Mi ayudante —dijo Jaime.

—¿Tiene nombre?

—Tiene nombre.

—¿Puedo saber?

—No es necesario.

—Tú eres un estúpido insolente, ¿no? —Carpatia le habló a un guardia, señalando a Camilo con la cabeza—. Sácalo de aquí. La marca o la hoja.

Camilo se preparó para resistir pero el guardia se veía petrificado. Aclaró su garganta:

—Señor, venga conmigo por favor.

Camilo meneó la cabeza. El guardia se sentía indefenso, miró a Carpatia, pero éste no le hizo caso. Súbitamente el guardia cayó al suelo, retorciéndose, rascándose por todas partes.

—Muy bien —dijo Carpatia—. Admito que tienes que agradecer que esta mañana casi toda mi fuerza de trabajo padezca.

—Probablemente todos —dijo Jaime—. Si no sufren, te conviene comprobar la autenticidad de sus marcas.

—¿Cómo lo hiciste?

—Yo no, sino Dios

—Tú estás mirando la cara de dios —dijo Carpatia.

—Por el contrario —dijo Jaime—, yo temo a Dios. Yo no te temo a ti.

———————

Raimundo desplegó un mapa topográfico sobre la capota de un camión.

—Que Mac y Smitty también vengan aquí —dijo. Albie los llamó por teléfono.

El grandote George se inclinó.

—¿Alguna parte donde podamos aterrizar y agazaparnos a unos tres kilómetros de Petra?

Raimundo negó con la cabeza.

—No sé. Toda la zona se ve diferente en el papel que desde el aire. Yo sé que tú eres muy enérgico y todo lo demás, pero yo no estoy listo para matar a nadie.

—Con el debido respeto, capi —contestó George—, pero ellos van a matar a nuestra gente. Puede que usted cambie de idea cuando vea eso.

—Estamos aquí para traer a esta gente a la seguridad, no para matar al enemigo.

Albie cerró de un golpe su teléfono.

—¿Qué pasa si matar al enemigo es la única manera de conducir a la seguridad a los israelíes?

—Eso es trabajo de Dios.

—Estoy de acuerdo —dijo Albie—, por lo menos de lo que dice el doctor Ben Judá, pero detestaría ver que perdemos un hermano o hermana y, si estas armas son lo que se precisa, yo digo que las usemos.

———————

Camilo nunca olvidaría un detalle de esta reunión macabra que todo el mundo estaba mirando.

—Así, pues, Miqueas —dijo Carpatia, apoyándose en el otro pie—. ¿Qué se necesitará para que tú anules este encantamiento mágico que ha incapacitado a mi gente?

—Aquí no hay magia —dijo Jaime con una voz tan diferente de la suya, que Camilo nunca se la pudo imaginar—. Este es el juicio del Dios Todopoderoso.

—Muy bien —dijo Nicolás sonriendo tolerante—. ¿Qué quiere el *Dios Todopoderoso* a cambio de levantar —y aquí hizo la mímica de las comillas con los dedos— este *juicio*?

Jaime meneó la cabeza.

—¡Vamos, Miqueas! ¡Si estás negociando por cuenta de *Dios*, seguro que puedes pensar en algo!

—Sufrirán aquellos que aceptaron tu marca y adoraron tu imagen.

Carpatia se acercó, su sonrisa se había esfumado.

—¡No digas a mis amados que no acepten la marca de la lealtad o que no me adoren!

—Ellos saben la consecuencia y aquí pueden verla.

Rashid empezó a mover la cámara en círculo para hacer tomas de muchos leales que agonizaban de dolor.

—¡No! —le susurró Carpatia, tomándolo por el hombro y haciéndolo girar. Entonces dijo a Jaime—, si alguien rechaza mi marca, ¡yo mismo lo mataré!

—Entonces, la opción es entre vivir con un dolor insoportable o morir por tu mano —dijo Jaime.

—¿*Qué* quieres?

—Tú ejecutarás el plan que tienes para el templo —dijo Jaime—, pero muchos se te opondrán por eso mismo.

—Bajo su propio riesgo.

—Muchos ya decidieron en contra tuya y se han dedicado al único Dios verdadero y Su Hijo, el Mesías.

—Lo pagarán con sus vidas.

—Tú preguntaste qué quería yo.

—¿Y tú propones que se permita a la gente blandir sus puños en mi cara? ¡Nunca!

Rashid se dejó caer, temblando, sobre una rodilla. Carpatia le lanzó una mirada.

—¡Párate!

—¡No puedo!

—Rashid, ¡veo el *42* en tu frente. ¡No tienes que temer!

—Su Excelencia, no tengo miedo, ¡tengo dolor!

—¡Puaj! ¡Pon la cámara en un trípode y atiende tus llagas!

Jaime continuó con toda calma:

—Un millón de personas escogidas de Dios en esta zona han optado por creer en el Mesías. Ellos prefieren morir antes que aceptar tu marca.

—¡Entonces morirán!

—Tú debes dejar que se vayan de aquí antes que derrames la venganza sobre tus enemigos.

—¡Nunca!

—La recompensa por la obstinación está en tus manos. Las dolorosas llagas de tus seguidores serán el menor de tus problemas.

Camilo miró más allá de Carpatia, hacia donde las filas para aplicación de la marca habían sido sustituidas por carpas improvisadas para atención médica. Filas de personas, muy adoloridas, aguardaban ser tratadas. Algunos sostenían a sus amigos que apenas avanzaban solo para desplomarse por su propio dolor. Bernadette se había alejado arrastrándose.

Rashid se dirigía hacia las carpas. Todos los guardias que habían acompañado a Nicolás iban tambaleándose mientras se alejaban. Uno de los helicópteros paró y el piloto se dejó caer hacia fuera, gimoteando. El piloto del otro estaba desplomado sobre los controles.

Los civiles, muchos de los cuales fueron de los últimos en aceptar la marca y adorar la imagen, trataban de alejarse corriendo del Monte del Templo, solo para tropezar cuando las llagas brotaban en todo el cuerpo.

—Tu única esperanza para evitar la próxima plaga terrible del cielo es dejar que se vayan los israelitas que creen en el Mesías —dijo Jaime.

Finalmente Carpatia parecía estremecido.

—¿Qué pudiera traer esa próxima plaga?

—Entenderás cuando lo sepas —dijo Jaime—, pero te puedo decir esto: será peor que aquella que ha derribado a tu gente. Necesito un trago de agua.

Carpatia captó la mirada de un leal y le dijo:

—Trae una botella con agua a Miqueas.

Jaime miró fijamente al soberano mientras esperaban.

—Tú no eres nada sino un viejo sediento metido en una túnica muy grande.

—No tengo sed.

—Entonces por qué…

—Verás.

—No puedo esperar.

El hombre volvió corriendo con el agua. Se la pasó a Carpatia que se la entregó a Jaime. El viejo la levantó y la miró.

—De todos modos no podría beber esto —dijo.

—¿Qué tiene de malo? —preguntó Nicolás.

—Mira tú mismo.

Jaime se la pasó de vuelta y la botella se puso casi negra pues el agua se convertía en sangre.

—¡Puaj! —exclamó Carpatia—. ¿Otra vez esto? ¿No sabes lo que le pasó a tus dos socios del Muro de los Lamentos?

—Todas las ventajas que tú obtengas son de la mano de Dios y transitorias.

Nicolás se dio vuelta para ver el desastre en el Monte del Templo donde casi todos se retorcían. Se volvió a Jaime:

—Quiero a mi gente sana y mi agua pura.

—Tú sabes cuál es el precio.

—Especifica.

—Debes permitir que los judíos israelíes que han optado por creer que Jesús el Cristo es su Mesías, se vayan antes que tú castigues a cualquiera por no aceptar tu marca. Y debes permitir que los devotos judíos ortodoxos tengan un lugar donde puedan adorar después que tú hayas contaminado su templo.

—Los judíos ortodoxos ni siquiera están de acuerdo contigo, ¿y tú hablas por ellos de todos modos?

—Me reservo el derecho de seguir intentando persuadirlos.

—¿Los llevarías a Petra con los judaítas?

—Yo propongo Masada como sitio para que ellos se junten. Entonces, cualquiera que podamos persuadir se nos unirá.

—En Petra.

—No dije dónde.

—Nosotros ya sabemos dónde, necio, y no requirió inteligencia de parte nuestra.

—Andas por terreno peligroso cuando llamas necio al que se le ha dado el poder de convertir tu agua en sangre.

Carpatia gritó al aire.

—¡Necesito la ayuda de leales que todavía no hayan aceptado la marca ni adorado mi imagen! —unos pocos civiles llegaron corriendo—. Síganme a la Knesset. Obedézcanme y yo los recompensaré.

David miró el horizonte de un lado a otro tratando de saber cuántos del personal de la CG se encontraban en Petra. Aunque había innumerables vehículos y armamento, el personal parecía tener problemas. La mayoría estaba en el piso o sobre las camas de los camiones, siendo atendidos por otros menos afectados. Él le pidió a Albie que se reportara.

Raimundo se dirigió al este, hacia Petra, en un vehículo que llevaba tres de las armas que George había traído a Mizpe Ramon. Albie y Mac lo seguían en vehículos idénticos, con igual carga. George y Abdula iban juntos en un vehículo que llevaba las AED (armas de energía dirigida). Raimundo albergaba la esperanza de encontrar un sitio donde instalarse y usando a David Hassid como sus ojos, ver cuántos vehículos podían destruir él, Albie y Mac con los rifles calibre cincuenta. No habría necesidad de matar a ninguno de la CG si los informes de David eran exactos. Cuando el enemigo huyera, George y Abdula, desde más cerca, tratarían de recalentarles la piel, haciendo que sus llagas empeoraran al máximo. La mayor preocupación de Raimundo, luego de impedir toda matanza intencional, era el regreso de los cinco a Mizpe Ramon, a tiempo para trasladar a Petra a los primeros escapados de Israel.

OCHO

Camilo siguió a Jaime al templo donde, a los veinte minutos, llegaron civiles sin la marca de la bestia, escurriéndose por todos lados para instalar cámaras de televisión y efectuar arreglos, siguiendo, apresurados, instrucciones escritas y copiadas a la ligera. Camilo divisó a otros desde donde estaban él y Jaime, encargados de ordenar y limpiar el Monte del Templo, unos que se llevaban el cadáver del que se rió, otros enviaban a la gente a localidades para espectadores para lo que llamaban "los festejos del templo" o a las filas de primeros auxilios y otros a reemplazar en las carpas médicas a los médicos y enfermeras de la CG que ya se habían agravado demasiado como para estar atendiendo.

—Ora por mí —dijo Jaime.

—¿Por qué? Carpatia ni siquiera está aquí.

Jaime se paró y empezó a hablar, de nuevo con una voz potente.

"¡Ciudadanos! ¡Escúchenme! ¡Ustedes que no han aceptado la marca de la lealtad! ¡Pudiera todavía haber tiempo para optar por obedecer al único Dios verdadero y vivo! ¡No hay paz aunque el malvado rey de este mundo promete paz! Promete benevolencia y prosperidad, ¡miren su mundo! Todos los que les han precedido en aceptar la marca y adorar la imagen del hombre de pecado, ahora sufren dolorosas llagas. Esa es su suerte si lo siguen.

"A estas alturas, usted ya debe saber que el mundo fue dividido. Nicolás Carpatia es el enemigo de Dios y solamente desea su destrucción, a pesar de sus mentiras. Dios que lo creó a usted, lo ama. Su Hijo, que murió por sus pecados, regresará en menos de tres años y medio a establecer Su reino terrenal, y si usted aún no lo ha rechazado definitivamente, puede recibirlo ahora.

"Usted nació en pecado y separado de Dios, pero la Biblia dice que Dios no quiere que nadie perezca sino que todos lleguen a arrepentirse. Efesios 2:8-9 dice que nosotros no podemos hacer nada para ser salvos sino que esta es la dádiva de Dios, no por obras para que nadie se gloríe. El único pago por nuestros pecados fue la muerte de Jesucristo en la cruz. Porque Él es plenamente Dios además de ser plenamente hombre, su muerte tuvo el poder de limpiarnos a todos de nuestro pecado.

"Juan 1:12 dice que a todos los que le recibieron, les dio el derecho de llegar a ser hijos de Dios, es decir, a los que creen en su nombre. ¿Cómo recibir a Cristo? Simplemente dígale a Dios que sabe que es un pecador y que lo necesita. Acepte el regalo de la salvación, crea que Cristo está resucitado y dígalo. Ya es demasiado tarde para muchos. ¡Le imploro que reciba a Cristo en este momento!"

———————

David Hassid, oculto en las rocas de las cumbres de Petra, trataba de coordinar con Raimundo y sus compañeros que distaban a tres kilómetros. Estaban tan bien escondidos que no podía verlos aunque pensaba que había visto plumillas de polvo hacia el sur de la aldea del Wadi Musa, inmediatamente al este de Petra. Conferenciaron por medio de sus teléfonos seguros y Raimundo le dijo que George y Abdula estaban intentando acercarse lo suficiente para usar las armas de energía dirigida. David tampoco podía divisarlos desde el lugar donde se encontraba.

—Podemos ver el armamento de la CG desde tres ubicaciones diferentes —informó Raimundo—. ¿Alguien maneja esas armas?

—No que yo pueda ver —dijo David, susurrando porque no tenía idea cómo podía ser transportada su voz por la ladera del monte—. Probablemente estén esperando informaciones de Jerusalén acerca de que los israelitas vienen en camino.

—Es muy difícil saber cuál es la localización del personal —dijo Raimundo.

—A mi derecha y tu extrema izquierda —dijo David—, están los primeros seis vehículos, algo así, que se ven sin gente. De todos los soldados solo hay unos pocos que aún caminan y parece que están atendiendo a los demás, sea directamente debajo de mí o a mi izquierda.

—Cúbrete —dijo Mac, interviniendo en la conversación—. Estas cosas necesitan un poco de tiempo para ser apuntadas. Primero va a ser blanco y error, probablemente, más errar que dar en el blanco.

—Solo que no disparen excesivamente —dijo David—. Ya elegí una cuevita. Cuando hayamos terminado quedaré sin comunicaciones por un rato.

—Cada uno de nosotros va a disparar dos rondas de las armas grandes —dijo Raimundo—. Después que hayas oído seis disparos, sal afuera y trata de reconectarte. Estamos tratando de llegar al personal a tu izquierda para que podamos tomar, con seguridad, algunos vehículos. Si podemos lograr que los soldados huyan, George y Smitty tratarán de hacerlos sentirse muy mal.

—Ya se sienten muy mal —dijo David—, pero te entiendo. Si ellos creen que quedarse de punto fijo va a lograr que los maten, empezarán a caminar de regreso a Israel. Bueno, cambio y fuera.

Entró a la cueva y se sentó a esperar el primer informe.

Raimundo trataba de recordar todo lo que George le había dicho de los calibre cincuenta. Puso dos en la cama del camión, uno al lado del otro, cargados. A casi cuarenta y seis metros, Albie tenía la misma disposición. Y a casi la misma distancia, Mac estaba listo. Ellos iban a disparar en ese orden, luego recomenzar el procedimiento para la segunda salva. Cada uno vigilaría a través de telescopios de alta potencia para intentar calibrar el ajuste para el segundo disparo. *Seis rondas eran perfectas para empezar*, pensó Raimundo, porque, en algún punto los afligidos de la CG iban a preguntarse si los balazos iban a detenerse en algún momento y si ellos tendrían alguna oración de supervivencia. Todo lo que él quería era destruir sus armas y sus transportes, mandarlos a huir corriendo, y desanimar cualquier esperanza de emboscar a los israelíes.

George le había dicho que era imposible juzgar el viento entre el arma y el blanco, así que apuntara alto, tomando en cuenta el efecto de la gravedad en más de tres kilómetros, sin esperar exactitud en no más de dieciocho o veintisiete metros. Raimundo se preocupaba de que una bala perdida fuera a matar a alguien, incluso David. Él yacía bocabajo en la cama del camión, haciendo su ajuste final, ajustó la mira en el vehículo más a la izquierda. Si erraba a la izquierda, al menos, la bala espantaría a los soldados. Si erraba a la derecha, tenía toda clase de vehículos que podía impactar, pero aun así debía evitar dar en el personal.

Raimundo tenía el dedo en el gatillo y la culata le apretaba mucho el hombro derecho. La mira le mostraba que había apuntado a doce metros por encima del blanco. Justo antes que entrecerrara los ojos, se acordó de mantenerlo abiertos —no era que eso fuera a significar una diferencia en la trayectoria pero solamente los aficionados cerraban los ojos.

Pensar en sus ojos le hizo acordarse de sus oídos y la desesperada advertencia de George para que se los taponara de alguna manera. ¿Cuán cerca había estado de ensordecer?

Raimundo rodó a un costado, desgarró una tira del faldón de su camisa, la partió por la mitad y metió a la fuerza un apretado tapón de tela en cada oreja. Mientras se instalaba de nuevo, esperando no haber afectado la puntería, su teléfono sonó.

Era Albie.

—¿Tú vas primero o qué?

—Sí. Me había olvidado de los tapones para los oídos.

—¡Ay, hombre! ¡Gracias por recordarme!

—Diez segundos.

—Dame treinta —dijo Albie—. Queremos disparar en estrecha sucesión pero yo también tengo que ponerme algo en las orejas. Recuérdaselo a Mac, ¿eh?

Raimundo marcó el número de Mac.

—Otro medio minuto mientras nos ponemos tapones en los oídos.

—¿Repítelo?

—¿Te acordaste de los tapones para los oídos?

—¡Un segundo! Tengo que sacarme esto de mi oreja. Ahora, ¿qué?

—Unos pocos segundos más, ¿listo?

—Listo, jefe. Comencemos.

Raimundo miró su reloj y se volvió a acomodar. ¿Cuán ruidoso podría ser? ¿Cuánto sería el retroceso? Las historias se habían vuelto leyendas. La gente disparaba estas armas todo el tiempo. Tenía que ser interesante, eso era todo. Él apretaría el gatillo, disparando la ronda, y se quedaría en el mismo lugar observando por la mira para ver dónde daba.

Fue como si no se hubiera protegido los oídos. Si hubiera tenido los ojos abiertos cuando apretó el gatillo, se hubieran cerrado cuando la culata retrocedió fuerte en su hombro, tirándolo al suelo de bruces donde se deslizó hasta que las botas se estrellaron contra la parte trasera del carro. La explosión fue tan fuerte y el calor tan intenso por una llamarada de quince centímetros de largo que explotó saliendo por el lado del arma, que Raimundo se sintió mareado, los oídos le resonaban, la cabeza le zumbaba y las manos le temblaban.

El impacto hizo que el arma lo golpeara en el hombro, cayendo hacia delante y tumbando las patas del bípode por el borde del camión. Raimundo había pensado contar desde mil a mil siete mientras observaba por la mira pero todo lo que pudo hacer fue gemir, oyéndose como si estuviera metido en una cámara de reverberación acústica, pues sus oídos no estaban funcionando aún.

Su otra arma había caído del bípode y yacía a su lado. Raimundo se alegró de que no se hubiera disparado sola. Albie tenía que esperar tres segundos después del ruido del disparo hecho por Raimundo y Mac tres más después de eso. Raimundo oyó el sonido del rifle de Albie y calculó que tenía cuatro segundos para instalar de nuevo la segunda arma y aún ver dónde impactaba su primera bala.

La tironeó bruscamente hacia arriba pero la mira parecía atascada y el arma de Mac sonó solamente un poco más lejos que la de Albie. Raimundo tendría que disparar en pocos segundos más pero estaba buscando, con desesperación, a través de la mira dónde iba su primer tiro mientras trataba de alinear el segundo. Le dolía todo y su cuerpo se resistía a volver a pasar por lo mismo.

Vio una nube inmensa de humo rosado, supuso que había dado en la roca por encima de los vehículos, entonces apuntó rápidamente un poco más abajo y más a la derecha, y apretó el gatillo, siendo tirado de nuevo por la sacudida. Raimundo sabía que había cerrado los ojos con ese tiro pero una nube de arena y de humo negro le mostraron que sus primeros tres tiros fueron alto, bajo y felizmente en el blanco. Su segundo disparo produjo una lluvia de chispas y más polvo rojo; el de Albie volvió a traer el sonido de metal retorcido, y el de Mac parecía seguir aún en el aire.

Ahora George y Abdula tenían que estar disparando las armas de energía dirigida pero como esas AED carecían de proyectiles, solamente emitían un sonoro clic que Raimundo no podía oír. Se sacó los tapones de los oídos, luego se arrastró a la segunda arma y quitó la mira. Se sentó y trató de ver los resultados. Sin nada donde apoyar los poderosos lentes de la mira, se movía demasiado en círculos. Se arrodilló y la alojó contra el lado de la cama del camión, luego examinó alrededor lentamente hasta que se orientó. No había personal de la CG a la vista.

Había tres vehículos a la izquierda y como a seis metros más arriba, un hueco más grande que un camión, que había sido excavado profundamente en la pared rocosa. Los transportes cinco y seis habían sido volados del muro por un tiro que pudo haber pasado entre ellos. El siguiente vehículo estaba incendiado. Había dos canales en la arena y otro hoyo evidente en la roca.

David llamó:

—¡Vaya, uh! —dijo—. ¡Haz eso de nuevo y se acabó el problema!

—No cuentes con eso —dijo Raimundo—. Ni *siquiera* quiero volver a hacer eso.

—¡Hombre, sonó como la cuarta guerra mundial! La CG tuvo que empezar a movilizarse con la primera explosión y cuando yo miré por encima del risco, la mayoría estaba al otro lado. Había muchos que rogaban por sus vidas pero unas pocas docenas se fueron como celajes por el desierto. Las cositas esas de energía dirigida deben haber funcionado porque no pasó mucho tiempo antes que esos tipos se echaran a rodar en la arena. Algunos están regresando ahora a los camiones, así que pudiera ser que consideres un par más de rondas.

Raimundo se desplomó y gimió. Y volvió a cargar el arma.

Casi a las cuatro de la madrugada de Chicago, Zión estaba aún desesperado, así que agradeció el informe del ataque a la CG.

"Ellos sabían dónde estaríamos, así que sabíamos dónde estaban ellos", David le escribió, "pronto la zona estará asegurada para el remanente de Israel que huye".

Zión sabía que él debía dormir pero también sabía que el resto de la segunda mitad de la tribulación no tendría tanta actividad. Como él había recordado a menudo a un Raimundo agotado, habría tiempo para descansar y respirar entre el tiempo en que Carpatia rompe el pacto y la batalla del Armagedón. Si ellos podían mantener su fuerza ahora mientras trataban de estar en control de todo, iban a soportar.

Zión encendió el televisor para enterarse de que la plaga de las llagas había barrido al mundo. Hasta los reporteros de la televisión tenían dolores y un canal especial fue dedicado todo el tiempo a aconsejar a los enfermos. Aunque la visita que el soberano haría al templo al mediodía era lo que seguía en la programación de la cadena de televisión, Zión cambió al canal auxiliar para ver qué decían de algo que, de todos modos, no era de este mundo. Había poco alivio para la plaga enviada por Dios, pero la Comunidad Global trataba de presentar su mejor cara.

———

Chang, en Nueva Babilonia, se preocupaba porque pudieran descubrirlo si la gente se daba cuenta de que él era el único no afectado por las llagas. Su jefe le había mandado una carta electrónica para ver cómo estaba y Chang supuso que era mejor quedarse varios días en la habitación. Su jefe le dio permiso, siempre y cuando Chang se cerciorara de instalar lo necesario para que el médico titular de palacio apareciera en vivo dando consejos terapéuticos en el canal especial.

Chang pudo hacerlo sin salir de su departamento. Miró un poco de la programación, acordándose que Nicolás entraría al Templo a la una de la tarde, hora de Palacio.

La doctora Consuela Conchita, con oscuras ojeras y luchando claramente para sentarse derecha, enseñaba a la gente su propio tratamiento.

"El hecho es que hasta ahora hemos sido incapaces de diagnosticar específicamente esta aflicción epidémica", decía ella. "Comienza como una irritación de la piel, muy a menudo en partes normalmente cubiertas por ropa, aunque se ha sabido que se disemina a la cara y las manos.

"En sus etapas iniciales se desarrolla como grave picazón, que pronto se transforma en una llaga purulenta que se presenta como furúnculo o úlcera y, a veces, como carbunco. Aunque la causa habitual de estas enfermedades es una infección aguda por estafilococos, estas llagas no responden al tratamiento sintomático convencional. Aunque naturalmente en estas llagas se hallan bacterias del tipo de los estafilococos, pues esa clase de bacterias se halla en la superficie de la piel, este brote actual es mucho más grave y difícil de tratar debido a la presencia de bacterias aún no determinadas.

"Aunque estas llagas no parecen amenazar la vida, deben ser tratadas con cuidado para impedir que lleguen a formarse abscesos gravemente infectados. Hemos descartado toda relación entre las llagas y los métodos usados para administrar la marca de la lealtad. Así que, aunque parece que las llagas afectan solo a los que tienen la marca, la relación parece enteramente coincidente.

"Este tipo de afecciones de la piel puede dejar cicatrices permanentes, por lo cual es importante mantener limpias las partes afectadas y usar toda receta antipruriginosa que ustedes encuentren útil. Los antibióticos todavía no han resultado efectivos para contener la infección; no obstante, se recomiendan.

"Usen ropa suelta para que la piel esté bien ventilada. Evite el empleo de drogas intravenosas y cómprese un buen jabón antibacteriano. Use compresas calientes o frías, lo que sea mejor para aliviar su malestar. La fiebre y la fatiga son efectos colaterales comunes".

Chang no sabía si era el poder de sugestión o solamente su miedo irracional. Pero notó una picazón en su pantorrilla, saltó de su silla, y se subió la pata del pantalón. No había nada visible pero no pudo impedir rascarse la mancha, cosa que la enrojeció pero, ¿había algo más profundo? Él se dijo que no podía ser, que aunque él *tenía* la marca de Carpatia, no la había elegido ni había adorado ni adoraría la imagen de Nicolás, y mucho menos, a Nicolás en persona.

———————

Camilo apenas podía creer cuando docenas de civiles sin la marca se acercaron a Jaime y le pidieron orar con él.

—Se dan cuenta de que pueden pagar con sus vidas —les dijo Jaime—. Este no es un compromiso trivial.

La gente se arrodillaba delante de él, siguiéndolo en la oración. La marca del sello de Dios aparecía en la frente de ellos.

—Los que sean judíos —dijo Jaime—, escuchen con cuidado. Dios ha preparado un lugar especial de refugio para ustedes. Cuando los planes de Carpatia para vengarse lleguen a su culminación, escuchen mi anuncio y diríjanse al sur fuera de la ciudad. Habrá voluntarios que los llevarán a Mizpe Ramon en el Neguev. Mi ayudante, aquí presente, les dirá cómo reconocerlos por algo que nosotros podemos ver pero nuestro enemigo no. Si no pueden hallar transporte, vayan al Monte de los Olivos donde, tal como desde Mizpe Ramon, serán llevados en helicóptero a Petra, la antigua ciudad árabe al sudoeste de Jordania. Dios ha prometido protegernos allí hasta la Manifestación Gloriosa de Jesús, cuando él establezca en la tierra su reino de mil años.

Al aproximarse el mediodía, los hombres del Muro de los Lamentos empezaron a ir al templo. Ellos estaban serios, claramente, nada contentos. Muchos vestían el ropaje judío tradicional y se quedaron en los alrededores de la multitud que se apretujaba en torno a Jaime. Escuchaban pero ninguno asentía ni hablaba. Varios lanzaban miradas al templo y a los monitores de televisión por encima del hombro, evidentemente para cerciorarse de que no se perdían nada.

Jaime terminó con los nuevos creyentes, y al dispersarse éstos lentamente, le hizo señas a los que habían venido desde el Muro de los Lamentos y dijo:

—Ustedes, hombres santos de Israel, yo sé quiénes son. Siguen sin convencerse de que Jesús hijo de José de Nazaret es el profetizado Mesías pero tampoco aceptan que Nicolás Carpatia sea de Dios. Os insto solamente a que oigan a un hombre que entra a su Lugar Santísimo y lo profana en su propio nombre. Les hablaré de las Escrituras que predicen este hecho. Luego, les rogaré una vez más que sean indulgentes conmigo mientras busco refugio para ustedes en Masada, donde presentaré la prueba de Jesús el Cristo como el Mesías del judaísmo.

Los santos varones hicieron muecas y murmuraron.

—¡Caballeros! —clamó Jaime con autoridad—. Solamente pido su atención. Lo que hagan con esta información es, por entero, cosa de ustedes. Sin la protección de Dios corren el riesgo de muerte por oponerse al rey de este mundo y, no obstante, su sacrilegio de este santo sitio los enfurecerá.

Camilo sintió que su teléfono vibraba y vio que Chang estaba llamando.

—Habla rápido —dijo Camilo.

—¿Usted está enterado de la idea de mi hermana para interferir la transmisión de Carpatia y superponer la del doctor Ben Judá?

—Cloé me lo contó. ¿Puedes hacerlo también para Jaime?

—Con su ayuda.

—¿Qué necesitas?

—Una cámara y un micrófono.

—¿Dónde consigo eso?

—Señor Williams, usted está ahí. Yo no. Evidentemente, Carpatia tiene cámaras en el templo y quiere que el mundo vea lo que él hace ahí. Mi programa dice que él hablará después, pero no sé si de adentro o afuera. Si de alguna manera pudiera usted manejar una cámara y un micrófono mientras él está dentro, yo puedo poner a Rosenzweig en lugar de Carpatia y éste ni lo sabrá hasta que alguien se lo diga.

—Eso me gusta.

—A mí también —dijo Chang—, pero si hace su discurso afuera, sabrá lo que hacemos.

—Tenemos que aprovechar esta oportunidad. Aquí viene él ahora. Jaime piensa que hablará afuera subido a una réplica de la tribuna de Salomón. Tiene un séquito de civiles a su alrededor, que vienen trasladando un trono extravagante y unos arrastran a ese cerdo, el de ayer. Carpatia solamente les dijo: "Todos serán recompensados. Pronto el mundo sabrá, más allá de toda duda, que yo soy dios".

—¿Ningún jerarca de la CG con él?

—Sí, diviso a Fortunato, Moon y unos pocos más, pero se ven terribles. No le van a servir de gran cosa.

—Tiene que haber cámaras de la RNCG sin operadores por ahí, debido a que hay tantos técnicos inutilizados por las llagas.

—Veo unas cuantas en trípodes, dirigidas al templo.

—¿Puede tomar una?

—¿Quién me lo impedirá?

—Vaya a buscarla. Solo tengo que saber el número que hay arriba a la izquierda, en la parte de atrás y asegurarme de que haya un monitor y un micrófono conectados a la cámara.

—Espera.

Camilo vaciló al pararse Carpatia cerca de ellos, Fortunato, Moon, Ivins y otros que lo seguían caminando con mucha dificultad, pálidos y exhaustos. Los santos hombres se dieron vuelta y los fulminaron con los ojos. Nicolás señaló a Jaime, diciendo:

—Más tarde me ocuparé de ti. Este hechizo tuyo es transitorio y lo que ocurrió a tus dos locos del Muro de los Lamentos, así mismo te pasará a ti. Y, en cuanto a ustedes —dijo señalando a los enojados hombres—, lamentarán el día en que Israel me dio la espalda. Un pacto de paz solamente rige mientras ambos bandos cumplen su palabra.

—¡Buuu! —gritó uno y otros silbaron—. ¿Tú te atreves a blasfemar a nuestro Dios?

Más hombres se unieron levantando sus puños.

Carpatia se dio vuelta hacia el templo, luego giró otra vez.

—¿El Dios de ustedes? —dijo—, ¿dónde está? ¿Dentro? ¿Por qué no voy y miro? Si estuviera ahí dentro y no me recibe, ¿debiera yo temblar? ¿Me mataría?

—¡Yo ruego que lo haga! —gritó un rabino.

Carpatia dirigió la mirada a los hombres.

—Lamentarán el día en que se opusieron a mí. No pasará mucho tiempo antes que ustedes se sometan a mi marca o sucumban a mi hoja.

Subió a zancadas las gradas del templo pero sus seguidores doloridos tuvieron que ayudarse mutuamente en el ascenso. Los santos hombres los siguieron a varios pasos de distancia. Cuando Carpatia y su gente pasaron las columnas entrando a la zona del vestíbulo, seguidos por un contingente de civiles leales, los hombres santos permanecieron fuera, meciéndose, haciendo reverencias, clamando a Dios.

Camilo corrió hacia una cámara y un micrófono sin operador, con su teléfono al oído. Había un pequeño monitor con audífonos colgando debajo de la cámara, afirmado entre dos de las patas del trípode. La pantalla mostraba el programa de la red global, y justo en ese momento, a Carpatia que entraba al templo. El operador de esa cámara debía ser uno recién contratado porque ajustó a tientas la abertura correcta de los lentes.

—La tengo —dijo Camilo a Chang y le leyó la información.

—¡Bueno! Inalámbrica. Acérquela lo más que pueda a Rosenzweig y ponga el micrófono en el hueco que hay debajo del lente.

Camilo trató de mover el trípode pero las ruedas estaban trabadas y como trabajaba con una sola mano, con mucho trabajo pudo evitar que se cayera. Le dijo a Chang que lo llamaría de nuevo y se puso a trabajar con las ruedas.

Mientras tanto, Jaime se desahogaba en Carpatia otra vez.

"Si tú eres Dios", se burló, "¿por qué no puedes sanar a tu Altísimo Reverendo Padre o a la mujer que es más cercana a ti que un pariente? ¿Dónde están todos tus jefes militares y los demás miembros de tu gabinete?"

La atención de la multitud se trasladó de Jaime nuevamente a la entrada del templo. Su estratagema había funcionado. Carpatia había reaparecido. Muchos de los santos hombres bajaron corriendo la escalinata para impedir que Nicolás pudiera ver la imagen de Jaime que aparecía en ese momento en la cámara, pero Camilo temió que pareciera que le tenían miedo al soberano.

"¿Dónde están tus leales seguidores", prosiguió Jaime, "esos que aceptaron tu marca maldita y adoraron tu imagen y a ti en persona? Un cuerpo cubierto de llagas es el precio que se paga por adorarte y ¿tú proclamas ser Dios?"

A Camilo le pareció que Nicolás trataba meramente de fulminar con los ojos al viejo. El Rosenzweig que Macho conocía no hubiera podido soportar esa clase de guerra psicológica, pero Miqueas, este Moisés nuevo, sostuvo la mirada de Carpatia por tanto tiempo sin siquiera pestañear, que Nicolás, finalmente, se dio vuelta alejándose. Camilo contempló la pantalla. Parecía que el último intercambio no había sido transmitido. Ahora la pantalla mostraba a uno del estudio de Nueva Babilonia que anunciaba que la RNCG estaba "retornando a Jerusalén, donde Su Excelencia recorrerá el famoso templo. Les pedimos que nos disculpen debido a que muchos de los técnicos que ayudan a llevar hasta ustedes este acontecimiento especial, son voluntarios, pues la enfermedad afecta a muchos integrantes de nuestro personal como ha atacado a muchos en todo el mundo".

David se preocupó cuando percibió que se necesitaron varias rondas de disparos de las armas grandes y el uso estratégico de las AED para desalojar definitivamente de Petra a las fuerzas de la CG ya incapacitadas por las llagas. Tenía la certeza de no haber sido detectado, y ahora esperaba que la jerarquía militar enemiga no pidiera refuerzos.

Raimundo le dijo que él, Albie y Mac estaban bien, salvo por los hombros doloridos y los oídos tintineantes, y que George y Abdula habían informado unos pocos impactos más con las armas que calentaban la carne, al ir pasando los fugitivos de la CG a unos cuatrocientos metros de su puesto. "No me sorprendería", agregó Raimundo, si empezaras a recibir una oleada de nuevos residentes ya avanzada esta tarde".

Para David lo ocurrido era lo más parecido a participar en combate activo directamente pero casi no le parecía justo. No lograba imaginarse, tratando de organizar un ataque cuando la mayor parte del personal padecía molestas llagas.

Sin saber si Jaime iba a encabezar o seguir a los fugitivos israelíes a Petra, David consideró que él pudiera estar a cargo hasta que llegara el doctor Rosenzweig. No podía pensar en un plan mejor de atender por turno de llegada y trató de establecer dónde empezarían a instalarse los primeros doscientos cincuenta mil creyentes. Cuando volvió a su computadora portátil para ver qué estaba pasando en el templo, había un mensaje de Hana Palemoon que lo esperaba.

David, aquí hay calma y, por supuesto, nunca sabemos cuánto tiempo durará. Rogamos orando que regrese sano y triunfante el grupito que respondió a tu llamado para detener allá a la CG.

Escribir lo que sigue no es nada fácil pero debo sacarlo de mi corazón. Aparte de que tú aún estás de duelo por el amor de tu vida, de todos modos, probablemente ninguno de los dos hayamos considerado "tener una relación" durante este período de la historia, y apenas nos conocemos.

EL SACRILEGIO

Así que, por favor, no pienses que escribo esto en el contexto de algún "sentimiento", que en mi opinión, uno de los dos pudiera abrigar por el otro. Somos amigos, ¿no? Eso no nos obliga a gran cosa, si es que a algo, pero por nosotros, permíteme decirlo. Me dolió tu manera tan desdeñosa de tratarme tocante a tu decisión de no volver a los Estados Unidos Norteamericanos cuando termine el Operativo Águila. Eso fue algo muy complejo y grande, una encrucijada importante de tu vida. Tengo que decir también que probablemente sea la decisión correcta.

Pero lo supe junto con todos los demás. Evidentemente lo conversaste largo y tendido con el capitán Steele, de repente se anuncia, tú nos das la mano, te despides y te vas. Así de simple, se fue mi amigo, mi camarada, ése que yo suponía fuera mi apoyo.

Lamento tirarte esto encima pero no me parece que me hayas tratado como amiga. Yo me hubiese sentido honrada si te hubiera ayudado a decidirte o, al menos, si me lo hubieras dicho en forma privada, como si te importara lo que yo pudiera pensar. Puede que lo que te estoy diciendo te haga sentir feliz de *no* haber considerado a esta enfermera neurótica como una mejor amiga. Si esto es una locura y sin dudas piensas que lamentaré haberte escrito, finge que yo nunca te mandé este mensaje. En realidad, te agradezco unos queridos recuerdos.

Con amor en Cristo,
Hana

NUEVE

Camilo centró el foco en Jaime, acercándolo mucho para impedir dar pistas de su paradero a cualquiera que monitoreara la transmisión en Nueva Babilonia. Si esto funcionaba en la forma que esperaba, la gente de la Red de Noticias de la Comunidad Global intentaría sacar del aire a Jaime y localizar y recuperar la cámara pirateada.

Camilo giró la pantalla para que él y Jaime pudieran vigilar a Carpatia, además, saber cuándo Chang haría el cambio a ellos. Cuando la RNCG pasó la cámara dentro del templo, vieron una conmoción. Nicolás gritaba al ayudante voluntario del camarógrafo, voluntario también, y la toma osciló. Camilo se puso los audífonos y oyó al ayudante.

—Excelencia, lo lamento pero yo no quiero hacer eso.

—¿Tú me desobedeces? —susurró Nicolás.

—Señor, quiero obedecer pero...

—¡¿Señor?!

—¡Santidad! Pero ni siquiera se supone que yo esté aquí y ellos no me van a escuchar.

—Tú hablas por mí y si ellos no se van de aquí cuando yo llegue a sus ubicaciones, las sangre *de ellos* se usará para los sacrificios.

—¡Oh, señor... soberano!

—Vete ahora o correrás la misma suerte.

La RNCG de Nueva Babilonia transmitió:

"El séquito de Su Excelencia ha pasado por el Atrio de las Mujeres donde espera la señora Viv Ivins. Los demás han entrado al Atrio de los Hombres y evidentemente se toparon con sacerdotes que se negaban a abandonar el templo para la visita privada del soberano Carpatia, como fue claramente estipulado. Desde el momento en que él negoció con los musulmanes para que trasladaran la mezquita de la Cúpula de la Roca a Nueva Babilonia, el soberano dejó muy claro que las actividades en el reconstruido templo judío solamente se permitirían con su aprobación. No es secreto que los judíos ortodoxos han continuado con los rituales y sacrificios diarios de su fe aun después que fuera instituida la Única Fe Mundial Enigma Babilonia como la única fe internacional legal, concebida para incorporar los principios de todas las creencias. Luego que Su Excelencia se resucitara de la muerte, él se convirtió en nuestro objeto de adoración, lo cual resultó en la disolución de la Única Fe Mundial y en el establecimiento del Carpatianismo. No obstante, los judíos y una facción de cristianos fundamentalistas, conocida como judaítas, por su líder, el autoproclamado judío mesiánico doctor Zión Ben Judá, siguen siendo los últimos bastiones contra nuestro verdadero dios vivo.

"Su Excelencia entrará en el momento debido al Lugar Santísimo, pero primero, él insiste en sacar a los disidentes. Regresemos allá".

—Pueden disparar a matar a cualquiera aquí presente, que no me rinda honores —decía Carpatia—. ¿Estás armado y preparado?

—¡No! —clamó el ayudante.

—Yo estoy armado —dijo Walter Moon.

—Tú —dijo Nicolás, apuntando al ayudante—, toma el arma del señor Moon y cumple tu deber.

Camilo estaba pegado a la pantalla mientras Nicolás miraba fijamente, no a la cámara, sino más allá, al voluntario. La cámara se viró bruscamente para mostrar al hombre que rechazaba el revólver. Hubo un movimiento, un disparo, un grito y el hombre cayó. La cámara giró mostrando a Carpatia con el arma en la mano.

—Muéstralo —dijo Nicolás, y de nuevo la cámara volvió al cadáver que yacía en el suelo.

Un cambio en el ruido ambiental en los audífonos de Camilo precedió a la voz de Chang.

"Aquí vamos".

Jaime se puso nuevamente en el puesto y la luz roja brilló en la cámara de Camilo.

"El malvado rey de este mundo quiere echar de su legítimo lugar en el templo no solamente a los sacerdotes", dijo Jaime, "sino que también está claro que ha cometido personalmente un asesinato en este sitio santo".

Lo que Camilo oyó no coincidía con la boca de Jaime y se dio cuenta de que este último hablaba en hebreo y él oía en inglés.

Los santos que protestaban mirando las pantallas exteriores, gritaron y blandieron sus puños, atrayendo a más gente que atiborró las gradas. Camilo notó que muchos de éstos tampoco tenían la marca de la lealtad y que su número aumentaba. Dio una mirada rápida a la pantallita que estaba debajo de la cámara. La RNCG estaba transmitiendo a Jaime, aunque pudo oír por sus audífonos que los de la red comentaban que tenían dificultades técnicas. Chang salió nuevamente asegurando a Camilo "tengo a la gente de Nueva Babilonia fuera del aire pero ellos tratan de ubicar su cámara. Yo voy a pasarme de nuevo a Carpatia y dejar que ellos cavilen un rato".

"Mantén la transmisión hasta que Jaime termine esta idea", dijo Camilo.

"A medida que Carpatia continúa", decía Jaime, "usted verá el lavatorio donde los sacerdotes se lavan las manos antes de acercarse al altar principal. El templo fue inteligentemente colocado sobre una serie de arroyos subterráneos en que la fuerza de gravedad permite que haya una presión constante de agua para los diversos lavamientos. Por supuesto, que Carpatia no tiene nada que hacer en este lugar y hasta el lavamiento ceremonial de sus manos no lo exonerará por profanarlo".

"Cambio", dijo Chang, y el monitor mostró a Carpatia que hacía señas a su camarógrafo para que lo siguiera.

—Estuvimos fuera de transmisión por un momento —dijo el hombre.

—¿Qué te perdiste?

—No creo que hayamos tomado la…, este, usted sabe…

—¿Cuando yo toco la sangre?

—¡No, Excelencia! ¿Debemos regresar?

—¡No! —exclamó Carpatia con disgusto en su voz. Levantó ante la cámara sus manos negras de sangre—. Mis fieles entienden el mensaje —elevó su voz hasta que su eco retumbó distorsionándola—. ¡Todo el que se atreva a interrumpir mi peregrinaje, hallará su sangre en mis dedos!

Pasos resonantes hicieron que el camarógrafo se diera vuelta con brusquedad y la pantalla se llenó con sacerdotes con ropajes ceremoniales que se dirigían hacia Carpatia.

—¡Miren de dónde viene esta sangre! —gritó Carpatia y la cámara fue a los rostros de los sacerdotes que se detuvieron palideciendo.

Ellos miraron hacia donde yacía el cadáver, gemían y clamaban:

—¿Tu maldad no tiene límites?

—¿Ustedes son los que odian a dios —espetó Nicolás con furia—, esos que no me conocen como dios, un dios reconocido por todos los demás pero no nombrado por ustedes?

—No debiera sorprenderte que nosotros demostremos nuestra lealtad ofrendando sacrificios diarios por tu cuenta —dijo uno de los presentes.

—Ustedes hacen ofrendas —dijo Carpatia—, pero a otro, aunque sea por mí. Entonces, ¿de qué vale si los sacrificios no son para mí? Ningún sacrificio se hará en este templo excepto para mí. No *por* mí sino *para* mí. Ahora, váyanse o corran la misma suerte que este desgraciado que fue lo bastante necio para no creer que a mí se me asignó la naturaleza de dios!

—¡Dios te juzgará, maligno!

—¡Comandante Supremo, pásame tu arma otra vez!

—¡Nos retiramos, no por miedo, sino porque tú has convertido la casa de Dios en un campo de muerte!

—¡Váyanse! Yo haré lo que quiero en mi casa y si ustedes no tienen puesta la marca de la lealtad a mí en el fin de semana, ofrecerán sus cabezas como rescate.

Los sacerdotes se fueron profiriendo gritos y amenazas, Camilo vio que sus colegas afuera los saludaban con simpatía y animándolos.

—¡Amantes de Dios, únanse! —gritó uno y los demás tomaron la cantilena.

La luz de la cámara de Camilo se volvió a encender y Jaime comenzó otra vez.

"El atrio interior, dentro de las columnas, tiene escalones que dan al este y conducen al altar principal. Los sacerdotes que veneran a Dios marchan alrededor del Atrio de los Sacerdotes y el Lugar Santísimo con su mano izquierda más cerca del altar. Este que pisotea el suelo santo ya ha empezado al revés, así que su mano derecha estará más cerca del altar. Las Escrituras predicen que él no tendrá consideración por el único Dios verdadero. Los planes que haya armado para la bestia con la cual ridiculizó a la Vía Dolorosa, serán revelados solamente cuando invada más el territorio propio de Dios.

"Qué contraste vergonzoso es éste con la gloria *Shekinah* de Dios que ha aparecido tres veces, la última en este mismo templo. Dios se manifestó a Moisés en el Monte Sinaí, cuando le entregó los Diez Mandamientos. Volvió a manifestarse cuando Moisés consagró el Tabernáculo de Dios. Por último, se mostró en la consagración del Templo de Salomón en este mismo lugar. Si Dios así lo quisiera, pudiera revelarse hoy mismo y aplastar bajo su pie a este enemigo maligno, pero Él tiene un plan eterno y el Anticristo es meramente el actor de una parte. Aunque al Anticristo se le ha dado poder para realizar su horror en todo el mundo por un tiempo, llegará a un final amargo que ya ha sido decidido".

—Excelencia, otra vez estamos fuera del aire —informaba el camarógrafo cuando ellos reaparecieron en la transmisión.

—¿Qué estás haciendo mal?

—¡Nada, soberano! Se apaga la luz roja de mi cámara y, haga lo que haga, vuelve aparecer cuando se enciende.

—¡Muestra eso! Muestra la belleza de la construcción hecha para mi provecho, aunque el arquitecto y los artesanos no lo sabían en su época —la cámara mostró las maderas de ciprés, cedro, las aplicaciones y los recamados de oro, plata y bronce—. ¡En mi casa no se escatiman gastos! —se regocijaba Nicolás.

León Fortunato, que evidentemente se sentía dejado fuera, dijo algo que el micrófono no tomó.

—¡Habla, amigo mío! —dijo Carpatia, sacándose el micrófono de su solapa y sosteniéndolo en la boca de Fortunato.

—Tú, señor mío —dijo Fortunato con voz ronca y claramente debilitado y agotado—, eres el buen espíritu del mundo y la fuente de todas las cosas buenas.

David Hassid estaba situado en la parte alta de Petra, con el panel solar de su computadora portátil de cara al sol y la pantalla a la sombra. Chang era asombroso, pero el drama desplegado por la televisión internacional y la Internet hizo que David se preguntara cómo podría Jaime obtener la habilidad de libertar a los judíos creyentes. Deseaba poder comunicarse con Jaime de alguna manera para expresarle que ahora era el momento para transmitir un llamamiento general para que todos huyeran antes que Carpatia terminara el sacrilegio y regresara para vengarse.

David sabía que no le correspondía hacer planes. Dios tenía esto elaborado desde el comienzo del tiempo y solo Él podía darle las señales a Jaime.

La muchedumbre fuera del templo parecía peligrosa. Los partidarios de Carpatia trataban de derribar a gritos a los judíos ortodoxos, los que habían recibido la marca y adorado la imagen, apenas podían mantenerse en pie. La creciente oposición a Carpatia parecía ir ganando confianza con el aumento de su cantidad, especialmente tomando en cuenta que el círculo íntimo del soberano, como su personal militar, estaban claramente incapacitados.

David sabía que, aún así, Nicolás era un incendiario mortal cuando hacía gala de su poder temporal. Mandó a su novicio portador de la cámara, que la pusiera detrás de él mientras esperaba fuera del velo que oculta al Lugar Santísimo. David solo podía imaginarse al Dios del cielo observando, con el resto del mundo, que Nicolás desenfundó, vanagloriándose, un largo cuchillo de su cinturón y rasgó el velo desde tan alto como pudo alcanzar hasta el piso, luego echó para atrás cada lado. David pudo ver, por encima del hombro de Carpatia —que ya esperaba cerca del altar de bronce— su trono vulgar y extravagante y al gigantesco cerdo del día anterior, ahora sin la montura y claramente, ya no sedado. El animal luchaba con dos cuerdas de su cuello, sostenido por más leales de Carpatia, que aún no habían recibido su marca. Fortunato y Moon se colocaron en sus puestos detrás del cerdo, como si solamente quisieran cerciorarse de estar en la fotografía.

Súbitamente la transmisión pasó a la cámara exterior y David supo que Chang tenía que haber alertado a Camilo que había girado el lente hacia la oposición que miraba las pantallas. Muchos cayeron de rodillas y se rasgaron las túnicas. La escena volvió a pasar adentro, donde el cerdo chillaba y tironeaba y Carpatia se reía, acercándose con el cuchillo. Se lanzó contra el animal que lo esquivó, haciendo que resbalara.

—¿Quieres jugar? —rugió Nicolás y saltó encima del cerdo, derribándolo de rodillas. El animal se paró rápidamente y el soberano casi se cayó. Se agarró de una de las sogas, volvió a montarse y clavó el cuchillo degollando al animal.

El cerdo se enloqueció y tiró a Carpatia al suelo. El animal pateaba mientras Carpatia luchaba por ponerse de pie, con su ropa cubierta de sangre. Los que sujetaban al cerdo aguantaron y pronto el animal se puso lento y perdió el equilibrio.

Nicolás, abandonando toda parodia de ritual, enfundó su cuchillo y puso ambas manos bajo la sangre que brotaba del cuello del agonizante cerdo. Antes de siquiera recuperar la posición erecta, roció sangre hacia el altar, empapando a los que sujetaban al cerdo, que esquivaron gritando histéricos. Fortunato y Moon en medio de la confusión se vieron forzados a sonreír, aunque también parecían a punto de desplomarse.

David se quedó boquiabierto, preguntándose cómo alguien podría tomar en serio a un hombre que no solo enfrentaba a Dios, sino que también actuaba como un muchacho borracho en una fiesta de universitarios.

Cuando por fin el cerdo dejó de moverse, Nicolás trató de carnearlo con el cuchillo y se dio cuenta de que ni él ni la hoja servían para la tarea.

—¡Lástima! —gritó, suscitando risa de su gente, y se desplomó en su trono—, ¡quiero cerdo asado!

Carpatia pareció cansarse rápidamente de la tontería.

—Saquen el cerdo —mandó—, y traigan mi imagen —se puso de pie y fue rápidamente a un grifo de agua corriente. La cámara seguía en su cara pero quedó claro que se desnudó bajo esa agua—. ¡Está fría! —gritó, tomando finalmente una toalla que otro lacayo le alcanzó. Alguien le pasó la túnica, el cinto y las sandalias del día anterior y él miró directamente a la cámara—. Ahora, en cuanto mi imagen esté en su lugar —dijo—, nosotros salimos a la plataforma de Salomón.

Chang puso a Jaime.

—¿No es este el hombre más vil que haya vivido? —decía Rosenzweig—, ¿no es la antítesis de quien proclama ser? Yo llamo a todos los que han resistido o postergado la aceptación de su marca y les ruego que la rechacen. Eviten la sentencia de las dolorosas llagas y la muerte segura.

David se movió y estiró las piernas, ansioso por conversar con alguien sobre lo que todos habían visto. La persona más lógica que se le ocurrió fue Hana.

———————

Camilo temía que la cámara que expropió quedara al descubierto cuando el pequeño contingente de judíos ortodoxos que espontáneamente se habían colocado para escudarla de Carpatia y sus sicarios, súbitamente se fue. El Monte del Templo se había vuelto una masa inquieta de enojados ciudadanos y no solamente de los que no tenían puesta la marca de la bestia. Había leales a los que, evidentemente, se les había acabado la paciencia por las horribles llagas que les cubrían todo el cuerpo. Y el fiasco que Carpatia acababa de perpetrar en el templo no podía haber entretenido más que a sus partidarios más fanáticos y viles.

El nuevo Carpatia había sido visto por creyentes mesiánicos, nuevos seguidores de Cristo, judíos ortodoxos y hasta por miles de indecisos del público en general. Era como si éste hubiera abandonado todo intento de persuadir o convencer a nadie. Él iba a ser venerado, adorado y obedecido porque era dios y todo el que no estuviera de acuerdo sufriría consecuencias. Pero aquellos que lo apoyaban con todo su corazón, eran los que sufrían más.

Asesinar a sangre fría a un hombre ante la televisión internacional, empapar literalmente sus manos en la sangre del hombre, anunciar el fin de los sacrificios ceremoniales (excepto a él mismo) y luego, no solo reclamar el templo como casa propia sino también profanarlo en forma tan gráfica y asquerosa, era más de lo que podía comprender una persona normal.

Había hombres con largas barbas que lloraban y decían a gritos:

—¿Él sacrificó *un cerdo* en el Lugar Santísimo y jugó en su sangre?

Cayeron de rodillas, llorando y gimiendo. Pero había más gente aún amontonada en las columnas, en la parte alta de la escalinata, que pedían la sangre de Carpatia.

A Camilo le quedó claro cuando Carpatia había volcado irrevocablemente la balanza en su contra. Los santos varones hicieron callar a la multitud cuando el pequeño contingente de Nicolás, compuesto de hombre sanos, tomaron la estatua de oro. Un rumor sordo de desacuerdo fue cobrando fuerza mientras miles de personas parecían incapaces de controlarse, y trataban de oír qué cosa vil haría enseguida.

—¿Por qué adorar en un altar de bronce? —decía aquel, con la mueca burlona llenando las pantallas—. Si este es, sin duda, el sacratísimo de los lugares santos, todo peregrino debe disfrutar el privilegio de hacer reverencias a mi imagen, a la cual nuestro Altísimo Reverendo Padre ¡ha dotado del poder de hablar cuando yo no esté presente!

Carpatia esperó la entrega de su estatua, pero cuando los encargados de moverla fueron a colocarla horizontalmente para entrarla, fueron rodeados por la turba.

—Jaime, hasta personal de la CG está en contra —dijo Camilo y el anciano asintió.

Camilo le hizo una toma doble. Jaime se veía más que solemne. Parecía distraído, probablemente pensando en su próximo paso. Esta situación se había vuelto más fea de lo esperado por ninguno del Comando Tribulación, por lo que Camilo se acordaba de todas sus conversaciones y sesiones de planificación. Algo tenía que ceder y muy pronto.

Cuando los protestantes se precipitaron contra los hombres que llevaban la estatua, otros leales salieron corriendo de adentro, blandiendo armas. Unos pocos dispararon al aire y la multitud retrocedió, amenazando con los puños y maldiciendo. Cuando los monitores mostraron a los hombres que llevaban la imagen, de tamaño natural, al ala occidental del templo y subían las gradas al Lugar Santísimo, la multitud se hartó y empezó a atacar. Si una persona vestía el uniforme de la CG sin participar en la confusión, se hacía blanco de los ataques incipientes.

La mayoría del personal uniformado estaba tan debilitado para disparar sus armas, que cuando algunos lo hicieron y unos pocos cayeron bajo sus balas, la turba reventó y atacó de frente. Dieron vuelta a las carpas médicas, los bancos y las sillas, derribaron la guillotina y la rompieron a patadas. Pisotearon por igual a los monitores de la moral y los pacificadores, arrancándoles las armas de las manos, pronto las pantallas de televisión fueron tiradas estrepitosamente. En todo el Monte del Templo la gente estaba enfurecida gritando: "¡Abajo Carpatia! ¡Muera el monstruo! ¡Que muera y siga muerto!"

Camilo tironeó a Jaime a un sitio seguro y trató de escudar la cámara contrabandeada. Su pantalla mostraba que la cacofonía había llegado a Carpatia y éste se veía pálido y tembloroso.

"Voy a salir a calmar a mi gente", dijo a la cámara. "Solamente necesitan que se les recuerde que yo soy su resucitado amo y dios".

Pocos oyeron eso sobre el alboroto, pero los que escucharon deben haber difundido la palabra con rapidez, pues cuando Camilo siguió la marcha de Carpatia de regreso a la entrada del templo, miró y vio que los judíos ortodoxos encabezaban el camino a la falsa plataforma de Salomón, la cual estaba siendo reducida a astillas a toda velocidad.

Un grupo de celotes divisó la cámara de Camilo, y antes que éste lograra convencerlos de que él los apoyaba, la tomaron y la despedazaron contra el suelo. Desesperado por ver lo que iba a suceder frente al templo, Camilo se trepó a un árbol y divisó a Viv Ivins que salía al encuentro de Carpatia cerca de la entrada. Algo mantuvo fuera a los revoltosos, y Camilo supuso que solamente podía ser la renuencia de ellos para asesinar a un hombre en el templo, a pesar de lo que éste había hecho allí.

Nicolás estaba petrificado mientras trataba de aparentar lo contrario y seguía mirando para atrás a fin de ver el remanente de su séquito. Finalmente llegaron cerca de él, pero sencillamente, se quedaron muy derechos, parecía que deseaban absorber con los ojos los últimos vestigios de fuerza de Fortunato, Moon y muchos más. Carpatia hacía gestos y vociferaba; alguien le trajo un micrófono conectado a los altoparlantes del atrio exterior.

Como un loco que elige el enfoque absolutamente errado para recuperar a la multitud, Carpatia sostuvo el micrófono con una mano y levantó la otra pidiendo atención mientras gritaba a todo pulmón:

"¡Ustedes rompieron el pacto! ¡Mi pacto de siete años de paz para Israel está rescindido! Ahora, ustedes deben permitir que yo y mi…"

Pero lo demás quedó ahogado por la amotinada multitud. Aunque no cruzaban el umbral del templo, crearon una barrera humana entre Carpatia y su libertad para irse. Súbitamente se fueron tranquilizando y empezaron a reírse; luego rugieron de placer por lo que habían logrado. Era como si hubieran arrinconado a un animal indefenso, y ahora no sabían qué hacer con él.

"¡Mis hermanos y hermanas de la Comunidad Global!", recomenzó Carpatia. "Yo me ocuparé de que sean curados de sus llagas y nuevamente ¡verán que yo soy quien los ama y les trae paz!"

"¡Impostor, de aquí no sales vivo!", gritó uno y los demás apoyaron la causa.

Entonces, clara como un cristal, en el aire de la temprana tarde, llegó la penetrante voz del hombrecito de la túnica marrón, y todos los ojos y oídos se volvieron a él.

"¡No ha llegado la hora para que el hombre de pecado enfrente el juicio aunque está claro que él ha sido desenmascarado!"

La muchedumbre murmuró sin querer que la disuadieran de matar a Carpatia.

Jaime dio lentos pasos hacia el grueso del grupo y ellos le abrieron paso, con respeto y en silencio.

"Como fue predicho hace muchos siglos", continuó Jaime mientras se dirigía en ángulo a las gradas del templo, "Dios ha optado por permitir este mal por un tiempo y por impotente que hoy esté el enemigo de vuestras almas, su mano perpetrará aun mucho más mal a ustedes. Cuando nuevamente recupere ventaja, él se vengará contra esta presunción de su autoridad, y cuando su ira sea derramada, será bueno para ustedes no estar aquí".

—¡Eso es cierto! —gritó Carpatia, con su voz sonando pequeña comparada con el tono autoritario de Jaime—. Lamentarán el día en que se atrevieron…

—¡Tú! —rugió Jaime, apuntando a Nicolás—. Tú dejarás que se vayan los elegidos de Dios antes que sea levantada su maldición, para que no enfrentes una plaga peor en reemplazo de ésta.

Camilo, aún subido en el árbol, telefoneó a Chang:

—Despedazaron la cámara —dijo.

—Así supuse.

—¿Estás recibiendo esto?

—La CG trata de hablar sobre esto. Es como si no pudieran decidir si Carpatia lo quiere o no en el aire. Van a rodar cabezas.

—¿Qué acaba de decir Carpatia? —preguntó Camilo—, me lo perdí.

—Algo de estar en la Knesset, disponible para negociar o para responder preguntas honestas de sus súbditos.

—Nunca lo dejarán salir del…

Pero lo permitieron. La multitud retrocedió para dar paso a Nicolás y su gente, como lo hicieron para Jaime.

—¿Alguna posibilidad de filmar en la Knesset? —preguntó Camilo.

—No que yo sepa —contestó Chang—, ¿usted va?

—Si Jaime va, yo voy.

—Deje abierto el teléfono. Yo lo pasaré a todos los demás.

Pero antes que Camilo pudiera bajarse del árbol, Jaime alzó los brazos y ganó la atención de la enojada turba.

—Los que estén en Judea, huyan a los montes; el que esté en la azotea, no baje a sacar las cosas de su casa; y el que esté en el campo, no vuelva atrás a tomar su capa.

Uno gritó:

—¿Por qué debemos huir? ¡Hemos desenmascarado al soberano como un impostor impotente!

—¡Porque Dios ha hablado!

—¿Ahora tenemos que creer que *tú eres* Dios?

—El Gran YO SOY me habló. Lo que Él apenas piensa, ocurre y como Él se lo propone así será.

Camilo tenía la seguridad de que la gente no iba a aceptar nada de eso pero Jaime había hablado con tanta autoridad evidente que fueron calmados instantáneamente.

—¿Adónde iremos? —preguntó uno.

—Si eres un creyente en Jesucristo como Mesías —dijo Jaime—, ahora vas a Petra vía Mizpe Ramon. Si tienes transporte, lleva contigo tantos como puedas. También están aquí voluntarios venidos de toda la tierra para trasladarlos, y desde Mizpe Ramon serán llevados en helicóptero a Petra. Los débiles, los ancianos, los enfermos vayan al Monte de los Olivos y desde ahí serán llevados en vuelo.

—¿Y si no creemos?

—Si tienes oídos para oír, ve a Masada, donde serás libre de adorar a Dios como lo hacías en este templo. Allá yo presentaré el caso de Jesús como Mesías. ¡No esperes! ¡No titubees! ¡Vayan todos!

Camilo se quedó estupefacto cuando vio que muchos con la marca de Carpatia se metían en la multitud que estaban formándose rápidamente para irse del Monte del Templo. Él sabía que ésos no podían cambiar de idea, que le habían dado la espalda definitivamente a Dios. Pero ahora estaban en la tierra de nadie. Estaban sin la protección de Dios y se habían opuesto públicamente al Anticristo. Si la plaga de las llagas fuera levantada, las fuerzas de la CG los diezmarían con toda seguridad. Los judíos ortodoxos y los indecisos fueron permitidos en Masada pero no pudo entrar ninguno que tuviera la marca de la bestia.

David no había podido conectarse con Hana a través de la computadora portátil, así que le escribió su respuesta al correo electrónico de ella y la transmitió justo antes de mirar los sucesos del Monte del Templo. El entusiasmo corrió por sus venas mientras esperaba a los primeros que llegaban. Había pasado horas instalando el marco básico del sistema computarizado inalámbrico, y ahora todo lo que podía hacer era esperar.

Camilo no quería perder de vista a Jaime pero no necesitó preocuparse. El Monte del Templo pronto quedó vacío y en estado calamitoso. Jaime bajó las gradas del templo haciendo señas a Camilo para que lo siguiera. Mientras caminaban hacia la Knesset, pareció que Jerusalén reventaba en torno a ellos. Los que hacían pillaje quebraban los vidrios de las vitrinas y derribaban los quioscos de mercadería de las calles. Celebrantes muy embriagados cantaban y danzaban mientras festejaban fuera de los bares y clubes. Los que tenían llagas, gemían y muchos trataban de matarse a plena luz del día.

Mientras tanto, los creyentes judíos, los indecisos y los judíos ortodoxos se apresuraban buscando transporte al Monte de los Olivos, Masada o Mizpe Ramon. Abundaban los vehículos del Operativo Águila, identificados solamente por los fervorosos choferes que animaban a los que tuvieran la marca de Dios en sus frentes para que subieran rápidamente. Los choferes que divisaban a Jaime o a Camilo saludaban o apuntaban hacia el cielo. Por todas partes la gente decía: "Él resucitó", y recibían la respuesta: "¡Sin duda que Cristo está resucitado!" Muchos cantaban.

Camilo se sentía abrumado. Estaba apenado por Patty, echaba de menos a Cloé y Keni y temía por la seguridad de ellos. Estaba horrorizado a la vez que entusiasmado por lo que había visto, y también perplejo aunque esperanzado. No había esperado que Jaime tuviera que persuadir a la gente para que escapara de Carpatia mientras creían que le habían ganado la partida. Por supuesto, que no tenía idea de qué esperar en la Knesset.

———

Raimundo había tenido éxito como piloto comercial en sus días predecibles y programados a horario, pero en esta misión tuvo que adaptarse a recibir la señal casi al instante, dependiendo de la manera en que Dios guiara a Jaime. Esto podía ser tan sencillo como llevar a la gente desde Jerusalén a Mizpe Ramon —apenas unos cientos sesenta kilómetros—, para luego llevarlos volando a Petra, unos ochenta kilómetros al sudeste. Pero en alguna parte del programa se había agregado Masada y el Monte de los Olivos al itinerario y era tarea de Raimundo disponer el personal para cumplir la tarea. Una responsabilidad que él había asumido era la de recoger a Jaime y Camilo cuando todos los demás estuvieran a salvo. El doctor Rosenzweig insistió en ser el último que llegaría a Petra, algo parecido a que el capitán y el primer marinero son los últimos en abandonar el barco que se hunde, pero Raimundo no sabría dónde recogerlos sino en el último minuto.

———

—¿Binoculares? —dijo Zeke—. Cloé, puedo hacerte algo mejor. ¿Estás mirando para arriba o afuera?

—Principalmente para afuera —dijo Cloé, bostezando—. Nada específico.

Ella no quería que Zeke supiera qué estaba pensando. No era que no le tuviera confianza. Sencillamente no quería ningún aporte. Los adultos habían estado mirando la catástrofe del templo, y el vuelo a Petra estaba desarrollándose. Cuando se quedó tranquila con que Camilo estaba a salvo, no pudo seguir sentada ociosa.

Zeke había tenido una idea interesante unas semanas atrás. Como todos los demás, a ella le gustaba la manera en que él pensaba, aunque su modo de expresarse podía engañar a un extraño llevándolo a pensar que no era muy inteligente. Zeke había animado a Cloé a clonarse a sí misma por medio de la Internet.

—Ya sabes, recluta a otras personas como tú. Tiene que haber montones de mamás jóvenes que se sienten fuera de la acción. Enséñales lo que haces, haz que ellas lo hagan en sus localidades y regiones. De todos modos, tú sola no lo puedes hacer todo.

El concepto había prendido como gas encendido. Cloé cargó manuales y listas de deberes, procedimientos, bases de datos entrecruzados de contactos —todo lo que necesitaría un director regional de la Cooperativa Internacional de Bienes de Consumo. Ella estaba dejándose virtualmente cesante del trabajo.

Ahora había recurrido al experto de mayor pericia y hombre, que además de su papá, había tomado inventario de toda la Torre Fuerte. Sin embargo, Zeke había ido más allá que Raimundo. Había hecho una lista computarizada de todo lo que halló. Una Torre tan inmensa tenía una riquísima cueva de tesoros.

—Quiero decir que *hay* bino —dijo—, también unos realmente eficaces de los mejores de la línea, pero conociéndote, tú quieres los ojos más potentes que yo te encuentre, ¿tengo razón?

—Como de costumbre.

—Pronto amanecerá. ¿Lo quieres ahora mismo?

—Si es posible.

—Vuelvo inmediatamente.

Zeke se tomó varios minutos. Encontró en su computadora dónde estaba ese artículo, entonces se fue a los ascensores.

Ming se fue a acostar de nuevo mientras Zión informaba que Chang le había dicho que trataría de mandar a Chicago la transmisión del encuentro en la Knesset entre Jaime, Camilo y Carpatia.

—Yo tengo que dormir —dijo Zión a Cloé—, pero mantendré un oído alerta a eso… a menos que tú quieras…

—Ya he tenido suficiente de San Nico por una noche —dijo ella—, ¿por qué no lo grabas y descansas un poco?

Zión asintió con una mirada que expresaba que la idea de ella le había llegado.

—De esa manera puedo oír si quiero y no preocuparme si cabeceo un sueñito.

Zeke regresó, parecía como si no pudiera esperar más para ver la reacción de Cloé. Le pasó una sencilla caja blanca que la sorprendió por el peso. Se sentó y la abrió, mostrando un telescopio grande y pesado, como de treinta y tres centímetros de largo, que requería el empleo de ambas manos para sacarlo de los envoltorios.

—¡Vaya! —exclamó ella—, ¿esto necesitará un trípode?

—No se supone —contestó Zeke—. Pero tienes que afirmarlo en algo. El borde de la ventana será suficiente. ¿Quieres que te ayude?

—No, gracias, Zeke. Te lo agradezco. Deja que yo me las arregle sola. Además, hace rato que se te pasó la hora de acostarte, ¿cierto?

—Hace mucho rato.

DIEZ

as llagas habían diezmado tanto el personal de Carpatia que Camilo pensó que cualquiera podía pasar derecho por los guardias de seguridad de la Knesset y sacarlo. El personal debilitado, que se rascaba y se doblaba de dolor, alzó cansadamente los ojos a Camilo y Jaime, pero apenas reconocieron la presencia de ellos. No solo no revisaron a Camilo sino que tampoco le preguntaron el nombre. Él y Jaime fueron llevados a una salita de conferencias donde estaba Nicolás con Fortunato a su derecha y Moon a la izquierda. Los dos parecían refugiados de un campamento en cuarentena, ambos inclinados sobre la mesa, con la cabeza en sus manos, apenas capaces de mantener abiertos los ojos.

Al cerrarse la puerta detrás de Camilo, Carpatia dijo con sarcasmo señalando a dos sillas:

—Perdónenme por no ponerme de pie.

Camilo se sentó rápidamente, luego se sintió que llamaba la atención cuando Jaime permaneció parado.

—Yo represento al único Dios verdadero y Su Hijo Jesús, el Cristo —dijo el viejo—. Prefiero estar de pie.

Carpatia estaba tan enojado que no podía hablar. Los músculos de la mandíbula sobresalían mientras hacía rechinar sus dientes, fulminando con la mirada. Jaime se limitó a sostener su mirada.

—Muy bien —espetó Nicolás—. Yo estoy dejando que esta gente corra a las colinas. ¿Cuándo se van las llagas? Yo cumplí mi lado del trato.

—¿Teníamos un trato? —dijo Jaime.

—¡Vamos, vamos! ¡Estamos desperdiciando el tiempo! Dijiste que ibas a cancelar este embrujo si yo…

—No es lo que yo recuerdo —dijo Jaime—. Yo dije que si tú *no* los dejabas irse, sufrirían una plaga aun peor.

—Así, pues, los dejo irse. Ahora tú…

—Esto no se trata de que tú tengas una opción.

Carpatia golpeó la mesa con la palma abierta de su mano, haciendo que su séquito saltara.

—¿Estamos aquí jugando con las palabras? ¡Yo quiero que sean sanadas las llagas de mi gente! ¿Qué tengo que hacer?

—No intentes impedir que los creyentes mesiánicos israelitas lleguen a Petra.

Carpatia se puso de pie.

—¿No te has fijado? Yo soy el único empleado de jornada completa de la Comunidad Global que no padece la plaga!

Jaime permaneció tranquilo.

—Eso es solamente porque no has aceptado tu propia marca, aunque me atrevo a decir que te adoras a ti mismo.

Nicolás dio la vuelta a la mesa con toda rapidez y se inclinó hasta enfrentar a Jaime apenas desde unos pocos centímetros.

—Nuestros expertos médicos han determinado que no hay relación entre la aplicación de la marca de la lealtad y…

—¿Por qué tu mal aliento no me sorprende?

—No te animas a anular la maldición porque temes que tu suerte sea la misma que la de tus dos socios del Muro.

—Si tus expertos médicos saben tanto —dijo Jaime—, ¿cómo es que no han sido capaces de ofrecer alivio?

Carpatia suspiró y se sentó sobre la mesa, con la espalda hacia Fortunato y Moon.

—¿Así que no estás aquí para negociar? Viniste para decirme que yo estoy a tu merced y no hay nada que yo pueda hacer para aliviar el dolor de mi gente?

—Vine aquí para recordarte que este libreto ya fue escrito. Lo leí. Tú pierdes.

Carpatia se volvió a poner de pie.

—Si yo no soy dios —dijo—, desafío al tuyo que me mate ahora. Yo le escupo la cara y le digo que es un debilucho. Si sigo vivo por más de diez segundos, él y tú son fraudes.

Jaime sonrió.

—¿Qué clase de Dios sería si se sintiera obligado a actuar conforme a tu horario?

A Camilo le encantó ver a Carpatia sin habla. Parecía temblar de rabia, mirando fijo y meneando la cabeza. Detrás de él, Moon tocó el hombro de Fortunato, haciendo que el reverendo retrocediera.

—Lo siento —susurró Moon y se inclinó acercándose más a su oído.

—Excelencia —dijo Fortunato enronquecido—. Por favor, una palabra.

—¿Qué? ¿Qué es?

Fortunato luchó por ponerse de pie, se tomó las manos por detrás y se inclinó.

—Por favor, Su Adoración. Un momento.

Nicolás se mostraba como si estuviera por detonar. Se colocó de nuevo detrás de la mesa, haciendo que Moon también se parara. Fortunato le rogó con voz demasiado débil para que Camilo oyera.

—Supongo que estás de acuerdo, Moon —dijo Nicolás.

Moon asintió y Fortunato agregó:

—Fue idea *suya* —cosa que hizo que Moon pusiera la cara larga, y le lanzó una mirada a León.

—Ustedes dos, fuera de aquí. Quiero una reunión, ustedes saben dónde, con el gabinete en pleno.

—¿Aquí no?

—¡No! ¡Dije que ustedes saben dónde! ¡Estas paredes tienen oídos!

Los dos salieron apresuradamente. Carpatia miró a Camilo de arriba abajo.

—Este me pone nervioso —dijo—, ¿tiene que estar aquí?

—Sí.

—Mi gente ruega un alivio —dijo Nicolás—. Reconozco que estoy obligado a conceder algo.

—¿Y eso sería?

Los ojos de Carpatia danzaron como si odiara con todo su ser lo que tenía que decir.

—Eso... yo... debo... someterme a ti en esto. Estoy preparado para hacer lo que sea, a fin de que la plaga sea cancelada —bajó nuevamente la cabeza como si estuviera empujando contra una fuerza invisible.

—Estás bajo la autoridad del Dios de Abraham, Isaac y Jacob, el hacedor de cielo y de la tierra. Permitirás este éxodo, y cuando yo me satisfaga de que la gente a mi cargo está sana y salva, oraré a Dios que anule la aflicción.

Camilo no se hubiera sorprendido más de lo que estaba si hubiera visto salir humo de las orejas de Carpatia.

—¿Cuánto tiempo? —preguntó Nicolás.

—Esta es una empresa tremenda —dijo Jaime—. En seis horas sabremos.

Carpatia levantó los ojos, esperanzado.

—Pero si intentaras poner una mano encima de uno de los elegidos —advirtió Jaime—, el segundo juicio será derramado.

—Entendido —dijo Carpatia, con demasiada rapidez. Estiró la mano.

Jaime no hizo caso, dio una mirada a Camilo y se fue.

Camilo se levantó para seguirlo y se preguntó si Carpatia había reconocido a uno de ellos. Evitó el contacto visual pero cuando Camilo pasaba delante del Anticristo, Nicolás gruñó:

—Tus días están contados.

Camilo asintió, aún mirando a la distancia.

—Eso es seguro.

Cloé raspó un agujero de siete centímetros y medio de diámetro en la pintura negra de la base de una ventana. Luego puso un almohadón del sofá sobre el piso de mármol y colocó el lente del telescopio contra el vidrio, afirmándolo en el marco. Varios minutos de ensayo y error resultaron en que por fin, ella descubrió una imagen en la difusa luz que precede al alba. Pensó que había visto algo en medio de la noche varios días atrás, pero no había sido capaz de localizarlo otra vez, y por eso no se lo dijo a nadie. Ahora escrutaba el horizonte con lentitud, tratando de mantener fijo el aparato de tremenda potencia. La imagen frente a su ojo estaba tan ampliada que supuso que estaba viendo apenas unos pocos metros cuadrados a más de ochocientos metros de distancia.

Por supuesto que el problema era que tal clase de lente requería toda la luz que ella pudiera hallar. Estaba diseñado para enfocar las estrellas en las noches claras. Todo lo que vio fueron las siluetas oscuras de edificios dañados y nada de luz en ninguna parte. Frustrada, puso el telescopio y volvió a enfocar a simple vista, tratando de localizar lo que una vez divisó débilmente. Alrededor de las dos de la madrugada, en su campo visual divisó un punto de luz, quizá a un kilómetro y medio de distancia. Así que no era su imaginación. La pregunta era, ¿qué luz habría en una ciudad que el mundo pensaba estaba contaminada por radiación? ¿Sería posible que los miembros del Comando Tribulación no fueran las únicas formas de vida inteligentes de este universo extraño?

Movió la cabeza. Probablemente era una luz de la calle que, de alguna manera seguía conectada a la corriente eléctrica. Aún así, el telescopio podía brindar más indicios. Manteniendo el punto de luz a la vista, levantó el instrumento a la ventana y estudió cuidadosamente la zona. Luego de uno o dos minutos se dio cuenta de que había apuntado demasiado alto y que estaba viendo las aguas amenazadoras del lago

Michigan. Manteniendo el aparato en su lugar, miró y ajustó, entonces volvió a atisbar por el visor.

La imagen saltaba y se movía, apareciendo y desapareciendo. Era más que una luz de la calle pero mientras más intentaba enfocarla, más huidiza se tornaba. Su cuello se tensó, sus muñecas se acalambraron, su ojo se cansó. Se dio cuenta de que había estado conteniendo la respiración para minimizar sus movimientos, pero eso hizo precisamente que su corazón latiera con más fuerza. Finalmente, tuvo que bajar el telescopio y moverse. Cuando estuvo lista para tratar otra vez, el sol jugaba ya en el horizonte oriental. Cloé tendría que intentar de nuevo otra noche.

———————

—¿Monte de los Olivos? —dijo Camilo mientras alcanzaba a Jaime.

—Por supuesto. Entonces a Masada para ver qué clase de multitud atraemos.

—Permíteme hacerte una pregunta, ¿por qué seis horas? ¿Confías en él?

Jaime lanzó una mirada a Camilo.

—¿Confío en él? ¡Por supuesto! Él estaba dispuesto a dar la mano por eso.

—Bueno, pregunta idiota. Pero no hay forma en que todos estén a salvo a la medianoche.

—Camilo, ya sabemos que él no mantendrá el acuerdo. Apocalipsis 12 dice claramente que a Israel le son dadas dos alas de una gran águila para que pueda volar al desierto, a su lugar, pero la serpiente escupe agua de su boca como un río en pos de ella. No hay duda de que él atacará de alguna manera, con o sin plaga. Zión cree que "el río" es el ejército del Anticristo. Ese mismo capítulo dice que la tierra ayuda a la mujer abriendo su boca y tragándose el río. Que el Señor me perdone pero yo quiero ver eso, ¿tú no?

Camilo asintió, tomando por fin su teléfono y escuchó para ver si Chang seguía monitoreando.

—¿Tú estás ahí?

—Trabajando en la conexión con el Fénix —dijo Chang—. Gracias. Eso fue espantoso.

—Eres el mejor.

—Le llamaré cuando esté listo.

Jaime esperó hasta que Camilo terminó, entonces preguntó:

—¿Tú sabes qué pasa después que Dios destruye los ejércitos del Anticristo, no?

—¿Quieres decir antes o después que tú dejes caer el segundo juicio sobre él?

—¿Antes que *yo* lo deje caer? Amigo mío, yo solo soy el mensajero.

—Lo sé —dijo Camilo.

—La Biblia dice que el dragón se enfurece con la mujer y se va a hacerle la guerra al resto de sus descendientes, "los que obedecen los mandamientos de Dios y tienen el testimonio de Jesucristo". Para mí eso suena como los otros judíos creyentes alrededor del mundo.

—¿Y qué hacemos nosotros al respecto?

—No tengo idea —contestó Jaime—. Obedecemos, eso es todo.

Raimundo estaba demasiado ansioso para quedarse esperando en Mizpe Ramon a los primeros en llegar. Puso rumbo al Monte de los Olivos y telefoneó a Zión, en Chicago, cuando iba en camino. Raimundo se sintió mal cuando se dio cuenta, por la voz del doctor Ben Judá que él estaba durmiendo. Pero dijo:

—Capitán Steele, usted nunca es una intromisión.

—Confieso que estoy turbado, doctor Ben Judá. Mi entrenamiento militar fue en tiempos de paz así que esta es la primera vez que soy responsable de tanta gente en una situación riesgosa.

—¡Pero tú has pasado por tantas cosas con el Comando Tribulación!

—Lo sé, pero solo deseo que me aseguraran que no veré bajas.

—Ciertamente no tenemos esas garantías en nuestro círculo íntimo —dijo Zión—, ¿no?

—Eso no tranquiliza.

—Capitán, solamente quiero ser honesto. Supongo que eso es lo que quiere.

—Me temo que lo que quiero es lo que pedí, saber que no perderé a nadie.

—Creo que no perderemos a ninguno de los 144.000, pero la mayoría de ellos están desparramados por todo el mundo. También estoy bastante seguro de que las profecías indican que Dios protegerá a los creyentes mesiánicos que están huyendo de Jerusalén. Pero tú preguntas por el personal de tu operativo.

—Correcto.

—Solamente puedo orar y tener esperanzas.

—Estoy dedicado a no atacar al enemigo con golpes mortales.

—Estoy de acuerdo con eso y, sin embargo, deseas que no haya muertes en tu lado. No sé cuán realista es eso. ¿No te sentirías justificado en una situación extrema de todo o nada?

—¿Quieres decir si se tratara de mis muchachos o los de ellos? Supongo que permitiría hacer fuego.

—Capitán, tú sabes que el enemigo sufrirá pérdidas con toda certeza. Los versículos dicen en cierta manera, que muchos perecerán en las calamidades que Dios pone en sus sendas.

—Prefiero dejarle ese trabajo a Él.

David revisó la correspondencia electrónica buscando una respuesta de Hana y, al no ver ninguna, mandó conectarse con Chang, que había puesto en línea al Fénix 216 para el Comando Tribulación.

La primera voz fue la de Walter Moon.

—Excelencia, yo debiera estar en cama. Detesto quejarme pero hubiera deseado que esta reunión se realizara en la Knesset. El movimiento incesante...

—Walter, deja de quejarte. No dejo de considerar tu malestar pero tú hablas como si estuvieras a las puertas de la muerte.

—Señoría, se siente como que lo estamos —dijo León—. Yo no soy uno que...

—¡Por supuesto que lo eres! Ahora le expuse con claridad las reglas del juego a este tipo, Miqueas, y obtuve de él la garantía de anular esta enfermedad a las nueve de esta noche o habrá consecuencias.

—¿Lo hizo? Bueno, ¿cómo...?

—Mejor será que él proceda con prudencia.

—Pero yo pensé...

—Caballeros, ese es su problema. A veces, debes actuar por instinto y hacer lo que es necesario. ¿Todos están aquí?

—Muchos están siendo sacados del lecho de enfermo —dijo Walter—. El cual es donde...

—Tú debieras estar, sí, lo sé. Aquí están Viv y Suhail. Comuníquenme cuando estemos todos aquí.

—¿Cuánto tiempo tardará la recuperación cuando la aflicción sea cancelada? —preguntó Viv.

—No sé —contestó Carpatia—. Pero aunque haya fatiga o dolor residuales, todos ustedes deben luchar con eso y dar ánimos a su gente para que hagan lo mismo.

—Soberano, el señor Hut completa el contingente.

—Hijo, tienes un aspecto terrible —dijo Nicolás.

—Me siento peor —dijo Hut.

—No lo puedo imaginar. Así, pues, ¿cómo está mi amigo de tan pésima puntería?

—Muy divertido.

—Con permiso —dijo Nicolás—, pero ¿fueron dos veces seguidas las que usted se dirigió a mí sin títulos?

—Bueno, perdóneme, su alteza.

David oyó movimientos y supuso que Carpatia se había puesto de pie.

—¿Usted recurre al sarcasmo conmigo?

—Le disparé a ese hombre ocho veces a quemarropa, ¡*veneralísimo*! Maté al que se burlaba desde sesenta centímetros. Usted mismo no pudiera haber matado a Miqueas.

—Señor Akbar, su arma, por favor.

—Oh Excelencia, ¿es esto nece…?

—¿*Todos* están de acuerdo para faltarme el respeto? Tengo píldoras letales suficientes para todos ustedes y las entrego por el cañón de esta arma.

—Si usted podía matar al señor Miqueas —dijo Hut—, ¿por qué no lo hizo?

—Oh, usted lo honra con un título pero a mí no, no a su amo resucitado.

—Carpatia, usted no es nada para mí.

—De pie, niño.

—No le daré esa satisfacción.

¡*BUM*!

Gritos y jadeos siguieron al desplome del cuerpo.

—Walter, haz que los mozos lo saquen de aquí. Ahora, ¿quién sigue?

Silencio.

—¿Entonces hay alguien aquí que quisiera dispararme?

—¡No!

—¡No, Excelencia!

—¡Soberano, por favor!

—¡No!

—¿Hay uno de ustedes que conserve la noción de que esto no es cosa seria? Le recuerdo que estuve muerto por tres días y ¡me resucité! He exigido que los liberen de esas llagas y, aunque no podemos tener esa certeza hasta que llegue el momento, creo que serán sanados inmediatamente. Fuera de eso, ustedes y los suyos podrán andar y serán lo bastante capaces para ejecutar mi plan de combate.

—Excelencia, ¿un ataque no volvería a traer la plaga? —preguntó Moon.

—Viv, ¿ves con lo que tengo que trabajar aquí? El señor Moon es mi comandante supremo, mi vicepresidente ejecutivo, si te parece, pero aún así él quiere saber si... —y aquí imitó a Moon con un gimoteo ridículamente quejumbroso— ¡un ataque no volvería a traer la plaga! Walter, con toda honestidad, ¿crees que soy un novicio en el juego de las negociaciones?

—No, señor, yo...

—¡Evítame esto! La maldición será anulada a las 2100 horas y los centenares de miles de cobardes estarán en uno de cuatro lugares. ¿Alguien? ¡Vamos! ¿Alguien?

Suhail Akbar dijo:

—El Monte de los Olivos, camino a Mizpe Ramon, Masada o Petra.

—¡Excelente! ¡Alguien piensa! Y ¿qué es lo especial de tanta gente en tan pocos lugares? ¡Suhail!

—Están juntos y son vulnerables.

—Precisamente; quiero que a las 2115 horas todo Israel sea declarada zona cerrada a los vuelos para todos los aparatos aéreos excepto los de la Comunidad Global.

David oyó que Suhail llamaba a su gente.

—Director, y mientras se ocupa de eso —agregó Carpatia—, a la misma hora establezca toque de queda para el tráfico vehicular civil en todos los Estados Unidos Carpatianos. Prepare un contragolpe por el daño que experimentamos en Petra hoy temprano, suponiendo que, hasta ulterior conocimiento, esa emboscada sangrienta fue iniciada por los judaítas.

—Soberano, ¿dónde atacaremos? —dijo Akbar.

—Masada a las 2130 horas. ¿No predijiste la asistencia de más de cien mil?

—Pero ésos no son judaítas, Excelencia.

—¡Hombre, son conversos potenciales! ¡Y este Miqueas les hablará! Con toda seguridad que tendrá seguidores consigo, pero sin quererlo, los ha puesto a todos en una caja para nosotros y le ató una cinta de regalo. ¿Qué se necesita para asegurar la aniquilación?

—Tenemos la potencia de fuego, señor.

—Nada de arrestos en el camino. Nada de advertencias aéreas. Los vehículos ilegales serás destruidos a la vista y los aviones invasores serán derribados del cielo. Este sitio de Mizpe Ramon fue camuflado para que pareciera de alguna manera como un operativo de la CG. Entonces, aprovechémonos de eso. Y si alguien se queda en el Monte de los Olivos después de las 2100, son presa justa.

—¿Señor? —dijo Moon—, ¿qué pasa si don Miqueas vuelve a traer la plaga de las llagas?

—Él sabrá las consecuencias si actuamos con prontitud.

—Pero, ¿qué pasa si cumple su amenaza de convertir el agua…?

—Los qué pasa te vencerán algún día, Walter. Tú sirves al rey del universo y nosotros venceremos. Yo logré engañar a este mago para que rompa su encanto y antes que se dé cuenta de su error, nosotros habremos recuperado la ventaja. Podemos eliminar virtualmente a la población judía ortodoxa de Jerusalén y paralizar a los judaítas al punto de extinguirlos. Eliminaremos al mismo Ben Judá, y esta vez no me hallará tan hospitalario.

—¿Qué pasará con los que lleguen a Petra?

Carpatia se rió.

—¡Pensar en Petra como lugar de refugio es ridículo! Es tan indefensa como Masada. Ellos estarán a pie, metidos en una olla de roca. Un ataque aéreo debiera terminar en cosa de minutos, pero esperaremos para eso hasta que el último de ellos llegue allí.

—Hoy los judaítas desplegaron poder de fuego —dijo Akbar.

—Eso solamente justifica la retribución de cualquier nivel que nosotros consideremos apropiado. ¿Bajas?

—No hay informes de que alguien haya sido baleado. Hay dos desaparecidos.

—¿Desaparecidos en combate?

—Si así le parece.

Una larga pausa y, entonces, Carpatia dijo:

—Dos desaparecidos en combate.

Camilo y Jaime se sentaron debajo de un antiguo árbol del Monte de los Olivos y observaron a miles de personas que llegaban ahí. Al cabo de una hora los helicópteros del Operativo Águila empezaron a colocarse flotando en el aire, Raimundo se encontraba entre los primeros. Los pájaros mecánicos eran cargados por completo pero no alcanzaban a mantenerse al ritmo de la creciente multitud.

Camilo había transmitido la reunión de Carpatia a Jaime, palabra por palabra, mientras oía por el teléfono, el doctor Rosenzweig seguía sin expresión. Al final dijo:

—No me sorprende. Oraré que Dios anule por completo la plaga de las llagas y restaure el vigor a todos. Quiero que se confíen excesivamente, que se sientan seguros de sí mismos cuando traten de vengarse. Cuando la segunda plaga les caiga encima, yo rogaré que traiga consigo toda la potencia de Dios.

—Doctor, ¿corremos riesgos de una catástrofe en Masada?

El anciano meneó la cabeza.

—No sé, pero no siento que debamos retractarnos. Terminaremos antes de la nueve y advertiremos a los judíos acerca del plan de Carpatia. Ellos pueden irse o quedarse y luchar, espero que sientan con más urgencia, decidirse por Cristo. Al ser sellada la gente por Dios, los llevaremos a Petra con toda prisa.

Raimundo se sentía solo en el helicóptero abarrotado de gente. Escuchar la reunión de Carpatia le había confirmado sus peores temores. La única localización en que confiaba era Petra y, aún así, tenía que preguntarse si era el lugar o la gente los que serían protegidos. Usó su radio seguro para volver a dirigir todo el tráfico aéreo directamente a Petra.

—Sin escalas, repito, sin escalas en Mizpe Ramon. Los vehículos de tierra descargarán sus pasajeros en el paso para peatones que entra a Petra. Los que puedan caminar, lo harán. Los que no, cuando el desfiladero esté demasiado lleno, los que queden expuestos tendrán que ser ubicados en Petra por el aire. Continúen las rutas hacia el Monte de los Olivos y desde allí. No hagan caso de un esperado toque de queda aéreo. Tomen medidas evasivas y defensivas según sea necesario, pero no le fallen a esta gente.

La conferencia telefónica de Raimundo era con Albie, Mac y Abdula.

—Deseo que pudiéramos aunar nuestras ideas —dijo, pero cada uno estaba llevando una carga de pasajeros a Petra o regresando a buscar otra.

—¿Jefe, estás pensando de nuevo en tu política de no disparar ahí? —preguntó Mac.

—Espero que así sea —coreó Albie.

Raimundo dejó escapar un profundo suspiro.

—Solo que no quiero dirigir a nadie a una matanza.

—Ármanos, Ray —dijo Albie—, George tiene armas suficientes para…

—Dime que George no participó del puente puesto al Fénix —dijo Raimundo. No era que no confiara en el hombre, pero era importante mantener cerrado los círculos y eso había quedado claro.

Silencio.

—¡Albie, dime!

—Ray, tú me conoces bien. Dijiste que nadie salvo el Comando Tribulación y esa es la manera en que nos hemos comportado.

—¿Cuántos pilotos nuestros sabrían cómo manejar un calibre cincuenta?

—Ninguno, Ray —dijo Mac—, tú les das esos a los choferes. Son demasiado caprichosos y peligrosos desde el aire. Danos las AED. Alguien nos detiene en tierra y nosotros los calentamos.

—Caballeros, ellos planean dispararnos desde el aire.

—La única manera de impedir eso con los cincuenta es disparar primero —dijo Mac—. Eso significa un cambio de políticas, ¿para allá vas encaminándote?

Raimundo se demoró para contestar.

—Abdula, no te he oído. ¿Estás ahí?

—Aquí, jefe.

—¿Bien?

—Nada mal, gracias, señor.

—Quiero decir, bueno, ¿qué piensas?

—¿De qué?

—¡Smitty! ¡Vamos! Necesito consejo.

—Capitán, no podemos disparar las armas grandes y volar también. Eso requeriría dos pilotos por helicóptero y, ¿desde cuál agujero disparamos tal clase de arma?

—Él tiene razón —dijo Mac—. Como de costumbre.

—Yo estoy dispuesto a confiarle a Dios mi vida —dijo Abdula—, y si Él me lo permite, usaría muy contento una AED para tostar al enemigo.

Raimundo miró por encima del hombro a los creyentes que se amontonaban detrás de él, con el miedo y la esperanza grabados en sus rostros. Ellos no podían escucharlo por el ruido de los motores y las hélices que giraban.

—Caballeros, muy bien —gritó en el teléfono—, después que desembarquen los pasajeros, pasen por Mizpe Ramon y cada uno recoja un tercio de las AED y repártanlos a sus respectivos escuadrones. Albie, haz que George también participe. Y el primero que llegue, evacue a las señoritas Rosa y Palemoon si están listas. Ustedes necesitan también espacio para toda la carga de ellas.

—¿Piensas que la CG va a destruir la pista aérea y nuestros cuarteles? —preguntó Albie.

—Probablemente.

—¿Adónde evacuamos a estas mujeres?

—Por ahora a Masada.

—Jefe, ¿vas a repartir los cincuenta a los choferes de tierra?

—Todavía lo estoy pensando, Mac —replicó Raimundo.

David supuso que transcurrirían dos horas desde la alocución de Jaime en el Monte del Templo hasta que él viera llegar a los primeros. Llamó a Raimundo:

—¿Qué pasa con nuestras enfermeras? Hana me debe una respuesta por correo electrónico. ¿Están bien?

—No hay motivos para pensar lo contrario. ¿Trataste de llamarlas?

—No hubo respuesta.

—Yo veré qué les pasa —dijo y le informó a David lo que estaba pasando con las armas y el centro médico.

—¿Necesita mi ayuda con eso? —preguntó David.

—Tienes que quedarte ahí y coordinar hasta que llegue Jaime y eso pudiera significar un par de días.

—Yo pudiera nombrar a uno de los primeros que llegue aquí. En esto no hay ciencia ninguna. ¿Cómo usted solo va a manejar esas armas grandes?

—Haré que Lea y Hana ayuden.

—¿Ellas terminaron de desarmar y empacar?

—Así debiera ser.

—¿Lamentará haber construido la pista aérea, y luego tener que abandonarla?

—Seguro que sí, pero de todos modos la necesitamos. ¿En cuál otra parte van a aterrizar todos nuestros pájaros?

—¿Tiene candidatos a bordo?

—¿Para tu trabajo? No sé, David. ¿Por qué no te quedas tranquilo ahí?

—Si ellos hablan hebreo y pueden despertar confianza, eso me dejará libre para saltar de nuevo a la pista con usted y cargar las armas.

—Ni siquiera tengo la seguridad de repartir los cincuenta —dijo Raimundo.

—Bueno, yo estoy dispuesto si me necesita.

David trepó al lugar alto más avanzada la tarde y escrutó el horizonte. Nada todavía, pero oyó movimientos en las rocas de más abajo. No era posible que alguien a pie pudiera haber llegado antes que los helicópteros. Se arrodilló y se arrastró hasta el borde, conteniendo el aliento para escuchar. Su corazón le golpeaba las costillas. Captó dos pares de pasos que se movían lentamente.

David sacó la única arma en que pudo pensar, su teléfono, y se preparó para llamar a Raimundo con el discado rápido. Se irguió hasta donde podía observar por el lado. Resuelta y cautelosamente escogiendo su camino en medio de piedras sueltas, a menos de quince metros debajo de él, había dos pacificadores de la CG enfermos y tambaleándose, con sus uniformes empapados en sudor. Cada uno portaba un rifle de alta potencia. David apretó el botón del discado rápido para Raimundo y los pacificadores lo miraron directamente al mismo tiempo. Antes que él pudiera llevarse el teléfono al oído, ellos se arrodillaron apuntándole con sus armas.

David dejó caer el teléfono y se abalanzó a cubrirse, hundiéndose las filosas rocas en sus rodillas y manos. Los soldados, evidentemente, dejados por muertos por sus camaradas, de pronto habían recuperado fuerzas. Ellos no podían esperar que hubiera alguien ahí luego de sobrevivir al ataque de las calibre cincuenta desde la otra dirección, pero ahora avanzaban con vigor.

David, con esfuerzo, logró ponerse de pie, solo para darse cuenta de que había algo muy grave con su tobillo. Trató de llegar a una cueva saltando en un pie, pero por estar desarmado, ahí sería presa fácil. Oyó que sus perseguidores se separaban justamente por debajo del risco, el ruido de las botas le llegaba separado por unos seis metros. David no tenía dónde ir si ellos se precipitaban a él.

Él no era rival para ellos pero retirarse no era opción. Saltó hacia el borde, inclinándose para tomar un puñado de rocas sueltas y retrocedió para tirárselas a la primera cabeza que apareciera.

———

Raimundo miró su teléfono que sonaba y vio quién llamaba. De nuevo y tan pronto. David nunca había sido molestoso.

—Habla Steele —dijo.

Solamente oyó ruidos de botas en las rocas.

—¿David? ¿Estás ahí?

A la distancia escuchó: "Dios, ¡ayúdame!"

—¿David?

Un grito desesperado, un aullido en hebreo, disparos de dos armas al menos, una caída, un gemido. El ronco susurro de David: "¡Dios, por favor!"

Líquido que salpicó.

———

David yacía de espaldas, con su cuerpo adormecido, sin dolor, ni siquiera en el tobillo. El cielo azul límpido llenaba todo su campo visual. Su corazón galopaba y sus pulmones agitados hacían que su pecho subiera y bajara como en oleadas. Aunque no podía sentir nada oyó que la sangre salía a chorros de su cabeza.

Los soldados se inclinaron sobre él, pero él no pudo mover los ojos para enfocarlos en ellos. Si solo pudiera parecer muerto… pero no podía detener su pecho jadeante. Ahora David podía orar en silencio. Rogaba a Dios que no lo dejara oír ni sentir los balazos mortales mientras los dos soldados apuntaban los cañones a su corazón y apretaban los gatillos.

El teléfono de Raimundo seguía abierto pero todo lo que oyó después de otros ensordecedores disparos de rifle, fueron resoplidos causados por algún esfuerzo, y lo único que pudo imaginarse fue que levantaban un cuerpo y lo lanzaban por la ladera de la montaña. Luego, los pasos que se alejaban del teléfono hasta quedar fuera del alcance.

Además de temer lo que encontraría en Petra, Raimundo no podía dejar que un helicóptero lleno de creyentes bajara en un punto que podía estar rebozando de enemigos al acecho. Odiándose por tener que dejar de pensar en ese momento en la muerte de David Hassid, Raimundo supo que debía impedir que ese teléfono cayera en malas manos.

ONCE

Lea no entendía a Hana pero eso era correcto. Tampoco se entendía a sí misma siempre. Habían guardado los últimos elementos médicos en cajas de bordes firmes que entrarían bien en una bodega de carga y ahora revisaban la computadora portátil de Hana.

—¿Sabes con toda seguridad que era Hassid el que llamaba?

Hana asintió.

—¿Y tú quieres hablar con él, entonces por qué no…?

—No tengo la seguridad de querer hablarle hasta que sepa cómo va a contestar mi carta electrónica. Él debiera haberme contestado. Entonces yo sabría y podría responder su llamada. Quizá.

Lea meneó la cabeza.

—Aunque si no tuviéramos tres años y medio, yo te diría que la vida es demasiado corta y que tú debes llamarlo. Él es un hombre ocupado. ¿Cuándo tendrá tiempo para contestarte?

—Yo hallé tiempo para escribir.

—¡Hana!, aquí no estamos construyendo un sistema computarizado que debe servir a un millón de personas.

Hana miraba fijamente la pantalla. La únicas noticias que estaban transmitiendo era propaganda de Carpatia, expertos que trataban de hacer que su locura del templo pareciera algo sensato. Lea se inclinó para mirar lo que decían las letras que desfilaban por la parte baja de la pantalla. "Su Excelencia, el soberano garantiza la curación de la aflicción de las llagas a las 2100 horas, tiempo de Carpatia".

—Soy una estúpida —dijo Hana.

—Lo sé.

—¡Basta! Apenas nos conocemos.

—Lo siento. ¿Por qué eres estúpida?

Hana señaló la barra de situación de la computadora que estaba debajo del mensaje que desfilaba. Indicaba que ella tenía correspondencia electrónica.

—Apuesto que es de David —dijo.

—Averigüemos —dijo Lea, pero antes que pudiera cambiar de pantalla, sus teléfonos sonaron a la vez.

—Raimundo —le dijo Lea a Hana.

—El mío también —dijo Hana.

Lea levantó una mano.

—Déjame —dijo—. Centro Médico.

—Lea, soy Raimundo. ¿Ustedes dos están bien?

—Sí, excepto que parece que nos llamaste a las dos al mismo tiempo.

—Sí, así es. ¿Hana está ahí? —Lea le hizo señas y Hana contestó.

—¿Están con todo empacado y listas para irse?

—Sí —dijo Lea—, pero dónde…

—Escuchen. No tengo tiempo. ¿Conocen a George?

—¿El grandote, el calif…?

—Ese mismo. Lo acabo de sacar de otro cometido. Él va a aterrizar allí en tres o cuatro minutos y necesitará ayuda para instalar un depósito de rifles calibre cincuenta. Smitty se le reunirá pronto.

—¿Ellos no tienen cada uno, una carga de pasajeros?

—Sí, y tenemos que alejarlos lo más posible de la pista aérea y de los edificios.

—¿No van a Petra?

—Cuando llegue el momento. Escuchen ahora. Cuando esté oscuro esa gente tendrá que estar aislada e invisible desde el aire. Después que yo haga ahí un corto aterrizaje y despegue nuevamente, toda otra nave aérea que sobrevuele Mizpe Ramon será de la CG, y George y Smitty van a defender la pista.

—¿Y nosotras vamos a ser las niñeras de dos cargas de pasajeros hasta que alguien venga a buscarlos?

—Tres. Yo también llevo pasajeros y tengo que recoger un cincuenta.

—¿Dónde vas?

—Tengo algo que hacer en Petra y voy a necesitar que una de ustedes venga conmigo. Lea, esa serás tú.

—¡Un momento! —dijo Hana—. ¿Quién está en Petra además de David?

—Aún no hemos llevado a nadie. Quiero cerciorarme de que la zona esté segura antes que nosotros...

—¿Por qué no lo estaría? ¿Cuál es el problema?

—No sé todavía, pero...

—Hay un problema o David te lo hubiera dicho.

—No puedo comunicarme con él ahora, eso es todo —dijo Raimundo—. No nos precipitemos a ninguna...

—Entonces yo voy. Lea puede ayudar a George y Abdula y llevar a esa gente a alguna parte.

—Hana —dijo Raimundo—. Yo...

—Capitán Steele, no intentes disuadirme de esto. Yo...

—¡Hana! Este es un operativo militar y yo soy tu oficial superior. Yo decido quién hará qué y les he dicho quién va y quién se queda. ¿Entiendes?

—Sí, pero...

—¿Preguntas?

—No, pero, bueno, yo pienso que acabo de saber de David.

—Sí o no, ¿llamó?

—Él me mandó una carta electrónica.

—¿Estás segura?

—No totalmente —dijo Lea—. Hana, revisa.

Ella cambió la pantalla.

—Sí, ¡es de él!

—¿Cuándo la envió?

—Un seg…¡oh!

—¿Justamente ahora o…?

—No. Hace un tiempo.

—¿Algo pertinente? ¿Problemas? ¿Necesita ayuda?

—No —dijo ella, leyendo rápidamente—. Solo cosas personales.

Lea puso su mano en el hombro de Hana y le levantó el mentón dándole ánimos. La mujer más joven parecía aterrorizada.

—¿Hana, te sientes bien? ¿Está claro?

—Sí, señor.

—Ahora, déjame hablar solo con Lea, ¿sí?

Hana cerró de un golpe su teléfono mientras leía el mensaje de David.

—Lea —dijo Raimundo—, no sé qué vamos a encontrar en Petra pero David trató de llamarme y solamente escuché lo que sonaba como que lo estaban baleando.

—¡Oh, no!

—Trae primeros auxilios, para heridas graves y una camilla.

—Entendido.

—Si tenemos que cargarlo en el helicóptero, ¿podemos hacerlo tú y yo?

—Capitán, ocúpese de lo suyo —dijo ella. Entonces, susurrando y alejándose de Hana—, y mejor que empiece a preocuparse por ese teléfono y esas computadoras.

—Ya pensé en eso —dijo Raimundo—, estaré ahí en pocos minutos.

———

Chang estudiaba la mancha de su pierna, que le picaba, bajo una luz en su departamento del palacio de Nueva Babilonia cuando Raimundo llamó. Luego de ponerlo al día rápidamente, Chang dijo:

—No se preocupe por el teléfono; yo puedo neutralizarlo desde acá.

—¿Qué quieres decir?

Chang empezó a golpear teclas mientras hablaban.

—Puedo destruir los interiores, borrar el chip principal. En efecto, acabo de hacerlo.

—Esperemos entonces que aún no lo hayan encontrado.

—Cuando se comunique con David —dijo Chang—, yo tengo que hablar con él.

—Chang, no me gusta lo que oí.

—Lo sé, pero no se puede estar seguro de lo que oyó.

—Yo sé que David estaba desarmado.

—Estoy vigilando esas computadoras.

—¿En este momento? ¿Puedes hacer eso?

—Gracias a David podemos hacer casi todo desde aquí. Por suerte no hay manera de que ellos puedan entrar en esos programas, porque tienen un codificador automático que solo el programa mismo puede descodificar, pero está programado para que no lo haga.

—Yo no entiendo de lo que me estás hablando, pero me preocupa más que tenemos un enloquecido grupo de la CG allá arriba que cree que ayuda a su causa destruyendo todos esos equipos.

—Ellos *ayudarían* a su causa, y nos harían retroceder mucho, pero allí no puede haber un grupo de la CG, ¿no?

—¿Cómo lo sabremos?

—Estos tienen que ser un remanente de tu ataque, ¿no?

—Probablemente.

—Usted oyó la reunión del Fénix —dijo Chang—. Hay dos desaparecidos.

Raimundo aterrizó muy lejos del sur de la pista aérea de Mizpe Ramon y se quedó hablando por radio con Mac y Albie, mientras Hana y Lea abastecían el helicóptero con elementos médicos y la camilla. Mientras Hana conducía a los fugitivos lejos del aparato, averiguando primero quiénes entendían inglés y hebreo, usándolos como intérpretes, Lea cargaba los artículos médicos a bordo y esperaba fuera.

—El señor Smith trae sus armas —articuló silenciosamente ella.

Raimundo asintió y le dijo a Mac y Albie que volaran llevando sus cargas al Wadi Musa, cerca de Petra y que supusieran que los dos de la CG, que se sospechaba había en Petra, los verían y escucharían.

—Digan a su gente que se queden con los helicópteros hasta que ustedes regresen a buscarlos, y entonces vayan al desfiladero de la entrada en cuanto puedan. No entren hasta que yo llegue con armas para ustedes.

—Pregunta —dijo Albie.

—Rápido.

—¿Nos equivocamos por completo con que este lugar es de refugio?

—Albie, todo lo que sé que debo hacer es tenerlo asegurado para la gente, llevarlos ahí y confiar en que Dios se encargue de ellos.

—¿Y si encuentras el cadáver de Hassid?

Raimundo vaciló.

—Entonces voy a suponer que se trata de ellos o nosotros y permitan que les diga una cosa a ambos: serán ellos.

Cuando Raimundo saltó afuera del helicóptero, Abdula ya iba presuroso cruzando la arena desde la unidad de almacenamiento de las municiones. Iba doblado bajo el peso de tres rifles calibre cincuenta que llevaba al hombro, con un enorme cinto de municiones drapeado encima. El otro brazo apuntaba derecho fuera de su cuerpo, en aras del equilibrio. Raimundo y Lea corrieron a él y le ayudaron a llevar las armas al helicóptero.

—Smitty, ¿estás bien, y listo?

—George me está dando un curso intensivo —dijo—, no entiendo qué significa.

—Curso intensivo. Muy rápido, a toda velocidad.

Abdula asintió.

—Me gustaron las AED pero dispararé estos también. George está calibrando un ángulo agudo para derribar a los aviones enemigos, pero a mí me preocupa la puntería.

—Todo lo que tienes que hacer es pegarle a uno y el resto ocurrirá solo.

—Capitán, espero que tengas razón. Estaré orando por ti y tengo la esperanza de que estés equivocado acerca del señor Hassid. Él es un hombre maravilloso.

Raimundo así lo esperaba también. Él y Lea abordaron y mientras guiaba el helicóptero hacia arriba, alejándolo, miró al jordano que iba a todo correr donde George estaba instalando la defensa de la pista aérea. Raimundo estaba en el medio exactamente de lo que había esperado evitar. Había gente que moriría. Uno ya podía estar muerto. Saber que vería nuevamente a estos amados mártires, junto con todos los demás que había perdido en un tiempo tan corto, era poco consuelo para él. Tenía que haber un límite al trauma que podía soportar un hombre. Él debía haber traspasado el suyo hacía mucho tiempo.

Camilo había ayudado a Jaime a subir a bordo de uno de los helicópteros destinados a Masada y cuando llegaron encontraron a decenas de miles de curiosos israelíes que llenaban las gradas de la legendaria fortaleza. Camilo había estado recibiendo informes poco detallados de que la pista aérea estaba presentando ciertos imprevistos y se retrasarían los vuelos de regreso de Petra al Monte de los Olivos. Raimundo estaba ocupado, sin lugar a dudas, y en contacto con su gente porque no contestaba el teléfono ni devolvía las llamadas de Camilo.

Chang informaba que él prefería que Camilo esperara y hablara personalmente con Raimundo.

Eran cerca de las nueve de la mañana en Chicago, así que Camilo llamó a Cloé mientras Jaime se paseaba detrás de él. Justo antes que Cloé respondiera, Jaime se inclinó y susurró:

—Hablaré cuando este lugar se llene.

———————

Raimundo no lograba pensar en una manera de evitar ser detectado por los de la CG, que pudieran estar al acecho en Petra. Tres helicópteros aterrizarían cerca en pocos minutos uno del otro, y no pasaría mucho tiempo hasta que aparecieran unas docenas más. Consideró desviar los otros a Mizpe Ramon pero temía que Carpatia ordenara un ataque ahí, aun antes de la cancelación de la plaga, vengándose por el fuego disparado a sus fuerzas. El temor de que la pista aérea estuviera en la mira, le hacía cuidarse para no arriesgar más del pasaje de los tres helicópteros que ya estaban esperando cerca de ahí. ¿Quién sabe? Quizá Carpatia o Akbar tendrían la astucia suficiente para demorar su ataque hasta que oscureciera.

Raimundo decidió bajar el helicóptero sobre el angosto desfiladero que permitía el paso de peatones y cabalgaduras a Petra, pues solamente tenía que cuidar de Lea y de sí mismo. Colocó cuidadosamente el aparato, bastante cerca de las paredes exteriores, de modo tal que sería imposible que les dispararan desde la ciudad aunque los hubieran divisado.

El enemigo tenía que estar consciente de que llegaban extraños, a menos que estuvieran durmiendo o metidos muy adentro de una caverna. Mac y Albie trotaron ascendiendo, éste último jadeando para respirar.

—Él es mucho mayor y, no obstante, está en mejor estado físico —comentó Albie.

—Yo troto todos los días —dijo Mac—, además mido como treinta centímetros más que tú.

—Controlen la respiración —dijo Raimundo—. Aún tenemos que caminar como kilómetro y medio más y eso apenas nos lleva hasta la entrada de la ciudad. Vamos a tener que trepar a menos que queramos ser blancos, y acuérdense de cuánto pesan estos bebés.

Le pasó rifles de cincuenta y munición a cada hombre mientras Lea arrastraba la caja de artículos médicos.

—La camilla —dijo ella—, ¿la traigo o la dejo?

—Podemos regresar a buscarla —contestó él, recordando a Mac y Albie que transportaran las armas en forma vertical para mantener el centro de gravedad—. Tendremos que separarnos cuando entremos. Si solamente hay dos enemigos, igualamos las posibilidades un poco. Supongo que estarán por encima de nosotros, cosa que les da la primera ventaja. Resistan el impulso de llamar a David.

—¿Ese es tu impulso? —preguntó Mac.

Raimundo asintió.

—Quiero saber qué le pasó, aunque sea lo que temo.

—Déjame ir a buscarlo —dijo Lea—. Dejaré mis cosas en la otra punta del desfiladero. No sé por qué ustedes no pudieron traer otro de esos rifles.

—Demasiado para llevar —replicó Raimundo—. De todos modos tengo la esperanza de que te estés muy ocupada con un paciente.

—No le serviré mucho si me muero —dijo ella.

Mac le pasó su arma personal y le dijo:

—Solamente es una 45.

—La llevaré.

—¿Sabes cómo usarla?

—¿El dispositivo de seguridad está a la izquierda?

Mac asintió.

—Yo sé más de lo que el capitán Steele piensa que sé —dijo ella.

—Solamente valemos tanto como el más lento —indicó Raimundo—. Albie, ve adelante. Tenemos que apurarnos pero no desperdicies toda tu fuerza.

Albie se subió los pantalones, se apretó el cinturón y volvió a atar sus botas. Tomando el rifle, lo puso vertical y se lo echó al hombro. Empezó a caminar con ritmo rápido, fastidiando a Raimundo, éste pareció sacar fuerzas de la nada muy pronto y se echó a trotar. Mac venía atrás, subiendo con facilidad. Raimundo dejó que Lea pasara al frente de él y tuvo que admitir que le asombraba que ella pudiera llevar la caja de artículos médicos con una mano, mantener estirada la otra en aras del equilibrio y, aun así, ir trotando al ritmo establecido. Raimundo pudo mantenerse a nivel aunque sentía cada año de su edad, asimismo, sentía cada una de sus articulaciones.

A poco más de pasados diez minutos, la angosta garganta de muros altos se abría a la vista sorprendente del Al-Khasneh —El Tesoro—, otrora concebido para guardar las riquezas del faraón en la época del Éxodo. En otras circunstancias Raimundo se hubiera deleitado contemplando la imponente fachada, tallada en la roca sólida, pero él y su gente —para ni aludir al millón que los seguiría— estaban en un callejón sin salida.

Albie se detuvo y se inclinó, respirando a grandes bocanadas. Los demás pusieron calladamente sus cargas en el suelo y Raimundo pasó adelante de ellos y se acuclilló, atisbando la amplia abertura. Entonces se dio cuenta de que había hecho algo correcto, fuera por pura suerte o por la sutil guía de Dios. Oyó el sonido de por lo menos un helicóptero más y supo que los otros no podían venir muy atrás. Todos esos pájaros harían que los de la CG hicieran una pausa, si esos eran los que estaban ahí. ¿Dónde se *esconderían* sino en una cueva? Tenían que suponer que serían rápidamente superados en número y vencidos con toda facilidad, a menos que desataran de inmediato la ofensiva.

Raimundo se dio vuelta y susurró:

—Lea, vete por la derecha, agachada y fuera de la vista lo más que puedas. Haz un rodeo lo más lejos que puedas antes de subir. Si eso te deja muy a la vista, búscate un lugar donde permanecer escondida. Nuestro objetivo principal es hallar a David y sacarlo de aquí. Habitualmente me llamaba de uno de los lugares altos, para tener una mejor recepción.

—¿Has tratado de llamarlo de nuevo? —preguntó Lea.

—Chang ya destruyó su teléfono para estar seguros.

—¿Seguridad para quién? ¿Qué pasa si él trata de comunicarse con nosotros?

—Lea, no podíamos arriesgarnos a eso —replicó Raimundo—. Albie irá por la izquierda. Mac y yo trataremos de cubrirnos recíprocamente, intentando ver qué hay por delante, pasados los monumentos principales. Todos vamos a tratar de llegar los más arriba que podamos sin convertirnos en blancos. Si encuentran a David, hacen clic dos veces con la radio y nosotros los hallaremos. Si encuentran al enemigo, siguen haciendo clic hasta que nos vean. ¿Preguntas?

Ellos se miraron los unos a los otros en la fresca sombra del desfiladero y menearon la cabeza. Al salir al sol aún resplandeciente que empezaba a ponerse poco antes del crepúsculo, Raimundo se sintió sobrecogido por la sensación de que estaba en el centro de la mira de alguien. No era nada especial. Años antes había sentido lo mismo en los partidos en que jugaban a mancharse con pelotitas con pintura en los fines de semana. Había algo en saber que, probablemente, estaba debajo del enemigo que lo hacía sentir que podía ser visto sin él poder ver.

Raimundo debía ser tan lento para Mac, como Albie para él, porque en cuanto llegaron a un claro bastante amplio como para pasar, Mac lo superó con toda facilidad. Se dirigía a la sombra de un saliente rocoso y Raimundo aceleró para seguir con él. Se arrodillaron ahí, jadeando, y Mac entrecerró los ojos para mirar el horizonte que se elevaba detrás de ellos. Había dos helicópteros más sobrevolando y, casi inmediatamente, Raimundo oyó dos clics en su radio. Él y Mac se miraron:

—¿Quién? —dijo Mac moviendo los labios, al tiempo que se inclinaba y miraba a su izquierda, donde tendría que estar Albie.

Raimundo se inclinó hacia el otro lado, a unos setenta metros de distancia y unos treinta o treinta y cinco metros por arriba, vio a Lea que subía por un sendero rocoso y se ocultaba detrás de una roca. Le dio un codazo a Mac y la miraron fijamente mientras ella extendía una mano con la palma abierta hacia ellos y mantenía fijos sus ojos en la dirección de lo que había visto. Sacó la 45 de su cinturón con la mano libre sin mover la mano abierta ni los ojos.

Finalmente se volvió y miró directamente a Raimundo y Mac. Apuntó dos dedos a sus ojos, luego el índice por encima de ella a la izquierda, lo que ubicaba el blanco casi directamente encima de los hombres. Levantó dos dedos.

—¿Dos directamente encima de nosotros? —susurró Raimundo.

Mac asintió.

—Supongo que ella está mirando a unos ciento ochenta metros por arriba.

Raimundo mantuvo los ojos fijos en Lea al empezar a moverse afuera del techo rocoso, pero ella volvió a levantar la mano con la palma hacia él, deteniéndolo mientras seguía observando. Súbitamente le mostró el dorso de la mano y le hizo señas con sus dedos de que saliera. Él vaciló y ella lo miró y asintió, luego volvió a mirar arriba.

Raimundo salió encogido y se dio vuelta para mirar. Contempló una pared perpendicular de pura roca y volvió a mirar a Lea para ver si podía seguir saliendo. Ella asintió y él oyó dos clics más en el radio, lo que hizo que él, Mac y Lea miraran hacia donde Albie estaba subiendo. Él hizo las mismas señas que Lea desde su sitio. Raimundo retrocedió alejándose de Mac, que se quedó en el puesto hasta que divisó en un risco alto a los dos de la CG de espaldas a él. Ambos estaban uniformados y armados pero se veían aletargados, siguiendo con la vista los helicópteros y vigilando también los valles de más abajo.

Raimundo hizo señas a Lea y Albie para que siguieran adelante, luego a Mac para que lo siguiera. Salieron apurados, entre muros rocosos elevados, a una pequeña garganta que se abría a un sendero que subía a terreno más alto. Se detuvieron a esperar bajo un saliente pequeño donde quedaban fuera de la línea de visión de los que estaban en el risco de arriba.

—Ellos están demasiado lejos de Lea y Albie para oír los radios —susurró Mac.

Raimundo apretó el botón y dijo:

—¿Qué seguridad tenemos de que hay solamente dos?

—Ni idea —contestó Lea.

—No están en comisión —dijo Albie—. Están heridos y no parecen responder a nadie. No hacen nada específico. Solo están ahí, esperando.

—¿Apostarías que no hay otros?

—No tengo la seguridad para apostar mi vida a eso —contestó Albie.

Mac entró diciendo:

—Eso es exactamente lo que estamos haciendo. Empieza tú.

—Si tuviéramos que decidir yo diría que vale la pena arriesgarse, pero ¿qué apuro tenemos?

—Hay cientos de personas que empiezan a formar fila allá fuera —contestó Raimundo—. Y tienen que estar una hora encima de nosotros.

Dos clics interrumpieron. Lea intervino:

—Puedo ver que hay unos ochenta metros que puedo avanzar sin que me vean, ¿avanzo?

Raimundo lanzó una mirada a Mac que asintió.

—Afirmativo. Tres clics cuando estés en el sitio pero no hables a menos que sepas que ellos están suficientemente lejos.

En cuanto dijo eso, Lea empezó un ascenso largo pero suave, con el arma en la mano. Los dos de la CG se dieron vuelta bruscamente y caminaron hacia el otro lado.

—Albie, van en dirección a ti —dijo Raimundo.

—Espero que sigan caminando para acá —dijo éste y se colocó de bruces, desenfundando el bípode y cargando el arma.

—Esa no es mala idea —dijo Mac—. Podemos instalarnos justamente aquí.

—Mac, entonces tenemos a Lea ahí sin nosotros, ¿la usamos de carnada?

Mac negó con la cabeza.

—No a menos que ellos se vuelvan hacia ella —él le hizo señas con la cabeza a ella—. En treinta minutos ella llegará a un llano allá arriba —Mac metió una ronda de balas en la cámara del arma grande y se estiró sobre su vientre.

Un helicóptero se aproximó a los veinte minutos después y los de la CG se detuvieron mirándolo fijamente, sin tratar siquiera de ocultarse. Como reflejos de un espejo levantaron sus armas y siguieron la trayectoria de la nave aérea.

—Sacos de escoria, ni siquiera lo piensen —masculló Raimundo.

Mac observó a su izquierda y suspiró.

—Aquí tengo un ángulo malo. ¿Todavía los tienes en la mira?

Raimundo se irguió y obsevó por su mira.

—Sí —activó el radio—, Albie, ¿los ves?

—¡Que si los veo! Ambos tienen esa famosa marca grande que tiene el sello de Carpatia como a cinco centímetros encima del ojo derecho.

—Espera —dijo Raimundo—, quizá tengan a David en alguna parte.

—Los perdí de vista —dijo Albie.

—Yo también —dijo Mac.

—Yo todavía los veo —dijo Ray.

Clic.

—Adelante, Lea.

Ella volvió a hacer clic.

—Ellos están bastante lejos —le dijo Raimundo—. ¿Qué hallaste?

Pero Mac le tomó el brazo.

—Quizá no puede hablar, porque tenga compañía.

—¿La delaté hablándole? —Raimundo se sintió mal.

—Deja que compruebe —dijo Mac—. ¿Tienes otra arma?

—Nada más que una nueve milímetros.

Mac estiró la mano.

—De todos modos no tengo ángulo y la Gran Berta me retardará.

Raimundo sacó el arma de su cinturón y se la pasó a Mac que se paró y se fue rápidamente.

Pasaron veinte minutos más y Lea volvió a comunicarse.

—No te imaginas lo que encontré.

Raimundo casi se desmayó de alivio.

—¿Estás bien ahí?

Mac oyó el diálogo y se detuvo en el sendero, con la espalda contra una pared de roca.

—Estoy bien —dijo Lea, con su voz temblando—. Encontré el teléfono de David.

—Bueno.

—No tan bueno. Mucha sangre aquí y chorreaba por el costado.

Raimundo mantuvo cerrados los ojos por varios segundos.

—Mejor te quedas ahí, quieta.

—Ray, tengo que saber. Permiso para proceder.

—Negado. Esos dos se mueven un poco más, dando la vuelta al peñasco, y te podrán ver.

—Pensé que dijiste que estaban más cerca de Albie.

—Así es, pero si dan la vuelta hay una línea visual clara.

—Me arriesgaré.

—No.

—¡Vamos, Raimundo! De todos modos, ellos no me pueden alcanzar desde ahí.

—¡Lea!, quédate ahí… quieta.

Raimundo pudo sentir que ella lo fulminaba con la mirada desde la distancia en que estaba. Quería tanto como ella saber si la huella de sangre llevaba al cadáver de David, especialmente si había alguna posibilidad de que él aún estuviera vivo.

—¿Dónde están ahora? —preguntó ella.

—Te diré si puedes proceder y cuándo. ¿Alguna esperanza de que esté vivo?

—No si esta es su sangre.

—¿Cómo puedes saber eso?

—¿Seguro que quieres saber?

—Dame tu opinión profesional.

—Ray, aquí hay una cantidad de sangre que espanta. Si toda es de una persona…

—¿Y tú piensas que lo es?

—Un patrón muestra que hubo un derrame pulsátil. ¿Quieres que siga?

—Sí.

—Otro señala salida de sangre de una herida por drenaje, sin pulso. Y la sangre que lleva al borde del risco también parece drenaje.

—Entonces, quien haya sido, estaba muerto antes de caer al precipicio.

—Sí.

—Quiero saber si fue David.

—Yo también. Dime cuándo puedo proceder.

—Espera.

DOCE

H ana halló que los creyentes israelíes traían poco para su sustento. Muchos habían traído comida que compartían con los demás. Todo lo que deseaban era saber cuándo podrían ser trasladados a Petra, y lo mejor que Hana pudo decirles fue que le parecía que sería esa misma noche. La gente se paseaba o se sentaba y hablaban de Carpatia, de lo que había ocurrido ese día en el templo y en el Monte del Templo, y de lo entusiasmados que estaban con esta nueva aventura. Querían conocer a Miqueas.

El grandote George, que resultó ser tímido en presencia de Hana, y Abdula que era tímido para con todos, se ocuparon de instalar sus armas donde no pudieran ser vistas desde el cielo, ni por los israelitas que no necesitaban ser indebidamente perturbados.

Hana oraba por David, Lea, Raimundo y todo el Operativo. Cuando tuvo un momento se fue a la carpa médica y volvió a leer la carta electrónica de David:

Hana, perdóname. ¿Qué puedo decir? Tienes razón. Fui un desconsiderado y ni se me ocurrió pensar dos veces que te pudiera preocupar que yo interpretara mal tus sentimientos. La verdad es que si había una cosa que me molestaba en el fondo de mi alma tocante a toda esta decisión, era que te iba a echar de menos. No sabía cómo expresarlo porque tampoco quería ser malentendido. No sé por qué sentimos que tenemos que andar de puntillas en torno a estos asuntos, especialmente ahora. No, no nos conocimos bastante bien el uno al otro para pensar en otra cosa que no sea amistad y, por supuesto, yo sigo profundamente dolido por Anita. Probablemente ni siquiera deseo considerar un nuevo romance con el poco tiempo que queda.

Por otro lado, supongo que es comprensible que nos sintiéramos raros por esto, porque súbitamente quedamos "disponibles", al menos en mi caso. Yo fui un estúpido al temer que tú me interpretaras mal. Habíamos llegado a ser tan buenos amigos, en tan poco tiempo que, quién sabe, quizá tuve miedo de que se desarrollara algo más profundo con la misma rapidez. Naturalmente que yo era precavido y también tú debieras haberlo sido.

Nosotros pudimos dejar que nuestra amistad, sencillamente creciera y prosperara suponiendo que nada hubiera resultado de ello. Hana, lo que yo aprecio especialmente de ti es cuánto amas a Dios. Parece que todo lo que haces, lo simpática que eres con la gente, toda actitud de servicio que tienes, tu alegría y el ánimo que das en estos tiempos tan lóbregos, bueno, eso es una notable evidencia de la obra de Cristo en ti. Eres un ejemplo para mí y para cualquiera que te conozca.

También tienes razón en que, probablemente, el personal médico no sea necesario aquí, y por cierto, que tú no eres israelita. Ya sabes, a pesar de ser étnicamente judío, yo tampoco soy un israelí de pura cepa aunque tengo raíces lejanas aquí. No importa, pues es casi seguro de que no nos veremos otra vez sino en el cielo o en el reino milenial. Eso solo debiera haberme hecho invertir tiempo en una despedida apropiada y, si me lo permites, me gustaría intentar compensar eso por teléfono.

Debido a lo que hemos podido armar usando tecnología de satélites y la solar, es tan fácil —para no decir que es gratis— para mí llamarte a los Estados Unidos como es llamarte aquí, de unos ochenta kilómetros de distancia. Cuando hayamos arreglado el enredo que yo causé yéndome sin siquiera una conversación de corazón a corazón, ¿me permitirás entonces llamarte de vez en cuando? Yo sé que la diferencia de hora es significativa y vamos a tener que escoger el momento. Ambos estaremos muy atareados, pero me gustaría hacerlo si tú estás de acuerdo.

Hablando de ocupaciones, reconozco que por haberme tomado tanto tiempo para tratar este asunto, esta carta te pudiera llegar casi cuando estemos involucrados en nuestros deberes intensivos, pues entonces apenas tendrás tiempo para leerla, ni pensar en que puedas contestarla. Aquí hay mucha soledad, no hay sorpresas, así que si no tengo otra cosa que hacer excepto esperar que los helicópteros empiecen a llegar, quizá te llame para asegurarme de que recibiste este mensaje y ahorrarte el tiempo de tener que contestarme por escrito.

De todos modos, por ser como eres, sé que me entenderás y me perdonarás y espero ansioso empezar de nuevo.

Tu amigo,
David

Raimundo se sentía tonto. Él no era un estratega militar. Aunque sus presas estaban claramente debilitadas y tambaleantes, él había permitido que los tres miembros de su personal se colocaran en posiciones insostenibles. Albie no tenía línea de fuego y no se animaba a moverse. Mac estaba fuera de posición y tenía solamente un revólver. Lea tenía que reemplazar la obediencia con paciencia o lograría que la mataran. Raimundo mismo era el único que tenía el ángulo para disparar a los dos de la CG pero el calibre cincuenta que él acunaba era un prodigio de un solo tiro. Además, él había concluido con renuencia que mataría realmente a alguien si las cosas llegaban a eso. Nada decía que él tuviera los nervios o la habilidad para hacerlo.

Sin embargo, el arma proporcionaba claramente todo lo que él necesitaba. Se colocó encima del rifle, enmarcando delicadamente a través de la potente mira un punto de la roca por la que sus blancos pasarían si continuaban su rumbo. Su mano derecha rozó el gatillo mientras la palma de la izquierda yacía encima de la mira, equilibrando la pieza. Y, ahora, Lea estaba de nuevo en el radio presionando para que le permitiera acercarse al borde del risco.

Raimundo no quería arriesgarse a perder su puntería así que con lentitud, tomó el radio con la mano izquierda y se lo llevó a los labios. "Negativo. No me llames, yo te llamaré".

Dejó caer el radio y tomó la culata del rifle con la izquierda… esperó… esperó. Los hombres de la CG se habían detenido y estaban juntos, sentados sobre una roca. Raimundo hizo pivotar el rifle con sumo cuidado hasta que los tuvo a ambos en la mira. Volvió levemente la cabeza y vio a Lea que esperaba. Ellos le daban la espalda. No había razón por la que ella no pudiera mirar si se apresuraba. Tomó el radio mientras enfocaba nuevamente sus blancos. Ellos miraban para arriba, un segundo más tarde, escuchó lo que atrajo la mirada de ellos. Otro helicóptero.

—Lea, anda y vuelve, pero rápido. No confirmes, solo muévete.

Raimundo depositó el radio con cuidado y trató de regular su respiración. Los dos extenuados hombres de la CG llenaban el lente y él creyó que veía las llagas de sus cuellos sudorosos desde los casi trescientos metros de distancia que los separaban. Apuntó centímetros por encima de la cabeza del que estaba a la derecha. Ambos se deslizaron de la roca arrodillándose con una sola rodilla, apuntando sus armas al helicóptero que estaba por pasar directamente encima de ellos. Era un tremendo aparato, un transporte de personal del excedente del Ejército de los Estados Unidos Norteamericanos, una máquina que valía muchos millones de nicks y que, sin duda, llevaba por lo menos dos docenas de creyentes israelíes en fuga. Era posible derribarlos con proyectiles bien disparados desde la altura en que estaban los hombres de la CG arrodillados. El mero ruido y la furia del arma de Raimundo agujereando la roca por encima de ellos, salvaría al helicóptero pero él necesitaba más incentivos para correr el riesgo.

El incentivo llegó del radio con la noticia de Lea:

—Es David… hicieron una carnicería con él… las aves de rapiña ya están encima de él.

Los de la CG se tensaron como si fueran a disparar ya y Raimundo bajó un poco su puntería, justo cuando el soldado de la izquierda se inclinaba frente al otro. Si solo hubiera dejado que David regresara a Mizpe Ramon cuando quiso hacerlo, Raimundo no estaría en este tremendo embrollo. Recordó, que tenía que apoyarse en los dedos de los pies y flexionar las rodillas, así que cuando apretó el gatillo, el retroceso apenas lo tiró de espaldas deslizándolo como ochenta centímetros. Sin embargo, había olvidado taponarse los oídos así que la explosión que golpeó su hombro era la menor de sus preocupaciones. El fogonazo lo atontó y ensordeció. Sin siquiera tener ahora la sensación del sonido, movió lentamente la cabeza, recuperó el rifle caído y miró por el lente. Temía haberse lesionado permanentemente los oídos, pero su vista no había sido afectada. Vio periféricamente que el helicóptero seguía adelante y que cruzados en la senda estaban desplomados los dos soldados, inmóviles con una nube de roca pulverizada que ascendía por detrás de ellos.

Raimundo tomó su radio.

—Mantengan el alerta por si hay otros —dijo, consciente de que hablaba muy alto. Sus palabras retumbaron dentro pero no escuchó ninguna—. Veamos qué tenemos —dijo.

Albie fue el primero en llegar a los blancos. Luego Lea, Mac, y por último, Raimundo. Él esperaba que Lea no mirara los muertos, pero ella sí lo hizo. Dijo algo y él le pidió que lo repitiera. Ella lo tomó por los hombros y lo hizo girar para que él quedara de frente a ella.

—David se ve peor que ellos —gritó y él le leyó los labios.

Si eso era cierto, no quería ver a Hassid, pero sabía que debían enterrar el cuerpo.

—¿Podemos sacarlo?

Ella negó con la cabeza y dijo:

—Imposible.

—Ahí es donde este par debiera ir también —dijo Mac, o al menos eso fue lo que Raimundo pensó que dijo.

La bala había atravesado la columna vertebral y el corazón de un soldado y el cuello del otro antes de hacer un orificio de sesenta centímetros de diámetro en la roca. Raimundo se dio vuelta y se agarró temiendo vomitar. Aislado por su sordera se sentía abrumado por el remordimiento. Él había hecho esto; había matado a esos dos; había perdido un hombre en un lugar que se suponía era un refugio. Ahora su pista aérea no era segura y la entrada a Petra estaba abarrotada con las personas que llegaban en los helicópteros y que esperaban para que los dejaran entrar.

Las rodillas de Raimundo se doblaron pero Mac lo sostuvo y acercando su cara a él le dijo:

—¡Esto es la guerra! Esos hombres asesinaron a nuestro muchacho, desarmado, y hubieran matado a cualquiera de nosotros. Ellos estaban apuntando a ese helicóptero lleno de gente. ¡Raimundo, tú nos salvaste a todos!

Raimundo sintió que su cara se torcía en una mueca de sonrisa y trató de formular palabras para expresar que él no podía permitir que estos cuerpos mutilados estuvieran ahí cuando el lugar comenzara a llenarse, pero no pudo hablar y Mac ya se le había adelantado. Dijo algo a Albie y el nervudo hombrecito dio un paso adelante sin vacilar. Se estiró, luego se puso en cuclillas para tomar la primera víctima. Colocó el cadáver en sus brazos, caminó tres metros hacia el borde y lo lanzó al abismo. Volvió para hacer lo mismo con el otro.

—¡Ray, toma el radio! —dijo Mac—. ¡Dejemos que esta gente entre aquí!

Raimundo meneó la cabeza y le pasó el radio a Mac, señalándolo:

—Con todo gusto —dijo Mac—. Agrupémonos y salgamos.

Salir de ahí apresurados fue ciertamente más fácil de lo que había sido subir. Lea permaneció cerca de Raimundo y él creyó que el aspecto que ella tenía era igual a como él se sentía. Antes de siquiera llegar al desfiladero ya había helicópteros surgiendo por encima del risco y bajando para descargar pasajeros. Cuando ellos atravesaron el kilómetro y medio del estrecho camino de regreso a la nave de Raimundo, ya se había juntado tremenda multitud en la entrada. Mac se había pasado mucho tiempo en el radio mientras salían, ahora él y Albie instaban a la gente que no caminara sino que aceptara la entrada a Petra por helicóptero.

Lea ayudó a meter el calibre cincuenta, su caja y la camilla en el helicóptero, luego apartó a Raimundo a un costado y le dijo:

—No puedes volar hasta que oigas.

—Sí, puedo —dijo él.

—¿Ya puedes oír otra vez?

—Tú puedes oír por mí.

Ella se encogió de hombros.

—Bueno, seguro que no puedo pilotear —dijo.

A pesar de su juventud y su pena Chang tuvo la madurez y la presencia de ánimo para transmitir cuidadosamente la espantosa noticia sobre David Hassid. El Comando Tribulación acordó que Jaime y Camilo no tenían que saberlo hasta que Jaime terminara su trabajo y estuviera a salvo en Petra. Cloé dijo que ella informaría a Camilo en el momento apropiado.

Durante las siguientes horas Chang monitoreó las actividades del Comando Tribulación. Lea trató los oídos de Raimundo cuando volvieron a Mizpe Ramon, informando a todos que el paso del tiempo sería el mejor tratamiento. Los israelíes que George, Abdula y Raimundo dejaron allí, fueron llevados más tarde y Raimundo se instaló con los otros dos en el lugar donde tenían los calibre cincuenta. No habían visto nada de la CG.

Lea informó que Hana había tomado la noticia de la muerte de David con tanta pena que no pudo hablar. Evidentemente, ella se había ingeniado para juntarse con Lea en un vuelo a Masada, con Mac, donde iban a volver a armar el centro médico en una carpa. Mientras tanto, a Chang le parecía que era uno de los claros milagros de Dios que ninguna falla mecánica fuera informada desde tierra o en el aire durante el tremendo trabajo de reubicación.

Cuando cayó la noche en Jerusalén y el mundo parecía esperar la cancelación de la plaga de llagas a las nueve de la noche, Chang se paró, al fin, y se estiró. Se contempló en el espejo y agradeció a Dios por la piel sana de todo su cuerpo. Hasta la picazón de su pierna había desaparecido y él la atribuyó a la picada de un insecto o algo psicosomático.

Volvió a su computadora para revisar su correspondencia electrónica, deseando que el acontecimiento de Masada no hubiera sido algo pensado al último momento. No hubo tiempo siquiera para instalar un sistema de altoparlantes y ni pensar en algo que Chang pudiera conectar fuera del teléfono de Camilo.

Chang se sorprendió mucho cuando descubrió un mensaje de su madre. Lo abrió rápidamente. Estaba lleno de errores e intentos tras intentos, pero era claro que ella sola había aprendido cómo componer y enviar el mensaje, y por lo que decía, también había aprendido cómo entrar al sitio de Zión Ben Judá.

Padre enojado por vergonzoso espectáculo de Carpatia en Jerusalén. No sabe qué pensar. Quiere que yo pregunte que tú piensas. ¿Qué piensas tú? Yo enviaré esto antes que él vea y borrará del almacén. Tú contesta cuidadoso en caso él vea. Carpatia parece malo, malo, malo. Ben Judá muy interesante, un profeta. ¿Cómo sabe por anticipado? Yo necesito saber cómo mandar a Ming. Di a ella que lo haré.

Mamá

No mucho después que oscureció, una hora antes de las 2100 horas, Jaime miró bien la repleta fortaleza de Masada y Camilo miró a la gran multitud de más abajo. Concordó con el anciano en que, probablemente casi todos los que vendrían, ya estaban allí. Camilo puso un brazo sobre el hombro del doctor Rosenzweig e inclinó la cabeza.

"Dios dame la sabiduría para decir lo que tú quieres que yo diga", oraba Jaime, "y que éstos muy amados oigan lo que tú quieres que oigan".

"Dios", agregó Camilo, "unge su voz".

No había escenario ni iluminación especiales. Jaime estaba sencillamente parado en una elevación del terreno, en un extremo del sitio y levantó los brazos. El lugar se quedó en silencio inmediatamente y pareció que cesó todo movimiento. Camilo susurró a Chang por el teléfono:

—Por lo menos, graba esto. Podemos preocuparnos después por mejorar la fidelidad. Todo el Comando Tribulación querrá oírlo.

—¿Cómo estás de energía?

—Me queda una batería y media. Debiera ser suficiente.

Jaime volvió a hablar en hebreo, pero nuevamente, Camilo lo entendía a la perfección.

"Amigos míos", empezó con voz vigorosa y autoritaria, Camilo temió que no se podía escuchar bien." No puedo garantizarles su seguridad aquí en esta noche. Su presencia los convierte en enemigos y amenazas para el rey de este mundo, y cuando la plaga de las llagas de su gente sea cancelada a las nueve de esta noche, puede que los hagan el blanco de su terrible venganza".

Camilo se paró y miró a los extremos lejanos de la fortaleza y hacia abajo y por fuera. Nadie parecía haberse esforzado para oír. Nadie se movió ni hizo ruido, salvo Lea y Hana que calladamente arreglaban el improvisado y pequeño centro médico. Hasta ahora nadie parecía necesitar los servicios de ellas.

"Yo mantendré muy breves mis comentarios", dijo Jaime, "pero les pediré que tomen una decisión que cambiará su destino. Si están de acuerdo conmigo y efectúan este compromiso, habrá automóviles, camiones y helicópteros para trasladarlos a un lugar de refugio. Si no lo efectúan, pueden regresar a sus casas y enfrentarse con la terrible opción de la guillotina o la marca de la lealtad al hombre que se sentó en su templo en este mismo día proclamándose dios. Él es el hombre que profanó la casa de Dios con el asesinato, con la sangre del cerdo, el que instaló su trono y su imagen en el Santísimo, que terminó todos los sacrificios al verdadero Dios vivo y que rompió su promesa de paz para Israel.

"Debo decirles, con pena, que muchos preferirán esa opción. Escogerán el pecado en lugar de Dios. Escogerán el orgullo, el egoísmo y la vida en lugar de la amenaza de muerte. Algunos de ustedes ya rechazaron la dádiva de Dios tantas veces que su corazón ha sido endurecido. Y aunque su arriesgada jornada a esta reunión pudiera indicar un cambio de idea de parte de ustedes, ya es demasiado tarde para cambiar el corazón. Solamente Dios sabe.

"Debido a quiénes son ustedes y de dónde vienen y quién yo soy y de dónde vengo, podemos estipular que estamos de acuerdo en muchas cosas. Creemos que hay un Dios, creador del universo y sostenedor de la vida, que todas las cosas buenas y perfectas vienen de Él, pero yo les digo que las desapariciones que asolaron nuestro mundo hace tres años y medio, fueron la obra de Su Hijo, el Mesías, el cual está profetizado en las Escrituras y que las profecías acerca de Él, fueron cumplidas por Jesús de Nazaret, el Cristo".

Ni un murmullo o palabra de desacuerdo de todos estos judíos, pensó Camilo. ¿Pudiera ser que Jaime Rosenzweig, el diminuto científico de habla suave, comandara a un auditorio de decenas de miles de personas con el poder de su voz sin amplificación y la autoridad de su mensaje?

Estaba muy oscuro en Mizpe Ramon así que Raimundo ni siquiera podía leer los labios. Felizmente, si George o Abdula le hablaban directamente estaba empezando a distinguir sus palabras.

—Me doy cuenta de que soy el novicio y todo eso, capitán —decía George—, pero he estado cavilando, ¿hay aquí algo que vale la pena proteger de la CG? Quiero decir, dejar que ellos concentren sus esfuerzos en destrozar la pista que tanto trabajo nos costó aplanar. Y estas instalaciones temporales tampoco valen un centavo. Yo opino que volvamos donde están pasando las cosas y empecemos a llevar a más de esa gente a la seguridad en lugar de estar aquí, ¿ a la espera de un enemigo que pudiera no aparecerse?

Raimundo se puso boca arriba y contempló el cielo estrellado. Abdula ofreció su opinión y Raimundo tuvo que acomodarse sobre un codo y hacer que empezara de nuevo y más alto.

—Jefe, yo estaba diciendo que estoy de acuerdo. Por más que me guste disparar las armas grandes y quizá bajar a alguno del cielo que, de todos modos, se lo merece, ¿por qué desperdiciar municiones? Pudiéramos necesitarlas más adelante para proteger las tropas de tierra o los vuelos.

El helicóptero de Raimundo era el único que quedaba. Los que piloteaban George y Abdula habían sido puestos en servicio. El capitán volvió a ponerse boca arriba y consideró todo. La verdad era que no le importaba si la CG atacaba ahí, que perdieran su tiempo. Él estaba agotado, desolado y necesitaba el descanso. Si alguien piloteara su nave, y si Mac se encargara de manejar el Operativo, aunque fuera por un rato, él podría descansar hasta el alba. De todos modos, Mac estaba temporalmente a cargo debido al impedimento de Raimundo, el cual él esperaba fuera transitorio.

—Levantemos campamento —dijo por fin y los otros dos guardaron rápidamente las armas y las cargaron en el helicóptero. Raimundo le pidió a George que lo piloteara y a Abdula que le dijera a Mac lo que estaba pasando. Se tiró en el suelo del helicóptero y se tapó la cara con las manos. Raimundo pensó que el problema era que él tenía complejo de héroe. Él sabía que cualquier cosa buena que ocurriera en un momento como éste, era obra de Dios y no de él. Pero quedarse sin energías antes de terminar una misión no era la imagen que él tenía de lo que un líder debe hacer.

¿Sería posible que Dios le hubiera permitido olvidarse de algo tan sencillo como tapones para los oídos, solo para dejarlo fuera de comisión por el tiempo suficiente para restaurar sus fuerzas? Estaba desesperado por la pérdida de David y por haber matado a dos hombres, todo se juntó para agotarlo completamente. Ni siquiera se había dado cuenta de que se estaba quedando dormido, un momento después, Abdula lo despertó tironeándole un brazo.

—Por favor, perdónenme, pero nos necesitan en Masada. El señor McCullum cree que muchos, muchos más necesitarán traslado a Petra.

Camilo se dio cuenta de que estaba a punto de reventar de emoción. Además de lo mucho que Zión Ben Judá había hecho, años atrás, en la televisión internacional, Jaime había alegado el caso de Jesús como el Mesías que los judíos habían buscado por tanto tiempo. Al ir revisando las 109 profecías cumplidas por Jesús solo, uno de la multitud se paró primero, luego otro. Pronto toda la muchedumbre estaba de pie, pero aún silenciosos y nadie se movía. Un silencio santo llenaba el lugar.

"Él es el único que podía ser el Mesías", proclamaba Jaime. "Además, Él murió como ningún otro en la historia. Se dio voluntariamente como sacrificio y luego demostró que era digno cuando Dios lo levantó de entre los muertos. Hasta los escépticos e incrédulos dicen que Jesús es la persona más influyente de la historia.

"De los miles y miles de millones de personas que han vivido, Uno se yergue por encima de todos los demás en términos de Su influencia. Se han comenzado más escuelas, colegios, hospitales y orfanatos debido a Él que a cualquier otro. Se ha creado más arte, compuesto más música y realizado más actos humanitarios debido a Él y su influencia que a cualquier otro. Las grandes enciclopedias internacionales dedican veinte mil palabras para referirse a Él y su influencia en el mundo. Hasta nuestro calendario está basado en su nacimiento. Todo esto lo realizó en un ministerio público que duró ¡justamente tres años y medio!

"Jesús de Nazaret, Hijo de Dios, Salvador del mundo, y Mesías, predijo que Él edificaría su iglesia, que las puertas del infierno no prevalecerían contra ella. Siglos después de que se burlaron públicamente, sin misericordia, de Él, que lo persiguieron y martirizaron, miles de millones clamaron afiliación en Su iglesia convirtiéndola en la religión más grande del mundo. Y cuando volvió, como dijo que lo haría, a llevarse a sus fieles al cielo, la desaparición de tanta gente tuvo en este planeta el impacto más hondo que el ser humano haya visto jamás.

"El Mesías tenía que nacer en Belén de una virgen, vivir una vida sin pecado, servir como el inmaculado Cordero de Dios para el sacrificio, darse voluntariamente para morir sobre una cruz por los pecados del mundo, resucitar tres días después y sentarse a la diestra de Dios Padre Todopoderoso. Jesús cumplió esas y las demás 109 profecías restantes, demostrando que es el Hijo de Dios.

"El Mesías lo llama esta noche desde lo más remoto del tiempo. Él es la respuesta a su situación. Le ofrece perdón de sus pecados. Él pagó el castigo por usted. Como el escritor más prolífico de las Escrituras, judío Él mismo, escribió: 'que si confiesas con tu boca a Jesús por Señor, y crees en tu corazón que Dios le resucitó de entre los muertos, serás salvo;

porque con el corazón se cree para justicia, y con la boca se confiesa para salvación. Pues la Escritura dice: Todo el que cree en Él no será avergonzado. Porque no hay distinción entre judío y griego, pues el mismo Señor, es Señor de todos, abundando en riquezas para todos los que le invocan; porque: Todo aquel que invoque el nombre del Señor será salvo'.

"Durante años los escépticos se han reído de la pregunta del evangelista: '¿quiere usted ser salvo esta noche?', no obstante, eso es lo que le pregunto en este momento. No espere que Dios se deje engañar. No se engañe. Dios no será burlado. No haga esto para evitar una confrontación con el Anticristo. Usted necesita ser salvado porque no puede salvarse a sí mismo.

"El costo es inmenso pero la recompensa es aun mayor. Esto pudiera costarle su libertad, su familia, su cabeza. Puede que no sobreviva el viaje a la seguridad pero pasará la eternidad con Dios, adorando al Señor Cristo, al Mesías, a Jesús.

"Si escoge a Cristo diga esta oración conmigo: 'Amado Dios, yo soy un pecador y estoy separado de ti. Creo que Jesús es el Mesías y que murió en la cruz para pagar por mis pecados. Creo que resucitó al tercer día, y que por recibir su regalo de amor, yo tendré el poder de llegar a ser un hijo de Dios porque creo en Su nombre. Gracias te doy por oírme y salvarme y te doy en prenda el resto de mi vida'".

En toda la vasta fortaleza histórica, donde la leyenda dice que los padres judíos optaron por matar a sus hijos y a sí mismos antes que caer en las manos de los romanos, hubo hombres y mujeres que oraron eso en voz alta. La marca del sello de Dios en el creyente apareció en sus frentes y fueron miles y miles los que siguieron a Jaime cuando él pasó entre la multitud, bajando las gradas donde había cientos de vehículos y helicópteros esperando en largas filas. Hana y Lea y sus equipos estuvieron entre los primeros en partir. Camilo vio que Mac asignaba su helicóptero a otro piloto y ayudaba a cargar los artículos médicos en un camión que estaba a la espera.

Se puso al volante mientras Hana y Lea ayudaban a acomodarse en el vehículo a unos doce creyentes nuevos.

Miles más, con la desesperación en sus rostros huían a todo correr de la escena y buscaban transporte de regreso a Jerusalén.

Camilo alcanzó a Jaime y se paró cerca de él, mirando cómo se llenaban y partían automóviles, camiones y helicópteros. El anciano respiraba pesadamente y se inclinó apoyándose en Camilo como si se hubiera desvanecido su último gramo de fuerza.

—Alabado sea Dios —susurró—. Alabado sea Dios, alabado sea Dios, alabado sea Dios.

Camilo miró la hora. Faltaban minutos para las nueve y ya los altoparlantes de los vehículos de la CG empezaban a difundir la noticia que estaba siendo transmitida por televisión y la Internet. "El Director de Seguridad e Inteligencia de la Comunidad Global declaró zona cerrada a los vuelos al Estado de Israel. Todos los aviones civiles reciban esta advertencia: Corre el riesgo de ser destruido todo aparato aéreo que no sea de la CG y que sea detectado en el espacio aéreo israelí.

"El soberano en persona decretó también la ley marcial instituyendo el toque de queda para el tráfico de vehículos civiles en Israel. Los transgresores serán arrestados.

"Estos toques de queda son necesarios debido a la gravedad de la aflicción que ha recaído al personal de la CG. Solamente una guarnición mínima de trabajadores está disponible para mantener el orden.

"Su Excelencia recuerda a los ciudadanos que a partir de las 2100 horas, él ha efectuado un alivio de la plaga, y la población debe unirse con él al amanecer para celebrar".

———

Abdula volvió a despertar a Raimundo. Este se incorporó, aún sin poder oír.

—Su yerno pidió transporte para el doctor Rosenzweig y él desde Masada a Petra y dice que usted solicitó personalmente, permiso para llevarlos. ¿Aún es ese su deseo?

Raimundo asintió, se enjugó el rostro y tomó un asiento. George bajó a la zona de la escena fuera de Masada y se quedaron ahí, esperando hasta que todos se fueron excepto Jaime y Camilo y un hombre que estaba detrás de ellos, vestido con una túnica semejante a la de Jaime.

—¿Quién es ése? —preguntó Raimundo señalando.

—El doctor Rosenzweig y el señor Williams —contestó Abdula.

—No, el otro —dijo Raimundo.

—No entiendo.

—¿Quién está con ellos?

Raimundo percibió que Abdula lanzaba una mirada a George y éste se la devolvía.

—Yo no veo a nadie —dijo Abdula, pero Raimundo supuso que quería decir que tampoco sabía.

Más tarde, cuando los vehículos de la CG empezaron a llegar a la zona, y solo Camilo, Jaime y el otro hombre seguían afuera, Abdula salió del helicóptero y sostuvo la puerta abierta. Jaime caminaba agotado, Camilo tenía una mano en el brazo del anciano. El tercero seguía a un paso. Al abordar, le pareció a Raimundo que Abdula casi cerró la puerta en la cara del desconocido.

Se sentaron mientras George volvía a su asiento y Raimundo le presentaba a Jaime y Camilo.

—Y presenten a su amigo —dijo Raimundo.

Camilo sonrió.

—¿Cómo dices?

—Tu amigo, presenta a tu amigo. ¿Quién es éste?

Hizo gestos hacia el tercer hombre, que se limitaba a mirarlo. Jaime y Camilo miraron hacia donde él había señalado y volvieron a mirar a Raimundo.

—¿Bien? —dijo él—. ¿Qué quieres decir? —dijo Camilo y Raimundo se preguntó si estaría soñando.

Raimundo se inclinó al hombre y éste a él.

—Bueno, ¿quién eres? —dijo Raimundo.

—Yo soy Miguel —dijo—. Vine a restaurarte y sanarte.

Raimundo se puso rígido cuando Miguel le tomó la cabeza con las manos, las palmas sobre las orejas. La audición de Raimundo fue restaurada y sintió un torrente de vida y energía que lo hizo sentarse muy derecho.

—¿Quiere decir Miguel el… quiero decir, *el* Miguel?

Pero el hombre había desaparecido.

TRECE

Raimundo se sentía veinte años más joven y deseaba que fuera él quien piloteara su propio helicóptero, pero Gorge lo estaba haciendo muy bien. Abdula iba sentado a su lado, escrutando el firmamento y el terreno con una mirada preocupada y grave. Camilo iba al lado de Jaime, ambos sentados en el largo banco lateral, con la cabeza echada hacia atrás, la boca abierta y profundamente dormido.

—Doctor Rosenzweig, usted también debe estar exhausto —comentó Raimundo.

—Sí, por primera vez en el día, y ya sabes que estuve en pie casi la mayor parte de la noche.

—Lo supe. Dios se ha puesto de su lado, ¿no?

—Capitán, ¡confieso que tengo mucha hambre! Es como si hubiera sido dinamizado por la energía de los ángeles a quienes Dios me encargó.

—¿Los vio?

—¿Yo? No, pero ¿sabía que la señorita Durán vio al arcángel Miguel?

Raimundo asintió. Ya habría tiempo para contar lo suyo.

—¿Abdula? —dijo, y el jordano se dio vuelta—. ¿Había algo para comer en las cosas que cargamos? —él había estado calentando algo en una hornilla sin llama justo antes de partir de Mizpe Ramon.

—¡Había! ¡Sí! —Abdula gritaba y pronunciaba con exageración.

—Smitty, puedo oír. Fui sanado.

—¿Realmente? —se echó para atrás y dejó de gritar, pero aun así siguió hablando muy fuerte, lo bastante como para que lo oyeran por sobre el zumbido del aparato—. Tengo pan pita en una caja donde se puede mantener caliente, junto con salsa para untar.

—Pareces el mozo de un restaurante lujoso.

—¿Cómo pudiera saberlo?

Jaime se inclinó y dijo:

—Eso me parece miel y leche.

Abdula se desató el cinturón de seguridad y se escurrió entre ellos, arrodillándose para tomar la caja. Se dio vuelta y abrió la tapa, revelando un montón de casi veinte pitas redondas, como de veinticinco centímetros de diámetro, aún humeantes.

El aroma impregnó el helicóptero y despertó a Camilo. George hasta estiró la mano para atrás sin siquiera mirar. Raimundo le puso un par de pitas en la palma abierta.

—¡Ahora sí que nos estamos entendiendo! —dijo el piloto, aunque no había dicho palabra en una hora. Todos empezaron a comer, cortando el pan con los dientes.

—¡Señor, tú sabes que estamos agradecidos! —dijo Jaime, con la boca llena, y los otros corearon un *amén*.

Abdula seguía arrodillado al lado de la caja cuando tocó a Raimundo haciendo gestos con la cabeza hacia fuera. El cielo estaba lleno de helicópteros del Operativo Águila y aparatos de la CG, tanto de ala fija como de hélices giratorias. Abajo se divisaban las calles congestionadas con vehículos en fuga, que se iban de lado alrededor de las esquinas, rebotando en las cunetas y calles destrozadas, perseguidos por vehículos de la CG que llevaban encendidas las luces intermitentes.

Los demás se volvieron para mirar hacia fuera.

—¿Cómo estamos de combustible? —preguntó Jaime.

—Tenemos para varias horas —informó George.

—Capitán Steele —dijo Jaime—, ¿podemos permanecer en esta zona y monitorear esto?

Raimundo le dijo a George que buscara una altura conveniente para rondar y empezaron a moverse en una zona cuadrada muy amplia que fijaron. Un helicóptero de la CG se colocó detrás de ellos y con un transmisor que abarcaba todas las frecuencias les advirtió:

—Helicóptero civil, se le avisa que abandone el espacio aéreo israelí de inmediato.

—Capitán —dijo George—, ¿en cuál frecuencia me pueden oír?

Raimundo se lo dijo y le preguntó qué tenía pensado.

—Solamente que debo ser cortés, ¿no?

—No los provoques.

Todos los que iban en el helicóptero se rieron con eso y Raimundo se dio cuenta de lo absurdo que fue. La CG no podía ser más provocada.

George cambió a la frecuencia que sugirió Raimundo y dijo:

—Helicóptero de la CG, este es el pájaro civil. ¿Sobre cuál parte de su ciudad poblada piensan enviar nuestros despojos incendiados?

—Civil, está violando el toque de queda establecido por el soberano Carpatia en persona.

—Yo no reconozco la autoridad.

—¡Repito, Carpatia! ¡Su Excelencia en persona!

—CG, reconozco el nombre, repito, no reconozco la autoridad.

Los ojos de Abdula estaban llenos de vida.

—¡Ustedes, norteamericanos, son unos locos valientes!

El radio volvió a sonar:

—Por la autoridad de la Comunidad Global y su soberano y amo resucitado, Su Excelencia Nicolás Carpatia, se le manda aterrizar de inmediato en la primera zona a disposición y rendirse: usted, sus pasajeros, su carga y su nave.

—No gracias —respondió George.

—Civil, esto no es un pedido. Es una orden sancionada por el soberano.

—CG, lo siento pero estamos realizando una misión del verdadero Señor resucitado y tenemos carga humana y comestible que no deseamos rendir.

—Repita.

—¿La parte de la gente o del pan pita?

—Helicóptero civil, dense por advertido de antemano que estamos totalmente armados y preparados para destruir su aparato si no obedece inmediatamente.

—¿Ahora mismo?

—Afirmativo.

—Un minuto.

—¿Solicita tiempo para obedecer?

—No, solo que necesito un minuto.

—Tiene sesenta segundos.

—¿No puedo tener un minuto?

—Cincuenta y cinco segundos, civil.

—CG, permita que me cerciore de colocarme sobre las calles más atiborradas, por si acaso no soy tan invulnerable como creo que soy.

—Le quedan cuarenta y cinco segundos. Aterrice ese helicóptero.

—Estamos comiendo y no tenemos bolsitas para vomitar. Si tenemos que usar medidas evasivas, pudiéramos hacer un desastre.

—Advertencia final, treinta segundos.

—¿Entonces no le oiremos más?

—Negativo.

—Nada en absoluto.

—Correcto.

—¿Ni una palabra?

—Veinte segundos.

—Esas son dos palabras.

Raimundo se preguntaba si George estaba tan asustado como él. El grandote creía evidentemente que estaban a salvo porque Jaime se encontraba a bordo y Raimundo tenía más que suficientes razones para confiar en Dios, pero cuando vio que el helicóptero de la CG se retiraba hacia donde la explosión de un misil no dañara al vehículo que lo disparaba, creyó que estaban por abrir fuego.

—Abróchate el cinturón, Smitty —gritó.

Abdula saltó en su asiento mientras Raimundo afirmaba la caja de comida. Camilo se veía tan concentrado como Raimundo pero Jaime parecía divertirse.

—Pertenecemos a Dios —dijo el anciano—, que se haga Su voluntad.

———————————

Mac no se había divertido tanto desde que era un escolar y su mascota, una culebra, se metió en el cuarto de su hermana. Iba rebotando por las calles de Jerusalén con un camión de creyentes israelíes y dos enfermeras de los Estados Unidos Norteamericanos. La escena le recordaba a los personajes caricaturescos de una serie de aventuras policíacas. Los choferes del Operativo Águila no serían detenidos; así de simple. Ellos rodeaban barricadas, pasaban sobre peñascos, a través de restos del terremoto y dejaban atrás a los vehículos de los pacificadores de la CG.

Allá, en Texas, cuando Mac era un muchachito, uno podía manejar un vehículo agrícola a los doce años. Cuando cursaba el sexto grado, él ya manejaba tractores y trilladoras, camionetas y camiones tolva. Ahora, estaba al volante de un transporte nuevo de personal, de Francia, manejado por un voluntario de la Cooperativa Internacional de Bienes de Consumo que había regresado a traer otro camión.

Este era un vehículo de lujo con potencia y que se podía manejar con cambio automático y manual. El automático resultaba cómodo en el camino abierto, cuando llegaron al sur de la ciudad, el caos en que ahora se hallaban, Mac disfrutaba el manual de seis velocidades. Aun más, se entretenía —aunque esa parecía una palabra demasiado ligera dadas las circunstancias— con el espectáculo de la gente de la CG recién sanada, que se burlaba del acuerdo de Miqueas y Nicolás, y trataba de interponerse en el camino del éxodo de un millón de personas.

Casi todos los vehículos del Operativo Águila eran con tracción a las cuatro ruedas y podían abrirse camino superando los obstáculos. Cuando el camino se llenaba con automóviles y camiones, sencillamente esquivaban pasando alrededor del embotellamiento y abriéndose sus propias rutas y sendas. Los pacificadores y los monitores de la moral de la CG, los primeros uniformados, los últimos con sus credenciales y fajas de brillante color anaranjado, trataban de dirigir el tráfico, detenían los vehículos civiles, revisaban documentos e informaban a todos que estaban transgrediendo el toque de queda y la ley marcial. No les hacían caso, y Mac se preguntó cómo lo hacía Dios. Vio un montón de armas pero escuchó muy pocos disparos. Ninguno permitía que los detuvieran, y cuando los vehículos de la CG bloqueaban el camino de un automóvil o camión de civiles, el último, simplemente echaba marcha atrás y pasaba dando la vuelta.

Mac se preguntaba por qué la CG no disparaba o chocaba esos vehículos, pero se imaginaba que se enteraría cuando le llegara su turno. Por ahora, Lea le preguntaba a un israelí que iba en el asiento de pasajero, al lado del chofer, si podía cambiar de lugar con él para poder conversar con Mac.

—¿Lo lograremos? —preguntaba.

Él le lanzó una mirada. Ella estaba pálida y miraba para todas partes la escena que los rodeaba.

—Así parece —dijo él—. ¿Ves alguno de los nuestros que *no* lo logre?

Ella negó con la cabeza y se puso el cinturón, luego se sentó con las manos sobre su regazo.

—Eeh, señor McCullum, Hana se pregunta por qué vamos a Petra, quiero decir, ella y yo. Indudablemente ahí no se necesita personal médico y ninguna de nosotras es israelita.

—Yo tampoco —dijo Mac—. Evidentemente, estamos llevando a esta gente a su nuevo hogar. Cloé consiguió embarques de materiales de construcción que tendrán que ser procesados. Quizá ustedes puedan colaborar coordinando eso mientras entregamos los últimos refugiados. Eso va a llevar un tiempo.

—Está bien.

—¿Problema?

—No, solo que…

—No me vas a decir que no es por lo cual te inscribiste. Quiero decir, todos hacemos lo que debemos…

—No, lo sé, está bien. Es que estar en Petra va a ser muy difícil para Hana con lo que pasó, eso lo sabes.

—Yo estuve ahí.

—Entonces, lo entiendes.

—Haz que ella venga para acá, ¿quieres?

—Señor, McCullum, ella apenas puede hablar.

—No necesito que hable. Necesito que escuche.

———————

Raimundo se inclinó lo más que pudo hacia su derecha y mantuvo un ojo en el helicóptero de la CG que venía tras ellos. Aparentemente no les importaba un comino quién y qué estuviera abajo.

—¿Todos bien amarrados? —preguntó—. Prepárense para el impacto.

El aparato perseguidor estaba directamente alineado con ellos en una situación en que era imposible errar. Raimundo consideró gritarle maniobras evasivas a George pero eso sería inútil. El de la CG era un pájaro más ágil y de menor tamaño. Aunque George eludiera la primera salva, sería solo cuestión de tiempo.

—¡Ellos están disparando! —gritó Raimundo enterrando el rostro entre las rodillas. Había visto las explosiones anaranjadas y los trazadores blancos y estaba a la espera de la destrucción instantánea del metal, del plexiglás y de los tanques de combustible, el torrente de aire frío, la bola de fuego y la caída libre.

Sintió que las puntas ardientes de las balas que pasaban chillando entre él, Camilo y Jaime, y las estelas de un blanco ardiente los hicieron mirar hacia arriba. Los proyectiles relampaguearon al atravesar el helicóptero; la fuerza del aire que desplazaban, empujó la cabeza de George hacia la izquierda y la de Abdula a la derecha cuando ambos, involuntariamente, se agacharon y se taparon las orejas. Sin embargo, no había daños en la parte delantera ni en la trasera del helicóptero.

Raimundo miró fijamente cuando las balas entraron en los rotores de cola de un aparato de la CG que iba delante de ellos, enviándolo en remolino a tierra. Tembló y se dio cuenta de que estaba aferrado con tanta fuerza al asiento que sus dedos se habían quedado inmovilizados en esa posición.

—¿Por qué tienes tanto miedo? ¿No tienes fe? ¡Anímate! ¡No te asustes!

Raimundo se dio vuelta con lentitud y vio a Miguel nuevamente al lado suyo.

—Todos ustedes lo vieron esta vez, ¿no? —preguntó.

—Lo vimos —dijo Jaime—. Alabado sea Dios.

—Yo lo oí —dijo Abdula, dándose vuelta, pero otra vez, Miguel ya había desaparecido.

Mac vio las luces destellantes en los espejos retrovisores laterales.

—No vas a parar, ¿no? —preguntó quedamente Hana.

—Ahora se necesita más que eso para detenerme —el vehículo de la CG que estaba detrás de él, activó su sistema de altoparlantes público—. No quiero hablarles —dijo él—, quiero hablar contigo. ¿Hoy perdiste un ser amado?

—Por supuesto, ¿tú no?

—Sí, lo perdí.

—Entonces entiendes.

—Hana, por eso es que no entiendo. No digo que esto sea fácil, pero ¿viste a David doblarse y echarse a morir cuando perdió a su novia? No, señorita. Yo sé que tú y David eran buenos amigos, pero ¿qué piensas que él querría? ¿Tengo que recordarte que Raimundo perdió dos esposas y un hijo? ¿Qué Zión perdió toda su familia? No le quito importancia y no digo que no tengas razones para desear quedarte lejos de Petra, pero David era mi jefe y mi amigo y, para mí, esto tampoco es día de comida campestre.

—Lo sé.

—Todos vamos a necesitar un tiempo para estar de duelo y probablemente no lo tendremos hasta que regresemos a los Estados Unidos. Mientras tanto, Hana, te necesitamos. No podemos darnos el lujo de estar de duelo como acostumbrábamos. Hay demasiada gente que depende de nosotros. Puede que no haya nada en Petra para que tú y Lea hagan, pero tú sabes tan bien como yo, que a ninguno de nosotros, los ayudantes, se nos garantiza la seguridad. ¿Quién sabe qué clase de heridos ambulatorios pudieran aparecer trayendo gente?

Ella asintió con la cabeza.

—Mac, este, eeh, mejor que te estaciones un poco.

—¿Señorita?

Ella señaló hacia la ventanilla del lado de él. Había un guardia saliéndose del lado del pasajero de un vehículo de la CG, que apuntaba a Mac con una ametralladora.

—Bien —dijo George—, eso fue lo más asombroso que yo haya visto. ¿Seguimos probando nuestra suerte o nos vamos a Petra?

—Si piensas que eso fue suerte —replicó Raimundo—, quizá…

—Capi, es solo una manera de hablar. Yo sé muy bien lo que fue eso.

—Quedémonos aquí y observemos —dijo Abdula, estirando el cuello para mirar el helicóptero que les había disparado.

—No es necesario estar en el medio de todo —comentó Raimundo—. Vamos a un lugar donde podamos observar sin atraer indebidamente más fuego.

———————

Chang llamó a Zión temprano por la tarde, hora de Chicago, y le enseño cómo transmitir en vivo por la televisión internacional desde donde estaba.

—¿Su pantalla está en alguna parte donde usted se pueda parar al lado y examinar la sala?

—Sí.

—Pídale a alguien que se siente donde usted se sentará y fíjese qué puede ver más allá de ellos. Saque cualquier cosa que pudiera dar una pista de su paradero.

Zión le pidió a Ming que se sentara en su silla, al teclado, y él se escurrió entre la parte de atrás del monitor y la pared. En la pared opuesta había un reloj que delataría en qué zona del meridiano estaban.

—Chang —dijo Zión—, deja que quite el reloj y, entonces, el trasfondo será una pared blanca.

—Bien. Entonces, ¿puede decirme cuán largo será su mensaje… espere, señor.

—Adelante.

—¿Por qué no cambia ese reloj a la hora Carpatia y deja que ellos cavilen dónde está usted?

—Interesante.

Ming interrumpió.

—Chang, ¿no lo verán como un truco evidente?

—Pudiera ser si le damos mucha importancia —dijo él—. Ponlo en el rincón de la toma y asegúrate de que quede fuera de foco. La gente pensará que descubrieron algo sin querer.

—Chang, mi mensaje será corto —dijo Zión—. Lo suficiente para dar ánimo a los creyentes antes que tú transmitas el audio del mensaje de salvación que dará Jaime.

—Discúlpeme, doctor Ben Judá, pero estoy recibiendo algo en el aparato del Fénix 216. Espere.

—Atiende y regresa después.

Mac levantó un dedo al hombre de la CG como si requiriera un momento antes de estacionarse. Había llamado a Raimundo con el discado rápido.

—Permiso para disparar a la CG antes que ellos disparen a nuestras ruedas.

—Negado, Mac. Solamente elude. Deja que Dios obre.

—Él puede obrar a través de tu nueve milímetros, ¿no?

—¿Todavía tienes eso?

—Lo siento.

—Solo que no te pares —dijo Raimundo.

—¿Hasta con un neumático desinflado?

—Llama de nuevo si te desinflan la goma.

Mac se detuvo en el medio del camino con el vehículo de la CG al lado, pero se negó a bajar el vidrio de la ventanilla. Se colocaron al frente de Mac. Cuando el pasajero se bajó, Mac echó marcha atrás y pasó dando la vuelta al vehículo y la persecución comenzó otra vez. Cuando los de la CG se acercaron, Mac frenó bruscamente.

—¡Lo siento, amigos! —gritó—. ¡Debí decirles a todos que se abrocharan los cinturones!

El vehículo de la CG se detuvo a pocos centímetros del parachoques de Mac y ambos hombres saltaron afuera del vehículo, gritando y blandiendo armas. Mac partió de nuevo y en cuanto los de la CG volvieron a saltar adentro del vehículo,

Mac viró a la izquierda, dio la vuelta en U y se colocó detrás de ellos.

Evidentemente, Carpatia todavía sospechaba del edificio de la Knesset y pensaba que su propio avión era más seguro. Chang seguía una indicación del audiómetro desde la conexión a los aparatos espías y, con toda certeza, parecía como si los empleados estuvieran realizando los preparativos para otra reunión más en la cabina de primera clase.

Un par de sirvientes hablaban en un dialecto de la India así que Chang lo pasó rápidamente por un filtro que David había recomendado e inmediatamente aparecieron subtítulos con la traducción.

—Entonces, ¿no destruirán la pista aérea de los rebeldes?

—Parece que la CG la usará para sus propósitos. Ellos tomarán los edificios y los limpiarán del enemigo, pero traerán volando a sus propias tropas, que serán llevadas a Petra en camiones para cortarles el paso a los insurgentes que huyen. Tratarán… silencio, ahí vienen.

—Señor Akbar, don.

—¿Paquistaní?

—No, Director, disculpe.

—¿Habla inglés?

—Sí, inglés.

—Esta será una reunión pequeña, solamente el soberano, el reverendo Fortunato, el señor Moon, la señorita Ivins y yo.

—Oh, gracias, señor, ya habíamos preparado lugar para muchos, ¿no?

—No es problema. Ustedes saben lo que le gusta a cada uno. Ténganlo listo y a la mano. Y no se olviden de lo que le agrada el hielo a la señorita Ivins.

—Mil gracias por recordármelo señor. Ella constantemente dice "más hielo, por favor". Agua para usted y el señor Moon, jugo para el señor Fortunato, y...

—*Reverendo* Fortunato.

—Oh, sí, disculpas humildes.

—No me importa, pero usted no quiere cometer ese error en la presencia de Su Excelencia.

—O del Muy Altísimo Reverendo Padre, ¡ah!

Chang oyó que Suhail Akbar se reía sofocadamente.

—Desaparézcanse en cuanto todo esté en el lugar correspondiente.

Chang formateó el programa para grabar y volvió a Chicago.

—¿Listo?

—Listo —contestó Zión—. ¿Cómo me veo?

—Asustado.

—No quiero parecer asustado.

—Doctor, en eso no puedo ayudarlo. Estamos pirateando el único programa del pueblo para todo el mundo. Si alguien está mirando televisión, escuchando radio o navegando por la red, usted será lo que van a recibir.

—¡*Eso* me tranquiliza muchísimo!

—Señor, solo trataba de explicarle por qué estaba nervioso.

—Dígame cuándo.

—Ahora.

—¿Estoy en el aire? —preguntó Zión—. ¿En serio?

Pero Chang no se animó a contestar temiendo que su voz fuera detectada. Retuvo la respiración, agradecido de que Zión no hubiera dicho su nombre.

"Saludos", dijo Zión, "es un privilegio para mí dirigirme al mundo por medio del milagro de la tecnología, pero como soy un invitado en nada bien acogido aquí, perdónenme por ser muy breve, por favor, préstenme su atención…"

Chang verificó al Fénix. Sonaba como si todos allá estuvieran acomodándose.

—Comandante Moon, que alguien apague ese televisor. ¡Espere! ¿Quién es ese?

—Excelencia, usted sabe quién es —dijo León—. Ese es el hereje Zión Ben Judá.

—Más que hereje —dijo Carpatia—. Él respalda a este Miqueas, de ahí la plaga de las llagas. Así que ahora consolida a los judíos ortodoxos con él. ¿Cómo consiguió una red de televisión?

—Soberano, esa es la RNCG.

—¡Bueno, sáquenlo de ahí! —bramó enfurecido Carpatia—. ¡Walter!

El televisor del Fénix quedó silencioso y Carpatia estalló:

—Quiero decir que lo saquen del aire, imbécil. Llama al que tengas que llamar, ¡haz lo que tengas que hacer! Hemos vencido la plaga y ahora pareceremos bufones al permitir nuestra red al enemigo!

Moon estaba al teléfono, con su voz temblorosa, lo que le pareció a Chang como si temiera que Carpatia lo mandara matar si Zión seguía un minuto más en el aire. Moon dijo unas palabrotas y exigió que lo comunicaran con el jefe de la transmisión.

—¡No hay excusas! —gritaba—. ¡Corten todo! ¡Ahora!

—¡Dame ese teléfono! —dijo Carpatia.

—¡Corten la transmisión! ¡Corten la señal! —se sintió un ruido como si el teléfono hubiera sido arrojado al otro lado de la cabina—. ¡Enciéndelo! ¡Déjenme ver!

—Estoy seguro de que, por lo menos, cortaron la imagen, Excelen… —dijo Moon.

—¡Enciéndelo! ¡Ahhh¡ ¡Sigue ahí! ¿Qué les pasa a ustedes? Suhail, ven para acá. ¡Acá!

—¡Excelencia!

—Sin restricciones para la vigencia del toque de queda —Carpatia hablaba con tanta rapidez que sus palabras salían todas juntas y Chang tuvo que esforzarse para entender—. Tirar a matar en el Monte de los Olivos, Masada, en…

—Esas localidades fueron evacuadas, Altí…

—¡Suhail, no me interrumpas! Destruyan todo avión civil y...

—Señor, hemos sufrido bajas en tierra por aviones estrellados...

—¿Me *oíste*? ¿Entiendes lo que digo? ¿Tendré que ejecutarte como lo haré con Walter si este Ben Judá *no salió del aire cuando yo vuelva a mirar la pantalla*?

Moon gimoteó.

—Excelencia, ¿qué más puedo hacer?

—¡Puedes morir!

—¡No!

—Suhail, un arma.

—¡Por favor, señor!

—¡Ahora, Suhail!

Ruido de lucha. *¡BUM!* Un grito.

—¡Levanta tu otra mano, Walter!

—¡Por favor!

¡BUM! Más gritos. Más disparos, nuevos gritos con cada uno. Zapateo contra asientos y mesas mientras Moon, suponía Chang, trataba frenéticamente de gatear para ponerse a salvo. Más tiros sucesivos rápidos, gimoteos como de un bebé aterrorizado, finalmente un disparo, y el silencio.

—Nicolás, estás haciendo lo correcto —le dijo Viv Ivins—, debieras matarlos a todos y empezar de nuevo.

—Gracias, Viv.

—Yo le adoro, amo resucitado —le dijo Fortunato.

—Cállate León. Suhail, pon un cargador nuevo a ésta.

Sonidos de la recarga de más munición.

—Me inclino en silencio respetuoso ante vuestra gloria. Oh, el privilegio de besar su anillo —le dijo Fortunato.

—Suhail, ahora dámela.

—Excelencia, como lo desee pero yo ejecutaré al que usted quiera. Siempre he cumplido sus órdenes.

—¡Entonces haz lo que te digo!

—Como guste, soberano.

—¡Quiero insurrectos muertos! Aplástalos. Destroza sus vehículos. Vuélales la cabeza. En cuanto a Petra, espera hasta que sepamos con certeza que Miqueas está allá, entonces la aplanas. ¿Tenemos lo necesario para hacer eso?

—Sí, señor.

—Mientras tanto, que alguien, cualquiera, ¡saque a... Ben Judá... del... aire!

—Yo lo sacaré orando, Su Excelencia —dijo Fortunato.

—Te mataré si no te callas.

—Me callo ahora, Alteza.

—¿Qué?

—¡El agua! ¡El hielo!

Chang saltó y abrió el grifo del agua de su lavamanos. Sangre.

CATORCE

as luces traseras del auto que iba al frente de ellos, se encendieron de repente, así que Mac frenó con fuerza pero, rápidamente, el vehículo de la CG desapareció de su vista. A la distancia se veían los automóviles y camiones del Operativo Águila que se acercaban, pero detrás de ellos se abrió en el suelo una brecha de enorme profundidad y el vehículo de la CG que los perseguía cayó ahí.

Mac saltó afuera del vehículo y se dio cuenta de que las ruedas delanteras estaban al borde de la gigantesca brecha. Asombrosamente las luces de los vehículos de la CG disminuían a medida que caían en la grieta, la cual tenía cientos de metros de profundidad, en ese instante Mac se dio cuenta de que la idea que tuvo de esconderse detrás del vehículo de la CG casi resulta mortal para ellos. Con rodillas temblorosas, volvió a subir a su camión y con mucho cuidado retrocedió en busca de una salida.

Velozmente, pasó por su lado otro auto de la CG pero a medida que se acercaba a la grieta, sus dos ocupantes saltaron afuera rodando por el suelo, escuchándose el sonido de sus armas al chocar contra el pavimento. El vehículo de ellos cayó en la grieta desapareciendo en su profundidad. Los pacificadores se levantaron lentamente, recuperaron sus rifles y apuntaron al camión de Mac.

—¡Agáchense! —gritó, y al inclinarse ambos en el asiento delantero Mac tropezó con el hombro de Hana. En la parte trasera del camión, los israelitas luchaban por protegerse.

El sonido de las balas era tan fuerte que Mac cerró los ojos y se cubrió la cabeza, pero cesó tan pronto como empezó, de manera que se levantó y se bajó del auto para ver lo que estaba sucediendo y se sorprendió cuando vio que los pacificadores estaban en el suelo, muertos. No había nadie más alrededor, así que solo pudo suponer que de alguna forma, se habían matado con sus propias balas. El camión del Operativo Águila que conducía Mac estaba intacto. Su teléfono sonó.

Era Raimundo.

—Zión está en el aire en este mismo momento —informó.

—Capi, esa es una buena señal. No hay nada más que quisiera escuchar en este momento que una buena noticia.

—¿Repítelo?

—Nada.

—¿Dónde estás?

—En el Gran Cañón.

—No te entiendo.

—Excelente, no lo hagas.

—Mac, ¿te encuentras bien?

—Sí, excepto que casi llevo a mi gente al otro mundo, pero todo está bien.

—Parece que tienes alguna primicia, como de costumbre. ¿Puedes ver lo que ocurre en el aire, sobre Jerusalén?

—Ray, supongo que he mirado en la dirección equivocada.

—Bueno, mira y escucha.

El combate aéreo se había alejado de Mac, pero a la distancia, podía ver y escuchar el eco del tiroteo en el combate.

—¿Están dando en algún blanco?

—Solo se dan ellos mismos —dijo Raimundo—. Ten cuidado.

—¡*Entendido*!

Chang experimentaba una sensación tan agradable que sentía un cosquilleo en todo el cuerpo. En su computadora había códigos, mensajes e intentos frenéticos de la división de la transmisora, que estaba en el edificio vecino, para interrumpir la señal del aire de la RNCG, pero nada de lo que hacían funcionaba. Chang tenía la esperanza de que Zión terminara pronto para cambiar al audio de Jaime. Eso los enloquecería. Sin proyección de imagen por la cual preocuparse, se interferirían mutuamente al entrar y salir en sus intentos por desconectar el sonido.

Con su atención parcialmente a Zión para saber cuándo hacer el cambio, Chang también estaba oyendo la cabina del Fénix. Carpatia había apuntado sus cañones verbales a Fortunato.

—¿León, de qué sirve una religión si no puedes hacer milagros?

—¡Su Santidad! ¡Ayer, yo bajé fuego sobre sus enemigos!

—Calcinaste a una mujer inofensiva que solo hablaba mucho.

—Excelencia, ¡usted es el objeto de nuestra adoración! ¡Oro *a usted* pidiendo señales y prodigios!

—*Reverendo*, necesito un milagro.

—Excelencia —interrumpió Akbar—, pudiera considerar milagrosa esta llamada telefónica.

—Mientras ese Ben Judá infernal siga en el aire, el único milagro es que ustedes continúen vivos. Así que, dime algo bueno.

—¿Recuerda que recientemente perdimos dos prisioneros en Grecia?

—Gente joven, sí, un muchacho y una muchacha. ¿Los encontraste?

—No, el tiempo y el potencial humano disponible permitieron efectuar solamente una investigación superficial, lo más acertado que conseguimos fueron testigos que dijeron que un pacificador de apellido Jensen, pudo haber intervenido en ambas desapariciones.

—Sí, sí, y aunque él era uno de los nuestros, le perdiste la pista. ¿Entonces, lo encontraste ahora?

—Quizá.

—¡Aborrezco esa clase de respuestas!

—Excelencia, perdóneme. Usted sabe que el tal Miqueas y su ayudante parecían surgir de la nada.

—¡Sin rodeos! ¡Por favor! Me estás volviendo loco.

—Tenemos un dato que dice que ambos fueron vistos en el hotel Rey David, pero cuando todos se enfermaron, no tuvimos tiempo para seguir esa pista. Ahora investigamos y sabemos qué habitaciones ocuparon.

—¿Y esto es un milagro?

—Hemos registrado las dos habitaciones. Una tenía una billetera que aparentemente pertenece a Jensen. Sin embargo, la fotografía no coincide con la que tenemos en nuestros archivos de personal.

—¿Por qué él iba a ser tan necio para dejar allí su identificación? Eso es un intento evidente para despistarnos.

—Estamos comparando con nuestra base internacional de datos, las huellas dactilares tomadas en cada habitación.

Los dedos de Chang volaron sobre el teclado. En pocos segundos había entrado al archivo de personal de los pacificadores de la CG y había eliminado todo vestigio de Jack Jensen.

—Suhail, debe haber huellas dactilares de docenas de personas en un cuarto de hotel, desde los últimos huéspedes, al personal, a …

—Las huellas más sobresalientes en la habitación investigada, pertenecen a Jaime Rosenzweig.

Carpatia se rió.

—El hombre que me asesinó.

—El mismo.

Carpatia se rió de nuevo.

—Bueno, ¿cuál crees que sea Rosenzweig? ¿El de la túnica o el de la cara con cicatrices?

—Su Excelencia, las huellas del cuarto que ocupó el hombre de las cicatrices no pertenecen al pacificador Jensen, lo cual es muy interesante. Esas coinciden con las de un empleado de su círculo íntimo.

Chang volvió a entrar al sistema y, segundos más tarde, Camilo "Macho" Williams, anterior rey de la prensa de la Comunidad Global, había desaparecido como si nunca hubiese estado ahí.

—Yo no me fijé en el ayudante —dijo Carpatia—, pero me recordaba a alguien.

—Él fue su primer representante de prensa.

—¿Plank? Tonterías. Ya se confirmó que está muerto.

—Me equivoqué. Su segundo representante de prensa pero su primera opción.

—¿Williams?

—Ese es el hombre.

—Suhail, el ayudante de Miqueas no es Camilo Williams. Yo lo hubiese sabido. Y deja que te diga algo más: Miqueas *no* es el doctor Rosenzweig.

—Su Excelencia, con el debido respeto, pero hoy se pueden hacer milagros con los disfraces.

—Él pudiera ser aproximadamente de la misma estatura, pero ¿esa voz?, ¿esa mirada?, ¿ese porte? No. Eso no pudo ser actuación —hubo una larga pausa—. De todos modos —dijo Carpatia en voz baja—, yo perdoné públicamente a mi atacante.

—¿Y eso lo protege de quién?

—De todos.

—¿Incluyéndose usted?

—Suhail, excelente punto.

—Como quiera, usted mismo instaló como comandante supremo a Walter Moon. Aparentemente *a él* eso no le dio autoridad.

Chang oyó que los hombres se reían mientras que, en el otro lado, Viv Ivins supervisaba la remoción del cadáver de Moon y la limpieza de la zona.

Chang se pasó a la transmisión de Zión que terminaba con la promesa del doctor Ben Judá de visitar Petra para hablar personalmente a su millón de fuertes "hermanos y hermanas en el Mesías".

Alguien llamó a Suhail. Chang oyó que éste pedía permiso a Carpatia para contestar:

—Su Excelencia, Ben Judá vendrá a Petra.

—Retarda la destrucción hasta su llegada.

—Y el problema de la sangre es internacional.

—¿Qué significa eso?

—Inteligencia me dice que las aguas del mar son ciento por ciento sangre.

—¿Cuál mar?

—Todos. Nos está paralizando. Y tenemos un infiltrado.

—¿Dónde?

—En el palacio. Y de alguna manera, conectado aquí.

—¿Cómo puedes saber eso?

—Jensen y Williams. Sus archivos desaparecieron de nuestra base de datos central desde que usted y yo empezamos a hablar de ellos.

—Suhail, cuarentena para este avión.

—¿Señor?

—Por supuesto que mataremos al infiltrado, pero primero, debemos hallar la filtración. Detector de mentiras para todos. ¿Cuántos son?

—Felizmente no muchos. Dos mozos, León y yo.

—Fuiste sabio al excluirme y diplomático al dejar a Viv Ivins fuera de esto. No te comportes de esa forma.

—Su Excelencia, ¿quiere que a ella también se le haga la prueba con el detector de mentiras?

—Absolutamente.

—Quizá lo haga yo mismo —dijo Suhail.

—¿Y quién hará el suyo, señor Akbar?

— En realidad Excelencia, detectar mentiras se ha vuelto un procedimiento muy automático. Ahora usamos un simple programa computarizado que detecta los cambios de la frecuencia modulada de la voz. La persona no puede controlar eso aunque puede hablar a diferente velocidad o hasta variar el volumen pero la frecuencia cambia solamente en situaciones de tensión.

—*Real*mente.

—Señor, es oro puro.

—Me incluyes en la prueba.

Chang logró entrar en los archivos de personal y creó un registro mostrando que él estaba en la enfermería cuando era atendido por los síntomas de las llagas durante los dos últimos días. Archivó todo lo de su computadora en el minidisco y lo guardó en lo recóndito del palacio, luego destruyó intencionalmente el disco duro de su computadora portátil, borrando todo lo que allí había. Creó un disco duro auxiliar invisible escondido bajo una codificación tan grande, que solo otra computadora trabajando veinticuatro horas al día por varios años podía tener la esperanza de descifrar el código. Entró al miniarchivo y guardó allí todo lo que necesitaba, luego desconectó y empacó la máquina, guardándola muy bien en un armario. David, la única otra persona del planeta que pudiera haber detectado algo en su disco duro, estaba muerto.

Chang estaría en el escritorio de su departamento a la mañana siguiente, justo a tiempo y listo para trabajar. No solo no hallarían al infiltrado sino que también fracasarían en su investigación, al querer encontrar a un contacto en el gabinete ejecutivo.

George aterrizó afuera de las crecientes multitudes de Petra, abrió la puerta para ventilar la nave, Camilo y los demás dormitaron mientras grupos y grupos de refugiados que habían escapado bajaban. Raimundo y Jaime decidieron mantener en secreto la presencia de este último por el mayor tiempo posible para no interferir con el traslado masivo que llegaba al lugar de refugio. Algunas personas entraron a pie, y otros eran transportados vía aérea, al rayar el alba había cientos de miles que obstruían el paso a través de la angosta entrada, esperando que un helicóptero los transportara hacia dentro. Cantaron se regocijaron y oraban.

Camilo salió del helicóptero y caminó entre la gente, manteniéndose alerta a los cielos y al horizonte mientras oía la radio. Las fuerzas de la Comunidad Global fueron diseminadas, casi la mitad se perdieron en el combate aéreo, las cuales nunca dañaron a la Operación Águila o durante persecuciones terrestres que dejaron a los vehículos y los cadáveres de la CG enterrados a tanta profundidad que no fue posible el rescate.

La red radial de la RNCG había regresado al poder de Carpatia durante la noche, luego de que Jaime transmitiera a todo el mundo sus evidencias acerca de Jesús como el Mesías, seguido por su oración de fidelidad a Cristo. Camilo creía la predicción de Zión acerca del reavivamiento mundial que estallaría en medio del peor terror de la gran tribulación. Los noticieros de todo el planeta informaban tragedias y muertes por causa de que los mares se convirtieron en sangre.

Los barcos que tenían plantas procesadoras del agua de mar para hacerla potable, encontraron que era imposible procesar la sangre. Los cadáveres en descomposición de todas las especies de la vida acuática subían a la superficie y los tripulantes de las naves se contaminaban, enfermándose de muerte mientras muchas embarcaciones comunicaban por radio su incapacidad de regresar a puerto.

Carpatia anunció que sus fuerzas de Seguridad e Inteligencia ya habían determinado las verdaderas identidades de los impostores que proclamaban ser los representantes de los rebeldes y que fueron artimañas de ellos lo que había provocado la gran catástrofe del agua de mar.

La noche había caído en Chicago y Cloé halló una manera de disculparse durante un momento de quietud en el noticiero. Tomó el nuevo telescopio y lo puso en una ventana, lejos de los ojos curiosos. En espera de que el cielo se oscureciera, primero observó la ciudad a simple vista. La lucecita que había visto días antes aún brillaba a unos mil doscientos metros de distancia.

Cloé se instaló con todo cuidado y se quedó quieta, afirmando el instrumento y alineándolo con lo que había visto. Después de un rato pudo enfocar el leve rayo al parar el movimiento de los lentes para obtener una imagen perfecta. Para su asombro la fuente de la luz estaba al nivel de tierra. Ella se sentó, y estuvo tanto tiempo inmóvil, que su cuerpo se acalambró, pero era necesario para que su cansado cerebro pudiera descifrar la imagen, hasta hallarle sentido.

Ella recordó las diferentes figuras e imágenes que había acumulado en su memoria a través de su vida y poco a poco Cloé pensó que estaba entendiendo lo que veía. Una ventana a nivel del piso o subterráneo de un edificio grande, quizá de diez o doce pisos, que emitía luz desde dentro. Y mientras observaba, más se convencía de que había movimiento adentro. Actividad humana.

A las ocho de la mañana, hora de Palacio, el supervisor de Chang le asignó la tarea de ayudar a monitorear los informes de muertes y víctimas relacionados con el desastre oceánico. Para asombro de todos los presentes, el agua de los ríos y lagos no fue afectada.

En la oficina donde se hallaba Chang con otros treinta compañeros, sentados frente a sus computadoras, él se limitó a responder a sus colegas que trataban de sonsacarlo, solo con un gruñido ocasional. Tampoco miraba a ninguno directamente a los ojos ni sonreía. Aurelio S. Figueroa, su jefe, un mexicano alto y flaco, un funcionario sumiso que trataba como reyes y reinas a sus superiores, pero a sus subordinados, como siervos.

—Wong, ¿cómo estamos hoy? —dijo el señor Figueroa, con su nuez de Adán sobresaliendo.

—Bien, señor.

—¿Contento con su trabajo?

—Bastante contento.

—¿Supo la noticia?

—¿Acerca de qué?

—El Comandante Supremo Moon.

—No vi nada en el noticiero acerca de él.

—Vamos, maestro Wong, yo sé que usted es una mascota de Carpatia. Con toda seguridad que sabe cosas confidenciales.

Chang meneó la cabeza.

—Moon murió.

—¿Murió? ¿Cómo?

—Lo acribillaron a balazos fuera del avión del Soberano.

Chang trató de parecer atónito y curioso pero detestaba ser considerado como confidente de Figueroa.

—¿El enemigo?

—¡No! No se haga el ingenuo. Nuestra gente de ese nivel está rodeada de Seguridad.

—Entonces, ¿quién?

—Sospechan de los mozos —Figueroa se aproximó más—. Ambos de la India.

—Pero, ¿por qué?

—Nadie más lo hubiera hecho.

—¿Por qué *ellos*?

—¿Por qué no? Usted conoce a los de la India.

—No, no sé.

—Ellos tienen conexiones dentro.

—¿Dentro de qué?

—Aquí.

—¿Por qué?

—Usted *es* ingenuo, ¿no?

Chang se mordió la lengua. Detestaba a la gente que decía sandeces especialmente a los que le doblaban la edad.

—No demasiado ingenuo como para no adivinar su segundo nombre.

Los ojos de Figueroa se ensombrecieron.

—¿Qué tiene que ver eso con todo esto, Wong?

Chang se encogió de hombros.

—Olvídelo.

—De todos modos no podría saberlo.

—Por supuesto que no.

—A menos que haya visto mi archivo personal.

—¿Cómo haría eso?

—No puede. No sin que yo lo sepa. Todo lo que se hace en estas computadoras queda grabado, usted lo sabe.

—Por supuesto.

—Yo podría ver si usted ha estado espiando.

—Adelante.

Figueroa se sonrió ampliamente.

—¡Wong, yo confío en usted! Tiene amistad con Su Excelencia.

—Bueno, mi Padre es.

—Supongo que usted supo que encargaron un programa de computación para detectar mentiras. Yo lo instalé esta mañana.

—¿Cómo pudiera saber eso?

Figueroa apretó el hombro de Chang y a éste le costó gran esfuerzo no retroceder.

—¡Amigo mío, porque usted está conectado!

—No.

—Todos vamos a ser sometidos a investigación, eso lo sabe. Interrogatorios.

—¿Por qué?

—¡Se lo dije! Los de la India, los mozos, tienen una conexión aquí, un espía.

Chang se encogió de hombros.

—¿Quiere ser el primero o el último?

—¿Para qué?

—Para ser interrogado.

—No tengo nada que ocultar. Pueden interrogarme en cualquier momento que lo deseen.

—Revisarán su departamento, querrán ver su computadora portátil.

—Por favor, adelante. El disco duro lleva mucho tiempo sin funcionar.

—Entonces no tiene nada de qué preocuparse.

—No estaba preocupado.

Figueroa miró alrededor como si se diera cuenta de que pudieran criticarlo por prestar demasiada atención a un trabajador.

—Por supuesto que no, Wong. Usted está conectado.

Chang meneó la cabeza.

—¿Quién reemplazará a Moon?

—Akbar es muy importante donde está. Fortunato ya tuvo ese oficio. Quizá la señora Ivins, ¿quién sabe? Quizá nadie. Probablemente el mismo Nicolás. Una cosa es cierta Wong —agregó Figueroa volviéndose para irse—, no serás tú ni yo.

—No esté tan seguro —dijo Chang, odiándose por participar en estos juegos.

Como Chang lo esperaba, Figueroa se detuvo:

—¿Qué dice? ¿Qué sabe?

—Nada que decir, señor —dijo Chang—.Usted sabe que tengo que proteger mi conexión.

—Me está embromando. No sabe nada.

—Por supuesto.

—Ahora, en serio, quise decirlo.

—Yo también, señor.

Cinco minutos después, mientras Chang estaba organizando informes de todo el mundo y juntándolos para dar detalles, Figueroa lo llamó desde su oficina.

—¿Me jura que nunca entró a mirar mis archivos personales?

—Se lo juro.

—Si yo revisara sus computadoras, la de aquí y la suya, ¿respaldarían eso?

—Esta sí.

—Pero ¿su computadora personal?

—Ya le dije. El disco duro se rompió.

—Entonces, esto de saber todo mi nombre…

—Señor, sería especular.

—¿Quiere adivinar?

—Señor, estoy muy ocupado.

—Te doy una oportunidad para que lo hagas.

—Solo hablaba por hablar. No sé.

—Vamos Wong, arriésguese. Le diré qué si lo adivina, yo borraré su nombre de la lista de los que serán interrogados.

—¿Cómo puede hacerlo?

—Tengo mis recursos.

—¿Qué me importa a mí que sea interrogado?

—Es una pérdida de tiempo, una molestia, produce tensión.

—No si uno es inocente. Yo nunca supe de los mozos de la India.

—La oferta sigue en pie.

Chang suspiró. ¿Por qué había empezado esto? Y ¿quién creería que a Figueroa le importara un comino.

—Yo sé que empieza con S.

—Todos lo saben. Está en mi placa. Pero, quizá es como la S de Harry S Truman y no quiere decir nada.

—Usted usa el punto así que la S significa algo. Voy a adivinar.

—A menos que haya mentido acerca de meterse en mi archivo, le apuesto cien nicks a que no puede adivinarlo en diez tentativas.

—Solamente haré una.

—Oigamos.

—Secuoya.

Un silencio prolongado. Figueroa dijo una palabrota.

—¡Usted no puede saber eso!

—¿Tengo razón?

—Sí, y lo sabe, pero ¿cómo lo supo? No es un nombre mexicano. Ni siquiera español.

—Yo supuse que era indio. Quiero decir indio americano.

—Dígame cómo supo eso.

—Lo supuse, señor, pensé que tenía sentido.

———————

¿Por qué habría una luz en Chicago? Cloé se preguntaba si sería posible que alguien más hubiera descubierto que David Hassid había puesto las lecturas de radiación en la base de datos computarizados de la CG. Eso le recordó que aún no le había dado la espantosa noticia a Camilo.

Cloé trató de hacer un mapa del lugar donde hallaría la ventana iluminada, entonces instaló el telescopio y llamó a Camilo. Le rompió el corazón saber que él estaba en Petra y tan entusiasmado como recordaba que no había estado por largo tiempo. Ella dejó que él hablara largo rato de lo que había pasado, cómo Raimundo había visto al ángel siendo sanado por este mismo, y cómo él y los demás del helicóptero vieron como el ángel los había protegido a todos de los disparos de la ametralladora.

Cloé solamente podía estar de acuerdo con Camilo acerca de las señales y prodigios, las confrontaciones con Carpatia, el cambio sobrenatural de Jaime, la emoción de piratear la red para difundir la verdad. Finalmente se dio cuenta que el entusiasmo de ella no era igual que el de él.

—¿Querida, te encuentras bien?

—Camilo tengo una mala noticia que darte. Dos soldados de la CG desaparecidos en acción asesinaron a David Hassid y todos nos pusimos de acuerdo para no decirles nada a ti ni a Jaime hasta que el trabajo de ustedes estuviera casi terminado... ¿Camilo, estás ahí?

—Dame un minuto —dijo finalmente.

—No sé cuándo papá se lo dirá a Jaime. Tiene que ser pronto si está ahí con ustedes.

—Sí —pudo decir Camilo—. Probablemente hará que salgan todos del helicóptero. No queremos que la gente vea aún a Jaime.

—Por supuesto.

—Cloé, ¿qué vamos a hacer?

—No sé. Lo más horrible es que esto empeorará más. Antes de quedarme dormida repaso mentalmente a todos los que nos van quedando y no puedo evitar preguntarme...

—Yo sé. ¿Quién será el próximo? —solo conocía a David desde un punto de vista práctico y lógico, no como lo conocían los demás.

—Él era tan valioso —dijo Cloé—. ¿Qué sabemos del hermano de Ming?

—David tenía muy buen concepto de él pero aún es un adolescente. Y nunca estará en el mismo puesto que David ni tendrá el mismo acceso que éste tuvo. Detesto hablar así, solo por lo que significa para el Comando Tribulación pero...

—El proceso del duelo tiene que menguar, Camilo. Ahora todo es de vida o muerte. Cada pérdida hace más difícil que el resto de nosotros sobreviva y lo más natural es que lo consideremos de esa manera. Yo solo quiero que vuelvas sano y salvo una vez más.

—Pronto —dijo Camilo— Tu papá quiere usar los contactos clandestinos que tiene Abdula para conseguir un avión supersónico con capacidad para ocho o algo así. Las credenciales de Albie siguen intactas así que él nos llevaría a todos de regreso a los Estados Unidos y recogería a Zión para una visita personal a Petra.

—Yo quiero ir —dijo ella.

—Acabas de decir que nos querías de vuelta sanos y salvos.

—Necesito niñeras.

—Ponte seria. A todos nos hace falta un poco de descanso y distracción antes del Armagedón.

—Yo no.

—¿De qué hablas?

—Papá prometió que yo podría ir en la próxima misión, si todas las bases estaban cubiertas. Entendí que eso significaba que iría, si había suficientes personas aquí para cuidar a Keni.

Camilo se quedó callado.

—¿No lo apruebas?

—No —replicó él—. Keni superaría con mayor facilidad perderme a mí que a ti.

—No seas tonto.

—¿*Lo soy?* Presta atención a lo que dices. Tú eres su madre.

—¿Entonces yo tengo toda la responsabilidad?

—No se trata de eso…

—Quiere decir que tú eres tan importante para el Comando Tribulación que no podemos arriesgarnos a perderme a mí, para que tú quedes como el responsable de Keni.

Ella se dio cuenta de que Camilo estaba enojado.

—No puedo creer que yo esté aquí, en medio del desierto, discutiendo con mi esposa acerca de quién cuidará al bebé. Oye, no puedes volver con Zión porque la CG está esperando hasta que él regrese para efectuar un ataque aéreo.

—Sin embargo, mandas a Zión a eso y hay un millón de personas que diariamente dependen de él.

—Creemos que aquí él estará protegido.

—¿Y yo no?

—No lo sabemos. Recuerda que David murió.

—Camilo, no quiero discutir esto por teléfono. Por favor, no me digas que no hasta que tengamos la oportunidad de conversarlo con más calma. Y, ten cuidado, te amo y no podría vivir sin ti.

Con su teléfono en el bolsillo Cloé charlaba descuidadamente con Zeke, sin que los demás pudieran escuchar lo que hablaban.

—Si yo tuviera que salir un rato, ¿tú cuidarías a Keni, sin sentirte obligado a mencionarle a nadie que yo me fui?

—¿A esta hora de la noche? Señora, es…

—Zeke, por favor, yo soy una mujer adulta y necesito salir de aquí. Llevaré mi teléfono.

—Yo no podría mentir por usted.

—No te lo estoy pidiendo. Solo que no digas nada que no te pregunten. No quiero que nadie se preocupe.

———————

Camilo regresó al helicóptero. El traslado de gente a Petra era lento pero continuo. Quería que Raimundo supiera que él ya sabía de David y tener la oportunidad para decírselo a Jaime. Pero mientras iba pasando entre la entusiasmada multitud, lo distrajeron unos niños con piel bronceada, agotados por el vuelo y dormidos sobre los hombros de sus padres. ¡Cuánto echaba de menos a Keni!

De repente la atención de la muchedumbre se dirigió hacia el este y sus sonrisas se congelaron. Camilo se dirigió hacia un punto donde pudiera observar mejor lo que pasaba. A través del desierto venían tres gigantescas nubes de polvo que amenazaban con tapar el ya disminuido sol. Las dos de la izquierda seguían separándose de la que venía por la derecha. Camilo llamó a Chang pero descubrió que este estaba temporalmente incomunicado. Marcó el número de Raimundo.

—Cloé me dijo lo de David. Líbrate de los demás por un minuto y conversa con Jaime. Y ¿qué te parece eso que viene?

—Abdula ya lo averiguó —informó Raimundo—. Tropas de la CG terrestres. Van a separarse hasta que se abalancen sobre la gente, simultáneamente, desde tres direcciones diferentes, obligándolos a meterse en el desfiladero de la entrada, donde solamente cabe un número limitado.

Camilo empezó a correr a toda velocidad hacia el helicóptero.

—La noticia de David puede esperar. ¿Estamos los demás a salvo o solamente es Jaime? ¿Y la gente que está fuera de la entrada, estará segura?

—Yo voy a cambiar puestos con George y subiré donde pueda dar una mirada a estas tropas —dijo Raimundo—. Quédate cerca para cuando baje. Es posible que tengamos que recurrir a las armas.

—¿Armas? —dijo Camilo—. Escuché algo de eso. No cuentes conmigo.

—Puede que cambies de idea si la CG abre fuego.

Pudiera suceder, pensó Camilo.

QUINCE

Cloé salió del edificio vestida con unos pantalones oscuros y una chaqueta negra. Además del teléfono llevaba una antigua Luger que encontró entre las pertenencias de Raimundo. Había practicado con el arma hasta que aprendió cómo cargarla y poner el seguro. No sabía cómo dispararla, podía adivinarlo, pero tenerla le producía un sentimiento de seguridad.

Caminó cinco cuadras en la oscuridad total de las calles sin luz y sin oír un sonido. Cloé miraba a la izquierda ahora al cruzar cada calle, imaginándose que estaba cerca de su blanco. ¿Cuán lejos podía estar? Decidió que a unos cuatrocientos metros, así que dobló a la izquierda y anduvo dos cuadras y empezó a mirar en ambas direcciones en cada esquina.

En su helicóptero, Raimundo alcanzó una altura menor de doscientos cincuenta metros, lo necesario para tener una idea de lo que les estaban mandando las fuerzas de Seguridad e Inteligencia de la Comunidad Global.

—George —dijo—, haz el favor de cambiar de asiento con el doctor Rosenzweig.

—¿Qué es lo que vemos? —preguntó Jaime mientras se acomodaba. Raimundo le explicó mientras señalaba las dos columnas de tanques, camiones blindados, transportes de tropas y lanzadores de cohetes, que se colocaban en círculo alrededor de la enorme multitud de israelíes.

—Me preocupa que solamente ustedes, los creyentes israelíes, estén seguros —dijo Raimundo—, pero ¿estarán a salvo inclusive fuera de los muros de Petra?

—Capitán, la pregunta debe ser lógica. Solo un milagro de Dios podría ayudarnos, todavía faltan horas para que toda esta gente esté dentro. ¿Cuánto tiempo pasará antes que nos alcancen esos atacantes?

—Probablemente ellos estén ahora dentro del alcance de fuego —dijo Raimundo—. En veinte minutos más todos estarán en posición. Si ellos avanzan con la misma rapidez que se organizan, pelearán con nosotros mano a mano en diez minutos más.

—Aproximadamente media hora…

—Como máximo.

—Mi gente no está armada ni preparada para defenderse. Estamos a la merced de Dios.

—Me siento tentado de pedirle que inste a todos los creyentes que no son israelíes que entren a Petra tan rápido como puedan —dijo Raimundo—. ¿Crees que tu gente les permitirán llegar al frente de las filas de helicópteros y abrir paso a los que entren caminando?

—No si no entienden lo que está pasando y, ¿cómo si no hay tiempo para explicaciones?

—La alternativa es que el Operativo Águila suspenda los vuelos y que todo creyente en buenas condiciones, excepto los de Israel, sea armado y preparado para resistir este ataque.

—Capitán, serán superados en cantidad sin ninguna esperanza.

—Pero nosotros les causaríamos daños y no caeríamos sin pelear.

—Ni siquiera intentaría aconsejarte —dijo Jaime—. Haz lo que crees que debes hacer. ¿Qué es lo que te dice Dios?

—Me dice que estoy tan asustado como nunca pero no debo quedarme inmóvil y permitir una masacre. Doctor, ¿eres capaz de manejar un arma?

—Perdóname pero no estoy aquí para resistir con armas. Solo para hacerme cargo de esta gente en Petra y preparar el camino para la visita de Zión. Cuando él se vaya, yo me quedaré.

Raimundo miró por encima del hombro y gritó:

—George, Abdula, averigüen dónde están Albie y Mac. Infórmenles nuestra situación y que se comuniquen con nosotros tan pronto como estemos en tierra, si les es posible. Estén al tanto para cargar armas e instalar un perímetro a noventa metros frente a los israelíes.

—Capitán, supongo —dijo Abdula— que si vamos a rodearlos hasta los muros de cada lado del desfiladero, probablemente estaremos separados por más de cuarenta y cinco metros uno del otro.

—No dije que esto sería fácil, ni siquiera exitoso, Smitty. Estoy dispuesto a escuchar sugerencias.

—No tengo ninguna.

—Entonces, reúne a nuestros hombres y di al resto del personal del Operativo Águila que estamos bajo órdenes de combate a partir de este momento —miró a Jaime y le hizo señas para que se acercara.

—Doctor, necesito decirle lo que pasó ayer…

———————

Chang fue el mecanógrafo más rápido en su escuela secundaria en China, independientemente de que escribiera en chino o inglés. Ahora, estaba escribiendo códigos en una segunda ventana, en el monitor de su computadora, cada vez que tenía una oportunidad. Ubicó su monitor de forma tal que no coincidiera con la ubicación de la cámara de vigilancia ni estuviera a la vista de sus colegas, siempre y cuando éstos se quedasen en sus puestos de trabajo. También hizo un esfuerzo por no mirar el teclado mientras escribía, sino el reflejo del monitor que le indicaba cuando Figueroa u otro pasaba observando lo que hacía.

La ventana secundaria, como él la diseñó, mostraría cualquier revisión de la máquina en forma de un bloc de anotaciones locales, pero él programó los códigos de modo que parecieran teclas aleatorias más que un contenido con sentido. Si le preguntaban, podría atribuir la jerigonza al residuo de la traducción del chino al inglés o hasta un lenguaje computacional. Él estaba construyendo y formateando un disco duro independiente al cual pudiera tener acceso de cualquier parte y que duplicaría la capacidad de su computadora portátil.

Cloé seguía mirando su reloj, preguntándose si era una tonta. ¿Qué esperaba encontrar? ¿Estaba satisfaciendo su curiosidad? Salir sola, especialmente en una noche oscura, le daba una sensación de libertad completamente satisfactoria que, a su vez, le hacía preguntarse si era demasiado joven para las responsabilidades que tenía. Ella era esposa, madre, jefe de una cooperativa internacional que para sus millones de miembros marcaba la diferencia entre la salud y enfermarse de hambre hasta morir. Y, no obstante, ¿necesitaba esta clase de escapadas? ¿Un escape con más riesgos de los que ella conocía?

Finalmente llegó a una esquina, donde miró a la derecha infructuosamente y, luego, a la izquierda, cosa que la hizo detenerse. ¿Sería eso la fuente de luz, esa débil franja de una sombra más clara que parecía colorear la negrura desde cuatro o cinco cuadras de distancia? ¿Tenía el tiempo o la energía para ver si se había equivocado en sus cálculos? Por supuesto. ¿Para qué otra cosa estaba ella ahí? Era claro que, en realidad, Camilo y posiblemente su papá no le iban a permitir ir a Petra con Zión cuando de seguro habría un ataque aéreo. Esta pudiera ser su única misión y, por supuesto, había posibilidades de que no tuviera ningún resultado, pero era mejor que nada, aunque fuera una necedad y terminara como un juego del escondite en la oscuridad.

Ella viró a la izquierda.

———

Raimundo maniobró y voló en círculos para descender y mientras se nivelaba para el aterrizaje, vio que Camilo corría hacia él, haciéndole señas con un dedo como degollándose para que apagara los motores lo más pronto posible. Desde toda la zona surgieron otros choferes y pilotos de sus respectivos vehículos dirigiéndose a él, en espera de instrucciones y armamento para resistir la CG.

Sin embargo, la multitud parecía no hacer caso al personal del Operativo Águila ni al de la CG, aunque las nubes de polvo y los ruidos de los motores se acercaban. La gente parecía paralizada, aglomerándose en el angosto sendero que permitía la entrada a las murallas de Petra. Raimundo aterrizó con rapidez para ver lo que ellos estaban mirando.

Camilo llegó al helicóptero, haciéndole señas insistentemente para que éste apagara los motores. Raimundo lo hizo de inmediato y se apresuró a abrirle la puerta a Jaime.

—Todos afuera —dijo Camilo—. ¡Tienen que ver esto!

—¿Necesitamos armas? —preguntó Raimundo y salieron.

—¿Te parece que hacen falta? Sígueme. Jaime, ¿te encuentras bien?

—No me llames Jaime, dime Miqueas, estoy bien, guíanos.

—¿No hay peligro de que la gente lo reconozca? —dijo Raimundo.

—Nadie mira —replicó Camilo.

—Me di cuenta —dijo Raimundo, avanzando detrás de Camilo y observando que Jaime se había alzado la túnica y, de alguna manera, se mantenía al ritmo de ellos. George y Abdula corrían detrás.

Camilo los llevó a un punto inclinado, luego dobló y subió hacia donde se encontraba una gigantesca roca que tenía una superficie lisa desde la cual podían mirar a los cientos de miles.

—Allí —dijo Camilo—, cerca de la entrada, ¿ven?

————————

Cloé se emocionaba más mientras caminaba. El contraste de la luz y la oscuridad se hizo más intenso y supo que había encontrado lo que vio desde la casa de refugio en la Torre Fuerte. Ella sabía que probablemente solo existía en su mente la posibilidad de que esa luz representara algo más que el alumbrado callejero, activado por una red eléctrica peculiar.

Pero al llegar a una cuadra y media de la ventana, que estaba enrejada, sin duda a nivel del piso, vio la cámara instalada directamente encima de la ventana, cubierta por una gruesa caja metálica que no le sorprendería saber, estaba pintada de grafito. Una pequeña luz roja brillaba y los lentes, aunque ella apenas podía verlos, oscilaban en un arco de 180 grados.

Cloé tenía la seguridad de que estaba demasiado lejos de cualquier fuente de luz que hubiera sido captada por lo que parecía ser una cámara anticuada, pero se mantuvo cerca de los edificios y de los escombros de construcciones, deteniéndose cada vez que detectaba que los lentes apuntaban en su dirección. Cuando se iban a otro punto del ángulo, ella se apresuraba a acercarse más.

Finalmente cruzó la calle que está en el lado opuesto de la cámara y apretó su espalda contra la pared. Volvió a detenerse cuando le pareció que ésta la localizaba y cuando la cámara continuaba oscilando, ella se acercaba más. Llegó el momento en que estaba a un metro de donde la luz de la ventana llegaba a la pared al lado de ella, en el otro extremo de la calle. Dentro de la ventana vio solamente una unidad de luz fluorescente que iluminaba con tres de sus cuatro tubos. Cuando la cámara volvió a escrutar su posición, se dio cuenta de que la luz apenas rozaba su manga izquierda. Se quedó petrificada preguntándose si la cámara tenía alguna clase de sensores para detectar movimiento.

Aquí venía de nuevo la rotación de los lentes. Cloé se quedó donde estaba pero movió ligeramente su brazo en el borde de la luz. La cámara detuvo su rotación y la luz de la ventana se apagó. Ahora todo lo que veía era el punto rojo que permanecía fijo. Se imaginó que los lentes se abrían tratando de descifrar qué estaba al otro lado de la calle, ahí en la oscuridad.

¿Debía correr? ¿Sería posible que lo que controlaba la cámara y la luz estuviera tan asustado como ella? ¿Querría o querrían atraparla o asustarla para que se fuera o, simplemente, darse cuenta de lo que estaba allá fuera? Cloé respiró profundamente tratando de relajarse, se esforzó por regular su respiración. Una cosa era cierta, si podía confiar en David y Chang, estaba segura de que esto no era de la CG.

Cloé empezó a cruzar la calle de puntillas y cuando llegó a la mitad notó un letrero borroso en la pared, pero estaba muy oscuro para leerlo. Se quedó allí, la cámara parecía estudiarla. Finalmente se volvió a encender la luz fluorescente. Ella no se movió salvo para alzar los ojos y leer el cartel. Era una especie de cambio de monedas. Eso significaba que detrás de las rejas había una ventanilla probablemente hecha con vidrio blindado.

Metió las manos en los bolsillos, anidando en su palma derecha la culata de la Luger. La cámara seguía fija en ella mientras se iba acercando más a la ventana y los lentes se movieron solo lo suficiente para mantenerla enfocada, con el débil zumbido que le decía que tambíen se ajustaba constantemente para no perderla. Después de un largo rato, sin ninguna precaución, se dobló para mirar dentro de la ventana.

Un intercomunicador se activó:

—Identifíquese y explique su marca.

———————

Allí, justo por encima de las cabezas de la gente que formaba el frente de la multitud, estaba el hombre que Raimundo sabía era Miguel. Vestido en forma parecida a Jaime, aunque más alto. Levantó ambas manos y el silencio que cayó sobre los israelíes fue tal que todos pudieron escucharlo aunque habló en tono normal de conversación. Raimundo estaba mucho más allá del borde de la multitud, pero parecía como si Miguel le estuviera hablando directamente al oído.

Si el efecto en la multitud era el mismo que en él, ellos estaban llenos de una paz sagrada.

Miguel comenzó: "No teman, hijos de Abraham. Yo soy su escudo. No teman, pues Dios ha oído sus ruegos. Él les dice: 'Yo soy el Dios de Abraham, vuestro Padre, no teman pues, Yo estoy con vosotros y los bendeciré'.

"He aquí, el Señor vuestro Dios ha puesto la tierra delante de vosotros. Vayan y poséanla, como el Señor Dios de vuestros padres les ha dicho; no teman ni desmayen. Oye, Israel, te acercas a este día de batalla contra tus enemigos, que vuestros corazones no desfallezcan, no teman, no tiemblen, sean fuertes y de buen ánimo; no tengan temor ni miedo de ellos, pues el Señor vuestro Dios es quien va con vosotros; Él no os fallará ni los desamparará.

"La paz sea con vosotros; no teman, no morirán. No se desvíen del servicio al Señor sino sírvanle con todo vuestro corazón. Dios vuestro Padre dice: 'Comerán pan en mi mesa continuamente. Sean valientes'. No teman pues los que están con vosotros son más que los que están con ellos.

"No tendrán que luchar en esta batalla; prepárense, quédense quietos y vean la salvación del Señor con vosotros, oh Judá y Jerusalén, el Señor estará con vosotros. Dios los oirá y los afligirá porque ellos no temen su nombre. Di a los que son de corazón temeroso: 'sé fuerte, no temas; he aquí, vuestro Dios vendrá con poder, sí, Dios con retribución; vendrá y los salvará'".

Miguel bajó y empezó a caminar entre la multitud que retrocedía y lo seguía con los ojos. Mientras pasaba entre ellos los alentaba. "Pues el Señor vuestro Dios sostendrá la diestra de vosotros diciéndoles: 'Pueblo de Israel, no teman, yo les ayudaré'. Así dice el Señor vuestro Redentor, el Santo de Israel.

"Así dice el Señor que te creó, oh Israel, 'no temáis pues Yo te redimí; os he llamado por tu nombre; tú eres mía'. Te irá bien. Alégrate y regocíjate pues el Señor hará grandes cosas. Todos los cabellos de tu cabeza están contados. Por tanto, no temas; pues tú vales más que muchos pajarillos.

"El Señor Dios dice: 'No temas pues Yo soy el primero y el último'. Resiste firme entonces, remanente de Israel. ¡No teman! ¡No teman! ¡No teman! ¡No teman!"

La multitud comenzó a seguir el cántico, con mayor fuerza a medida que Miguel se abría camino al borde de la multitud, con vistas a lo que ahora era la columna del centro del polvo del desierto que se aproximaba veloz. Él se paró ahí, apretando su túnica contra el pecho, mirando a los ejércitos del maligno que avanzaban y, tras él, la multitud que le seguía.

Raimundo, Camilo, Abdula y Jaime se apresuraron a bajar confundiéndose con la multitud que seguía a Miguel. Raimundo no sabía cómo se sentían los demás. Él no sentía miedo y nunca había descansado con más seguridad en Dios.

———

Cloé se dio cuenta de que tenía un nudo en la garganta, pero ¡ellos podían ver su marca! Se aclaró la voz:

—Si pueden verla, no es necesario que la explique.

—Identifíquese.

—¿Qué más necesitan saber aparte de que soy una hermana en Cristo?

—¿Cómo pudo sobrevivir a la radiación? ¿Está protegida sobrenaturalmente?

—Responderé solamente cuando sepa que todos ustedes son creyentes.

—Si nos convence de que no está radioactiva la invitaremos a entrar.

—Necesito estar segura de que no hay un enemigo entre ustedes.

—Todos somos creyentes. No carpatianistas ni CG.

—La radiación es una estratagema realizada por los judaítas —Cloé había cruzado un límite del cual no había retroceso. Otro poco más de información que fuera secreta para el enemigo y delataría la casa de refugio y a sus camaradas.

—¿Con qué propósito?

—Ustedes deben suponerlo.

—Hermana, ¿está sola?

—Quiere decir…

—¿Hay alguien con usted ahora?

—No.

Hubo un largo silencio. La cámara seguía fija en ella, la luz encendida en la sala vacía. Tenía una raída alfombra industrial, color gris y agujereada, con un mostrador verde empotrado en una pared y tres puestos de cambio, con ventanillas de plexiglás, todo este mobiliario sin uso desde hacía mucho tiempo.

Una puerta en el rincón más alejado se abrió lentamente y salió un hombre de color, descalzo, con pantalones sin cinturón y una camiseta blanca sin mangas. Quizá estaba muy cerca de los treinta años; era musculoso y se movía con cautela, caminando sobre la alfombra, parado directamente bajo la luz miraba hacia fuera sin sonreír. Cloé vio un rayo de esperanza, curiosidad, quizá diversión en sus ojos. Él la invitó con una seña que se acercara más a la ventana, y ella bajó su cara quedando a centímetros del vidrio. Él prorrumpió en una amplia sonrisa.

—¡Saludos, hermana! —dijo en voz alta, y ella vio la marca de Dios en su frente.

Él corrió a la puerta y llamó a los demás. Apareció una joven de color, más o menos de la edad de Cloé, vestida con pantaloncitos cortos y una enorme camisa blanca de hombre. Cloé se sintió como una especie exhibida en el zoológico. Luego salieron dos mujeres latinas, de edad madura, una de huesos grandes pero delgada, y la otra más baja.

—¿Se encuentra bien? —preguntó la joven de color—. ¿Cuánto tiempo ha estado fuera?

—Casi una hora pero he estado fuera antes. Muchas veces.

—¿Y está sana?

Cloé sonrió.

—¡Estoy bien! ¡No soy contagiosa!

—¡Deja que entre!

—¡Sí, que entre!

—¡Traigan a Enoc, él decidirá!

Por estar en primera fila Raimundo se fijó que cada una de las tres enormes divisiones de los batallones de la CG, eran tanques de rodaje completo, que trituraban las rocas, la tierra y la arena, rebotando y rodando encima del suelo irregular. Detrás de ellos, más allá de las nubes de polvo, por lo que podía divisar desde el aire, había lanzadores de misiles. Luego venían los cañones, detrás los transportes blindados de personal, los camiones, vehículos como jeeps con soldados armados y luego los vehículos menores.

Raimundo calculó que la velocidad era de unos cincuenta y cinco kilómetros por hora y supuso que pronto se sincronizarían en una parada, desde la cual todas las armas de sus arsenales tendrían la potencia máxima para matar. Sin embargo, parecía que no se detenían, estando ya a ochocientos metros, luego a cuatrocientos. Apuntaron sobre los civiles desarmados y, súbitamente, Raimundo sintió que se hundía. Solo había supuesto que las fuerzas restantes del Operativo Águila se colocarían detrás de Miguel simplemente con confianza, pero ¿y si actuaban basándose en la orden anterior? ¿Qué si Albie o Mac u otro les habían dado armas y ellos devolvían el fuego o, peor, lo iniciaban?

Quiso tomar su teléfono y su intercomunicador para confirmar que su gente se quedaría tranquila y permanecería desarmada, pero ahora la CG estaba casi encima de ellos. El ruido retumbaba en los muros y el polvo volaba alrededor de ellos. Aún así, ningún bando abría fuego. Finalmente Raimundo se dobló y se volvió, protegiéndose los ojos del polvo y atisbando para atrás a fin de cerciorarse de que ninguno de los suyos fuera a iniciar la acción. Hasta donde podía ver, los israelitas y las fuerzas del Operativo Águila permanecían en calma, firmes y confiados en la protección de Dios.

Raimundo tuvo que hacer un esfuerzo para no sonreír. En su humanidad había admitido que estaría en el cielo en cosa de segundos, pero su instinto de supervivencia quería que él se defendiera. Sin embargo, las promesas de Dios también resonaban en sus oídos. Meneó la cabeza por la demencia del ego de Carpatia. Era claro que estos ejércitos de tres cuerpos habían recibido instrucciones de no disparar a menos que les dispararan y tenían la intención de aplastar a los israelíes y ¡molerlos en el suelo!

Ahora ya estaban a treinta metros de distancia pero Raimundo no oía un ruido desde atrás ni un grito de los labios de nadie. Este torrente de la boca de la serpiente iba a golpearse contra un muro invisible o sería barrido por una pared de agua salida de la nada o los israelíes y sus ayudantes resultarían ser tan etéreos que las armas destructoras los atravesarían sin dañarlos.

Tres metros y llegaba al punto cero, repentinamente, toda la masa del pueblo de Dios se arrodilló tapándose los oídos por los retumbantes truenos que resonaban como montañas que se desplomaban. Alrededor del mar de gente, justo a los pies de los que estaban en primera fila por cada lado, la tierra se partió y se abrió como kilómetro y medio alejándose de Petra.

Los ecos de la fractura de la tierra eran tan fuertes como la fisura real y como los tanques, los misiles, los cañones y las armas personales eran disparadas por el pánico o por estar remecidas a su misma médula, los proyectiles salían disparados hacia arriba para, oportunamente, caer de vuelta a los ejércitos que se hundían. El humo y el fuego subían en grandes bocanadas desde la garganta colosal que parecía llegar a las mismas entrañas del infierno. El rugido de los motores acelerados a fondo, cuyos engranajes de marcha hacían funcionar orugas o ruedas de acero que simplemente giraban en el aire, no lograba tapar los alaridos de las tropas que habían estado a segundos de aplastar a su presa y ahora, se hallaban arrojados a su muerte.

Raimundo y quienes le rodeaban se destaparon los oídos y extendieron los brazos muy ampliamente para mantener su equilibrio pues, aún de rodillas, eran mecidos por las sacudidas. Era como si estuvieran navegando en terreno movedizo mientras la tierra volvía a la normalidad lentamente. Los muros del abismo se juntaron como el Mar Rojo debe haberse unido milenios atrás, y el suelo rocoso suelto de la superficie súbitamente fue nuevo. El polvo se asentó y la quietud flotó sobre los reunidos.

Miguel se había ido. Jaime se paró despacio y se dirigió a la gente.

"Ya que están de rodillas, ¿qué mejor momento para agradecer al Dios de la creación, al Dios de Abraham, Isaac y

Jacob? Agradecerle al que se sienta por encima de los cielos, por encima del cual no hay otro. Agradecerle al Único en quien no hay cambio, ni sombra de variación. Alabado sea el Santo de Israel. ¡Alabado sea el Padre, el Hijo y el Espíritu Santo!"

Enoc resultó ser un español incongruente con su nombre y lo que portaba, de todas las cosas posibles, una Biblia barata de tapa dura, como las que se hallan en un hotel o en los respaldos de los bancos de la iglesia. También vestía raramente, calzando zapatos muy caros sin cordones ni medias, pantalones de caquis y una camiseta más bien corta. Cloé decidió que esta gente lucía como si hubieran asaltado una tienda del Ejército de Salvación.

Enoc consultó con los demás, luego le hizo señas a Cloé para que se acercara desde la esquina a la entrada principal, donde ella esperó mientras él abría cerrojo tras cerrojo. Finalmente, se abrió la puerta interior y Enoc cruzó el pequeño vestíbulo para abrir la puerta de la calle.

—Tenemos un abastecimiento limitado de comestibles —dijo mientras le sujetaba la puerta.

—No busco comida —dijo ella—. Sentí curiosidad por la luz.

—Pensamos que éramos los únicos que quedaron en la ciudad —dijo él—. Tenemos funcionando la cámara por si acaso pero estamos a días de desactivarla para conservar energía.

—Tengo muchas preguntas —dijo Cloé.

—Nosotros también.

—Me temo que yo no pueda decir mucho —dijo ella—, entenderé si ustedes optan por lo mismo.

—Nosotros no tenemos nada que ocultar —dijo Enoc.

—¿Qué es este lugar?

—Fue una oficina de cambios de divisas pero está unida al subterráneo de un viejo edificio de oficinas que estaba abandonado. Como se conectan, pensamos que sería más seguro para nosotros permanecer mayormente en el subterráneo, en especial pues hay allí una bóveda abierta. Nunca encontramos la combinación, así que no la cerramos por completo, pero algunos prefieren dormir ahí.

Enoc condujo a Cloé por el vestíbulo de la vieja oficina de cambios, donde los curiosos que antes la habían estado observando por la ventana, ahora la saludaban tímidamente contemplándola fijamente. Justo pasada la puerta y avanzando por el pasillo estaba la enorme bóveda y ella supuso que este fue originalmente un banco. Ninguna oficina de cambios, ni siquiera en Chicago, necesitaría una bóveda tan grande.

—¿Cuántos son ustedes aquí? —preguntó Cloé.

—Desde anoche, treinta y uno.

—No habla en serio.

Enoc ladeó la cabeza y sonrió.

—¿Por qué no?

—¿Qué hacen aquí? ¿Cómo llegaron?

—Bueno —dijo él, abriendo una puerta que daba a un gran salón del subterráneo, con columnas—. Yo estoy seguro de que eso es lo que mis amigos y yo queremos saber de usted.

Ella entró para encontrarse con los ojos alertas y curiosos de todos.

———

Raimundo estaba hablando por el intercomunicador con el personal del Operativo Águila.

"Gente, apresurémonos. Quiero rondas constantes de vuelos de helicópteros para llevar a esta gente dentro de Petra. Hay materiales de construcción y misceláneos que se trajeron por aire o tierra. Creemos que Carpatia cometió un grave error y usó nuestra pista aérea de Mizpe Ramon en lugar de destruirla, así que nosotros podemos usarla para despegar y volver a nuestros hogares antes que él se entere de lo qué pasó aquí. No sobrevivió nadie para contarle, así que por ahora, él tiene que suponer que simplemente, perdió contacto radial.

"Una vez Miqueas esté dentro, nuestra misión queda cumplida. Adiós y que Dios los acompañe".

Raimundo apagó el intercomunicador y por medio de una conferencia telefónica habló con todos los miembros del Comando Tribulación.

"Preparémonos para volver a casa y traer a Zión. Él tiene un compromiso para hablar aquí".

DIECISÉIS

Cloé se sentó en una silla metálica barata, rodeada por un grupo de personas de diferentes culturas, que la observaban detenidamente y que tenían entre veinte y treinta años. Tenía mucho que preguntar pero ellos insistieron en hacerlo primero. Era claro que eran creyentes verdaderos pero ella seguía orando en silencio, rogando a Dios que le diera paz acerca de hablarles del Comando Tribulación.

—¿Ninguno de ustedes ha estado fuera desde el bombardeo de la ciudad? —preguntó ella.

Ellos lo negaron con un movimiento de cabeza. Enoc dirigía la conversación.

—Si llegamos a creer que es seguro, todos saldremos a dar un paseo antes que amanezca. Ahora, cuéntenos más.

Cloé respiró profundo.

—¿Enoc, usted responde por todos los presentes?

—Revise nuestras marcas.

Cloé sabía que eso era innecesario. Y dejó para el final sus dos revelaciones de mayor importancia.

—El mentor espiritual del que les hablé es judío. Era un rabino. Él es el doctor Zión Ben Judá.

El grupo se quedó atónito evidentemente, muchos sonriendo, otros meneando la cabeza. Finalmente un latino dijo:

—¿Ben Judá vive en Chicago?

Ella asintió, diciendo:

—Y yo soy Cloé Steele Williams.

Enoc se inclinó hacia ella, temblando:

—Y nosotros tenemos hambre —dijo, haciendo que los demás se rieran.

—Me doy cuenta —replicó ella—. ¿Qué comen para sobrevivir?

—Comida enlatada y alimentos deshidratados. Los hemos racionado lentamente pero se están acabando rápido. Si el doctor Ben Judá tiene la razón y aún nos quedan tres años y medio por pasar, no vamos a llegar. ¿Cree que la cooperativa pudiera…?

—Mande un par de personas que vayan conmigo y yo les daré provisión suficiente para un mes. Luego, nos organizaremos de alguna forma en la cual ustedes puedan contribuir a la cooperativa y comenzar un trueque por comida y otros artículos.

Varios se ofrecieron de voluntarios.

—También queremos viajar —dijo Enoc—, para ayudar a otras personas y hablarles de la verdad. Estamos desesperados por tener la oportunidad de hacer eso.

—Con tiempo podemos hacer los arreglos —dijo ella—, ahora, cuéntenme la historia de ustedes.

———

Laslos Miclos estaba acostumbrado a un estilo de vida de rico pues, antes de las desapariciones, era el propietario de una lucrativa empresa minera de Ptolemais, Grecia. Pero cuando él y su esposa se convirtieron en creyentes en Cristo, sus centenares de camiones y docenas de edificios se convirtieron en camuflaje de la iglesia clandestina griega, que llegó a ser la más grande de los Estados Unidos Carpatianos.

Los griegos seguidores de Jesús vivían al borde del peligro, pero por un tiempo pareció que Nicolás Carpatia estaba más interesado en proyectar una imagen de tranquilidad en la región que llevaba su nombre que por desarraigar a los disidentes. Laslos no creía que él y sus hermanos creyentes se fueran a confiar demasiado pero, de alguna manera, uno de sus lugares secretos de reunión había sido descubierto, alguien fue capturado y habló, y la asamblea más grande había sido allanada. Muchos fueron martirizados y los demás se desparramaron.

Laslos perdió a su esposa en la guillotina, también al pastor y su esposa, más una docena de adultos y muchos adolescentes. Él no fue a la reunión en la noche del allanamiento y ahora vivía con un sentimiento de culpa. ¿Acaso hubo algo que él pudo hacer? Aunque sentía todavía la mano de Dios en su vida, el Señor guardaba un extraño silencio acerca de su culpa. Laslos era el más importante de los que habían escapado e inmediatamente se ocultó, al norte de la ciudad.

Temía que no sería difícil descubrir un escondite, relacionado de alguna manera con su empresa, pero sabía que había un basurero que fue abandonado mucho tiempo atrás, rodeado por montañas de residuos, hasta tierra y grava y trozos de concreto. Con la ayuda de unos amigos de confianza él cavó un escondite profundo donde dormía durante el día, y con suficiente espacio para baños, un catre y un pequeño televisor. En medio de la noche, cuando parecía que las paredes se cernían sobre él, salía para conectarse con otros creyentes fugitivos que luego se enlazaron con miembros clandestinos de la Cooperativa Internacional de Bienes, donde se abastecían de comida y otros artículos necesarios.

De esas reuniones cortas y llenas de terror nacieron réplicas diminutas de la anterior iglesia clandestina que había sido tan vibrante. Laslos y sus amigos compartían mutuamente lo que sabían de la restante iglesia que sobrevivió y pasaban mensajes preciosos en ambas direcciones. Los pocos que tenían computadoras inalámbricas y suficiente potencia, se dedicaban a grabar e imprimir los mensajes diarios de Zión Ben Judá y la revista cibernética *"La Verdad"* de Camilo Williams. Estas publicaciones eran más preciosas que el agua y la comida para Laslos.

El viudo de cincuenta y seis años de edad, corpulento y grueso, conservaba una musculatura enorme de sus días pasados en trabajo manual en las minas. Ahora se quedaba fuera, en la noche, por el mayor tiempo que se atrevía, manteniéndose en las callejuelas laterales y remotas. Dormir durante el día le ayudaba a controlar su claustrofobia. Más de una vez se halló rogando por despertarse en el cielo, reunido con su esposa y otros seres queridos.

Un día, avanzada la mañana, se despertó por el ruido de pasos en la grava que había encima de su escondite. Laslos se movió al borde de su cama y se deslizó al suelo de madera, tan silenciosamente como podía hacerlo un hombre de su tamaño y edad. Se arrastró dolorosamente unos centímetros hasta donde pudiera tomar su revólver, un arma clásica que nunca había disparado, ni siquiera para practicar. Sin embargo, estaba cargado y creía que funcionaba. Él siempre fue un hombre pacífico, y ahora no tenía duda alguna si era capaz de dispararle a un pacificador o a un monitor moral de la CG que amenazara su vida o la de cualquier creyente.

Los rayos del sol entraban por las rendijas de la puerta que se encontraba en la parte superior del escondite y las gastadas planchas de madera que le permitían subir y bajar a la habitación. La puerta estaba nivelada con la tierra y la parte exterior fue recubierta con grava para que se confundiera con el terreno. Mientras Laslos se paraba cerca de la plancha del fondo, con su cuello erguido, mirando fijamente la parte interna de la puerta, preparó el revólver y contuvo la respiración. Ahora los pasos estaban encima de la puerta, como si se hubieran dado cuenta de la diferencia del suelo natural y la superficie de metal recubierta con rígidas piedras pegadas y la grava suelta.

Laslos usaba su mano libre para guiarse y empezó a subir lentamente el tablón, oyendo por encima del fuerte latido de su corazón cualquier pista que indicara si el intruso estaba solo. Cuando se aproximó a centímetros de la puerta, se inclinó para ojear por un agujerito indetectable desde el otro lado y vio a un adolescente, desde sus botas a la punta de la cabeza, con los brazos desnudos, sin armas, sin credencial ni uniforme.

Súbitamente el chico se agachó como si estudiara la puerta y susurró:

—¿Señor Miclos?

Laslos tuvo que analizar de inmediato innumerables opciones. Si este jovencito era un agente secreto de la CG disfrazado, significaba que lo habían hallado. Podría fingir que lo engañaron, abrir la puerta al muchacho y sorprenderlo con una bala entre los ojos, pero si el chico era un creyente y fue enviado ahí por uno de los amigos de Laslos, debía amenazar al camarada con un disparo por estúpido. De una u otra manera, por alguna razón este muchacho creía que Laslos estaba ahí, y así era.

Él no podía arriesgarse a matar a su visita sin tener una causa.

—¿Quién está ahí? —dijo Laslos quedamente, en griego.

El chico se puso en cuatro patas como si se hubiera abrumado:

—¡Oh, señor Miclos! —dijo con voz ronca, desesperada—. Yo soy Marcelo Papadopoulos. Mis padres...

—¡Silencio! —interrumpió Laslos, trabando el seguro del arma y tirándola a un lado, sobre la cama. Corrió los cerrojos y gruñó mientras empujaba la puerta para arriba.

—¿Estás solo?

—¡Sí!

—¡Date prisa!

El niño se dio vuelta y bajó trastabillando los escalones. Laslos volvió a correr los cerrojos. Cuando bajó de nuevo, el chico estaba sentado en el suelo, en un rincón, con las rodillas dobladas. Hasta a la poca luz del subterráneo, se veía clara su marca en la frente.

Laslos se sentó en la cama dándose cuenta de que el revólver había desaparecido. ¿Cómo pudo ser tan tonto?

—Por supuesto, conocía a tus padres —empezó con cuidado—, también a ti, ¿no?

—En realidad, no —dijo Marcos—, yo iba a otra iglesia casera, diferente de la de mis padres.

Laslos *había* visto a este muchacho con sus padres en ciertas ocasiones, de eso estaba bien seguro.

—¿No pensaste que yo iba a notar que tomaste mi pistola de juguete?

—¡Oh, señor, solamente la estaba mirando! —se la pasó y Laslos retrocedió.

—¡Señor Miclos, se siente y luce tan real! ¿Realmente es de juguete?

—No. ¿Cómo puedes ser tan estúpido y sobrevivir en la calle? ¿Qué te llevó a pensar que yo no podría tomar otra arma y disparar a matarte?

—No sé, señor, no estaba pensando.

—¿Quién te mandó?

—El viejo sin dientes del automóvil. Se hace llamar K.

—Debiera torcerle el cuello.

—Por favor, señor, no le eche la culpa. Él me advirtió que no viniera de día, pero se me acabaron los lugares a donde ir. Aquí la CG es poca por los muchos asignados a Israel pero están regresando y ya no hay más período de gracia para aceptar la marca de Carpatia. He visto gente que sacan arrastrando a la calle.

—Tus padres, ¿no estaban con el pastor Demetrio y..?

—Sí, estaban y yo también, pero un creyente que se había infiltrado en la CG me acusó de ser norteamericano y me sacó a rastras, luego me dejó escapar. Le di los nombres de mis padres y desde entonces, he estado orando que él los haya sacado también. Pero sé que ellos me hubieran buscado si él lo hubiera hecho.

—Marcel, no pudo, sabemos quién es. También sacó a una joven.

—¡Yo la conocí! Alta, de pelo castaño. Georgiana algo más. Pero no era de nuestra iglesia. Ella pudo escapar a una de las sedes de la cooperativa. Su historia es semejante a la mía. ¿Cómo hizo eso este hombre?

Laslos suspiró pesadamente:

—Francamente, él cometió un error contigo. Usó el nombre de otro jovencito para ti…

—Sí, yo le dije el único otro nombre que conocía de allá dentro. Paulo Ganter.

—Bueno, este falso de la CG dijo a las autoridades de la prisión que tú eras Paulo y que él te deportaba a los Estados Unidos Norteamericanos, pero cuando Ganter aceptó la marca de la lealtad, su credencial de identidad salió a relucir y ellos se dieron cuenta rápidamente de que otro se había ido. Por eliminación supieron tu nombre. Él debe haber hecho lo mismo con la muchacha. Ustedes pueden carecer de marcas que ellos pueden ver, pero ustedes son jóvenes marcados. Felizmente el libertador de ustedes se fue antes que ellos se dieran cuenta de lo que había hecho.

—Cuánto me gustaría dar las gracias a ese hombre. Él es norteamericano.

—Lo sé —dijo Laslos—, yo lo conozco.

—¿Pudiera hacerle llegar un mensaje?

—Es posible.

El muchacho suspiró y sus hombros se hundieron.

—Señor Miclos, ¿qué voy a hacer ahora? Ya no tengo opciones.

—Puedes ver que aquí no hay lugar para ti.

—Pudiéramos ampliarnos.

—¿*Nosotros*? Hijo, no nos adelantemos. Esta no es vida. Tú necesitas un nuevo aspecto, una nueva identidad y como sea posible, debes seguir impidiendo que te vea la CG.

Raimundo asignó a Lea y Hana que buscaran entre los israelitas a los expertos en computación. "Diles que cuando hayan localizado las computadoras en Petra, nuestro hombre de

Nueva Babilonia se pondrá en contacto con ellos en línea y les dará información acerca de cómo levantar la red y hacerla funcionar".

Raimundo, Albie, Mac y George se unieron a docenas de otras personas para reasumir su deber de pilotear helicópteros, haciendo vuelo tras vuelo para llevar adentro a los israelíes. Jaime estaba aislado preparándose para hablar a toda la gente cuando estuvieran instalados. Camilo asumió transitoriamente, los deberes que David tenía: Como era entrar los materiales de construcción y algunos misceláneos y organizarlos de modo que los constructores pudieran comenzar su labor. Ya había voluntarios distribuyendo frazadas y ayudando a la gente para que se acomodara.

Raimundo estaba abrumado por la actitud de los israelitas. Quizá por su fe, o por los milagros, quizá por la novedad de lo que les ocurría, se mostraban cooperadores y con una camaradería que Raimundo consideraba única.

Tomando en cuenta que estaban desarraigados de sus patrias y marcados por todo maligno sistema del mundo, no le hubiera sorprendido ver manifestaciones de impaciencia y enojo.

Raimundo mandó a Abdula que se fuera por el desierto en uno de los mejores vehículos con tracción en las cuatro ruedas que pudieron encontrar para unirse con su contacto de la cooperativa en Jordania. Este traía un avión de retropropulsión de largo alcance con espacio suficiente para los pasajeros que iban de regreso a Chicago. Todo lo que el contacto quería a cambio de prestar su avión era que lo dejaran en la isla de Creta, en la ruta del Comando Tribulación a los Estados Unidos y que de regreso lo trajeran de vuelta.

Eso le dio a Raimundo la idea de que debían hacer escala en Grecia para ver cómo estaban sus hermanos. El problema era que Albie era el único que quedaba con documentos menos sospechosos. Raimundo llamó por teléfono a Laslos Miclos en uno de sus saltos a Petra.

Chang vio en su pantalla evidencias de que el aparato espía del Fénix 216 se había activado. Se le hizo larga la espera hasta el final de la jornada de trabajo para regresar a su departamento y ver lo que se había grabado. Se cambió a la transmisión de la RNCG y supo que Carpatia ya estaba camino a Nueva Babilonia. Ocultando su pista, Chang se metió en el horario codificado en caso de inspecciones sorpresivas de los sistemas privados de computadoras del personal de la CG. La codificación era tan elemental que casi se rió a todo pulmón. Descubrió que él era el tercero de la lista y que podía esperar una visita "al azar" esa noche, cerca de las 2000 horas.

Su pantalla cobró súbita vida con un *flash* de la oficina de Figueroa y, por un instante, Chang pensó que podía haberse permitido que lo atraparan usando la computadora de la oficina para propósitos no aprobados. Cubrió sus pistas con un estallido de teclas e informó a Figueroa que iba en camino.

Chang se apresuró a la oficina que había sido de David Hassid. Figueroa había dispuesto el mobiliario de otra manera y la había vuelto a decorar a las pocas horas de haberse mudado allí, y ahora se deslizaba ahí como si fuera el mismísimo soberano de la Comunidad Global.

—Tome asiento, Wong —dijo—. ¿Fuma?

—¿Fumo? ¿Yo le parezco un fumador a usted? De todos modos, ¿no está prohibido fumar en el complejo?

—En su oficina, un director es libre de hacer lo que quiera —dijo Figueroa, prendiendo el cigarro. Tiffany, que también fue la asistente de David, levantó la vista con rapidez desde fuera de la ventana de la oficina e hizo una mueca. Meneando la cabeza, se levantó del escritorio y ruidosamente activó un interruptor del muro entre su oficina y la de Figueroa. Un ventilador empezó a funcionar, succionando el humo azul hacia el cielo raso.

—Me encanta cuando hace eso —dijo el director, pero a Chang le pareció que se sentía avergonzado.

Figueroa se echó para atrás en su sillón y puso los pies arriba, en una punta del escritorio. Evidentemente calculó mal porque al sacar el largo cigarro de sus labios, su taco se deslizó del escritorio, sus botas azotaron el suelo y él casi salió volando de su sillón. Al suceder esto, se le cayó el cigarro y tuvo que saltar de su sillón para no quemarse.

Lo recogió, sacudió el asiento, chupándose ligeramente un dedo que había tocado la ceniza caliente. A Chang le costó mucho mantenerse serio cuando Figueroa se arreglaba, colocándose el cigarro en la boca y sentándose de nuevo. Volvió a acomodarse pero pensó mejor en no subir los pies y se limitó a cruzar las piernas. Esto movió su peso para atrás más de lo que él suponía y evidentemente, aún no había aprendido cómo afirmar la inclinación del sillón pues, de repente, siguió echándose para atrás, con las piernas todavía cruzadas pero con ambos pies en el aire.

Figueroa pareció intentar inclinarse sutilmente hacia delante pero al no lograrlo, trató de aparentar que esta era la manera en que quería sentarse. Volvió a sacarse el cigarro de la boca y apoyó un codo en el brazo del sillón, soplando humo hacia el cielo raso mientras trataba de mantener el contacto visual con Chang.

—Entonces... —hizo un esfuerzo, por mantener la cabeza recta creando tensión en el cuello. Dejó que la cabeza cayera hacia atrás como si estuviera explorando el cielo raso en busca de lo que quería decir y, súbitamente estuvo a centímetros de caerse para atrás. Rápidamente volvió a meterse el cigarro en la boca, agarró ambos brazos del sillón hasta que se le pusieron blancos los nudillos, y se tiró hacia arriba de nuevo. Se inclinó hacia delante cuidando de mantener su peso centrado—. Yo me precipité en hablar cuando te eximí de ser interrogado —dijo.

Chang le puso cara de adolescente:

—¿Qué? Yo creía que usted era el que mandaba aquí.

—Oh, sí. No te equivoques pero tendría que responder, probablemente, al soberano en persona... tú sabes que yo...

hablo con él... si yo hiciera una excepción para alguien, especialmente uno de mi departamento.

—Así que retira su palabra empeñada.

—No empeñé exactamente mi palabra.

—No, solo lo dijo y, evidentemente, eso no significa nada.

—Por supuesto que sí, pero tú vas a tener que aceptarme esto. Te debo una.

—No es gran cosa, olvídelo.

—No, pues quiero que me conozcan como un hombre de palabra. Mira, te diré algo, yo mismo manejaré el detector de mentiras.

—¿Conque ahora es un detector de mentiras?

—Bueno, no en realidad. Se trata del equipo del cual te hablé.

—Estupendo.

—Wong, eres buena gente.

—Sí, soy grandioso.

—No, en realidad, lo eres.

Chang apretó los labios y miró a lo lejos meneando la cabeza.

—Yo trato que seamos amigos —dijo Figueroa.

Chang lo volvió a mirar.

—¿Sí, usted? ¿Por qué haría eso?

—Me intrigas, eso es todo.

—Oh, no, usted no es...

—¡Wong! Soy casado.

—Gracias al cielo.

—No, como la mayoría, me intrigan tus dones y talentos.

—Los que no estoy usando en el momento por estar aquí.

—No seas difícil, Wong, yo estoy en una posición en que puedo hacer algo bueno para ti.

—Usted ni siquiera está en condiciones de cumplir su palabra.

—Oye, eso no era necesario.

—Vamos —dijo Chang— ¿De qué se trata esto? Eso no es necesario solamente si no es cierto.

—Bueno, es cierto. Solo que estás bordeando la insubordinación y no parece importarte que en calidad de jefe, yo tengo tu destino en mis manos.

—¿Qué, me va a despedir si no me porto bien?

Figueroa dio tres chupadas cortas al cigarro y lo estudió.

—No, pero pudiera despedirte si no me dices cómo supiste mi nombre.

—Se lo dije, adiviné.

—Porque a decir verdad —continuó Figueroa, como si no hubiera oído—, no se me ocurre cómo hubieras podido saber eso.

—Yo tampoco. Usted lo hubiera negado y yo no hubiese notado la diferencia.

—¿Ves? Ese es el nivel de inteligencia que debo admirar. Eso es intuitivo.

—Como diga.

—No, ¿sabes por qué? Empecé a pensar en mi archivo personal y tuve que preguntarme si *les* había dado alguna vez mi nombre completo, así pues, ¿qué hice? Lo confirmé yo mismo. No está ahí.

—Mire lo que sabe.

—Así que, en realidad, adivinaste.

—Vaya, yo soy magnífico.

—Lo eres.

—¿Ahora puedo regresar al trabajo?

—Con una condición.

—Lo escucho.

—Prométeme que no dirás nada de lo que te dije en referencia a que tengo tu destino en mis manos o que yo te puedo despedir, nada de eso.

—Ya lo olvidé.

—Buen tipo. Porque yo sé que tu papá y tú sabes quién, son íntimos y…

—Ya lo olvidé.

—¿Quieres ser un líder de proyecto, jefe de grupo, algo?
—Solamente quiero volver al trabajo.
—Con toda razón.

———————

—Tres años y medio atrás, aquí había algo como una iglesia
—dijo Enoc—. Algunos de nosotros... —y mirando al grupo
preguntó—: ¿cuántos han estado aunque sea una sola vez en
esto de la iglesia? —una media docena levantó las manos. El
resto solo conocía un panfleto o un volante acerca del lugar—. Todavía tenemos de esos, ¿no? —alguien fue a buscar
uno.

»Es simplemente una hoja de papel normal doblada por la
mitad y luego, impresa en blanco y negro por los cuatro lados.

Alguien le pasó uno a Cloé. Decía al frente: "El Lugar".
Adentro: "Jesús ama a los proxenetas, prostitutas, drogadic-
tos, borrachos, jugadores, estafadores, madres sin marido e
hijos sin padre".

La página siguiente describía a las personas que formaban
"El Lugar", en su mayoría aquellas que un tiempo fueron
como los de la lista de la página anterior.

"Hablamos de Jesús y de lo que dice la Biblia de Él y de ti.
Ven como eres. La dirección y los horarios al dorso".

Cloé miró el dorso, donde además de la dirección y las horas, también decía: "Comida, ropa, refugio, trabajo, conseje-
ría". Ella miró a Enoc y se dio cuenta de que estaba sonrojada.
Todos los presentes parecían divertirse.

Enoc tomó el panfleto y enfrentó a su gente. Leyó la lista
de los que Jesús ama, uno por uno, haciendo pausas después
de nombrarlos para que alzaran sus manos. Todos levantaron
la mano por lo menos una vez y, varios, muchas veces, siempre con enormes sonrisas. Enoc puso a un lado el panfleto,
con sumo cuidado, miró significativamente a Cloé y se puso
de pie. Con labios temblorosos y lágrimas rodando por sus
mejillas, señaló a todos los reunidos y susurró:

—Y así eran algunos de ustedes.

Ellos asintieron y corearon un *amén*.

—Pero fueron lavados…

¡Amén, aleluya!

—Pero fueron santificados…

¡Alabado sea Jesús!

—Pero ustedes fueron justificados en el nombre del Señor Jesús y por el Espíritu de nuestro Dios.

Y ellos se quedaron con las manos levantadas, entonando alabanzas.

"Sublime Gracia del Señor que un pecador salvó;
perdido andaba, él me halló, su luz me rescató".

—Raimundo, amigo mío, ¿cómo estás? —dijo Laslos regocijado—. No creerás quién está aquí, conmigo. ¿Camilo está ahí?

—Precisamente ahora no, pero ¿cómo te va?

Cuando Laslos le contó, Raimundo dijo:

—Le diré a Camilo que te llame. Él se ha estado preguntando que pasó con esos chicos.

—Marcelo me dice que Georgiana sigue fugitiva. Es como si Dios mismo te hubiera dicho que me llames. Debes venir a buscar a estos muchachos y sacarlos de aquí.

—Laslos, no hay ninguna parte segura.

—¡Pero tu casa de refugio! ¡Tu hombre de los disfraces y los papeles! Aquí estamos literalmente a una mala mirada de la muerte.

Raimundo vaciló:

—Haremos escala en Creta. Si de alguna manera pudieras llevarlos allá…

—Capitán Steele, ¡no has visto los océanos! No se viaja por vía acuática. Nada. ¿No pudiéramos tratar de llevarlos al aeropuerto que usó tu gente la última vez? Sería arriesgado pero lo intentaremos…

—Laslos, sería una trampa mortal para nosotros. Estamos todos juntos.

—Tiene que haber una manera. Alguien.

—Déjame "procesarlo" mejor —dijo Raimundo.

—No entiendo eso de "procesar".

—Lo pensaré.

—Casi todos tenemos la misma historia —explicó Enoc a Cloé—. Las calles, estos barrios, eran nuestra vida. Muchos teníamos alguna clase de antecedente religioso, de cuando éramos niños pero, evidentemente, nos habíamos alejado mucho de eso. Más de la mitad de nosotros estuvimos presos por un buen tiempo y casi todos debimos estarlo. La línea entre lo legal y lo ilegal no existía para nosotros. Decíamos que todo lo que hacíamos era cosa de supervivencia.

»La mayoría habíamos visto este lugar y sabíamos que aquí había algo como una iglesia. Lo que nos sorprendía era la gente que entraba y salía. De todos los colores y nacionalidades y gente que nosotros conocíamos. Todos vimos el panfleto y aunque entonces no lo admitimos, nos cautivó, ¿te das cuenta? Algo tan honesto, algo tan claro, llamando las cosas por su nombre. Cuando te encuentras al final de la jornada, preguntándote en la noche qué sucederá en la mañana, uno se empieza a preguntar si habrá esperanza en alguna parte o si ha llegado demasiado lejos. Te acuerdas de cuando eras niño y de tu ingenuidad, y te preguntas qué le pasó a esa persona.

»Cualquiera de ellos te dirá que vinieron aquí un par de veces para tratar de aprovecharse del sistema y conseguir algo gratis, o que sinceramente asistieron a una o dos reuniones. Pero todos nosotros, aun los que nunca vinimos ni una vez "yo, por ejemplo", estábamos considerando venir aquí y decíamos: uno de estos días visitaremos "El Lugar".

»Tú sabes lo que sigue. El fin del mundo. La gente desaparece. Todos perdimos a alguien y, precisamente, este lugar los perdió a todos. Bueno, entonces, ¿a dónde corrimos primero? Justamente aquí. Ropas vacías por todas partes y nadie para decirnos qué era lo que sucedía. Pero esta pobre iglesia debe haber tenido algún dinero, de alguna parte, porque ellos tuvieron la precaución de grabar todo lo que hacían. En audio y en vídeo. Aquí nos encontramos dos o tres docenas de gente inservible de la calle, unos; mujeres que perdieron los bebés, otros que encontraron esas grabaciones, y los aparatos para verlos y oírlos. No nos llevó mucho tiempo conocer la verdad. Todo estaba ahí.

»La mayoría de nosotros nos quedamos durmiendo aquí dentro, mirando, escuchando, estudiando, orando para recibir a Jesús y de repente, la Tercera Guerra Mundial. Chicago quedó destruida. Conseguimos un televisor y una computadora portátil. Lo primero que supimos fue que no era nuclear, luego que la segunda oleada del ataque sí lo era y esperamos morir por envenenamiento radioactivo. No sucedió pero no nos atrevimos a probar la atmósfera exterior. Sabíamos que si era radiación total no estábamos protegidos solo por estar en un subterráneo, pero entendíamos que estábamos más a salvo dentro que fuera. Hasta ahora.

Raimundo llamó a George y le preguntó si quería realizar una misión en la ruta de regreso a San Diego.

—Pensé que nunca me lo pedirías —dijo George.

Raimundo le hizo un resumen de la misión y dijo:

—No te puedo dar documentos con tan poco tiempo, pero si puedo comunicarme con nuestro hombre en Nueva Babilonia, puedes asumir una posición prepotente en tu entrada y salida en Grecia. Si te revisan, parecerá que estás en el sistema.

—Yo puedo arreglar el asunto de los documentos, pero además, ¿tú quieres que entregue estos chicos en Chicago?

—A menos que estés preparado para ellos en California.

———————

Sabiendo lo que ocurriría esa noche, Chang se sintió desconectado del Comando Tribulación. No fue sino después de su visita "sorpresa", a eso de las ocho de la noche, que pudo ingresar lo que Raimundo quería para George Sebastian, ni pudo saber lo que había pasado en el Fénix 216. Se aseguró de mirar la RNCG y al mismo tiempo, leer un libro, pero hasta él se sorprendió con la naturaleza del visitante.

Chang pensó que el comisionado de Figueroa "un escandinavo altivo y condescendiente, de nombre Lars", iba a tocar en la puerta por lo menos, pero faltando pocos minutos para las ocho oyó una llave en su puerta mientras miraba la cobertura de Carpatia y su gabinete titular que eran recibidos con entusiasmo al regresar a Nueva Babilonia. Eso fue así de simple. Subió rápidamente el volumen del televisor y simuló que no había oído nada hasta que ellos entraron bruscamente. Esta era la mejor cobertura. Él estaba descansando, mirando televisión, leyendo, sin siquiera pensar en su computadora portátil, ahora sin valor.

La puerta se abrió de par en par y dos pacificadores uniformados entraron marchando.

—¿Señor Chang Wong? —preguntó uno.

—Ese soy yo —dijo él, parándose—. ¿Me olvidé de cerrar con llave la puerta?

—Por favor señor, apague el televisor y venga con nosotros, si es tan amable.

—¿Y qué si no quiero serlo?

—De inmediato, señor.

—Gracias por hacerme sentir bienvenido en mi propia casa.

—Señor Wong, esta no es su casa. Es propiedad de Su Excelencia, el soberano y usted sirve aquí a sus órdenes.

Chang armó un espectáculo apagando el televisor y tirando su libro en un sillón. Cuando se aproximaba, los pacificadores se hicieron a un lado y uno de ellos anunció, señor, este es el señor L…

—¡Lars! —dijo Chang, sonriendo, aunque apenas había hecho poco más que saludar al tipo—. Hombre, ¿cómo estás? ¡Yo lo conozco! Estamos en el mismo departamento.

—Señor Wong, necesitamos su cooperación y su silencio —dijo el pacificador.

—¡Oh, bueno! ¿Qué pasa?

DIECISIETE

L os pacificadores preguntaron si podían revisar el departamento de Chang.

—¿Para qué? —dijo éste.

—Rutina —contestaron.

—No encontrarán ninguna rutina aquí. Yo estoy estudiando frases en inglés que son nuevas para mí y mi preferida actualmente es *pura suerte*. Eso es lo que aquí encontrarán, lo contrario de *rutina*.

—Muy cómico. No necesitamos su permiso. Nos estamos portando educadamente.

—Por supuesto, mi pista fue que usaron una llave maestra para que yo contestara la puerta.

Mientras revisaban el departamento, Lars puso una computadora portátil de alta potencia encima de una mesita de cocina.

—Yo haré algunas preguntas —dijo.

—No, no tú.

—Deja de hacerte el sabelotodo —dijo Lars—. Esta es mi tarea.

—¿Estas preguntas son con relación a descubrir el espía que se sospecha que existe?

Lars palideció.

—¿Ya te han interrogado?

—No, pero tengo mi reservación con otro *interlocutor*, entre paréntesis otra frase nueva. ¿Te gusta?

—¡Computadora! —gritó uno de los pacificadores—. Parece su computadora portátil personal.

—Si me hubieras dicho que estabas buscando eso, te hubiese dicho dónde estaba.

—¿Esta es la única que tienes?

Chang fue tentado a fingir que había otra, para divertirse al verlos en su búsqueda desesperada, pero no valía la pena que le dejaran el departamento en un completo desorden.

—Traigan eso aquí —dijo Lars.

—Lars, me alegra tanto que estés aquí —dijo Chang—. Yo tenía todo en ese disco duro y cuando digo todo es *todo*. Quizá no te sientas mal si dejas que nuestro jefe sea el que me entreviste ya que tienes este proyecto para entretenerte.

—¿Proyecto?

—Destruí el disco duro y he tratado todo por recuperarlo.

—Todo lo que *tú* sabes.

—¡Correcto! Por eso me alegra tanto que estés aquí. Estoy seguro de que me falta algo por hacer, y por muy complicado que sea, sé que tú puedes resolverlo.

—Puedes apostar tu vida de que sí puedo.

Chang, por supuesto que apostaba su vida a que Lars no podría.

—No quiero desvelarme, Lars.

—Oh, esto no nos tomará mucho tiempo.

—Opino que debes llamar al señor Figueroa para que él haga lo que tiene que hacer conmigo mientras tú recuperas mi información.

—¿Hablas en serio?

—Él lo prometió.

—¿Por qué?

—Tendrás que preguntárselo a él.

—Él te hará las mismas preguntas que yo y tú responderás en el mismo micrófono.

—Solo que yo le responderé a él. No a ti.

—Entonces sospecharán que eres el espía y tú no quieres eso, culpable o no. ¿Oíste lo que le pasó a los mozos, hoy?

Chang no le gustaba que le hicieran preguntas para las cuales él no sabía la respuesta.

—Sorpréndeme.

—Fueron sentenciados a muerte.

Esto sorprendió a Chang.

—¿Por qué?

—Subversión. Traición. No pasaron el detector de menti- ras. Ellos estaban dando información a un topo que hay aquí. Antes que el soberano y su gente terminaran de hablar ya los contra estaban a la defensiva —Lars le pasó un micrófono de solapa.

—Préndete esto.

—No lo haré por ti —dijo Chang.

—Por Figueroa entonces.

Chang se lo prendió a la camisa, orando en silencio. Sabía que la clave era la manera en que formulaban las preguntas. Un topo era un animal. Él era un ser humano. Tendría proble- mas si las preguntas eran demasiado específicas e inequívo- cas.

—Empieza con mi computadora portátil, ¿quieres? ¡En realidad me encantaría ver todo lo que había almacenado!

—¿Tú no guardas copia de tus trabajos?

Chang lo negó

—No, ¿y tú?

—No tanto como debiera pero tienes que saber que vas a perder algo, el disco duro, el teclado principal, lo que sea... cada ciertos años.

—Supongo que he tenido suerte.

Lars marcó un número de teléfono, acomodó el aparato entre su mejilla y el cuello y empezó a teclear furiosamente en la computadora portátil de Chang.

—Sí, señor Figueroa. Soy yo. Estoy en la casa de Chang y él dice... oh, usted lo hizo. Bueno, sí, ahora mismo. Le estoy ayudando con un problema de la computadora, así que estaremos aquí. Gracias, señor.

Cerrando de golpe su teléfono, con los ojos aún fijos en la computadora portátil de Chang, Lars dijo entre dientes:

—Viene para acá. Vaya, de verdad dañaste esta cosa.

—¿En realidad, Lars? ¿Ya te diste cuenta?

—Sí, no hay manera de que pueda entrar. Deja que pruebe esto —quedó claro que él hacía todo tipo de intento.

—Nada. Créeme, Wong, si aquí hubo algo, yo lo hubiera podido recuperar para ti.

—Sin duda.

—Pero esto actúa como si hubiera estado expuesto a un superelectroimán.

—No había escuchado esa palabra en mucho tiempo.

—Tú sabes que el disco duro funciona con base electrónica y que un imán puede producir un daño grave.

—¿Realmente?

—Oh, sí, es completamente simple.

—Para un cerebro como el tuyo, quizá —dijo Chang—, pero yo solamente sé cuáles botones apretar.

—Bueno, esto es un poco más complicado.

—Supongo. Eso es griego para mí.

—Creí que tú eras una especie de genio —dijo Lars.

—Vive y aprende. Mira lo que yo le hice a mi computadora portátil. Diez gigas perdidos.

—Debiste haberme llamado a la primera señal de problemas. Tuvo que haber un aviso.

—Sí, yo vi un montón de cosas raras pero, ya sabes, las computadoras portátiles son temperamentales.

—No si se las tratas correctamente. ¿Hiciste defragmentación y una revisión "scan" del disco y todo eso?

—No muy a menudo.

—Evidentemente no. No pienso que haya nada ahí.

—¿Tú no puedes ayudarme?

—Si alguien puede, ese soy yo, pero en el disco duro hay o no hay información y, en este caso, está claro que no hay nada.

—¿Qué pasa si estuviera en un disco duro diferente, con otro nombre?

—No podrías hacer eso accidentalmente —dijo Lars—. Yo puedo hacerlo pero tú tienes que saber lo que haces.

—Cosa que yo no sé.

—Evidentemente. Esto es lo que *podemos hacer*. Mientras te entrevistan, voy a formatear tu disco duro para que comiences a reconstruirlo.

—Eso tiene que ser difícil. Complicado.

—No, no me llevará mucho tiempo.

—¿Harías eso por mí?

—¿Para qué están los amigos?

Cloé condujo a escondidas a dos nuevos amigos a la Torre Fuerte a altas horas de la madrugada. Solamente Zeke estaba despierto y palideció al ver las caras nuevas. Cloé presentó a los jóvenes, con tanto entusiasmo que estaba segura de que él no dudaría de su palabra, y no tendría la necesidad de buscar un arma.

Zeke ofreció ayudarles, cuando escuchó sus historias, a llevar una gran cantidad de comestibles a su refugio. Cloé escribió todos los detalles que recordaba y los mandó por correo electrónico al resto del Comando Tribulación antes de desplomarse justo antes que amaneciera y durmió casi hasta el mediodía. Ella supuso que la regañarían por exponerse a ese peligro, pero se sorprendió que pudiera dormir a pesar de todo su entusiasmo.

Chang no se sorprendió cuando Figueroa llegó, muy profesional, y le dio una mirada que comunicaba que debía evitar toda familiaridad en presencia de Lars.

—Hágase la idea de que no estoy aquí —dijo Lars, llevando la computadora portátil de Chang a un sillón donde se instaló.

—Solo me aseguraré de que esto esté listo para un protocolo completamente nuevo —Chang se preguntó si Lars *podría* afectar con sus torpes esfuerzos su disco duro codificado.

Figueroa señaló una silla y se sentó frente a Chang. Despidió a los pacificadores, luego susurró:

—No pensé que ibas a tomar en serio lo que te dije.

—Lo hubiera dejado pasar —respondió Chang—, pero solo hubiese probado que no era un hombre de confianza. ¿Le importa si le echo una mirada a ese programa?

Con semblante aburrido, Figueroa volteó la máquina para ponerla de frente a Chang. Suspiró y dijo:

—¡Este equipo moderno se supone que sea mejor que el viejo aparato voluminoso.

Chang sabía que no era tan nuevo. Lo había visto en China y hasta había jugado con eso. Armó todo un espectáculo inclinando la pantalla de modo que la luz fuera la precisa.

—Interesante —dijo. Mientras Figueroa se inclinaba acercándose, agregó—: Secuoya, quiero decir, Aurelio.

Figueroa se echó para atrás en el asiento, evidentemente fastidiado:

—Agradeceré que me trate por mi apellido.

—Discúlpeme, por supuesto —dijo Chang.

Figueroa tomó la computadora portátil y sacó de su bolsillo una libreta de anotaciones.

—Diga su nombre —empezó y, luego, le hizo una serie de preguntas obvias.

—¿Hoy es domingo?

—No.

—¿El cielo es azul?

—Sí.

—¿Usted es hombre?

—Sí.

—¿Trabaja para la Comunidad Global?

—Estoy empleado por ella, sí.

Figueroa lanzó una mirada a Chang.

—¿Esa es la respuesta que desea dar?

—Sí.

—¿Usted es leal al soberano supremo?

Chang cerró los ojos y recordó que Jesucristo era la única persona que reconocía bajo ese concepto.

—Sí —dijo.

—¿Alguna vez ha hecho algo que pudiera considerarse como deslealtad al soberano supremo?

—No, intencionadamente no.

—Limítese a responder con un sí o un no.

—No.

—¿Recibe usted información confidencial de alguna persona del círculo íntimo que rodea al soberano supremo?

—No.

—¿El soberano supremo resucitó de los muertos y es el señor vivo?

—Sí.

—¿Puede Su Excelencia Nicolás Carpatia contar personalmente con su continua lealtad por el tiempo que usted sirva como empleado de la Comunidad Global? —Chang vaciló, haciendo que Figueroa volviera a levantar la vista—. ¿Entiende la pregunta?

—Por supuesto.

—Entonces, su respuesta es sí.

—No.

—Chang, no empiece con sus juegos ahora o tendremos que empezar de nuevo con esto.

—Bueno, señor Figueroa, ciertamente puedo decir con toda sinceridad que seguiré mostrando el mismo nivel de lealtad al líder de la Comunidad Global que le he tenido desde el comienzo.

—Así que es ¿sí?

—Simplemente es lo que es.

—¿Qué pensaría él de esto?

—Probablemente que usted pierde su tiempo y me hace perder el mío.

—¿Usted no quiere decir sí, y terminar con esto?

—¿Esa es la última pregunta?

—Sí.

—¿Cómo me va hasta ahora?

—Se ve bien —dijo Figueroa.

—Entonces, deje que corra.

—Esa última respuesta pudiera parecer evasiva.

—¿A quién?

—A cualquiera que tenga cosas que preguntar.

—¿*Usted* tiene cosas que preguntar, señor Fig...

—Hombre, ¿es que nunca da una respuesta al grano?

—¿Debería?

—¡Ay! —dijo Figueroa recogiendo el equipo—. Lars, vamos.

—Sí, señor. Chang, tu computadora está lista.

—¿Encontraste algo de mis cosas en ella?

—No pero puedes reconstruir desde aquí con página limpia.

—Lars, no tienes idea de cómo me siento por lo que has hecho aquí para mí.

—Bueno, de nada.

Era el momento de que los miembros del Comando Tribulación asignados al Operativo Águila se dirigieran a Mizpe Ramon y, luego, a casa volando. La abrumadora multitud de israelíes, había armado un campamento fuera de Petra y Jaime sería llevado en helicóptero a un punto donde todos pudieran verlo y oírlo. Raimundo, Camilo, Mac, Lea, Hana y Albie estaban tomados de la mano con Jaime formando un círculo. El grandote George, de San Diego estaba en la cabina de un helicóptero listo a unos cuarenta metros de distancia, esperando para llevar a Jaime a Petra, luego transportar el Comando

Tribulación a Mizpe Ramon, desde donde él también pilotearía su avión a Grecia, luego Chicago y, por fin, San Diego.

—Incluyamos a George en esto también —dijo Raimundo, haciéndole señas para que se acercara—. Tengo la sensación de que vamos a continuar viéndolo.

George saltó del aparato y corrió para acercarse.

—¿Miqueas está listo? —preguntó.

—En un minuto, George —contestó Raimundo—. Únete a nosotros —mientras ellos tenían la cabeza inclinada, Raimundo informó a todos la misión que George realizaría en Grecia más tarde esa noche.

—Desearía ir también —dijo Camilo—. Pero justamente ahora me conocen en todas partes. Te van agradar esos chicos, George.

—Debemos orar —dijo Raimundo.

—Un momento, por favor —dijo Jaime soltando la mano de Raimundo por un lado y la de Hana por el otro. Sacó de su túnica la urna en miniatura que contenía las cenizas de Patty. No adoramos los restos de los que se van a Dios antes que nosotros y mi deseo es un día tirar al viento desde un lugar más elevado de adoración ante el único Dios verdadero, aquí en Petra, lo que quede de éstas. Creo que eso es lo que nuestra joven hermana impetuosa, pero sincera, hubiera querido. Pero, deseo confiarlas al Capitán Steele, para que las lleve de regreso a sus nuevos hermanos de la casa de refugio, de vuelta a unos que la conocieron y la amaron aun mucho antes que ella se entregara a Cristo. Luego, tráiganlas cuando vengan de vuelta con Zión Ben Judá, y la recordaremos por última vez antes que él hable al remanente de Israel. Y al pensar en David Hassid solamente deseamos que hubiéramos podido tener un símbolo con el cual recordar a nuestro valeroso hermano que conoció a muy pocos de nosotros personalmente, pero que contribuyó tanto a la causa.

—Yo tengo un símbolo —dijo Lea sacando el teléfono de David.

—¿Llevarías eso también a nuestros camaradas de Chicago para que tengan un momento en que lo recuerden, esperando el día en que veremos otra vez a este tan querido hermano? —dijo Jaime.

Lea se lo pasó a Hana.

—Yo quisiera que su amiga lo llevara —dijo. Hana le agradeció con un abrazo.

—Y ahora —dijo Jaime mientras se volvían a tomar de la mano—, amados míos, que la misericordia, la paz y el amor les sean multiplicados a los llamados y santificados por Dios Padre y preservados en Jesucristo, que se edifican mutuamente en su santa fe, orando en el Espíritu Santo, manteniéndose en el amor de Dios, esperando la misericordia de nuestro Señor Jesucristo para la vida eterna.

»Ahora a Aquel que es capaz de impedir que ustedes tropiecen, y de presentarlos sin mancha ante la presencia de Su gloria con gozo supremo, a Dios nuestro Salvador, que es el único sabio, sea la gloria y la majestad, el dominio y el poder, ahora y por siempre. Amén.

Finalmente, solo otra vez, Chang esperó unos pocos minutos, luego puso una silla cerca de la puerta, se paró encima y aseguró un cerrojo que había instalado arriba del dintel, el cual impediría que entraran hasta los que tuvieran una llave maestra. Se dejó caer en su sillón, con la computadora y tecleó "Cristo solo". Eso activó una pantalla cuadriculada de doscientos puntos. Contó dieciocho hileras desde abajo y treinta y siete desde la derecha e hizo clic en ese punto. Apareció un contador de quince dígitos, con los números ascendiendo a razón de varios cientos por segundos. Chang insertó un multiplicador, puso en el apuntador la fecha y hora presentes y envió el producto hacia un número sincrónico a noventa segundos de distancia. Tres movimientos complejos cuatro minutos después y el sistema operacional de Chang estaba en función. Se conectó con cada computadora del Comando Tribulación, incluso con las de Petra y con todo lo que quiso del palacio y del Fénix 216.

Chang transmitió cientos de páginas de instrucciones codificadas para las máquinas de Petra, verificó las ubicaciones de los aparatos informadores desde los teléfonos, las computadoras y los aparatos electrónicos pequeños que se sujetan en la mano, y les avisó a todos que todo estaba bien y funcionando. Entonces, revisó las especificaciones de Raimundo para el hombre conocido como el grandote George y puso credenciales de la CG en la base principal de datos del palacio. Habían decidido usar su nombre verdadero por si acaso buscaban otras referencias de sus huellas u otros detalles. George Sebastian, de San Diego, California, en los Estados Unidos Norteamericanos, iba a trasladar a un par de adolescentes presos, de ambos sexos, desde Grecia a los Estados Unidos. Iba a pilotear un Rooster Tail, avión crucero trasatlántico de alta velocidad, de cuatro asientos, e iba a viajar SD (sin documentación) debido a una reciente misión clandestina pero, a los efectos de la identificación, él medía uno noventa y cuatro y pesaba ciento nueve kilos, era de tez oscura, ojos azules y pelo rubio. Tenía un salvoconducto de nivel A menos y reportaba directamente al Delegado Comandante Marco Elbaz. Chang ingresó un código de seis dígitos que George tenía que aprenderse de memoria y recitar si le preguntaban.

Chang sabía que Raimundo había planeado todo esto con Lucas Miclos que daría información al señor Papadopoulos, que informaría a Georgiana Stavros. Lucas iba a usar sus contactos y recursos, era responsable de asegurarse de que los dos jóvenes se encontraran con George.

Chang localizó luego la grabación del Fénix 216, la más reciente desde la última que había escuchado. Se puso los audífonos.

El micrófono captó primero a Akbar.

—Supongo que el nuevo piloto le complace, Excelencia.

—Suhail, todo lo que me importa es salir de este país olvidado por Dios. ¿Puede hacer eso?

—Oh Soberano Supremo —entonó Fortunato—, Israel ya no está más olvidado por Dios. Ahora es *verdaderamente* la tierra santa porque usted ha sido instalado como el verdadero y...

—¡León, por favor! Has conferido a tus subordinados el poder que yo te infundí, ¿no?

—Su Adoración, así es, pero prefiero no referirme a ellos como subor...

—¿Alguno de ellos, cualquiera, por ejemplo, tú, ha encontrado algo con lo cual equiparar el truco de convertir los océanos en sangre?

—Bueno, señor, además de pedir que baje fuego del cielo y, los... eh..., yo prefiero pensar que desempeñé un papel pequeño en la curación de las llagas, sea justo por la influencia de mi presencia en parte de la reunión con el señor Miqueas o... como sea...

—León, yo no creo que tú captes el alcance de la tragedia de los océanos. ¿Sí?

—Excelencia, lo bastante para tener la esperanza de que no es permanente.

—¿Esperanzas? ¡Hombre, piensa! Suhail ¿el reverendo... justo... lo que sea recibe los informes del gabinete? ¿Lee el...?

—Sí, señor, está en la lista.

—¡León, lee los informes! ¡Nuestras naves están varadas en el agua! Nuestros biólogos marinos dicen que a estas alturas todas las criaturas del mar están muertas, con toda seguridad. Si esto *es* transitorio y mañana por la mañana el agua se vuelve clara, ¿crees que también todos los peces volverán aleteando a la vida?

—¡Por cierto que así lo espero!

—¡Imbécil! —dijo entre dientes Carpatia, y Chang supuso que Fortunato no lo oyó. El soberano solía asesinar a la gente a la cual se refería de esa manera y León se hubiera puesto a rogar por su vida.

—Suhail, ¿no podemos despegar del suelo este avión?

—Señor, estamos esperando a la señora Ivins.

—¿Dónde está ella?

—Soberano, si me permite responder eso —dijo León.

—Por supuesto, si sabes dónde está.

—Ella quería hacer una última visita al templo. Quiere ser la primera mujer que entre en la parte principal y ver por donde caminó usted, adorar su imagen en el Lugar Santísimo, sentarse en el, este, eh, en el …

—¡Qué! ¡No dirás que ella osaría sentarse en el trono de dios!

—No, señor, no me expresé bien. Tengo la seguridad de que ella solamente quería ver, quizá tocarlo, tomar una foto.

—¿Por qué no estás con ella?

—Quiso solamente que el equipo de seguridad le acompañara. Piensa entrar sola y, creo, violar unas cuantas tradiciones.

—Eso me gusta.

—Pensé que pudiera gustarle. Ella también lo pensó.

—Averigua si está en camino.

—Soberano, mientras tanto —dijo Akbar—, recibimos el programa para detectar mentiras.

—Sí, empieza ahora con los mozos.

Chang escuchó el terror en las voces de los indios. Respondieron con intensidad y fervor.

—Ambos demostraron ser fieles por completo —concluyó Akbar—. Ellos lloraron expresando su gratitud.

—¿Los examinaron, no? —dijo Carpatia pues los ruidos de sus manifestaciones y de sus trajines de servicio llegaban por el sistema.

—Sí, señor, gracias, señor.

—Sin duda —respondió Carpatia, que sonaba escéptico y despectivo—. Suhail, examina al piloto.

—Señor, la señora Ivins está en la pista.

—Hay tiempo. Primero quiero que entrevisten al piloto, luego a León y por último a Ivins. Y aquí hay una pregunta que quiero que se agregue a la sesión de ella.

El piloto sonaba despreocupado, casi aburrido, respondiendo con rapidez y precisión.

—Él pasó la prueba —informó Akbar—. Reverendo Fortunato, ¿está listo?

—No tengo nada que esconder —dijo León, pero cuando le preguntaron el día de la semana, él preguntó si era una trampa. Sus respuestas se volvieron más quejumbrosas y reflexivas pero, por supuesto, también pasó la prueba.

El avión despegó; entonces Chang pudo oír que Suhail hablaba con la señora Ivins.

—Supongo, señora, que usted está dispuesta a someterse a la prueba de la verdad, como procedimiento de rutina.

Ella se rió entre dientes.

—Y ¿qué hacemos si se revela que yo soy la espía para el topo?

—Señora, por favor, préndase esto.

—Lista.

—Diga su nombre.

—Señora Vivian Ivins.

—¿Hoy es domingo?

—No, pero me gustaría saber si contesté bien la primera pregunta?

Akbar se rió

—¿El cielo es azul?

—Sí.

—¿Usted es hombre?

—No.

—¿Trabaja para la Comunidad Global?

Ella titubeó.

—Sí.

—Señora, eso salió bien pero, por pura curiosidad, ¿por qué el titubeo?

—En realidad, nunca me he considerado como empleada de la Comunidad Global. Yo sirvo al Supremo Soberano Nicolás Carpatia y lo he hecho la mayor parte de mi vida adulta. Lo haría aunque no fuera recompensada pero, además, en realidad ahora soy parte del personal de la Comunidad Global.

—¿Usted es leal al soberano supremo?

—Sí.

—¿Alguna vez ha hecho algo que pudiera considerarse como deslealtad al soberano supremo?

—No.

—¿Filtra usted información confidencial del soberano supremo a alguno de las oficinas centrales de la CG?

—No.

—¿El soberano supremo resucitó de los muertos y es el señor vivo?

—Sí.

—¿Puede Su Excelencia Nicolás Carpatia contar personalmente con su continua lealtad por el tiempo que usted sirva como empleada de la Comunidad Global?

—Sí, y más allá de eso.

—¿Hoy se sentó usted en el trono de su templo de Jerusalén?

—Yo, no.

—Gracias, señora Ivins.

Chang oyó que Akbar se soltaba el cinturón de seguridad y se marchaba, pero claramente Viv Ivins lo siguió de inmediato.

—Director Akbar, por favor, antes que comparta los resultados con Su Excelencia, déjeme decirle algo a él.

—No hay problemas.

—Mi señor —dijo ella quedamente.

—Sí, amada —respondió Carpatia.

—¿Puedo arrodillarme y besar su mano?

—Eso depende. ¿Cómo te fue en la pequeña prueba?

—No sé pero independientemente de los resultados, respondí con la verdad hasta el final.

—¿Tú engañaste con tu respuesta a *mi* pregunta?

—Sí, señor, pero inmediatamente lo lamenté y he venido a implorar su perdón.

Chang no pudo oír si Carpatia respondió.

—Le dije al Reverendo Fortunato lo que pretendía hacer —dijo ella—, y él me aconsejó que no.

—¿Él? León, ¿Tú?

—Señor, sí.

—¡Qué bueno de tu parte! Pero no debiera ser solamente el Muy Altísimo Reverendo Padre del Carpatianismo el único que sabe que sería profanación intentar sentarse en el trono de dios!

—Lo siento mucho, Nicolás —Chang tuvo la impresión de que ella dijo el nombre en la forma en que lo decía cuando Carpatia era un niño. Nicolás se quedó en silencio—. Juro que no lo hice como acto de insubordinación. Sencillamente envidié tu momento y sentí la profunda necesidad de compartirlo. Quisiera pensar que me gané el derecho con…

—¿*Ganaste el derecho?* ¿De sentarte en *mi* trono? ¿De tomar *mi* lugar?

—… mis años de servicio, con mi consagración intransable, con mi amor por ti. Oh, no me eches, Su Adoración. Perdóname. ¡Por favor, Nicolás!

Chang la oyó llorar. Entonces Nicolás dijo:

—Suhail, administrémonos la prueba el uno al otro —el llanto de la señora Ivins se fue apagando pues ella debía haber regresado a su asiento.

Akbar fue breve y confiado y, cuando le llegó el turno a Carpatia, por supuesto que las preguntas fueron ligeramente modificadas, pero Carpatia estaba en ánimo de ser probado.

—Diga su nombre —empezó Akbar.

—Dios.

—¿Hoy es domingo?

—Sí.

—¿El cielo es azul?

—No.

—¿Usted es hombre?

—No.

—¿Sirve a la Comunidad Global?

—No.

—¿Usted es leal a los ciudadanos que están bajo su autoridad?

—No.

—¿Alguna vez ha hecho algo desleal para la Comunidad Global?

—Sí.

—¿Filtra usted información confidencial a alguno de las oficinas centrales de la CG, cosa que sabotea la efectividad de su gabinete?

—No y mataría personalmente al que lo haga.

—¿Usted resucitó de los muertos y es el señor vivo?

—Sí.

—¿Puede la Comunidad Global contar con su continua lealtad por el tiempo que usted sirva como soberano supremo?

—No.

—Excelencia, me deja estupefacto.

—¿Bien?

—No sé cómo hace eso.

—¡Dime! —contestó Carpatia.

—Todas sus respuestas resultaron veraces aun donde estuvo, evidentemente, haciéndome bromas y diciendo lo contrario de la verdad.

—Suhail, la verdad es lo que yo digo que es. Yo soy el padre de la verdad.

DIECIOCHO

En el vuelo de regreso a casa, Camilo llamó a Lucas Miclos.

—Me imagino que quieres hablar con el joven que le salvaste la vida, ¿eh, Camilo?

—Sí, Laslos, y lamento haber tenido que mandarte electrónicamente todos mis mensajes acerca de lo que pasó esa noche, ni siquiera lo hice por teléfono. Hubiera querido darte personalmente el mensaje de tu esposa, pero…

—Amigo mío, entiendo —dijo Laslos con su voz un poco temblorosa—. Recuerdo cada detalle. Solo deseo haberme ido con ella al cielo.

Camilo replicó:

—No logro imaginarme cuán duro es, pero la iglesia te necesita aquí, y…

—Ay, Camilo, soy un inútil. No puedo servir como antes. A veces deseo que ellos me encuentren para que yo pueda testificar de Dios antes que me maten.

Camilo quiso contradecirlo, pero ¿qué podía decir?

—Nosotros apreciamos mucho lo que haces para sacar a esos chicos del país.

—Haré lo que pueda. Espero reunirlos con tu piloto pero es improbable que me arriesgue a salir de las sombras para ir a buscarlo. Los acercaré al aeropuerto lo más posible, según me atreva. Bueno, permíteme que te deje hablar con el muchacho.

—Diga, señor —dijo Marcel, y Camilo reconoció la voz del muchacho con el cual tuvo un solo encuentro.

—Hijo, me alegra tanto hablar contigo de nuevo. No pensé que lo haría.

—Señor Williams, no tengo como agradecerle todo lo que ha hecho. Yo sé que usted se metió en problemas por eso. ¿Lo veré en Chicago?

—Claro que sí.

—El señor Miclos me ha hablado mucho de usted, su familia y sus amigos. Espero estar a salvo allá.

—Más de lo que estás ahí, me lo imagino. ¿Y la chica?

—Georgiana Stavros —dijo Marcel—. Me sorprendí mucho cuando supe que teníamos una historia en común. Por fin nos conocimos en un centro de la cooperativa.

—¿Y has podido comunicarte con ella?

—Todo está arreglado. Nos encontraremos en el camino. El señor Miclos se quedará con nosotros hasta donde le sea posible.

—Esa es toda una jornada para hacerla a pie.

—Él hizo arreglos para que alguien nos lleve en automóvil, por lo menos hasta que estemos unos tres kilómetros del aeropuerto. Entonces, el piloto, el señor Sebastian, ¿no?..

—Sí.

—… saldrá a buscarnos y nos llevará como prisioneros.

—Nosotros estaremos orando por ustedes.

Chang escuchó varios minutos de charla trivial y, luego, un penoso esfuerzo de Viv Ivins para volver a conectarse con Nicolás y obtener su perdón. Finalmente Nicolás llamó a Akbar.

—Suhail —dijo—, yo no voy a reemplazar al señor Moon como comandante supremo.

—Entiendo.

—El puesto y el título son redundantes.

—Como usted diga, Excelencia.

—Yo contaré cada vez más contigo y puede que tú heredes los deberes que, de otra manera, hubieran sido ejecutados por un comandante supremo.

—Como usted desee.

—Primera orden: Haz algo con el problema que tenemos de espía en la seguridad.

—Yo estoy, perdón; nosotros estamos, realizando una investigación a fondo en palacio pero, como usted sabe, no hemos hallado nada en el avión…

—¿Cómo puede ser? Me dijiste que parecía como si alguien estuviera retransmitiendo nuestras conversaciones a otro con acceso a la base central de datos.

—Eso es lo que parecía. Estuvimos revisando minuciosamente las oficinas en busca de puntos débiles de nuestras protecciones electrónicas, pero el difunto señor Hassid instaló el sistema y no había nadie mejor en el mundo para ese trabajo.

—Su reemplazo, el sudamericano…

—Mexicano, señor. Figueroa.

—¿Le tienes confianza?

—Antecedentes estelares. No es el técnico que era Hassid pero es muy capaz. Está supervisando el examen y, por supuesto, él mismo será examinado.

—Yo quiero enviar un mensaje a quien sea el subversivo que tenemos dentro. Provocarle pánico, ponerlo a la defensiva.

—Soberano, estoy abierto a sugerencias.

—Acusa a los de la India.

—¿Señor?

—Los mozos a bordo. Senténcialos por traición.

—Eh, ¿con qué pruebas?

—Suhail, ellos son los únicos que resultan lógicos. El piloto ni siquiera estaba a bordo durante la mayoría de nuestras reuniones. Ellos sí.

—Pero ellos resultaron limpios en la prueba.

—¿Quién sabe eso sino tú y yo?

—Mmmm.

—Nadie, ¿tengo razón?

—Sí.

—Susúrraselo a León y a Viv. Luego, comunícalo a la prensa. Ellos deben desembarcar esposados en Nueva Babilonia. ¿Tienes un par de esposas a bordo?

—Sí, pero…

—¿Problema?

—Señor, yo estoy a su servicio pero no capto algo. El topo verá que acusamos a los que no eran. Más que ponerlo a la defensiva, eso nos hará parecer enemigos blandos.

—Tanto mejor. Dejemos que se confíe. Aún así, verá lo que hacemos con la gente que creemos son insurrectos.

—Si se les sentencia, la pena es la muerte.

—¡Oh Suhail! Si ellos desembarcan de ese avión con los grilletes puestos, los considerarán sentenciados. Las ejecuciones deben realizarse dentro de las cuarenta y ocho horas.

—Hecho.

—Director, ¿y tu conciencia?

—¿Mi conciencia?

—¿Tienes problemas en saber la verdad?

—No, señor. Usted es el padre de la verdad. Mi conciencia está a su servicio.

Hubo una pausa prolongada.

—Aunque ellos hacen un buen trabajo, ¿no? —dijo Carpatia por último—. ¿Los auxiliares?

—Completamente.

—No es necesario informarles ni apresarlos hasta que aterricemos. Pero empieza a dar pistas de la información. Luego, conversaremos del resultado final para los disidentes israelíes y los judaítas. Infórmame en cuanto tengas estadísticas de las bajas en el Operativo Petra.

———

Laslos deseaba acompañar a los dos jóvenes durante todo el viaje hasta la casa de refugio en Norteamérica. ¡Qué aventura! Pero ¿cómo justificar el abandono de sus hermanos y hermanas en Grecia? La red se cerraba y pocos sobrevivirían hasta la Manifestación Gloriosa, pero nadie estaría en desacuerdo en que debían darle una mejor oportunidad a los adolescentes.

Participar en conectarlos con este piloto hizo que Laslos se volviera a sentir vivo. Temía el final de la partida, cuando K, su amigo, lo llevara de vuelta a Ptolemais. Entonces caminaría los últimos dos kilómetros y medio a su refugio secreto y recomenzaría su espantosa rutina.

El plan era que K recogiera al muchacho y a él, en la zona rural al borde norte de la ciudad. Viajarían por las afueras para llevar a Marcel lo más cerca posible de la cooperativa para que fuera caminando a recoger sus escasas pertenencias. Georgiana Stavros los aguardaría en el extremo sur de la ciudad, en la ruta al aeropuerto. Camilo Williams y Marcel le habían dicho que ella para ser griega era una trigueña, alta, de piel clara, en realidad muy bonita. Laslos quería imaginarse que lucía como su esposa cuando se conocieron, hacía ya más de cuarenta años.

Chang notó que el avión de Carpatia daba señales de ir descendiendo, cuando Suhail Akbar volvió a conversar con el soberano.

—Director —empezó Nicolás—, estamos planeando algo muy especial para Petra cuando se confirme la presencia de Ben Judá, ¿no?

—Señor, tenemos que hablar.

—Suhail, contesta mi pregunta.

—Sí, por supuesto, pero tengo malas noticias.

—¡Yo no quiero malas noticias! ¡Todos estaban sanos! Teníamos equipos en abundancia para la ofensiva de Petra.

Tú ibas a olvidarte de la ciudad, esperando destruirla cuando Miqueas y Ben Judá estuvieran allí, vencer inclusive a los que no estaban dentro. ¿De qué mala noticia pudieras hablarme? ¿Qué supimos de ellos?

—Nada. Nuestro...

—¡Tonterías! Ellos tenían que informar en cuanto hubieran derrotado a los insurgentes. El mundo se iba a maravillar de nuestro éxito total sin disparar una sola bala, sin bajas nuestras, la destrucción total de aquellos que se me oponen. ¿Qué pasó?

—Aún no estamos seguros.

—¡Debes tener no menos de doscientos oficiales comandantes!

—Más que eso.

—¿Y ni una palabra de ellos?

—Nuestros aviones que toman fotos desde la estratosfera muestran el avance de nuestras fuerzas a pocos metros de aplastar aproximadamente a cinco mil que todavía están fuera de Petra.

—Una nube de polvo y el enemigo, en esencia, aplanado debajo de ellos.

—Excelencia, ese era el plan.

—¿Y qué? ¿Los viejos de las túnicas y largas barbas, pelearon con dagas ocultas?

—Nuestros aviones esperaron hasta que se aplacó la nube de polvo, y ahora no hallamos muestras de nuestras tropas.

Carpatia se rió.

—Deseo que todo esto sea una broma, soberano, pero las fotografías tomadas desde mucha altura, a los diez minutos de la ofensiva, muestran el mismo gentío fuera de Petra y, no obstante,...

—Nada de nuestras tropas, sí, dijiste eso. ¿Y nuestros armamentos? Uno de los mayores conglomerados de potencia de fuego que jamás se haya armado, me dijiste, repartido en tres divisiones. Invencible, dijiste.

—Desaparecidos.

—¿Pueden transmitirse para acá esas fotografías?

—Señor, están esperando en su oficina. Pero gente de mi confianza verificó lo que vamos a ver... o a no ver, debiera decir.

Carpatia sonaba un poco preocupado y a la vez molesto, como con ganas de explotar.

—Quiero al rey de cada una de las regiones del mundo en camino a Nueva Babilonia dentro de una hora. Será reemplazado todo aquel que no esté en ruta en sesenta minutos a partir de ahora. Ocúpate de eso inmediatamente y cuando hayas confirmado el último aterrizaje, convoca a reunión del gabinete titular, los diez reyes y yo, dentro de una hora después.

—Y esos judíos —dijo lentamente—, ¿esperamos que todos estén en Petra tan pronto como puedan ser transportados para allá?

—En realidad, no creo que quepan todos. Lo ideal sería que Petra se llene de tal forma que los demás tengan que acampar en las cercanías.

—¿Qué se requiere para arrasar Petra y la zona circundante?

—Dos aviones, dos tripulaciones, dos aparatos aniquiladores. Podemos lanzar un misil subsecuente para asegurar la devastación total aunque pudiera resultar una exageración.

—Ah, Suhail, un día te darás cuenta de que la exageración para aniquilar no existe. Deja que los judíos y los judaítas piensen que tuvieron su pequeño triunfo. Y mantén en silencio el fracaso del operativo. Nunca lo hicimos. Nunca existieron las tropas ni los vehículos y las armas que desaparecieron.

—¿Y qué hago con las preguntas de sus familiares?

—Nosotros haremos las preguntas *a* las familias. Exigiremos saber dónde están estos soldados y qué han hecho con nuestros equipos.

—Decenas de miles ausentes sin permiso. ¿Eso es lo que alegaremos?

—No, Suhail, más bien, ¿por qué no te presentas en la televisión internacional y le dices al público de la RNCG que medio millón de judíos desarmados le salieron al encuentro a la campaña militar más grande que se haya realizado, y que la hicieron desaparecer? ¡Quizá hasta pudieras usar un cartel! ¡Ahora nos ven, ahora no!

—Tengo miedo —le dijo Marcel a Laslos mientras se escurrían sigilosos del escondite cuando cayó la noche.

—Hijo, no es miedo. Solamente estás un poco nervioso. Has soportado tragedias como todos nosotros, pero se te da una segunda oportunidad. Si no es con el Comando Tribulación, no estarás seguro con nadie.

Caminaron en la oscuridad los dos kilómetros y medio por senderos de tierra que Laslos conocía muy bien. Aunque él caminaba más de lo que se desplazaba en automóvil, hacía tiempo que no manejaba y ahora sentía el cansancio y el dolor productos del desgaste por su edad. Algunas veces, Marcel tenía que esperarlo y Laslos deseaba decirle que siguiera adelante pero quería sentirse útil. Él era parte del plan de escape. Estos preciosos jóvenes estarían a su cargo hasta que los despidiera, deseándoles que Dios fuera con ellos, para que se juntaran con George Sebastian.

A menos de un kilómetro de Ptolemais, Laslos divisó el diminuto carro blanco de K, estacionado al costado de un camino que se usaba muy poco. Laslos detuvo a Marcel tocándolo, luego emitió un canto de ave. K apretó el freno y las luces traseras se prendieron brevemente.

—Eso significa que no hay nadie en los alrededores —dijo Laslos—. Corre al auto, yo vigilaré desde aquí.

Sabía que Marcel quería estirar sus largas piernas y mientras Laslos caminaba lo más rápido que podía, disfrutaba observando al muchacho que se abalanzaba al coche. Hacía mucho que K había sacado la luz interior del vehículo así que al abrirse la puerta, el automóvil quedaba a oscuras. K estaba al volante, con Marcel al lado cuando Laslos llegó.

Laslos se escurrió en el minúsculo asiento trasero, directamente detrás de Marcel. K, mayor que Laslos, calvo y flaco, llevaba una gorrita negra y hablaba con dificultad porque le faltaban la mayoría de sus dientes delanteros. Dijo:

—Él bibe.

Marcel y Laslos, aunque jadeante corearon:

—Sin duda que Cristo vive.

K manejó con cuidado por las afueras de la ciudad estacionándose en una calle oscura.

—¿Puedes ubicarte? —le preguntó Laslos al chico.

—Creo que sí —dijo Marcel—. La cooperativa está en el subterráneo debajo del bar a cuadra y media en esa dirección.

—¿Y tú conoces la contraseña?

—Por supuesto. Ellos tienen mis cosas.

—Y ellos confirmarán que la muchacha…

—Georgiana.

—… sí, está esperando.

Marcel asintió y salió de un salto del automóvil. Laslos bajó rápidamente el vidrio de su ventanilla.

—¡Shht! No corras —susurró y el chico desaceleró.

K se dio vuelta y le sonrió.

—Los jóvenes —dijo.

—¿K, cuánto tiempo más tendremos suerte?

K hizo un movimiento negativo con la cabeza y su sonrisa se desvaneció.

—Lazloz, ya bibimos tiempo preztao del mes que biene.

—¿Qué pasa si alguna vez te paran?

—Ze acaba la coza —dijo K—. Me llevarán a poneme la maca pero lez diré que mejor me matan poque terminé de lushaah.

Laslos palmeó el hombro de su amigo.

—Pero tú sigues haciéndoles daño hasta que llegue el momento, ¿eh?

—Too el que pueoo.

Marcel volvió con un saco de lona al hombro.

—¿Algún problema? —preguntó Laslos.

El chico meneó la cabeza, tiró la bolsa atrás, dejando lugar justo para la chica.

—Se supone que ella esté ahí, y nadie me siguió. Busque una piedra pequeña encima de otras dos a ocho kilómetros del aeropuerto. Ella estará en el matorral cercano. Solo estacione al costado y ella saldrá a encontrarnos.

K se mantuvo manejando en las afueras de la ciudad, camino al aeropuerto. No vieron pacificadores o vehículos de la CG. Laslos movía su pierna derecha y mantenía las manos apretadas sobre el regazo. Cuando pasaron la señal 10K Laslos se inclinó hacia delante y ayudaba a K a mirar el cuentakilómetros. Unos pocos minutos después Marcel dijo:

—¡Ahí!

Las luces delanteras de K mostraban dos pequeñas piedras al lado izquierdo del camino con otra encima, como por casualidad. Nadie las notaría al menos que las estuviera buscando. K miró por los espejos y Laslos se acomodó de manera que éste pudiera mirar para atrás.

—Nadie —dijo.

K se colocó a un costado, con el neumático delantero derecho casi aplastando las tres piedras. Se quedó con el motor en marcha y las luces encendidas, entrecerrando los ojos al mirar por el espejo retrovisor.

—Vamos, señorita —musitaba Laslos—. No queremos que nos vean.

—¿Quieren que vaya a buscarla? —dijo Marcel.

—Se supone que ella salga al encuentro, ¿correcto?

—Correcto.

—Siempre sigue el plan al pie de la letra. Si éste cambia, no improvises. Te vas.

K asintió.

—Diez zegundooh —dijo—. No me quedaré maz aquí.

—¡Ahí está! —exclamó Marcel.

Georgiana corría al automóvil, y Laslos se inclinó sobre la bolsa de Marcel para abrir la puerta. Ella se estremecía, vestida con pantalones vaqueros, una camisa de mangas cortas y una raída gorra roja de béisbol calada hasta los ojos. Llevaba una bolsita verde oscuro, apenas de unos treinta centímetros de largo.

—Marcel —dijo—, qué bueno es volver a verte.

—Sí, hola, ¡Vamos!

Ella saltó adentro del vehículo y puso su bolsa entre los pies.

—Usted debe ser Laslos —dijo—. Yo soy Georgiana —apretó el brazo de él. Sus dedos oscuros estaban fríos. Puso sus manos en los hombros de K, diciendo—: y éste debe ser K.

Marcel levantó una mano y ella se la tomó.

—Esto es emocionante —dijo ella, luego se frotó las manos.

—Él bibe —dijo K.

—¡Amén! —contestó ella casi gritando—. ¡Sin duda que él vive!

—¿Eso es todo lo que trajiste? —preguntó Laslos.

—Señor, es todo lo que tengo —dijo ella, sonriendo—. Y todo lo que necesito.

—Aventurarse en el nuevo mundo con casi nada a tu nombre.

—Dios puede —dijo ella—. Marcel me dijo que usted tiene una pistola.

—Marcel tiene la lengua muy ligera —replicó Laslos—. Ambos deben aprender a hablar poco y oír mucho.

—Lo siento —dijo ella—. ¿Estoy hablando demasiado? Debe ser que estoy muy emocionada, eso es todo. No me he sentido así desde el día en que el señor Williams me sacó.

Marcel asintió.

—Señor Laslos, entonces, ¿no puedo ver su arma?

—Miclos. No saco mi pistola fuera de casa. No tengo intenciones de herir a nadie. La tengo solo para mi seguridad, eso es todo.

—Pero K tiene un arma —dijo ella, apretándole los hombros otra vez—. ¿No, joven?

K sonrió tímidamente y meneó la cabeza mientras volvía a manejar el vehículo por el camino.

—Creo que estás viendo demasiada televisión —dijo Laslos—, televisión norteamericana, ¿estoy en lo cierto?

—No por mucho tiempo. Cuando la miro, todo es Carpatia, Carpatia, Carpatia.

Laslos seguía moviendo la pierna, y continuaba con las manos fuertemente apretadas.

—Entonces, ¿ambos tienen claro el plan? —preguntó.

—Sí, lo tenemos —dijo Georgiana—. Marcel me puso al tanto. Nos encontraremos con George, en el camino del aeropuerto. Él nos llevará como prisioneros y la computadora mostrará que vino acá para eso.

—Correcto, deben evitar mirarse, muéstrense enojados y caminen directamente al avión con él. Deja que Marcel use tu gorra bien calada de manera que sus ojos no estén muy visibles, y tú, haz lo mismo con tu cabello.

Ella todavía se frotaba las manos.

—Esta gorra no le va servir. De todas maneras, ¿cómo reconoceremos al piloto?

—Él debe de ser el único hombre que venga por el camino buscándolos a ustedes —dijo Laslos.

—Pero es un tipo grande, ¿no? ¿Un norteamericano?

—Sí, más o menos de un metro ochenta, casi ciento quince kilos —dijo Marcel—. Cabello claro, ojos azules, y...

—Lo reconocerán —dijo Laslos—. Debemos orar.

—Sí —dijo Georgiana—. Por favor.

—¿Por qué no oras tú? —preguntó Laslos.

—Estoy demasiado nerviosa —respondió ella.

—Muy bien —dijo Laslos—. "Señor, te agradecemos por estos jóvenes y te pedimos que vayas delante de ellos y los protejas. Nosotros…"

—¡Ahí está! —gritó Georgiana—. ¿Es él?

Un hombre joven de gran tamaño caminaba a propósito por el lado derecho del camino. Calzaba grandes botas, pantalones deportivos de caqui y una chaqueta liviana, con cierre. Su pelo era casi blanco, su cara oscura.

Laslos no pudo ver el color de los ojos pero el hombre se detuvo y miró directamente al carro mientras K disminuía la velocidad y pasaba, estacionándose a cuarenta y cinco metros más allá.

Marcel tomó la manija de la puerta de su lado y Georgiana tomó su bolsa.

—¡Esperen! —gritó Laslos—. ¡Él se adelantó! —bajó el vidrio de su ventanilla y se inclinó para sacar la cabeza, consciente de que Georgiana buscaba su bolso y estaba lista para irse.

—¿Señor Miclos? —gritó el hombre, pero Laslos pensó que detectaba un acento europeo.

—¡Hola, señor Sebastian! —gritó Marcel antes que Laslos pudiera hacerlo callar.

Ahora trotando y habiendo acortado la distancia entre él y el vehículo, el hombre llamó:

—¿Marcel, Georgiana?

—Sigue adelante, K —dijo Laslos—, algo no anda bien.

—¿Por qué? —preguntó Georgiana—. ¿Qué pasa?

—Si ese es Sebastian —dijo Laslos mientras K volvía lentamente al camino—, él nos encontrará.

—¡No! —gritó Georgiana—. ¡Alto!

—No haremos este traspaso a la mitad del camino —dijo Laslos.

—K, estaciónate —dijo Georgiana con súbita autoridad sacando de su bolsa una enorme pistola con silenciador y apretándola contra la sien de Laslos, diciendo—: ¡Lo mataré si no se detiene!

—¡K, no te detengas! —gritó Laslos—, ¡Marcel es de los nuestros! ¡Yo lo conozco!

K dejó de acelerar pero siguió con el impulso.

—Para, ahora —dijo ella—, hablo en serio.

Marcel dio una vuelta bruscamente, arrodillándose en el asiento para enfrentarla. Le sacó la gorra de un tirón y mientras el silenciador se movía de la cabeza de Laslos, éste se dio vuelta para mirar la frente de Georgiana y la marca de la bestia. El golpe abreviado y sibilante del balazo llenó el carro con el rancio olor de la pólvora, y Marcel fue lanzado hacia atrás con tanta fuerza que quedó doblado debajo del tablero. El parabrisas quedó tapado con sangre y tejidos rotos, y Laslos hizo una mueca al ver el hoyo palpitante en la nuca del niño.

—¡K, detente ahora! —dijo ella con un alarido, apuntando el arma a la nuca de él. El viejo giró el volante hacia ambos lados pisando el acelerador a fondo. El pequeño vehículo se estremeció con violencia, y Laslos sintió que se azotaba contra la manija de su puerta antes que su bulto pasara volando por encima de la bolsa de Marcel hacia la muchacha.

Ella disparó atravesando el cuello de K que cayó desplomado, el automóvil perdió velocidad y viró hacia la grava. Laslos abrazó a la muchacha con sus robustos brazos y apretó las suelas de sus zapatos contra la puerta de su lado, tratando de aplastarla. Él solamente podía albergar la esperanza de que el arma estuviera entre ellos dos, pero el ruido de varios pasos a la carrera le dijeron que pronto se reuniría con su esposa en el cielo si no lograba desarmarla.

El carro se detuvo con un ruido sordo y ambos rodaron hacia el respaldo del asiento de K. Dos hombres se habían juntado con el impostor de Sebastian y todos portaban armas. Uno tiró la puerta del lado de la muchacha abriéndola y la sacó arrastrándola con una mano. Laslos trató de colgarse a ella pero no tenía cómo. Yacía tirado sobre el bolso de Marcel, atravesado en el asiento trasero con los brazos inertes, jadeando.

—Elena, ¿estás bien? —dijo uno de los hombres.

Laslos vio que ella asentía señalándolo con asco al decir:

—Él es el único que queda —mientras apuntaba el arma en su frente. Laslos levantó las manos, abriendo las palmas hacia el cielo y cerró los ojos.

—Señor, tenemos poco personal esta noche. Una copia impresa es más rápida que la computadora, si no le importa.

—Le entiendo —dijo George—, pero le dije que el viejo Elbaz me ha tenido haciendo rondas de reconocimientos sobre territorio rebelde del Neguev y nos mandaron a todos que dejáramos nuestras credenciales de identidad en el cuartel central del campo. Todo está en la computadora.

El empleado de la CG del aeropuerto dijo una palabrota.

—Ellos nunca piensan en lo que esas decisiones significan para nosotros, los de abajo.

—Jamás piensan —dijo George—. Lo siento.

—¿Qué se le va a hacer? —dijo el empleado suspirando mientras tamborileaba con sus dedos encima de la pantalla, esperando la información—. Oye, ¿qué pasó con todos los tipos aquellos que se ausentaron sin permiso en Jordania?

—No te creas que no estuve tentado a hacerlo —dijo George—. Pero es lo más extraño que yo haya visto.

—¿Te sentiste frustrado?

—¿Quién no?

—Aquí está. Estás claro. Tienes un número que darme. Seis cifras.

—Cero-cuatro-cero-tres-cero-uno.

—Eso es. ¿Y dónde están tus prisioneros?

—Los tienen detenidos en el camino.

—¿Necesitas un vehículo?

—Eso sería estupendo.

—¿Regresas de inmediato?

—De inmediato. Los dejo atados en el avión y te traigo el vehículo directamente a ti.

El empleado le tiró las llaves señalando un jeep. George decidió que llegaría a acostumbrarse al trabajo del Comando Tribulación si todo era así de fácil. Todo no podía ser tan fácil.

Había recorrido casi dos kilómetros y medio por el camino cuando se detuvo a un costado, ¿qué era lo que veía a lo lejos? ¿La muchacha? ¿Sola? Activó las luces largas. Y pudo ver que ella venía corriendo hacia él. Dando gritos.

Él se bajó del vehículo:

—¿Georgiana?

—¿George?

—¡Nos emboscaron!

Al ella acercarse, él vio que estaba cubierta de sangre. Fue a alcanzarla:

—¿Qué pasó, dónde están los de…

Pero la chica se tiró encima de él, abrazándolo por la cintura mientras gritaba:

—Está desarmado.

Dos hombres, uno del tamaño de George, salió corriendo de entre los árboles con las armas apuntándole. Otro acercó un jeep con las puertas abiertas.

El más alto tomó el vehículo que le habían prestado a George en el aeropuerto. El otro seguía apuntándole con un arma mientras la muchacha lo esposaba y le tapaba los ojos con una venda. Quiso tirarle con todas sus fuerzas a la chica, para hacerle pagar por todo lo que ella hacía, pero pensó mejor en conservar su fuerza por si había una oportunidad real de escapar. Lo empujaron haciéndolo subir al jeep, al marcharse él oyó al otro vehículo atrás.

—Gringo, nos vamos a divertir —dijo el chofer—. Cuando terminemos contigo sabremos todo lo que tú sabes.

Ni soñarlo, pensó George, y quiso decirlo pero ya había cometido suficientes errores, dejando su avión y sus armas sin protección y aventurándose desarmado en territorio enemigo, confiando en un arriesgado plan concebido por hermanos de buenas intenciones pero, después de todo, civiles. Quizá "ya el caballo del refrán se había fugado del establo abierto" pero su entrenamiento militar se había reactivado, demasiado tarde o no. No solo no diría "ni soñarlo" sino que tampoco diría palabra. La única manera en que esta gente le harían emitir una palabra, sería que se acordaran que él había hablado con la muchacha. De lo contrario, su próxima palabra la diría en el cielo a menos que de alguna manera pudiera escapar.

Rebotó y perdió el equilibrio al acelerar el jeep y siguió rebotando contra la puerta, casi al regazo del captor que iba a su izquierda. El hombre seguía empujando a George para que se enderezara de nuevo. Pudo haber apoyado con más firmeza sus pies evitando así dar tumbos, pero no le importaba ser una molestia de más de cien kilos para el enemigo.

—Entonces, George Sebastian de San Diego —dijo el chofer—, judaíta recién reclutado. Un poco de información te servirá para tener algo de comer y si nos proporcionas datos interesantes, estarás de regreso con tu esposa y el pequeñuelo antes de lo que tú menos piensas. ¿Hambriento?

George no contestó ni siquiera con un movimiento de cabeza.

—¿Entonces, quizá, te sientes solo?

El hombre que iba al lado de George, que dominaba menos el inglés, dijo:

—¿Sabes quién es realmente Elbaz? Porque nosotros creemos saberlo.

—*¡Nosotros sí* —exclamó la muchacha.

George dejó que la próxima curva lo tirara encima del hombre, que lo volvió a enderezar empujándolo.

—¡Siéntate derecho, grandote estúpido!

DIECINUEVE

Profundamente dormido sobrevolando el Atlántico y nunca con tanta alegría por volver a casa, Raimundo pensó inicialmente cuando recibió la llamada que estaba soñando. Después deseó que en realidad fuera un sueño.

El identificador de llamadas señalaba que esta venía de Colorado. Antes que Raimundo pudiera hablar, una extraña voz un poco nasal dijo:

—Creo que seguí tus instrucciones acerca de cómo llamarte con seguridad, pero ¿me puedes confirmar eso antes de que continúe?

Raimundo se sentó derecho:

—Un momento —dijo creyendo que sabía con quién hablaba. Revisó el diminuto panel de cristal líquido, como David Hassid le había enseñado—. Está seguro —dijo.

—Estás en problemas —dijo la voz—. ¿Tienes a uno en Nueva Babilonia para reemplazar a tu hombre que murió?

Raimundo vaciló.

—Sí, soy yo.

—¿Quién?

—Ah, puedes conocerme como Pinkerton Stephens, comisionado de la CG en Colorado.

—Señor Stephens, tengo que estar completamente seguro.

—Conocido como Esteban Plank.

—Por favor, un poco más.

—El nombre de tu nieto es Keni Bruce.

—¿Cómo supo que nuestro hombre murió?

—Hombre, todos lo saben. ¿No se estrelló con tres más justo frente a Carpatia?

—Esteban, en realidad, no.

—Capitán, eso no está mal pero, de todos modos, Nueva Babilonia piensa que está muerto así que evidentemente no está dentro.

—Estamos cubiertos allí dentro.

—Bueno entonces puede que sepas esto.

—¿Qué?

—Acerca de su problema. ¿Dónde está?

Raimundo se lo dijo.

—¿Y no le han puesto al tanto desde palacio?

—Creí que sí.

—Has sido comprometido.

—¿Yo, personalmente? —preguntó Raimundo.

—En realidad, no. Dependiendo de cuál alias estés usando, yo creo que estás claro. Pero acabo de recibir un informe de Inteligencia, de alto nivel de seguridad, y por primera vez, pensé que era mejor cumplir tu pedido de que se te informara.

—Escucho.

—El alias de su amigo, el otro que yo conocí, ha quedado al descubierto. Inteligencia y Seguridad están especulando que el Delegado Comandante Marco Elbaz sea realmente un ex miembro del mercado negro de Al Basrah.

—¿Cómo?

—Raimundo, esto viene mayormente de Grecia.

—No me diga que nos equivocamos con el muchacho que mandamos para allá.

—¿Sebastian? No, él es leal pero lo atraparon.

—Oh, no, empiece por el principio.

—Primero, usted tiene piloteando su avión en este momento, a este personaje Elbaz, ¿correcto? Y para nadie es un secreto que el aparato es de la CG.

—Correcto.

—Tu nombre y ese pájaro están en todas las pantallas así que no...

—Entendido. No debo aterrizar como la CG o como Elbaz.

—¿Tienes el horario de Kankakee, ¿correcto?

—Entiendes, ¿qué pasó en Grecia?

—Quédate conmigo. Primero, creo que encontré una forma de acercarte un poco más a donde quieres ir. De regreso a Chicago, ¿correcto?

—Entiendo.

—Bueno, escúchame. Puse un pedido de carga saliendo de Maryland con escala en el campo aéreo auxiliar cerca de donde estuvo Midway. Eso es lo más cerca de Chicago que ellos permiten aterrizar debido a la radiación.

—Está bien.

—Tú sabes tan bien como yo que puede aterrizar en Meigs.

—¿Sobre el lago?

—Seguro.

—¿Los aviones de la CG no sospecharán de nosotros y lo detectarán en el aire?

—No si tu hombre mantiene debidamente elevados en la base de datos los niveles falsos de radiación.

—Por lo que recuerdo, este avión es bastante grande para aterrizar en Meigs.

—Tiene retropropulsores, ¿no?

—Claro que sí.

—Se puede, pero no hay nadie en la base, Ray, escucha, si tu hombre aún sigue merodeando Chicago y lo que la CG piensa acerca de esto, es mejor que él ingrese esos datos y haga arreglos.

—¿Qué dices?

—Dudo que nadie más haya revisado el sitio últimamente pero, solo para estar seguro de que no te estaba mandando a una trampa, miré esa zona y hay algo que está dando señales térmicas de movimiento allá abajo en las últimas horas.

—Siempre le informamos, antes de salir a caminar, manejar o con el helicóptero. De esa manera él puede eliminar las lecturas que emitamos.

—Bueno, alguien está moviéndose allá abajo. No mucho, pero despertará sospechas como pasó conmigo.

—Esteban, volvamos a Grecia. Sabemos que la identificación de Macho como Jensen es historia, fue eliminada.

—Eso no es lo peor. Él sacó de un centro de detención a un par de muchachos y uno de ellos, la chica, Stavros, fue atrapada. No le puedes echar la culpa, ella es solamente una adolescente que aparentemente, se atemorizó y dio mucha información. Lo que ella dijo coincidió con lo que ellos se imaginaron que había ocurrido con el muchacho que usó el nombre de Paulo Ganter. Por supuesto Ganter seguía preso allí, así que por eliminación supieron quién se había fugado. Un chico de apellido Papadopoulos. Sus padres, se negaron a recibir la marca. La CG de Grecia infiltró en la clandestinidad a una joven muy parecida a esta chica Stavros. Esta es la estrategia, ella empezará a preguntar por el muchacho, alguien los conecta, cuenta la historia, que es exactamente como la del joven. Entonces, fue liberada por el mismo tipo, nadie la verifica, permanece alejada de la gente que hubiera sabido que no era quien decía ser y…

—…. ella tira el anzuelo para que nuestra gente caiga en la trampa.

—Sí, Raimundo, y es malo.

—Solo cuéntamelo.

—La CG dice que la trampa funcionó a la perfección por completo y sus operativos terminaron por eliminar a un viejo, de nombre Kronos, un pez gordo llamado Miclos y al muchacho.

Raimundo estaba en el avión con el teléfono en su oído, la cabeza apoyada en la mano y los ojos cerrados.

—¿Y Sebastian?

—Vivito y coleando pero ellos confían que podrán sacarle toda la información que necesitan para dirigirse a Ben Judá. Él fue militar así que puede resultarles más difícil de lo que creen.

—Además él no sabe tanto.

—Aunque se suponía que él te trajera a los chicos, ¿correcto? Tiene que saber lo suficiente para hacerles daño.

—Así es. ¿Tienes ideas de lo qué hicieron con la Stavros verdadera?

—Pienso que no es necesario decirlo, ahora ellos tienen una pista de ustedes. Ella les sirvió para lo que querían.

—No tenemos que suponer lo peor.

—Claro que sí, Raimundo. Por supuesto. Yo siempre supongo lo peor.

Plank preguntó si Raimundo tenía a bordo a uno que la CG no conociera.

—Bueno, tengo tres a bordo que son considerados muertos.

—¿Puede alguno parecer como uno del Oriente Medio?

—Uno es jordano.

—Perfecto. ¿Tiene un turbante?

Raimundo se inclinó para despertar a Abdula.

—¿Tienes un turbante o puedes hacerte uno? —Abdula le dijo por señas que sí y se volvió a dormir.

—Afirmativo, Esteban.

—¿Puedes ponerlo en la radio simulando que es tu piloto?

—Lo es.

—Perfecto. Este es su nuevo nombre, y un número de documento para recargar combustible en Maryland. Tu próxima escala después de esa deberá ser Campo Aéreo Resurrección aquí, al sur de Colorado Springs. No voy a estar esperándote.

—No, pero nos tendrás en tu lista como si hubiéramos hecho la escala.

—Por supuesto.

—Esteban, no hay palabras apropiadas….

—Oye, uno de estos días voy a necesitar un lugar para refugiarme… si sobrevivo.

Camilo, Hana, Lea y Mac estaban durmiendo, así que Raimundo optó por contarle solamente a Albie lo que estaba sucediendo. Habría suficiente tiempo para que Abdula y Albie cambiaran de asiento. Raimundo llamó a Chang.

Doce horas después, Chang estaba instalado en su terminal de la oficina, agradecido porque había dormido después de una gran cantidad de actividades de emergencia. Se preguntaba cómo pudo David manejar solo todo eso, y rogó a Dios que lo librara o mandara a alguien para ayudarle. Chang no sabía si existían otros creyentes en Nueva Babilonia pero aún no perdía las esperanzas de que así fuera. Mientras estaba revisando los abrumadores informes de muertes y destrucción en los mares sangrientos, grababa la reunión de los diez reyes regionales con Carpatia, Akbar, Fortunato y Viv Ivins.

El día de trabajo era interminable pero Chang se movía al filo de la navaja. Tenía que parecer intachable aunque manteniendo una típica actitud irreverente. David le había advertido que si parecía demasiado bueno para ser auténtico, alguien supondría que lo era. Y, por ser tan neófito en la colaboración con el Comando Tribulación, temía que fuera incapaz de mantener la cordura emocional. Perder a David fue un golpe muy fuerte para él. No podía imaginarse cómo se sentían los demás con la pérdida de la señorita Durán, el principal contacto que tenían en Grecia. Se suponía que las cosas empeorarían cada vez más. El miedo y la soledad no alcanzaban para comenzar a describir sus sentimientos. Chang rogaba a Dios que le diera la oportunidad de continuar, de alguna manera, relajado, fuerte y capaz de seguir adelante, a pesar del peligro y la tragedia, hasta ser rescatado de esta misión.

Jaime se sentía en Petra como si estuviera en el cielo. ¿Cómo era que Dios obraba de forma que un millón de creyentes vivieran juntos en armonía? Jaime recordó a la gente que Zión Ben Judá les había prometido venir y hablarles en persona, en respuesta, ellos elevaron un clamor. A él se le hacía larga la espera de ese día.

"Ustedes saben, ¿no es así?", decía sin amplificación pero milagrosamente capaz de ser escuchado por todos los que tenía a su cargo, "que la Palabra de Dios nos dice que viviremos sin ser perturbados, que nuestra ropa no se gastará y que recibiremos comida y bebida hasta que la ira de Dios descienda contra sus enemigos. Juan el que recibió la revelación dijo: 'Vi también como un mar de cristal mezclado con fuego, y a los que habían salido victoriosos sobre la bestia, sobre su imagen y sobre el número de su nombre, en pie sobre el mar de cristal, con arpas de Dios'. Amados, esos que Juan vio en su revelación del cielo y de su triunfo sobre la bestia son aquellos que fueron martirizados por la bestia. ¡La muerte es considerada victoria debido a la resurrección de los santos!

"Canten conmigo el cántico de Moisés, siervo de Dios, y el cántico del Cordero, diciendo: '¡Grandes y maravillosas son tus obras, oh Señor Dios, Todopoderoso! ¡Justos y verdaderos son tus caminos, oh Rey de los santos! ¡Oh Señor! ¿Quién no temerá y glorificará tu nombre? Pues solo tú eres santo; porque todas las naciones vendrán y adorarán en tu presencia, pues tus justos juicios han sido revelados'.

"Y Juan oyó al ángel de las aguas que decía: 'Justo eres tú, el que eres, y el que eras, oh Santo, porque has juzgado estas cosas'.

"Y ¿qué", continuó Jaime, "de nuestros enemigos que han derramado la sangre de los santos y los profetas? Dios ha convertido los océanos en sangre y, un día, no muy lejano asimismo convertirá en sangre los ríos y los lagos, dándoles a beber sangre pues esa es su justa recompensa.

"Pero ¿qué beberemos y qué comeremos, Su pueblo, aquí en este refugio? Algunos lo han mirado y dicen que está desolado y estéril. No obstante, Dios dice que comeremos carne en el crepúsculo y seremos llenados con pan en la mañana. De esta manera sabremos que Él es el Señor nuestro Dios".

Ese anochecer invadió el lugar una gran bandada de perdices, y un millón de santos disfrutaron asándolas en fogatas al aire libre. En la mañana siguiente, cuando el rocío se evaporó, vieron que sobre el suelo rocoso había unas escamitas redondas y finas como la helada.

"No tenemos que preguntarnos ¿qué es esto? Como los hijos de Israel", dijo Jaime, "pues sabemos que Dios lo ha dado como pan. Tomen, coman y se darán cuenta de que les satisface, que es dulce como hostias hechas con miel. Como Moisés les dijo: 'este es el pan que el Señor les ha dado para que coman'.

"¿Y qué beberemos? El mismo Dios Todopoderoso ha provisto". Jaime levantó ambos brazos y manantiales de agua fresca y fría fluyeron de las rocas en cada rincón de Petra, suficiente para todos.

Habían recargado combustible sin problemas en Maryland, pero Raimundo se preguntaba hasta cuándo los contactos infiltrados les seguirían ayudando. Un par de horas más tarde, Raimundo tomó los controles del avión para aterrizar en la pequeña pista aérea que había en las riberas del Lago Michigan, cerca de lo que quedaba del centro de Chicago. Sus pasajeros estaban descansados pero atónitos por las noticias que él les dio luego de que Esteban Plank lo llamara. Las noticias en la casa de refugio también eran devastadoras. Chang informaba, desde Nueva Babilonia, que él pudo bloquear en la computadora, la actividad térmica y su desplazamiento producido por los movimientos de Cloé que, de lo contrario, hubieran producido una alarma roja. Zión dijo por teléfono a Raimundo que Cloé estaba muy mal por que se sentía responsable de lo sucedido.

—Pero ella tiene una noticia alentadora —dijo el doctor Ben Judá—. Insiste en ser ella quien vaya a buscarlos. Y tenemos al joven señor Wong que se ocupó de hacer las provisiones para tu aterrizaje.

Esta fue una prueba de la pericia de Raimundo, cuando tocó tierra lo más cerca posible del agua del lago, se preguntó si hubiera sido más inteligente dejar que Mac lo hiciera. Pero los retropropulsores le dieron espacio para maniobrar el avión situándolo entre dos edificios abandonados, donde solo podía ser reconocido desde un ángulo de la estratosfera disponible pocos segundos por día.

Los demás permitieron que Camilo fuera el primero en desembarcar para saludar a Cloé. Ella venía manejando un Humvee, que estuvo guardado en el garaje subterráneo de la Torre Fuerte y la acompañaba Ming que cargaba a Keni. Raimundo se estiró observando la reunión mientras los otros cinco desembarcaban y descargaban equipaje. Finalmente de nuevo a salvo en la Torre, se hicieron las presentaciones de rigor antes que se arrodillaran a orar y llorar por los seres queridos que perdieron y por los que corrían peligro. Raimundo les mostró la urna con las cenizas de Patty y Hana hizo circular el teléfono de David.

—Por supuesto que no vamos a dejar abandonado a George en Grecia, ¿correcto?

—Exactamente, Zeke —respondió Mac—, pero para realizarlo tenemos que organizar muchas estrategias en poco tiempo y tú estarás tan ocupado como cualquiera de nosotros.

—Yo conozco a un grupo de personas que, estoy segura estarían dispuestos a cooperar —dijo Cloé.

Chan tuvo un día lleno de rumores y chismes de sus compañeros de trabajo. Dos indios, auxiliares del avión de Carpatia, serían ejecutados por filtrar secretos a un topo que había en Nueva Babilonia. Suspendieron la invitación general extendida a todos los empleados para que visitaran la nueva y espectacular oficina del supremo soberano, debido a su regreso de Israel antes de lo esperado. Pero quienes la habían visto, hablaban mucho de la arquitectura de la misma, un cielo raso que se elevaba a las cúpulas transparentes, de manera que parecía como si la oficina misma mirara al cielo. Para su ampliación, las paredes de las oficinas y salones de conferencia adyacentes fueron demolidas, quedando así un gigantesco espacio en el cual podía descansar el rey del mundo, realizar reuniones y organizar negocios, actividad que había hecho todo el día con los reyes de las diez regiones del mundo.

Chang se apresuró para llegar a su casa a escuchar la grabación de esa reunión pero, primero verificó las copias de lo que sus peritos en computación, reunidos en Petra, habían mandado a todo el mundo desde el sistema de seguridad que allí tenían. Era emocionante conocer de los milagros por las declaraciones y relatos de Jaime y verlos narrados de nuevo y transmitidos al planeta. Inmediatamente empezaron a entrar informes de gente de cada continente que los imprimían o distribuían electrónicamente. Se animaba a las iglesias caseras secretas y mucha gente se convirtió en nuevos creyentes. La gente indecisa y desilusionada de Carpatia seguían a los creyentes, ocurriendo así un avivamiento internacional justo delante de los ojos de Chang.

Esos sucesos no eran precipitados, considerando la reunión de alto nivel de Carpatia. Él había terminado rápidamente con el cortejo de sus nuevos súbditos al tratar el tema directamente.

"Caballeros, el mundo ha cambiado, en los últimos días así como en los tres años y medio pasados. Por favor, no levanten la mano. Yo conozco todos sus problemas y hoy quiero hablar de los míos. Sin una intervención milagrosa, la catástrofe marina no será remediada con prontitud. Debemos ser creativos en nuestros enfoques pero, amigos míos, ¿han notado algo que debiera ser tan evidente para ustedes como lo es para mí? Tenemos que agradecer a los judíos por nuestra situación actual.

"Sí, a los judíos. ¿Quiénes han estado entre los últimos en abrazar el Carpatianismo? Los judíos. ¿Quién es el nuevo Moisés de ellos? Un hombre que se hace llamar Miqueas pero creemos que sea el doctor Jaime Rosenzweig, nada menos el judío que intentó asesinarme, pero fue en vano.

"¿Quiénes son los judaítas? Ellos dicen ser seguidores de Jesús pero siguen a Ben Judá, un judío. El mismo Jesús era judío. A ellos les gusta tratarme de Anticristo. Bueno, yo aceptaría Antijudío. Caballeros, esto es la guerra y quiero que sea librada en todas las diez regiones del mundo.

"Por mi parte, aquí planeamos atemorizar y, en última instancia, erradicar a todos los así llamados creyentes en Jesús que no son más que adoradores de Judá. El mismo Zión Ben Judá, que proclama tener mil millones de seguidores, dio a conocer públicamente lo que sería su error fatal. Él aceptó una invitación del insolente impostor Miqueas, que ustedes saben quién es, y a él tenemos que agradecer la plaga de las llagas y los mares de sangre, para hablar personalmente en Petra al millón de cobardes que se niegan a manifestarse leales a mí y, no obstante, huyeron como niños cuando tuvieron la oportunidad".

—Excelencia —dijo uno—. ¿No podía usted detenerlos antes que llegaran a Petra?

—¡Por favor, no interrumpa! Por supuesto que hubiéramos vencido fácilmente pero ellos lo han hecho más fácil y económico. Ahora todos están en un solo lugar y, tan pronto como Ben Judá cumpla su promesa, le daremos la bienvenida con una o varias sorpresas. El Director de Seguridad e Inteligencia, Suhail Akbar...

—Gracias, Su Adoración —dijo Akbar—. Estamos controlando cuidadosamente las actividades de los judaítas y, aunque no hemos llevado a los judíos a Petra, ellos mismos se han confinado en la zona, ahorrándonos el trabajo. Estamos preparados para lanzar dos bombarderos cuando sepamos que Ben Judá viene en camino; creemos que él está solamente a un par de horas de Petra y, de todos modos, debiéramos tirar una bomba aniquiladora desde cada avión, directamente sobre Petra, literalmente, a pocos minutos de su llegada. Luego lanzaremos un misil que asegurará la destrucción total. Estaba programado para el lanzamiento desde una nave oceánica, pero ahora será lanzado desde tierra.

Chang tuvo que evitar la risa por la trampa del reloj en que la Inteligencia cayó cuando se transmitió la pirateada alocución de Zión por televisión.

Carpatia tomó nuevamente la palabra.

"Los judaítas han resultado ser tan adoradores de héroes y tan dependientes de las necedades diarias de Ben Judá por la Internet que su muerte pudiera representar el fin de ese fastidioso estorbo. No creemos que haya otro líder con el carisma o don de mando requeridos para enfrentar a nuestros recursos ilimitados aunque sabemos que hay otros bolsillos y fortalezas del teísmo judaíta.

"Pero no se equivoquen, mis fieles seguidores. Los judíos están en todas partes. ¿Hay un soberano presente que pudiera decir que no tiene una significativa población de judíos en alguna parte de su región? Por supuesto que ninguno. He aquí la buena nueva, algo que les hará olvidar este inconveniente viaje que les pedí hacer con tan poco tiempo de aviso. Abriré el tesoro para este proyecto y no se negará ninguna petición razonable. Esta es una guerra que ganaré cueste lo que cueste.

"Que los puestos de aplicación de la marca de la lealtad no dejen de funcionar y usen los facilitadores de vigencia de dicha lealtad. Sin embargo, y esto rige inmediatamente, no ejecuten a los judíos que descubran sin la marca. Queremos encarcelarlos y que sufran. Usen ahora las instalaciones existentes pero construyan nuevos centros lo más pronto posible. No tienen que ser elegantes ni tener comodidades. Solamente que sean seguros. Tengan creatividad e intercambien sus ideas. Esta gente anhela idealmente cambiar de idea o morir. No permitan ese lujo.

"Ellos encontrarán pocos remanentes judaítas que simpaticen con ellos. Estarán solos y tan aislados como jamás estuvieron aunque sus compañeros de celda sean compatriotas judíos. No hay límites para la degradación que les pido, les exijo que les torturen. Nada de ropa, ni calefacción ni aire acondicionado, ni remedios. Solamente la comida suficiente para mantenerlos vivos para otro día de sufrimiento.

"Caballeros, quiero informes. Fotos, relatos, descripciones, grabaciones. Esta gente deseará haber elegido la guillotina. Nosotros televisaremos sus mejores ideas, las más ingeniosas. Estos perros han proclamado el título 'pueblo elegido de Dios' desde tiempos inmemoriales. Bueno, ellos se encontraron con su Dios ahora. Correcto, yo los elegí y no encontrarán un lugar donde esconderse ni siquiera la muerte.

"Soliciten todos los fondos, el equipo, el material rodante, y las armas que necesiten para descubrir a estas alimañas. El rey que demuestre habilidad para mantenerlos vivos por más tiempo, a pesar del tormento, será recompensado con una doble porción en el presupuesto del próximo año. ¿Preguntas?"

VEINTE

George Sebastian no quiso comer hasta que sus pasajeros estuvieran a bordo y a salvo de nuevo, libres en el aire, lejos de Grecia. Ahora el hambre era un problema menor pero la debilidad no era su mejor aliada. Los griegos, en particular los matones que lo habían emboscado eran miserables con su abastecimiento de agua. La noticia de los mares tenía a todo el mundo corriendo a los lagos y ríos para almacenar peces de agua dulce. Pronto el agua sería el tesoro más valioso.

Él se dio cuenta de que sus captores estaban bien relacionados. Si todavía podía orientarse bien, habían recorrido más de cuarenta minutos al norte y unos veinte al este, luego pasaron por un terreno más húmedo y él oyó hojas y ramas que rozaban fuertemente el jeep. Se escuchaba el sonido del otro vehículo, que los seguía, quizá el que había utilizado para el rescate de los muchachos.

George estaba agradecido a Dios por haber recibido un entrenamiento que abarcaba simulacros de tortura y ceguera. Durante, ese entrenamiento Él se quedó estupefacto por lo indefenso que se sentía aunque sabía que su propia gente estaba a cargo. Estar atado y a ciegas, aunque sabía que no iba a morir, era algo espantoso, asqueroso y aterrador. Como parte del entrenamiento, lo dejaban padecer hambre y sed y la parte más terrible, fue el tiempo que pasó solo, lo suficiente como para tener alucinaciones. En aquel tiempo, estaba en California, en algún sitio no muy lejos de San Diego ni de su casa, pero sus técnicas para estar consciente del paso del tiempo, sus ejercicios mentales para mantenerse calmado y cuerdo, se disiparon rápidamente con el correr de los minutos, y el joven recluta fuerte y sano empezó a imaginarse que habían transcurrido muchas horas.

Quería hacer uso de lo que había aprendido en aquel traumático entrenamiento y usarlo en esta situación, pero detestaba recordarlo. No tener recursos fue lo peor. George era considerado uno de los más ingeniosos e innovadores soldados de su pelotón. Cuando fueron abandonados en medio del bosque, a cuarenta y ocho kilómetros de la base, vistiendo solamente pantalones cortos y botas, él siempre era el primero en volver. Le era fácil encontrar el camino de regreso basándose en las sombras, el follaje y la intuición. Sabía cómo protegerse del sol, evitar caminar en círculos, cosa que, por algún motivo, era un problema común en la gente que había perdido todo sentido de orientación.

Pero estar abandonado en un cuarto oscuro sin escuchar el sonido de la respiración de otra persona, ni siquiera el de los oficiales o compañeros reclutas que estaban fuera, chismeando acerca de cuánto tiempo llevaba él ahí, eso fue una verdadera tortura. Aunque había logrado soltarse rápidamente las cuerdas de los pies, no le fue sencillo hacerlo con las de las manos pero pudo pararse y caminar, midiendo así el cuarto, mitigó el paso del tiempo con el recuerdo de canciones, poemas, fechas de nacimiento.

Pero cuando se le agotaron todos sus recursos y empezó a perder la cuenta al cabo de dos horas, se sintió tentado a gritar, a decirles a sus camaradas de armas que ya era suficiente, que entendía, y que ya era hora de que lo devolvieran a la normalidad pero, ¿quién hacía eso sino los debiluchos, las basuras? Él tenía que aceptar que deseaba llorar, gritar, rogar y prometer, patear la muralla, preguntar si no se habían olvidado de él.

Había sucumbido a la tentación de hacer ruido luego de un largo rato, pues si *lo habían* olvidado, al menos se acordarían y podrían conservar su orgullo simulando que todo eso era parte de la estrategia.

Recordaba muy bien lo que era tener hambre y sed y sentirse desesperado pero siempre existía esa idea salvadora. Muy en el fondo, en lo más recóndito de su mente que se desenfrenaba con rapidez, estaba la idea de que esto *era* parte de otro entrenamiento, que *no era* una amenaza real a su vida, salud y mente. Nadie iba a ocasionarle una lesión permanente, ninguno amenazaría a su nueva novia, nada iba a pasarle a sus padres.

Sus superiores habían entrenado a los hombres para la meditación trascendental básica, punto que muchos pasaron por alto por considerarlo como algo para los extravagantes, los drogados y los santurrones orientales. Sin embargo, George había tomado cierta ventaja en conocer esta técnica, elevar sus pensamientos más allá de su conciencia o, por lo menos, tratarlo. Incluso en aquellos tiempos, aun antes de convertirse en creyente de Cristo, no quería tener nada que ver con los aspectos religiosos de la meditación pero anhelaba trascender esta vida, llegar a un punto más allá de sí mismo, elevar sus sentidos y emociones a un plano donde estuvieran a salvo de la amenaza de los mortales.

Eso no le sirvió por mucho tiempo y temía que ahora sucediera de igual forma. Esto era real. Aunque controlaba su respiración y se ordenó no pensar en su hambre y sed, había cosas que no lograba borrar de su mente. Cuanto más lo intentaba, se hacía más evidente.

Lo obligaron a caminar en la noche, sin que un rayo de luz traspasara en lo absoluto la venda de sus ojos, empujándolo con la punta de un rifle y por más que él trataba de organizar toda la información que podía recordar desde que la muchacha lo había engañado torpemente cuando el saltó afuera del vehículo, la emoción que lo dominaba era la vergüenza.

No, él no fue el responsable de que apresaran a los chicos, junto con quienes los estuvieran ayudando. Aunque la misión inicialmente lo entusiasmó, él no la trató como un operativo militar. Pero en el Neguev, sí fue una guerra, tan simple como eso, excepto cuando estuvieron rodeados por una potencia de fuego superior y pasaron del conflicto armado a una situación de abuso. Fue bueno para su alma ver lo que les pasaba a todos los que blandieran su puño a Dios. *Nuestro general es mejor que el general de ustedes,* pensó, *así que se acabó el juego.*

Eso casi lo hizo sonreír. ¿Por qué tenía que preocuparse por la gente que lo tenía atrapado ahora cuando el arcángel Miguel podía entrar en escena y hacer que cayeran muertos o desmayados si tenían suerte?

Lo sostuvieron brevemente y oyó que se abrían dos puertas. Lo empujaron para que entrara y sintió que prendían una luz. Unos pocos pasos más, otra puerta, un olor a rancio, un empujón desde atrás, escalones que llevaban hacia abajo pero ¿cuántos? Empezó a bajar con cuidado, tanteando con su pie pero lo volvieron a empujar, así que siguió saltando con la esperanza de llegar al fondo antes de perder el equilibrio, y falló.

George no supo cuánto rodó por esa escalera de madera. Lo mejor que pudo hacer fue apretar su mentón contra el pecho, cerrar los ojos lo más posible y recoger sus rodillas. Contó dos, tres, cuatro escalones, luego tierra firme. Su inercia lo llevó a un par de rodadas y de golpe hasta abajo, esperando golpearse contra una pared o cualquier cosa.

Cuando por fin se detuvo sobre su costado derecho, por el sonido de los pasos de sus captores, él pudo discernir que sus pies estaban hacia ellos. Él mantuvo las rodillas recogidas y fingió más dolor del que sentía. Gruñó levemente y no se movió. Esperó hasta que ellos se acercaron más a él, entonces pateó con ambos pies con toda su fuerza.

Nadie de su escuadrón podía resistir más peso con sus piernas que él. Si hubiera podido ver al hombre que tenía al frente, le hubiera quebrado ambas piernas. Pero su impulso golpeó solamente una de las piernas del tipo. Éste gritó fuerte, sintió como si su rodilla se hubiera roto, según le pareció a George. El hombre salió volando y rodando, con su arma repiqueteando contra el suelo.

—¡Idiota! —dijo el otro y George oyó que la muchacha ahogaba una risotada.

—¡Lo mataré! —gritó el que cayó al suelo, gruñendo y gimiendo de dolor, mientras luchaba por pararse y preparar su arma.

—¡Alto! —dijo el otro—. Él es nuestro único contacto.

—Bueno, ella no tenía que matar a los otros tres.

—Lo hecho, está hecho. Él es lo único que tenemos, así que no repitas tus estupideces.

—¿Repita?

—¿Tú no piensas que eso fue una estupidez? ¿Qué estabas haciendo allí?

Le apuntaron sobre la nuca.

—Grandote, quédate quietecito ahí. Arriba —una mano tiraba de las esposas, hasta que él tuvo que levantarse o le partían los brazos. Fue llevado a una silla y empujado hacia atrás para que cayera sentado. Tuvo la impresión que, ahí abajo, estaban con él solamente dos de los hombres y la mujer. Escuchó pasos arriba. Trató de contener la respiración para escuchar. El de arriba hablaba pero nadie contestaba. Estaba hablando por teléfono sobre el vehículo, probablemente con el empleado que se lo había prestado. Entonces dijo algo del avión. George decidió que se lo merecería si le disparaban a matar ahí mismo. Había tratado su misión como si fuera un juego y, ahora, hacía peligrar a todo el Comando Tribulación. Y, si estos hombres actuaban en serio, los otros de Grecia habían muerto.

Sintió humo de cigarrillo en su cara. *Por favor*, pensó. Esta gente había visto demasiadas películas. Alguien se arrodilló a su lado y presumió que el segundo estaba abajo en la escalera. El otro sería precavido por un tiempo.

—Podemos hacer esto fácil o difícil —le susurró el hombre.

Apretó fuerte los labios pero no pudo impedir reírse sofocadamente. Quería preguntarles si también iban a ensayar el libreto del policía malo y el bueno, pero había decidido no decir nada.

—Señor Sebastian, sabemos quién es usted —George no aguantó. Se rió a todo pulmón, sabiendo cuál era la siguiente línea del libreto. "Sabemos para quién trabaja".

Tratar de impedir la risa solo la hizo más fuerte y ahí estaba él, con los hombros subiendo y bajando, chillando para evitar las carcajadas. Recibió una bofetada directamente en la boca que le partió el labio superior al apretarlo contra los dientes.

George se sintió aliviado cuando eso lo calmó. Se enjugó la boca en su hombro, saboreó la sangre y escupió. Por lo menos no iba a hacer que lo mataran porque no podía dejar de reírse a gritos. George casi se volvió a reír cuando el hombre dijo que iría directo al grano, tratando de hacer que sonara normal con su fuerte acento, sus labios adoloridos estaban hinchándose e intuyó que ese sería el menor dolor que sentiría para cuando terminara este episodio.

—Lo único que queremos saber es dónde podemos encontrar a su gente. Si su información resulta correcta, usted quedará libre. *Como si no me fueran a matar por no tener la marca de la lealtad,* pensó.

—Los hemos localizado en los Estados Unidos Carpatianos.

George inclinó muy levemente la cabeza. Eso lo sorprendió y no le importó demostrarlo porque sabía que ellos iban a creer que él estaba muy impresionado conque ellos lo supieran. No era secreto que Zión Ben Judá iba a estar muy pronto en camino a Petra, así que, ¿por qué se ocupaban de los demás?

—Puede que se sorprenda más con lo mucho que sabemos. Rosenzweig no presenta amenaza en cuanto siga en las montañas. Sabemos que Camilo Williams es su ayudante, y que éste transmite ilegalmente a la Comunidad Global material subversivo por la Internet, crimen que se castiga con la muerte. Sabemos que hay un espía encubierto en alguna parte de la CG, un topo, conectado con los judaítas. Y el piloto que se disfrazó de oficial de la CG ha tenido muy buena suerte. Ha sido relacionado con otra identidad de Williams, que también se hizo pasar, por un tiempo, como de la CG y libertó a dos prisioneros rebeldes. Tenemos razones para creer que un ex guardia del Tapón, ahora ausente sin permiso, pudiera estar relacionado con esta gente.

George se preguntó si ellos habían establecido la conexión entre Ming Toy y Chang Wong. Quizá como ella había estado casada y, ahora, llevaba un apellido diferente, eso atrasaría la investigación para darse cuenta de la conexión pero, por supuesto, eso era solamente cuestión de tiempo. Chang tenía que irse de Nueva Babilonia.

El captor de George hablaba como si creyera que este estaba sorprendido por lo mucho que ellos sabían. En realidad, era lo contrario. Era evidente que nunca habían relacionado el accidente aéreo del Quasi Dos con el Comando Tribulación y nadie supo que el avión estaba vacío.

De nuevo le echaron humo de cigarrillo en la cara.

—Así, pues, solo díganos dónde buscar y cuando confirmemos toda la información, se va a casa con su familia.

Lo más irónico de todo era que George no hubiera podido delatar al Comando Tribulación aunque hubiese querido. Raimundo le había dado muy poca información, por su propia seguridad, solo le dijo que trajera en avión a Marcel y Georgiana hasta la pista aérea de Kankakee, Illinois, y que ellos se encontrarían allí. Luego George los acompañaría a la casa de refugio, donde estuviera, y él volaría a casa en San Diego, dependería del tiempo, clima y de cualquier sospecha que pudiera haberse suscitado acerca de si la CG estaba siguiéndole la pista.

El hombre que estaba cerca de él probó la siguiente estrategia del manual para rehenes y secuestradores. Le puso suavemente una mano en el hombro y susurró:

"Todo lo que queremos es una localización específica. Nadie sabrá de dónde la sacamos, usted se irá libre y todos contentos".

El hombre estaba tan lleno de clichés que George se sintió tentado a contestar con uno propio: un escupo sanguinolento en pleno rostro pero, si había algo que sabía muy bien, era que la apatía ofendía más que la resistencia. En la medida que resistiera, sus captores sabrían que estaban haciéndole mella. Pero si él no les hacía caso, no tenían nada de qué agarrarse y el insulto de no ser tomados en serio tenía que molestarlos aun más.

Irónicamente, George había aprendido eso de su esposa. A él no le importaba cuando ella discutía con él, pero cuando ella cedía y decía que no le importaba, *eso* sí que le llegaba. Desconectarse era una estrategia cruel, eso lo sabía y la usaba ahora con toda alevosía. No meneaba la cabeza. No trataba de patear. George apenas había movido un músculo desde que había demostrado cierta sorpresa cuando el hombre dijo que sabía que el Comando Tribulación estaba en la región. El fulano tenía que preguntarse si él estaba escuchándolo. Efectivamente, no.

Para evitar caer en la tentación de reaccionar con lenguaje corporal, George empezó a recitar silenciosamente los libros de la Biblia. Luego, sus versículos preferidos. Después, sus himnos favoritos.

El griego lo empujaba con su arma y George no quería que éste pensara que él se había quedado dormido así que levantó el mentón.

—Bueno, bueno, Sebastian, ¿qué será? ¿Se niega? Por lo menos dígalo, ¿no? Dígame que ha optado por no decir nada. ¿Quiere darme solamente su rango y número de serie? Ya sabemos su nombre. Vamos, ¿ni siquiera eso?

Chang controlaba todas las fuentes de información y sitios de la Internet, mientras escuchaba la grabación de la reunión de Carpatia. Lo más alarmante era una lista dirigida a Suhail Akbar que le informaba de todos los empleados de la CG que estaban ausentes sin permiso conforme a lo que sabía su departamento. Chang encontró el nombre de su hermana y lo borró pero sabía que podía haberse demorado mucho en hacerlo. ¿Cuántos sabían que ella era su hermana? Quizá ni siquiera Akbar. Moon sí. Y Carpatia también. Chang solamente albergaba la esperanza de que ese detalle quedara bajo el nivel de captación del soberano. ¿Quién sabía que podía suceder eso? Sí, él parecía leal hasta el punto de la marca pero si era investigado, ¿por cuánto tiempo podría mantener a sus padres y hermana fuera de eso? Ahora no era el momento pero, pronto, un día él tendría que tratar el asunto con Raimundo Steele. Creía que podía monitorear el palacio y las oficinas de la CG desde la Torre Fuerte.

Alguien había reaccionado en la reunión de Carpatia con una pregunta propia al nuevo énfasis que Nicolás puso en la cuestión judía:

—¿Eso significa que usted ya no quiere más videodiscos grabados con las decapitaciones?

—¡Oh, no! Eso sigue siendo mi pasatiempo favorito. Como usted sabe, ya no necesito más alimentos ni descanso. Soy capaz de aprovechar el tiempo ilimitadamente mientras los demás comen y duermen. Uno de los beneficios de la deidad es el tiempo que tiene para disfrutar de sus bajas diversiones, aprovechándose de la necedad de sus opositores. A veces, en la noche, me quedo horas mirando cómo caen las cabezas en las cestas. Esta gente es tan vana, tan porfiada, tan piadosa. Cantan, *testifican*. ¿Ustedes no *aman* precisamente esa palabra? Ellos dan testimonio de su Dios y hablan en mi contra. Oh, eso me hace sentir muy mal, celoso pero, entonces, ¿qué pasa? La hoja filosa como navaja de afeitar, pesada, fulgurante cae implacable desde cinco metros de altura. Asumo que tomará una septuagésima parte de un segundo para que toque el fondo del marco, ¿sabían eso? Y es muy corto el tiempo necesario para cortar el cuello atravesándolo como si no estuviera ahí.

»¡Me encanta! El único problema, mis queridos amigos, es que ¡la guillotina es demasiado humanitaria, si se le puede catalogar de alguna manera! Ciertamente que es demasiado rápida y mortal para el judío. ¿Cuán lejos se puede llegar en martirizar a un hombre o una mujer causándole dolor antes de morir? ¡Quiero saberlo! Quiero que ustedes me lo informen con toda las demostraciones audiovisuales que puedan obtener. ¿Y saben a quiénes quiero que usen como conejillos de India? Como algo especial hoy, durante el receso, seremos testigos de la ejecución de los dos insurgentes que descubrimos sirviendo en mi avión.

»Su ejecución será un caso especial, la presenciaremos durante nuestro descanso. Aún seguimos buscando al topo, en los cuarteles centrales pero, quizá ella o él también vea las decapitaciones de hoy y salga de su escondite para rogar por su vida.

—Entonces, ¿la guillotina para esos dos? —preguntó uno.

—Sí —dijo Nicolás—. No es nada del otro mundo, pero no tenemos mucho tiempo para otra cosa peor y será una pausa divertida para la reunión.

Muchos de los otros expresaron su acuerdo y entusiasmo y eso le produjo náuseas a Chang. Se sintió tentado a grabar algo de esta insensatez para su madre pero era demasiado peligroso ya que su padre era un leal fanático de Carpatia. Él albergaba un poco de esperanza por ambos pues aún no sabía si su padre había procedido a aceptar la marca en su propia región. Hasta que él pudiera convencer a su madre y presionar a su padre con pruebas irrefutables, Chang estaba convencido de que este lo delataría en un abrir y cerrar de ojos si se enteraba de que él era un subversivo.

———————

Raimundo convocó a una reunión a los tres miembros fundadores del Comando Tribulación que quedaban, además de Zión, en la oficina de este último.

—Espero que hablemos de quién irá a Petra con el doctor Ben Judá —dijo Cloé.

—Sí —dijo Raimundo—, además de otras cosas —Zión parecía muy sumido en sus pensamientos mientras ellos se acomodaban—. ¿Doctor, se siente bien?

—Perturbado, debo confesar —dijo el rabino—. No debiera asombrarme pero parece que hemos llegado a un cruce del camino. Sé que vamos a perder más y más de los nuestros a medida que avancemos al final, pero pareciera que nuestro pequeño trozo de seguridad estuviera desmoronándose velozmente.

—Así es —dijo Raimundo—. Sabemos que George no puede delatarnos más allá de orientarlos hacia Illinois pero no creo que llegue a hacerlo.

—No lo creo —dijo Camilo—, ellos no van a conseguir nada de él.

—Solo su vida —dijo Zión suspirando.

—¿Qué vamos a hacer con nuestras nuevas amistades? —preguntó Cloé.

—Esa es una de las razones por las que estamos aquí —respondió Raimundo—. Creo, por muy emocionante y alentador que sea descubrir a estos maravillosos nuevos hermanos, que tu escapada fue irresponsable y pudiera habernos costado todo.

Cloé le lanzó una mirada, que daba la impresión iniciaría una fuerte discusión con su padre, además de tener que responderle como jefe del Comando Tribulación.

—Con todo el debido respeto, pero no sabía que podía informar a la CG eso de la detección desde la estratosfera. ¿No debieran explicarnos a todos ese tipo de situaciones?

—¿Cómo íbamos a saber que te arriesgarías a salir por cuenta propia?

—La última vez descubrí la nueva casa de refugio. Y miren el resultado de esta última incursión.

—Tuviste suerte al no tener ninguna consecuencia —dijo Raimundo—. ¿Qué habría pasado si eran de la CG o delincuentes? Te hubiéramos perdido a ti, probablemente la casa de refugio y, así, toda nuestra razón de ser.

—Lo siento, pero ahora tenemos personas que podemos ayudar y que nos pueden ayudar.

—Cloé, ¿pensaste en lo que ellos desean, como por ejemplo no querer mudarse a nuestro edificio, aunque les resulte infinitamente más seguro y ventajoso? Quizá no quieran integrar el Comando Tribulación. Ellos se organizan y dirigen a sí mismos y hasta ahora se sienten autosuficientes. Quizá no quieran ser usados para misiones peligrosas, usando sobrenombres y todo lo que eso implica.

—Ellos *quieren* mudarse para acá —dijo Cloé—. Ellos *quieren* ayudar con los viajes y las misiones pero tú tienes razón. Ellos quieren mantener su propia organización. Se sienten cómodos y, aunque les gustaría tener la participación del doctor Ben Judá, Enoc es el pastor de ellos y quieren seguir de esa manera.

—Entonces —dijo Raimundo—, todos los beneficios del Comando Tribulación pero ninguna de las responsabilidades.

—Oh, ellos pagarán —dijo Cloé—. Trabajarán. Viajarán. Intercambiarán toda clase de cosas por comida y otros artículos de primera necesidad, tal como los demás miembros de la cooperativa.

—No se trata de que ellos nos deban pagar por un edificio que no nos pertenece.

—¿Han hecho hincapié en no darnos cuentas?

—No, soy yo la que lo hace. ¿Es un requisito que ellos estén bajo tu autoridad?

—No Cloé, en lo absoluto. Solo que no tenemos tiempo para discordias, desorganización, confusión de responsabilidades.

Zión levantó la mano:

—Capitán Steele, éstos son unos hermanos maravillosos. Yo creo que serán una valiosa adquisición y que debemos dar un paso a la vez. Ver cómo funciona mientras usted y yo estamos ausentes. Yo no recomendaría usar a ningún neófito en este viaje.

Cloé meneó la cabeza.

—¿Ya está decidido que serán tú y Zión?

—No...

—¿Qué sentido tiene la reunión acerca de esto si...

—Cloé, dije que no. Sí, Zión y yo vamos. Pero también lo harán otros.

—Espero que eso me incluya a mí.

Raimundo la miró fijamente.

—Yo hubiera esperado lo mismo antes que tú nos pusieras en peligro.

Cloé se paró.

—No puedo creer esto —dijo—. ¿La cooperativa no puede continuar sin mí? ¿Camilo no puede cuidar a Keni?

Raimundo miró a Camilo sin querer ejercer su autoridad de padre, cuando el marido de ella estaba presente.

—Cuidado, Cloé —dijo—. Hija o no, hay un protocolo.

Camilo se acercó a ella y le tomó la mano.

—No te elimines de una misión interesante —dijo.

—No busco algo interesante —dijo ella—, busco algo crucial.

—¿Qué te parece Grecia? —dijo Raimundo y ella se sentó—. Yo voy a Petra con Zión. Tendré una apariencia renovada y un nuevo nombre. En cuanto la CG se dé cuenta que yo no soy Camilo, de todas maneras enfocarán su atención en Zión. Necesitamos otro piloto allá, por seguridad, así que Abdula va. Yo quiero que tú y Hana vayan a Grecia. Ustedes son las personas menos expuestas que tenemos, al menos hasta que sepamos con seguridad si la CG sospecha que Hana y los otros del avión estrellado andan fugitivos. Ustedes levantarán menos sospechosas y no significarán una amenaza solo por el hecho de ser mujeres.

—¿Quién nos llevará?

—Si podemos armar la logística, Chang tendrá un avión de la CG dispuesto en Creta. Ustedes dos y Mac se separan ahí y se dirigirán a Grecia mientras Zión, Smitty y yo proseguimos a Petra. Ustedes pasarán por gente de la CG y eso será peligroso sin la marca. Mac les seguirá la pista y se mantendrá vigilándolas, también pasará por uno de la CG. Idealmente, queremos que, por lo menos, una de ustedes logre abrirse paso para supervisar la situación de Sebastian en nombre del gabinete titular.

—¿Cuánto tiempo pasará antes que ellos se den cuenta de esto? —preguntó Cloé.

—Eso funcionará solamente en la medida que ustedes hagan que funcione. Todos necesitamos vernos con Zeke para las nuevas identidades, los documentos y la apariencia. Todos menos tú, de todos modos. No creo que nadie sepa qué aspecto tienes pero, ¿cómo explico la asignación de este cometido a alguien que salió con aquel…?

—Capitán —dijo Cloé—, permítame hacerlo para demostrar quién soy.

———————

Por instrucciones de la casa de refugio de Chicago, Chang empezó a fabricar expedientes de cada uno de los que viajarían a Creta, luego a Grecia o Petra. La altura y el peso de Raimundo, al igual que una fecha de nacimiento cercana a la verdadera, se ingresaron al sistema, junto con la identificación que señalaba que él era hermano del falso personaje, Abdula Smith. Ambos iban a pasar como egipcios con todas las de la ley. Afortunadamente Abdula no se había afeitado por casi dos semanas, y transformaría artísticamente su crecida barba en una como de perilla, que Zeke teñiría con canas. Raimundo tendría su piel oscurecida con sustancias químicas, dejaría que el bigote le creciera grueso y oscuro, y usaría anteojos con pequeños lentes redondos.

Aprovechando la piel oscura de Hana, Zeke la estaba transformando en una india de Nueva Delhi, más que una nativa norteamericana. Cloé iría como era pero con un nombre nuevo y antecedentes canadienses.

Mac era el reto. Él sería reconocido fácilmente como el anterior piloto de Carpatia, así que el color de su piel fue alterado para eliminar las pecas, y también el matiz rojizo de su cabello. También usaría anteojos pero tendría que confiar en actuar con prepotencia como comandante de la CG con un nuevo nombre para despistar a los empleados muy eficientes.

> "La ventaja más grande que todos ustedes tendrán", escribía Chang a Raimundo, "es el estado destruido de la CG en todo el mundo. 'Estamos' cortos de personal, enfermos y moribundos, tanto que se ha vuelto virtualmente imposible mantener una seguridad estricta. Felizmente en muchas zonas hay exceso de vehículos, excepto en Israel".

Una vez que todo estuvo en su debido lugar en la computadora, Chang escuchó más de la reunión de Carpatia mientras redactaba un mensaje en clave para su madre 'eso esperaba'. El problema era que normalmente ella no era mujer que captara los mensajes entrelíneas.

Carpatia decía:

"Tenemos a nuestros ingenieros trabajando las veinticuatro horas en el asunto del agua. Naturalmente, todas las industrias que usaban agua de mar están muertas. Hemos perdido centenares de miles de ciudadanos que nunca podrán ser recuperados de alta mar. Los barcos pueden llegar hasta cierta distancia navegando en un líquido con esa consistencia tan espesa y pegajosa, y las enfermedades producidas por los cadáveres en descomposición de las criaturas marinas pueden constituir la situación sanitaria más grave que jamás hayamos tenido. Mucho peor que las llagas y los furúnculos donde la gente solamente deseaba morir por esas cosas. La crisis del agua está destruyendo nuevamente a nuestra ciudadanía".

—Su Santidad —dijo uno—, en nuestra región hemos percibido una tendencia alarmante. Aunque aquellos que llevan su marca de lealtad están empezando a protestar contra usted. Respondemos diciendo que usted no es el responsable de esta situación, pero ya conoce a la gente. Ellos quieren echarle la culpa a alguien y usted se ha convertido en el blanco de ellos.

Antes que Carpatia pudiera contestar, Fortunato intervino y Chang creyó que sonaba como su antigua manera de ser.

—No toleraremos estos inconvenientes —dijo—. Por el momento, se transmitirá un decreto a todos los sacerdotes del Carpatianismo de las diez regiones del mundo, que desde hoy en adelante, se exigirá a cada ciudadano del mundo que adore la imagen de su supremo soberano, su verdadero señor vivo, al levantarse en la mañana, después del almuerzo al mediodía y antes de acostarse en la noche.

—¿Cómo pondremos esa orden en vigencia —preguntó uno.

—Ocúpese de eso —dijo Carpatia—, ¡esto procede del Muy Altísimo Reverendo Padre, es inspirado!

—¡Pero, señor, aún hay muchos que ni siquiera han recibido la marca de la lealtad!

De nuevo habló Fortunato:

—¡Esos morirán!

—¡Reverendo! —dijo Carpatia con clara admiración en su voz.

—He hablado —dijo León, entusiasmándose con su idea—. Ya ha pasado el tiempo para las demoras y las excusas. ¡Aceptan la marca de la lealtad al dios de este mundo o morirán! Todo aquel que se halle sin la marca en su frente o mano derecha recibirá inmediatamente la oportunidad de aceptarla, y si la rechazan, serán muertos por decapitación en la guillotina.

Hubo silencio mientras Chang captaba que los reyes regionales estaban sopesando las ramificaciones.

Finalmente habló Carpatia:

—Con una excepción notable.

—Por supuesto, Excelencia —dijo León—. ¡Usted no tiene que ponerse su propia marca de lealtad!

—¡Oh, reverendo! —dijo Carpatia claramente desilusionado—. ¡Usted iba tan bien!

—Perdóneme Su Adoración. ¿La excepción?

—¡El judío! ¡Reverendo Fortunato, los judíos!

—Por supuesto —dijo León—. Como el mismo soberano lo ha declarado, la guillotina es demasiado buena para el judío.

Chang terminó su carta para su madre con lo siguiente:

Suponiendo que tú y papá tengan que ponerse la marca de la lealtad, pregúntale cómo se sentiría con una ordenanza que dijera que debe aceptarla de inmediato o morir. ¿Cómo impacta eso el corazón y la mente de alguien que, de lo contrario, fuera leal? ¿Le roba la satisfacción que pudiera obtener de jurar fidelidad a un líder?

Madre, esto es lo que viene, y tú y él pueden enterarse muy pronto después de recibir esta carta. En cuanto el soberano regional de los Estados Unidos Asiáticos regrese de Nueva Babilonia, pueden esperar precisamente ese reglamento. Nunca fue más apropiado el momento para buscar otro objeto de devoción. Puede parecer más peligroso en el presente pero, al final, será la diferencia entre la vida y la muerte eternas.

VEINTIUNO

Raimundo nunca dudó de la brillantez o maestría artística de Zeke, pero el joven superó sus propias expectativas en los siguientes días. Varios miembros del Comando Tribulación y de El Lugar andaban por la Torre Fuerte mirando dos veces a la tripulación que pronto se iría pues sus apariencias físicas cambiaban a diario. Raimundo estudiaba su propio rostro en el espejo, preguntándose cómo fue posible esa transformación.

—Capitán Steele, tu joven hermano sigue con esto —decía Enoc—, y eso no es todo, verás cómo se siente uno siendo negro.

Al ir mudándose la gente de El Lugar, por etapas, a otro piso de la Torre Fuerte, ambos grupos empezaron a compartir comidas y tiempos de oración. Enoc prometió que su gente oraría por el equipo del Comando Tribulación cada minuto de su ausencia.

—Y luego, algunos quisiéramos ir en uno de sus viajes. Ni siquiera nos tenemos que disfrazar. Nadie espera vernos.

El día anterior al vuelo transatlántico, la Red de Noticias de la Comunidad Global anunció una presentación especial del Muy Altísimo Reverendo Padre del Carpatianismo, León

Fortunato que tenía un mensaje para todo el mundo, el cual sería transmitido en vivo por televisión, radio y la Internet al mediodía, hora de Palacio y, después, cada hora durante veinticuatro horas para que toda la gente del mundo pudiera verlo.

A las tres de la mañana, hora de Chicago, por invitación de Raimundo, todos los habitantes de la Torre Fuerte, excepto los bebés, fueron sigilosamente a reunirse en la zona común cerca del ascensor donde miraban la televisión. El anuncio resultaba contraproducente porque solo reiteraba lo que fue anunciado anteriormente en el ámbito regional, salvo por lo que pasó, cosa que sería atribuida injustamente, en este caso, al extendido pero escurridizo topo de palacio.

"Ahora transmitiremos en vivo al Reverendo Fortunato, desde el santuario de la bella Iglesia de Carpatia, en las afueras del atrio de Palacio, aquí en Nueva Babilonia".

León había reunido un enorme coro detrás de él y cuando subió al púlpito, evidentemente de pie sobre una pequeña tarima para lucir más alto, estaba vestido con todas sus galas. En esta ocasión, había acentuado más el púrpura, gris y oro de la túnica, al igual que los adornos y las borlas. En la parte de atrás pendía una gorra lisa que le abarcaba toda la cabeza, al estilo islámico. Parecía que trataba de incorporar el símbolo sagrado de toda religión histórica que León podía recordar pero el efecto lo hacía parecer un maestro de ceremonias circenses a punto de reventar.

Se paró allí fingiendo solemnidad y dignidad mientras el coro cantaba 'Salve Carpatia'; luego, organizó sus apuntes.

"Conciudadanos de la Comunidad Global y feligreses de la iglesia mundial de nuestro señor vivo, Su Excelencia el Soberano Supremo Nicolás Carpatia… me presento ante ustedes en esta hora bajo la autoridad de nuestro objeto de adoración y con poder imbuido directamente de él para traerles una proclama sagrada.

"Se acabó el período de gracia para que todo ciudadano reciba y exhiba la marca de la lealtad a Nicolás Carpatia. Los centros de aplicación permanecen abiertos las veinticuatro horas del día para todo aquel que, por alguna razón, no ha tenido la oportunidad de cumplir con esto. Haciéndose efectivo inmediatamente, a partir de ahora, todo aquel que sea visto sin la marca será llevado directamente a un centro para su aplicación o será llevado a la guillotina.

"Además, se exige que todos los ciudadanos adoren la imagen de Carpatia tres veces al día, como lo explicó el rey de su región, también bajo la amenaza de la pena capital por no hacerlo.

"Sé que ustedes comparten mi amor y consagración a nuestra deidad y que participarán con entusiasmo cada vez que tengan oportunidad de rendirle alabanzas. Gracias por su cooperación y atención y que el Señor Nicolás Carpatia les bendiga a ustedes y a la Comunidad Global".

Fortunato trató de finalizar con una media reverencia y saludo, pero súbitamente se apagaron las luces en la iglesia volviendo a encenderse justo a tiempo para ver que los componentes del coro se tropezaban unos con otros al tratar de huir y a Fortunato que se caía de su pequeña plataforma, tratando de ponerse de pie y subiéndose la falda de su túnica para lograrlo. Todos los ojos parecían estar fijos en algún punto del cielo raso pero al enfocarse la cámara en esa dirección, algo le sucedió al operador y la imagen comenzó a fluctuar y fallar.

Un anuncio apareció en la parte baja de la pantalla: "Por favor, esperen. Perdimos parcialmente la imagen y el sonido", pero el interior de la iglesia estaba a la vista. Y mientras la cámara parecía estar en un ángulo ladeado, mostrando solamente la plataforma vacía y el lugar del coro, el sonido de la gente que salía despavorida por las puertas era muy claro.

Súbitamente apareció el rostro superpuesto sobre la pantalla, tan brillante que iluminó la sala desde el televisor. La voz era tan estridente que una mujer, sentada cerca de Enoc, se estiró y apagó el volumen. Sin embargo, aún así, podía escucharse.

"Si alguno adora a la bestia y a su imagen, y recibe una marca en su frente o en su mano, también beberá del vino del furor de Dios, que está preparado en el cáliz de su ira; y será atormentado con fuego y azufre delante de los santos ángeles y en presencia del Cordero.

"Y el humo de su tormento asciende por los siglos de los siglos; y no tienen reposo, ni de día ni de noche, los que adoran a la bestia y a su imagen, y cualquiera que reciba la marca de su nombre.

"Y aquí está la perseverancia de los santos que guardan los mandamientos de Dios y la fe de Jesús.

"Bienaventurados los muertos que mueren en el Señor".

La escena cambió al canal de la RNCG en Nueva Babilonia, donde la presentadora de noticias decía: "Pedimos disculpas por esta interrupción, la cual debe ser pasada por alto. Ahora mostraremos nuevamente por completo el mensaje del Reverendo Fortunato".

Esta vez, en cuanto el vídeo empezó a rodar, el mensaje del rostro resplandeciente lo opacó. Nuevamente se transmitió un anuncio de que había un error pero no pudo ocultar el mensaje angelical. Allá en el escritorio de la RNCG, el presentador de noticias, informaba que la red iba a estar fuera del aire hasta nuevo aviso pero en el momento que la pantalla se quedó sin luz, volvió a aparecer el mensaje. Los presentadores de la red anunciaban dificultades técnicas pero nada podía erradicar la brillante faz y el fuerte pronunciamiento.

———

Chang revisó su computadora y también allí, el mensaje se desplegaba y se repetía. Salió afuera, al sol caliente y en el cielo estaba la sobrecogedora imagen del ángel de Dios. Chang cayó de rodillas, jadeante, atónito de que alguien en alguna parte del mundo pudiera dudar de que Carpatia era el enemigo del único Dios verdadero, y después de esto, dudaran solamente por obstinada rebelión. Corrió de regreso para enviar una carta electrónica a sus padres, solo para descubrir que ellos ya le habían escrito.

> Tu padre dice que arriesgaremos nuestras vidas, viviendo escondidos o enfrentaremos las máquinas de la muerte antes que aceptar la marca. Se siente muy culpable por haberte obligado. Yo le digo que tú fuiste sellado por Dios y también Ming. Me conectaré al sitio de Ben Judá en la red. Seremos fugitivos, pero solo adoraremos a Dios. Ora.

———————

Raimundo sabía que era cosa de locos esperar que su gente descansara durante el día, estando a la expectativa por la salida del vuelo, en cuanto anocheciera, este iría de Chicago a Chipre y luego Jordania. Sin embargo, ellos intentaron descansar. Teniendo a sus nuevos amigos de El Lugar saliendo y entrando todo el día, cantando, orando y reuniéndose como iglesia, era como la antesala al cielo. Antes de embarcarse en el Humvee, en el cual Camilo los llevaría al avión, todo el grupo formó un gran círculo, de rodillas para orar.

———————

Los recursos del entrenamiento de George Sebastian se terminaron. La resolución, las técnicas de meditación, la fuerza de carácter se habían agotado dando lugar al hambre, la sed, la soledad y también al miedo. Su silencio solo le proporcionó golpes, ninguno suficiente para ocasionarle lesiones permanentes, eso lo sabía, al menos no todavía. No obstante, su frente y espalda fueron golpeadas tantas veces con la culata del rifle que el dolor se generalizaba por todo su cráneo.

George fue azotado repetidamente en los hombros y la espalda, con algo que le parecía como la cadena de una bicicleta o motocicleta. Finalmente, un puño lo golpeó en la mejilla y la mandíbula tantas veces que él supo que nunca más se vería como antes. Se empeñó por tomar el tiempo a las bofetadas y puñetazos de sus captores para moverse junto con el golpe. Finalmente se le ocurrió hacer lo contrario. Cuando sentía que venía el golpe, oía la respiración del atacante, sentía el movimiento del aire, levantaba su mentón y lo recibía con toda fuerza. Justo antes de caer al suelo perdiendo la conciencia, supo que había triunfado. Cualquier forma de sueño tenía que suplir la angustiosa necesidad de comida y agua que sentía su cuerpo.

Ellos no lograron presionarlo para que hablara de su familia. Él sabía que si lo hacía, ellos nunca más estarían a salvos. Si esta gente conocía el paradero de su esposa e hijo, podían declararse muertos con toda seguridad. A estas alturas él ya había perdido las esperanzas de permanecer vivo. Si en un tiempo iba a despertar en el cielo, no tenía sentido ceder en nada.

Las fuerzas para mantenerse en silencio no venían de su interior sino de afuera. Por fin, le había rendido a Dios cualquier capacidad o talento que él pensaba que tenía. Recuperó la conciencia en un rincón del frío suelo, sin idea del paso del tiempo, solo sabía que tenía la garganta reseca y que tenía mucha hambre.

Sus captores discutían: "¿Quieres que se muera? Lograrás que nos maten si lo perdemos. Dale algo de agua. Lo suficiente para mantenerlo vivo".

Unas pocas gotas en sus labios se sintieron como un arroyo fresco pero él no la bebió por miedo que ellos pensaran que era suficiente para satisfacerlo. Dejó que la mayor parte del agua se perdiera hasta que ellos dejaron de ser avaros con la botella. Él agarró el cuello de la botella con sus dientes y chupó tan fuerte como pudo, bebiendo lo suficiente para refrescarse antes que ellos se la quitaran. Entonces lo volvieron a tironear llevándolo a la silla y empezaron de nuevo.

Abdula aterrizó en lo que quedaba del aeropuerto de Larnaca, Chipre, a media mañana. El contacto de Albie lo había recomendado como una de las pistas aéreas menos patrulladas de los Estados Unidos Carpatianos. Resultó perfecto. Y el hombre los esperaba con una nave aérea, apropiada por la magia de la computadora de Chang, que Mac pilotearía a Grecia y aterrizaría en una pista abandonada que Chang había localizado a menos de ciento treinta kilómetros al oeste de Ptolemais. Chang falsificó una orden para un operativo de la CG de la localidad, pidiéndole que entregara seis vehículos de los pacificadores en un terreno vacante, dañado por un terremoto, a unos ochocientos metros de ahí. La notificación regresó al falso comandante de Nueva Babilonia diciendo: "Usted se volvió loco. Lo máximo que puedo entregar es uno".

"Cuidado como se expresa", había respondido el imaginario jerarca militar de Chang, "con uno alcanzará por ahora".

Raimundo no se preocupó seriamente hasta que vio la preocupación en la cara de Cloé cuando se separaron en Chipre. Por supuesto, no hubiese sido natural si ella no estuviera asustada. Él la quería alerta pero lo que más le preocupaba era el indeterminado final de la misión de ellos. Ella, Hana y Mac iban a volar allá, manejarían a Ptolemais y ¿qué? ¿Empezar a preguntar por todas partes y confiar en sus identidades de la CG? Eso sonaba suicida pero no había otra forma, era imposible abandonar a George Sebastian, sabiendo que había una posibilidad de que él aún estuviera vivo.

Raimundo la abrazó fuertemente antes que ella desembarcara, preguntándose con un nudo en la garganta si la volvería a ver. Cloé se aferró a él como lo había hecho con Camilo y Keni en Chicago y cuando, finalmente, se dio vuelta para alejarse, Raimundo tuvo temor de no haber dicho lo suficiente. En efecto no había dicho nada.

El amigo de Albie se encargó de pilotear en ruta a Amán, Jordania. Para todos, él viajaba solo. Una vez que aterrizara y hubiera estacionado la nave en un hangar, Zión, Raimundo y

Abdula se bajarían del avión y cruzarían la pista hacia la zona de peatones, como salidos de la nada. Cuando los interrogaran, como seguramente sería, Zión pediría hablar directamente con Carpatia, ofreciendo alguna alternativa para erradicar la sangre de los mares si él y sus dos anónimos acompañantes podían obtener un helicóptero prestado para el viaje a Petra.

Todo lo que Raimundo recordaba era que el último no israelí que él había mandado a Petra, no salió jamás. Y, no obstante, él y las fuerzas del Operativo Águila resultaron invulnerables al ataque del ejército de Carpatia. Él no sabía si todo esto estaba relacionado con el momento o la ubicación. Solamente no quería poner en peligro la vida de Abdula ni la suya, si podía evitarlo lo haría pero no había nada que hacer. El peligro estaba ahí y ellos marchaban adelante.

Chang monitoreó a escondidas las oficinas de Suhail Akbar y Nicolás mientras estaba en su terminal. Con la calefacción encendida y las fuerzas de seguridad rastrillando el lugar en busca del topo, él tenía que ser más cuidadoso que nunca. Mantenía un ojo en la oficina de Figueroa y cubría constantemente sus huellas. Finalmente lo logró.

La secretaria del Director Akbar le informaba que la Seguridad de la CG de Amán, Jordania, estaba comunicándose, claramente con Zión Ben Judá en línea para Carpatia. "Comuníquenos", dijo Suhail. Cuando fueron comunicados, insistió en hablar personalmente con Ben Judá.

—¿Cómo sé que realmente usted es la persona indicada?

—Señor, no tiene alternativa —dijo Zión— salvo que su propia gente le diga que soy yo. Tengo un pedido que hacerle a Carpatia y lo pediré solamente a él.

—Sería prudente que lo tratara apropiada y formalmente doctor Ben Judá.

—Y, entonces, ¿él pasaría por alto que yo me refiero diariamente a él para mil millones de personas tratándolo de Anticristo, enemigo de Dios y a Fortunato como su falso profeta?

—Un momento.

Suhail le dijo a su secretaria que le diera tiempo para llegar a la oficina de Carpatia y que, entonces, transfiriera la llamada allá. Dos minutos después, Akbar estaba, jadeante, en la oficina de Nicolás cuando éste oprimió el botón del parlante.

—¡Doctor Ben Judá! —empezó Nicolás como si se tratara de un viejo amigo.

—Yo le pido transporte en helicóptero a Petra para mí y dos compañeros sin que haya interferencias a cambio de considerar pedirle a Dios que erradique de los mares la plaga que los convirtieron en sangre.

—¿Por qué tengo que considerar eso?

—No necesita que yo se lo diga. Seguramente su gente ya le ha dicho que nunca ha tenido una época de mayor resistencia a usted en todo el mundo. Bautizar de nuevo todos los océanos con el nombre de Mar Rojo no sería favorable a sus mejores intereses.

—Si yo tuviera a alguien que los traslade a Petra, ¿los mares se volverían agua?

—Yo no hablo por Dios. Dije que yo lo pediría.

—¿Solamente lo consideraría?

—Le pediré. Él lo considerará.

—Concedido.

—Pero nosotros necesitamos solo el aparato. No un piloto.

—*Real*mente. Concedido.

Zión colgó. Carpatia dijo:

—De nada. Suhail, ¿cuánto tiempo hay a Petra desde Amán, en helicóptero?

—Me ocuparé que se les provea uno que los lleve en más o menos una hora.

—¿Y todo lo demás está en su debido lugar?

—Por supuesto.

—Quiero la zona arrasada minutos después de su llegada y el misil pocos minutos después de eso, para estar seguros.

—Simplemente daré a mis bombarderos de combate el tiempo suficiente para salirse del camino. Ellos darán la confirmación visual de que él esté allí, tirarán sus bombas, abandonarán la zona y nosotros lanzaremos el misil.

—¿Desde dónde?

—Irónicamente, desde Amán.

—Excelente. ¿Y los aviones están equipados con aparatos grabadores de videodiscos?

—Por supuesto, pero no solo eso.

—¿Algo más?

—Hemos preparado todo para que usted lo pueda ver en vivo y en directo.

—No juegues conmigo.

—Un monitor estará en su oficina.

—¡Ooooh! ¡Oh, Suhail! Verdaderamente algo para disfrutar.

Si Raimundo no hubiera estado petrificado habría disfrutado al mirar que Zión se veía igual bajo el sol jordano que como lucía en la Torre Fuerte. Abdula y Raimundo eran los que parecían como gente del Oriente Medio con sus túnicas. Zión parecía un profesor despeinado.

—¿Quién es su piloto? —preguntó un guardia de la CG.

Zión señaló con la cabeza a Abdula y los llevaron a un helicóptero. Una vez en el aire, Raimundo llamó a Cloé.

—¿Dónde están? —preguntó.

—Papá, estamos en la ruta pero hay algo que no está bien. Mac tuvo que arrancar este vehículo cruzando los alambres.

—¿Chang no le dijo al encargado que dejara las llaves?

—Evidentemente no y, por supuesto, conoces a Mac. Él va saltar afuera y hacer señas para que lo lleve alguno de la CG mientras nosotras manejamos felices a la ciudad, tratando de hacernos pasar como comisionadas de Nueva Babilonia para revisar estas demostraciones de los judaítas.

—¿Estás lista?

—¿Que si estoy lista? ¿Por qué no me obligaste a quedarme en Chicago con mi familia? ¿Qué clase de padre eres tú?

Él sabía que ella estaba haciendo bromas pero no pudo dominar una risita sofocada.

—No me hagas desear haberlo hecho.

—Papá, no te preocupes. No nos iremos de aquí sin Sebastian.

Cuando Abdula avistó Petra, Jaime estaba en el lugar alto con un cuarto de millón de personas dentro y otros tres cuartos alrededor del lugar, haciendo señas al helicóptero. Se había preparado un lugar grande y llano pero la gente se tapó la cara cuando el helicóptero desató una nube de polvo. Al apagarse el motor y disiparse el polvo hubo una salva de aplausos y vítores cuando Zión se bajó saludando con timidez.

Jaime anunció: "¡El doctor Ben Judá, nuestro profesor, mentor y hombre de Dios!"

Raimundo y Abdula desembarcaron inadvertidos y se sentaron en un borde rocoso cercano. Zión aquietó a la multitud y empezó:

"Mis amados hermanos en Cristo, nuestro Mesías, Salvador y Señor. Permitan que primero cumpla una promesa hecha a unos amigos y pueda esparcir aquí las cenizas de una mártir de la fe".

Sacó de su bolsillo la pequeña urna y le quitó la tapa, desparramando su contenido al viento.

"Ella lo derrotó por la sangre del Cordero y por su testimonio, pues no amó su vida sino que la entregó por él".

Abdula codeó a Raimundo y miró para arriba. De la distancia llegaba un aullante par de bombarderos de combate. A los pocos segundos la gente se dio cuenta de ellos y empezaron a susurrar.

Chang se inclinaba sobre su computadora, allá en Nueva Babilonia, observando lo que Carpatia veía en la transmisión desde la cabina de uno de los bombarderos. Chang transmitía el audio del avión por medio del aparato espía instalado en la oficina de Carpatia. Quedó claro que León, Viv, Suhail y la secretaria de Carpatia se habían reunido en torno al monitor de la oficina del soberano.

—Blanco asegurado, armado —dijo un piloto. El otro repitió lo mismo.

—¡Aquí vamos! —dijo Nicolás con voz chillona—. ¡Aquí vamos!

———————

Zión levantó sus manos abriéndolas. "Amados, no se distraigan pues descansamos en las promesas seguras del Dios de Abraham, Isaac y Jacob de que estamos en este lugar de refugio que no puede ser penetrado por el enemigo de su Hijo". Tuvo que esperar que pasara el rugido de los bombarderos mientras volaron encima de ellos y dieron la vuelta en la distancia.

———————

—¡Sí! —gritaba Nicolás—. ¡Muéstrense y luego, lancen cuando regresen!

———————

Mientras las máquinas de guerra regresaban, Zión decía:"Por favor, únanse conmigo de rodillas, con la cabeza inclinada, los corazones con Dios, seguros de Su promesa de que el reino y el dominio, y la grandeza del reino bajo todo el cielo, serán dados al pueblo de los santos del Altísimo, cuyo reino es eterno, y todos los dominios le servirán y obedecerán".

Raimundo se arrodilló pero mantuvo los ojos en los bombarderos que rugían mientras entraban a la zona de nuevo, descargaron simultáneamente sus misiles dirigidos directamente al lugar alto, el epicentro de un millón de almas arrodilladas.

———

—¡Ssssí! —gritaba Nicolás—. ¡Sí! ¡Sí! ¡Sí! ¡Sí!.

EPÍLOGO

Por lo cual regocijaos, cielos y los que moráis en ellos. ¡Ay de la tierra y del mar!, porque el diablo ha descendido a vosotros con gran furor, sabiendo que tiene poco tiempo.

Apocalipsis 12:12